FP

AF765711

ज्याक्सन हाइट

(कथासङ्ग्रह)

महेशविक्रम शाह

FP

फाइनप्रिन्ट
फाइनप्रिन्ट प्रा. लि.
कर्पोरेट तथा सम्पादकीय कार्यालय
विशाल बस्ती 'क', विशालनगर, काठमाडौं
पोस्ट बक्स : १९०४१
फोन : +९७७-१-४५४३२६३, ४५२१६४१
इमेल : fineprintbooks@fineprint.com.np
वेबसाइट : www.fineprint.com.np

फाइनप्रिन्टद्वारा प्रथम पटक प्रकाशित, वैशाख २०६९
सर्वाधिकार © महेशविक्रम शाह

ISBN: 978-9937-790-00-0

यस पुस्तकको कुनै अंश वा पूरै पुस्तक कुनै माध्यमद्वारा पुनरूत्पादन, फोटोकपी वा प्रसारण गर्न पाइनेछैन । कसैले त्यसो गरेको पाइए प्रतिलिपि अधिकार ऐनअन्तर्गत कारबाही गरिनेछ ।

JACKSON HEIGHT BY MAHESH BIKRAM SHAH

नेपालबाहिर रहेका नेपालीहरूलाई...

यस सङ्ग्रहका कथाहरूमा वर्णित परिवेश यथार्थ भए पनि पात्र र घटनाहरू काल्पनिक हुन् । कसैको जीवनसँग मेल खाएमा त्यो संयोग मात्र हुनेछ ।

विषयसूची

कथायात्राको छैटौं घुम्ती

काली केटी १
एना ९
म्युजियममा मेरो गाउँ २०
एबोरिजनल केटो ३३
लभ लक ४१
ए ब्लँ ! ५१
कन्ट्र्याक्ट ६१
मेट्रो : एउटा घुम्ती संसार ७१
मिस्टर पाउल ८०
लिउ ९६
ज्याक्सन हाइट १०३
रोसन १०५
रेस्टुराँभित्र-रेस्टुराँबाहिर १०७

साहुजी ११८
बियर पिइरहेकी युवती १२१
रोजा १२५
आम्सटर्डमको रातो गल्ली १३७
लुडी १४४
दस हजार फ्याङ्क १५५
डर्ली र सेतो घोडा १६६
भेनिसकी बूढी १८१
हान् घण्टा हान्... १९१
आइफल क्याफे २०८
मिसन डार्फर २१७
लासभेगासकी सुनकेस्रा २२८

कथायात्राको छैटौं घुम्ती

यो मेरो छैटौं कथासङ्ग्रह हो । संवत् २०६५ मा *काठमाडौंमा कामरेड* प्रकाशित भएपछि झन्डै चार वर्षपछि यो कथाकृति सार्वजनिक भएको छ । आफ्नो नयाँ कृति प्रकाशित हुँदा एक सर्जकका रूपमा मलाई खुसी लागेको छ । सोही खुसी म आफ्ना प्रिय पाठकहरूमा बाँड्न चाहन्छु ।

कथाको विषयवस्तु, कथाले ओगटेको परिवेश, कथाका पात्र वा चरित्रहरू, कथाशैली र कथाकारले कथामार्फत दिन खोजेको सन्देशका आधारमा म आफैंले आफ्ना कथासङ्ग्रहहरू *सटाहा, सिपाहीकी स्वास्नी, अफ्रिकन अमिगो, छापामारको छोरो* र *काठमाडौंमा कामरेड*सम्मको कथायात्राको विश्लेषण गर्ने हो भने मेरा कथाहरूमा आञ्चलिकता, सहरी परिवेश, सशस्त्र द्वन्द्व, सङ्क्रमणकालीन अवस्था र विदेशी पृष्ठभूमिलाई नै प्रमुखतासाथ सम्बोधन गरिएको म ठान्दछु ।

मेरो करिब २५ वर्षको कथायात्राले ज्याक्सन हाइटका रूपमा अर्को घुम्ती पार गरेको छ । यो नयाँ घुम्ती छिचोल्ने क्रममा मैले ०५० देखि ०६९ सम्म पाँच महादेशहरू– उत्तर अमेरिका, युरोप, अस्ट्रेलिया, अफ्रिका र एसियाका थुप्रै मुलुकहरूको भ्रमण गरें । यो भ्रमणको उद्देश्य पर्यटकले गर्ने जस्तो छुट्टी मनाउने वा आनन्द लिने मात्र थिएन, ०६५

पुसमा *काठमाडौंमा कामरेड* प्रकाशित भएपछि मैले अठोट गरेको थिएँ– अब मेरो अर्को कृति पूर्णतः विदेशी पृष्ठभूमिमा आधारित हुनेछ । यस भावनाले मलाई अवसर पाउनेबित्तिकै बढीभन्दा बढी देशहरू घुम्न उत्प्रेरित गऱ्यो । मेरा भ्रमणहरू नयाँ ठाउँ हेर्नुका साथै मूलतः कथा लेख्ने उद्देश्यले अभिप्रेरित हुन्थे । म जुन देशमा पुग्थें, त्यहाँ कथाका विषयवस्तु र पात्रहरू खोज्न थाल्थें । यस खोजमूलक ध्येयले मलाई आफ्नो उद्देश्य पूरा गर्न कुनै अप्ठ्यारो परेन । म जहाँजहाँ गएँ, त्यहाँ हरेक दृष्टिकोणले भिन्न परिवेश, पात्र र जीवनवृत्ति भेट्टाएँ । तिनै अनुभव र अनुभूतिहरूको सिर्जनशील दस्तावेज हो, *ज्याक्सन हाइट* ।

मेरा यसअघि प्रकाशित सङ्ग्रहहरूमा विदेशी पात्रविशेषमा आधारित कथाहरू सङ्गृहीत भए पनि *ज्याक्सन हाइट* भने सम्पूर्ण रूपमा विदेशी पृष्ठभूमि र नेपाली डायस्पोरामा आधारित कथासङ्ग्रह हो । यस सङ्ग्रहमा सङ्गृहीत सम्पूर्ण कथा नयाँ हुन्, फुटकर रूपमा प्रकाशित छैनन् ।

मैले सकेसम्म हरेक कथामा नेपाली धुकधुकी छाम्ने प्रयास गरेको छु, भलै कुनै कथाहरू सम्पूर्ण रूपमा विदेशी परिवेश र पात्रसँग सम्बन्धित किन नहून् । त्यहाँ पनि नेपाली मनका दुःख, वेदना र पीडाहरू महसुस गर्न सकिनेछ । यसमा सङ्गृहीत कथाहरूको लेखन रोचक र अविस्मरणीय अनुभूति भयो मेरा लागि । कथालेखनका क्रममा मैले फेरि अक्षरहरूको जेट चढेर पटकपटक ती देशहरूको भ्रमण गरें ।

यस सङ्ग्रहमा सङ्गृहीत कथाहरू २०६५ देखि २०६९ सम्म लेखिएका छन् । आधाजसो कथाहरू संयुक्त राष्ट्रसङ्घको हाइटी मिसनमा कार्यरत रहँदा लेखिएका हुन् भने बाँकी कथाहरू नेपालमै लेखेको हुँ ।

आखिर मलाई विदेशी पृष्ठभूमिमा आधारित ताजा कथाहरूको सङ्ग्रह प्रकाशन गर्ने सोच किन आयो ? मेरा आदरणीय पाठकहरूको जिज्ञासा हुन सक्छ । नेपालका अन्य मूर्धन्य कथाकारहरूले विदेशी कथाहरू नलेखेका होइनन् । तर पाँच ओटा महादेशका विभिन्न

देशहरूमा कथाकार आफैं पुगेर, अनुभूति सँगालेर ती देशको परिवेश र पात्रचित्रण गरिएको यो पहिलो कथाकृति हो भन्ने मेरो ठम्याइ छ ।

केही नेपाली लेखकहरूको लेखनको मूल भाषा अङ्ग्रेजी रहेको छ । तिनले अङ्ग्रेजीमा साहित्यिक कृतिहरूको सिर्जना गरेका छन् तर आफ्नो लेखनको मूल विषयवस्तु नेपाललाई नै बनाएका छन् । अन्तर्राष्ट्रिय भाषामार्फत आफ्नो देश, संस्कृति र सभ्यतालाई चिनाउनु सुखद कुरा भए पनि किन नेपाली लेखकहरूले विश्वका सार्वभौम विषयवस्तुहरूलाई टड्कारो रूपमा आफ्नो लेखनमा समेट्न सकेनन् ? यो खोजको विषय हुन सक्छ ।

कथाकारले सङ्ग्रह प्रकाशन गर्दा विगतमा विभिन्न पत्रपत्रिकाहरूमा प्रकाशित फुटकर कथाहरूको सङ्कलन निकाल्ने परम्परा वा प्रवृत्ति छ । मेरा यसअघिका सङ्ग्रहहरूमा पनि यही प्रवृत्ति मुखरित भएको हो ।

पाँचौं कथासङ्ग्रहको प्रकाशनपश्चात् ममा विचार आयो– आफ्ना प्रिय पाठकहरूलाई छैटौं सङ्ग्रहका रूपमा ताजा कथाहरूको उपहार किन नदिऊँ ? यही भावनाले चार वर्षको अवधिमा लेखिएका कथाहरूलाई फुटकर प्रकाशन नगरी नयाँ सङ्ग्रहका लागि छुट्याएर राखें । *ज्याक्सन हाइट*को प्रकाशन यही सङ्लो भावनाको प्रतिबिम्ब मानेको छु ।

निश्चय पनि आफ्नो देशका बारेमा लेख्न जति सजिलो छ, त्यति नै दुरूह र चुनौतीपूर्ण छ विदेशी विषयवस्तुमाथि लेख्न । 'जहाँ न पहुँचे रवि, वहाँ पहुँचे कवि', यस उक्तिको सान्दर्भिकताबाट पूर्ण रूपमा मुक्त भइनसकेको अवस्थामा पनि हामी महसुस गरिरहेका छौं– वर्तमानमा पाठकहरू कोरा कल्पनालाई भन्दा यथार्थपरक अनुभव र अनुभूतिलाई बढी महत्त्व दिन थालेका छन् । पाठकहरू खोजपूर्ण र अनुसन्धानमूलक आख्यान बढी मन पराउन थालेका छन् । पाठकहरू चाहन्छन्– लेखकले पाठकलाई अक्षरमार्फत आफ्ना सिर्जनाको स्पर्श गराउनुभन्दा पहिले आफैंले लेखनको विषयवस्तुबारे गम्भीर चिन्तन,

अध्ययन र अनुभव गरेको होस् । यस कार्यले लेखकको कल्पनाशीलता, शैली र भाषाको महत्त्व र गरिमालाई अझ उचाइमा पुऱ्याउँछ भन्ने मेरो मान्यता छ ।

प्रस्तुत सङ्ग्रह मेरो नयाँ खोज हो भन्दा अतिशयोक्ति हुनेछैन । यस खोजका लागि मैले मेरो पसिना र द्रव्य दुवै बगाएको छु । मेरो उद्देश्य छ, यस कृतिमार्फत म आफ्ना पाठकहरूलाई संसारका ती अँध्यारा गल्ली, गल्छेंडा, चोक, घर, गाउँ र सहरहरूमा घुमाऊँ र देखाऊँ ती मानिसहरूलाई, जो नेपालभन्दा धेरै टाढा अर्को देशका बासिन्दा भए पनि नेपाली झैं छन् । तिनका दुःख र पीडाहरू पनि समान छन् नेपालीका जस्तै । कुनै निश्चित भूगोलले हाम्रो भिन्न परिचय स्थापित गरे पनि आखिर संसारका हामी सबै मानिसहरू एकै हौं । गरिब वा धनी जे हौं, हाम्रा सुख र दुःखका अनुभूतिहरू समान छन् ।

यसमा सङ्गृहीत कथाहरूमा मैले आप्रवासी नेपालीका दुःख, व्यथा र चुनौतीलाई पनि समेट्ने प्रयास गरेको छु । तिनका दुःखहरू म आफैंले अनुभूत गरेका दुःख हुन् भने तिनले बेहोरेका समस्याहरू मैले आफ्ना आँखाले देखेका समस्याहरू हुन् । नेपाली डायस्पोरासम्बन्धी कथाहरूले तिनका भावनालाई सम्बोधन गरेको छ भन्ने मेरो विश्वास छ ।

ज्याक्सन हाइट प्रकाशनको यस सुखद अवसरमा मलाई यात्रामा साथ दिने, सहयोग गर्ने र महत्त्वपूर्ण सुझाव दिने मेरा आदरणीय मान्यजन तथा आत्मीय मित्रहरूलाई म कसरी भुल्न सक्छु ! उहाँहरूकै सहयोगको प्रतिफल हो, ज्याक्सन हाइट ।

हाइटीमा रहँदा मेरा फ्ल्याट पार्टनर डा. मुकुन्द थापालाई म सधैं सम्झन्छु, जो मेरा कथाका प्रिय पाठक हुन् र मलाई सधैं यो ग्रन्थ छिटो प्रकाशन गर्न घचघच्याइरहन्थे । हाइटी, अमेरिका तथा चीन यात्राका सहयात्री मित्र राजेन्द्र श्रेष्ठ र डोमिनिकन रिपब्लिकका सहयात्री मित्र दीपक थापा मैले कृतज्ञता ज्ञापन गर्नुपर्ने अर्का महत्त्वपूर्ण पात्रहरू

हुन् । त्यस्तै विदेशयात्राका क्रममा मलाई न्यानो स्वागत, सत्कार र सहयोग गर्ने मित्र दिनेशराज शर्मा र भाउजू (फ्लोरिडा), नरबहादुर थापा र बहिनी भुवन थापा (वासिङ्टन डिसी), भाइ जङ्गबहादुर बम र परिवार, गुरू रत्नप्रसाद सन्ज्याल, दिनेश सन्ज्याल र मित्र लालमणि बराल (न्युयोर्क, अर्जुन हमाल (बाल्टिमोर), साहित्यकार सीता पाण्डे र उहाँका बहिनीहरू (भर्जिनिया), मित्र राजेन्द्र श्रेष्ठका दिदीभिनाजु आदरणीय डम्बरबहादुर श्रेष्ठ र सीता श्रेष्ठ तथा भान्जा नीरज श्रेष्ठ (बोस्टन), बहिनी प्रतिमा राणा (लस एन्जलस)लाई म सधैं सम्झिरहनेछु ।

त्यसै गरी सञ्जय भारती र गणेश खड्का (भेनिस, इटाली), विदुर कुँवर (रोम), ओम चौधरी (पिसा), राजन चापागाईं (पदुआ), बहिनीहरू नीला विष्ट र नम्रता विष्ट (भेरोना), एकनारायण थपलिया र ज्ञानेन्द्र थापा (मिलान), गौरी बर्तौला र श्रीमती इसाबेल (स्विट्जरल्यान्ड), भाइ तिलक कुँवर र जालन्धा (म्याड्रिड, स्पेन), एनआरएनका केन्द्रीय सदस्य पूर्ण हमाल तथा परिवार (लिस्बन, पोर्चुगल), उपसचिव जीवन श्रेष्ठ तथा नीता श्रेष्ठ (नेपाली दूतावास, फ्रान्स), चन्द्र ब्लन (बेल्जियम), भाइ प्रयागराज खनाल (आम्सटर्डम, हल्यान्ड) र युरोपयात्राका मेरा सहयात्री दाजुहरू ठाकुरराम बर्तौला तथा मोहनराज जोशी अनि मित्र दिनेश अमात्यप्रति हृदयदेखि नै आभार व्यक्त गर्दछु । भन्नु परोइन, उहाँहरूको निःस्वार्थ सहयोगबाटै म ती देशहरूमा 'कुहिराको काग' बन्नबाट बचेको थिएँ ।

विदेश भ्रमणलाई म कथायात्राका रूपमा परिभाषित गर्न रूचाउँछु । मेरो पहिलो विदेशभ्रमण थियो मोजाम्बिक । मेरा अघिल्ला सङ्ग्रहहरूमा सोही परिवेशका थुप्रै कथाहरू सङ्गृहीत छन् । यस क्रममा मेरो पहिलो विदेश बसाइमा मलाई अभिभावकत्व प्रदान गर्ने तथा कथा लेख्न प्रेरित गरिरहने आदरणीय दाइ केशबहादुर शाहीप्रति कृतज्ञता ज्ञापन गर्न चाहन्छु । त्यस्तै संयुक्त राष्ट्रसङ्घीय शान्ति मिसनअन्तर्गत पूर्वी टिमोरमा रहँदा मलाई माया गरी मेरो कथालेखनलाई ऊर्जा दिने

आदरणीय नवराज ढकाल, किशोर लामा तथा नवराज सिलवालप्रति हार्दिक आभार व्यक्त गर्दछु ।

त्यसै गरी अस्ट्रेलियाको सिड्नीमा रहँदा प्रत्येक क्षण मेरो साथ र मलाई त्यस परिवेशबारे जानकारी दिनुका साथै हार्दिकतापूर्वक सहयोग गर्ने मित्र दीपक जोशी तथा भाइ विवेक थापालाई हार्दिक धन्यवाद दिनु आफ्नो कर्तव्य सम्झन्छु । मेलबर्नको मेरो बसाइ भाइहरू चन्द्रदीपक पोखरेल, मधुसूदन पोखरेल र राजेन्द्र पोखरेलको साथ र सहयोग नपाएको भए निश्चय नै सुखद हुने थिएन ।

मैले विदेश भ्रमण गरेको पहिलो युरोपेली राष्ट्र हो– संयुक्त अधिराज्य । तीन महिना लामो बसाइमा मैले युरोपेली परिवेशका कथाहरू लेख्ने मौका पाएँ । ती कथाहरू मेरा अघिल्ला सङ्ग्रहहरूमा सङ्गृहीत छन् । बेलायत बसाइका मेरा सहयात्री मित्र जयविष्णु नेपालीलाई म कहिल्यै बिर्सन सक्तिनँ ।

यस सङ्ग्रहको निर्माणमा हरतरहले सहयोग गर्ने मित्र शेखर खरेलप्रति धन्यवाद ज्ञापन गर्न चाहन्छु । त्यसै गरी द फोर्ट रिसोर्ट, नगरकोटका अनिल प्रधान र सम्पूर्ण रिसोर्ट परिवारमा आभार व्यक्त गर्दछु ।

कथासाधना भनौं वा कथायात्रा, जे शब्द राखे पनि उद्देश्य एउटै थियो– विदेशी परिवेशका कथाका प्लटहरू खोज्दै हिँड्ने । यस क्रममा मैले भाइ उमेशविक्रम शाहको हार्दिक सहयोग र सद्भाव पाइरहें । म हृदयदेखि नै उनलाई धन्यवाद दिन चाहन्छु ।

मेरो जीवनका हरेक सफलतामा मेरा मातापिता र पत्नीको प्रेरणा र सहयोग रहेको छ । यस अवसरमा मलाई सधैं सही मार्गमा डोऱ्याउने मेरा श्रद्धेय मातापिताप्रति सम्मान व्यक्त गर्दै जीवनयात्रा तथा कथायात्राकी सहयात्री मेरी जीवनसँगिनी महिमा शाहप्रति कृतज्ञ छु ।

भाषा सम्पादनमा होम भट्टराई र जीवन नेपाल तथा आवरणकला तथा पुस्तकको साजसज्जाका लागि सुवर्ण हुमागाईंलाई धन्यवाद नदिए

म कृतघ्न ठहरिनेछु । यो पुस्तकलाई यस रूपमा ल्याउन उहाँहरूको परिश्रम अमूल्य रहेको छ ।

अन्त्यमा, प्रकाशन क्षेत्रमा भरपर्दो र गुणस्तरीय सेवा दिन सक्षम संस्था फाइन प्रिन्टका नीरज भारी र अजित बरालप्रति हार्दिक कृतज्ञता ज्ञापन गर्दछु ।

महेशविक्रम शाह
महाराजगन्ज, काठमाडौं
maheshbikramshah@yahoo.com

काली केटी

"त्यो मोरो त निक्खर काली केटी नै चाहियो भन्दै छ," मम्बालीले जुलेको कानमा फुसफुसायो ।

"को हो त्यो ?" जुलेले मम्बालीलाई हेऱ्यो ।

"त्यो 'भर्खरै पोर्ट ओ प्रिन्स आएको' भन्दै थियो । जर्मन जस्तो देखिन्छ तर अमेरिकी पनि हुन सक्छ । देख्तैमा बुचरकहाँ लान ढिलो भइसकेको साँढे जस्तै छ," मम्बालीले भन्यो ।

"हा हा हा !" जुले आँखा चिम्म गर्दै हाँस्यो– "जेहोस्, राम्रै मुर्गा भेटिए जस्तो छ आज । उसबाट आशा गरेअनुसार राम्रै दाम झार्न सकिन्छ कि ?" जुलेले मम्बालीको अनुहारको भाव थाहा नपाए झैं गरी भन्यो ।

"हो, मान्छे त मालदार नै जस्तो छ तर उसले चाहे जस्ती केटी खोज्न सकिने हो कि होइन ?" मम्बालीले चिन्तित स्वरमा जुलेलाई भन्यो ।

"कहाँ छ त्यो ? नाइट क्लबभित्रै हो ?" जुले बोल्यो ।

"हो, कोपाकाबाना नाइट क्लबभित्रै छ । ऊ सुइरा जस्ता कुइरा आँखाले नाचिरहेका जोडीतर्फ हेर्दै ह्विस्कीको पेग चढाएको चढायै छ," मम्बालीले जुलेतर्फ हेर्दै भन्यो ।

"ओहो, त्यसो भए बन्दोबस्त छिटै गर्नुपर्ला । रक्सीको मात धेरै चढेपछि केटी चाहियो भन्न छोड्ला नि फेरि," जुले पनि चिन्तित भयो ।

"हो, तैंले ठीकै भनिस् । म पनि त्यही कुरा सोचिरहेको छु । तर त्यो सुँगुरले नाइट क्लबमा भएका कुनै पनि केटी मन पराएन । भन्छ, 'यिनीहरू हाइब्रिड जस्ता छन्, मलाई त गाउँकी निक्खर काली केटी नै चाहिन्छ ।" मम्बालीले निन्याउरो अनुहार लगायो ।

"उफ्, कस्तो आपत् ! मैले त आजसम्म यस्तो ग्राहकबारे सुनेको पनि थिइनँ, जसले निक्खर काली केटीको माग गरेको होस् । धेरैजसो त फ्रेन्च र हाइसियनको क्रस पो खोज्छन् । यो अनौठो जन्तु कहाँबाट टुप्लुक्किन आइपुगेछ ?" जुलेले झर्को मानेझैं गरी मम्बालीलाई हेऱ्यो । मम्बाली सोचमग्न थियो ।

"तर जसरी भए पनि आज यो मुर्गालाई फुत्कन भने दिनुहुँदैन, बुझिस् ?" जुलेले मम्बालीको पाखुरा समात्दै भन्यो ।

"हो, तैंले ठीक भनिस् । तर त्यसले भने जस्ती केटी कहाँबाट ल्याउनु ?" मम्बालीले आफ्ना दुवै हातले टाउको समात्दै भन्यो ।

"तैंले इलियानिजलाई देखाइस् ?" जुले बोल्यो ।

"देखाएँ," मम्बालीले शिर हल्लायो ।

"के भन्यो त्यसले ?" जुलेले सोध्यो ।

"भन्थ्यो- यो कहाँ काली छे ? हाइटीका लागि त यो गोरी नै हो," मम्बाली बोल्यो ।

"ओहो, कस्तो अचम्मको ग्राहक !" जुलेले आश्चर्यचकित हुँदै मम्बालीका आँखामा हेऱ्यो ।

"अनि मेसिलियालाई पनि देखाइस् त ?" जुलेले फेरि अर्की केटीको नाम लियो ।

"देखाएँ, देखाएँ," मम्बालीले निरपेक्ष भावमा जवाफ दियो । जुलेका प्रश्नमा ऊ समस्याको समाधान देखिरहेको थिएन ।

"के भन्यो ?" जुलेले फेरि छक्क पर्दै मम्बालीलाई हेऱ्यो ।

"के भन्नु ! इलियानिजलाई हेर्दा जे भनेको थियो, त्यही भन्यो– हाइटीका लागि यी गोरी केटी हुन्, मलाई काली चाहिन्छ ।" मम्बालीले जुलेलाई हेऱ्यो । जुलेका आँखामा आश्चर्यको भाव थियो ।

"त्यसो भए हामी पनि 'गोरा' भयौं होइन त मम्बाली ?" जुले जोडले हाँस्यो ।

"त्यो मोराले भनेअनुसार त्यस्तै त भैयो नि, ऊ निक्खर गोरो, हामी फिका गोरा," जुलेको कुरा सुनेर मम्बालीले पनि खित्का छोड्यो ।

हाँसोसँगै मौनता छायो । दुवै आफ्नो नयाँ र अनौठो ग्राहकको मागअनुसार निक्खर काली केटीको व्यवस्था गरेर कसरी बढीभन्दा बढी डलर पड्काउने भन्ने सोचमा डुबे ।

मम्बालीले झोलाबाट प्रेस्टिज बियरका दुई बोतल निकाल्यो । एउटा जुलेलाई दियो र अर्को बोतलको बिर्को दाँतैले खोली घुट्क्याउन थाल्यो ।

आधा बोतल बियर घुट्क्याइसकेपछि मम्बालीले चिन्तित स्वरमा भन्यो, "हेर् जुले, डोमिनिकनका राम्रा केटीहरू पोर्ट ओ प्रिन्समा आउन थालेपछि हाम्रा स्थानीय केटीहरूको भाउ स्वात्तै घटेको छ, तँलाई थाहा छ ?"

"हो, ठीक भनिस्," जुले बोल्यो ।

"विदेशीहरूलाई एक रातको पाँच सय गुड्समा केटी मिलाइदियो भने हामीले पाउने त्यै सय गुड्स हो । त्यसभन्दा बढी कोही दिन चाहँदैन । क्यारेबियनहरू अझ थोरै दिन्छन् । सधैं दलाली गर्ने मौका पनि कहाँ जुर्छ र ?" मम्बालीको स्वर गह्रौं हुँदै गइरहेको थियो ।

"तैंले दिनको दुइटी केटीको दलाली गर्न पाइस् भने दुई सय गुड्स कमाउँछस् । त्यो दुई सय गुड्सले तेरो घरको एक दिनको छाक टार्न मुस्किल हुन्छ, मुस्किलले पाउरोटी किन्न सकिएला । केटीको दलाली गर्ने हामी मात्र छैनौं !" बियरको नशाले उसभित्र गुम्सिएर बसेका चिन्ता, कुण्ठा र ईर्ष्याका भावहरू बाहिर हुत्त्याइरहेको थियो ।

"हामीले बियर घुट्क्याएको दिन त हाम्रा लालाबालाको हातमा पाउरोटीको टुक्रा पनि पर्दैन," जुलेले हातमा समातेको बियरतर्फ हेर्दै भन्यो । बोतलको बियर सिद्धिन लागेको थियो ।

"के गर्छस् त जुले ? यिनै दुःख भुल्न, चिन्ता बिर्साउन एक बोतल बियर त घुट्क्याउनै पर्‍यो नि यार !"

"जनवरी आधा गइसक्यो । फेब्रुअरीको अन्तिम साता कार्निभल सुरू भैहाल्छ । कार्निभल जस्तो चाडबाडका लागि एक सुको जम्मा गर्न सकिएको छैन । तैंले केही जोहो गरिस् ?" मम्बालीले टाउको घुमाएर जुलेलाई हेर्‍यो । उसले बियरको बोतल रित्त्याइसकेको थियो ।

मम्बालीतिर हेर्दै जुले बोल्यो, "मेरो हालत पनि तेरै जस्तो त हो नि मम्बाली । तँ किन यस्तो कुरा गर्छस् ?"

"कतै केही मिलाइस् कि भनेर नि," मम्बाली बोल्यो ।

"कहाँबाट, कसरी, के मिलाउनु यो गरिबी र भोकमरीले जर्जर बनेको देशमा । बरू अरू कुनै देशतिर भासिन पाए हुन्थ्यो ।"

"हामीले सोच्दैमा कहाँ हुन्छ र जुले ? मैले कति प्रयास गरें अमेरिकाको भिसा लिन तर सकिनँ । युनिभर्सिटीको पढाइ पनि त्यत्तिकै खेर गयो । अब केटीको दलाली गर्नुबाहेक मेरो हातमा कुनै काम रहेन," मम्बालीले धोद्रो स्वरमा भन्यो । उसको कालो अनुहार चिन्ताले झन् कालो देखिएको थियो ।

पोर्ट ओ प्रिन्स बिजुलीको उज्यालोले नुहाइरहेको प्रतीत हुन्थ्यो । रात छिप्पिँदै जाँदा सहरको दक्षिण-पूर्वमा पर्ने थुम्कोमा रहेको कोपाकाबाना नाइट क्लब रङ्गीबिरङ्गी प्रकाशमा जगमगाइरहेको थियो । क्यारिबियन पप सङ्गीतको कर्णप्रिय धुन गुन्जिरहेको थियो । मम्बाली र जुले भने आफ्नो ग्राहकका लागि 'निक्खर काली केटी'को जोहो गर्न मोबाइलमा सम्पर्क गर्ने प्रयास गरिरहेका थिए ।

"ज्याकलिन बुक भइसकेकी छ रे !" मम्बालीले जुलेतिर हेर्दै खुइय्य सुस्केरा छोड्यो ।

"तैंले एलिजसँग सम्पर्क गरिस् मम्बाली ? त्यो त साँच्चिकै काली छे नि !" जुलेले मम्बालीको पिठ्युँमा हान्दै भन्यो ।

"हो, तैंले ठीक भनिस् । मैले त एलिजलाई भुसुक्कै भुलेछु । ल, म फोन मिलाइहाल्छु," शरीरमा फूर्ति आए झैं देखिएको मम्बाली मोबाइलमा नम्बर डायल गर्न थाल्यो ।

आधा घण्टा बित्न नपाउँदै एलिज नाइट क्लबमा आइपुगी ।

आफूलाई सकभर आकर्षक देखाउन एलिजले छोटो र पारदर्शी गाउन लगाएकी थिई । उसको शिरमा लट्टा परेको आरोस (कपाल) थियो ।

एलिजलाई देखेर दुवै जना खुसी भए । उसको आकर्षक कालो देहले त्यो अचम्मको ग्राहकको मन जित्ने कुरामा तिनीहरू ढुक्क थिए ।

"आज तगडा मुर्गा फेला पर्ला जस्तो छ एलिज," मम्बालीले अभिवादनका लागि एलिजको गालामा आफ्नो गाला टाँस्दै भन्यो । "हो र ?" एलिज मक्ख परेर हाँसी, "तर तिमीले मलाई आज धेरै दिनपछि सम्झ्यौ नि, कसो ?"

उसको गुनासोपट्टि ध्यान नदिई तिनीहरू एलिजसँगै नाइट क्लबभित्र छिरे ।

मम्बालीले 'साँढे' उपमा दिएको त्यो मान्छे एउटा कुनामा बसेर ह्विस्की पिइरहेको थियो । जुलेले त्यो मान्छेलाई हेऱ्यो । मम्बालीले वर्णन गरे झैं ठ्याक्कै साँढे जस्तै थियो त्यो मान्छे, अग्लो र साह्रै मोटो । मोटो भए पनि उसको जिउ भद्दा भने थिएन । उसको काँध साँढेको जुरो जस्तै उठेको थियो । फ्रेन्च कट दाह्रीमा उसको व्यक्तित्व खुलेको थियो । उसका ठुल्ठूला आँखाले कसैको व्याकुलतासाथ प्रतीक्षा गरिरहेका थिए । नाइट क्लबका केटीहरू उसको वरिपरि झुम्मिने प्रयास गरिरहेका थिए तर ऊ कसैलाई वास्ता गरिरहेको थिएन ।

मम्बालीलाई ढोकामा देखेर उसका आँखामा आएको चमक एलिजलाई देख्नेबित्तिकै लुप्त भयो ।

"महाशय, यो एलिज ! तपाईंलाई मन पर्ने निक्खर काली केटी ।"

मम्बाली त्यस मान्छेसामु उभियो ।

उसले एलिजलाई सरसरती शिरदेखि पाउसम्म हेऱ्यो र निर्विकार भावमा जवाफ दियो, "मैले खोजेकी केटी यो होइन ।"

"तपाईंले कस्ती केटी खोज्नुभएको महाशय ? हामीसँग भएका सबै केटीहरू तपाईंलाई देखाइसक्यौं तर तपाईंलाई कुनै मन परेनन्," उदास मम्बालीले झिनो स्वरमा भन्यो ।

"तिमीले अझै मेरो इच्छा बुझ्न सकेनौ केटा ? म चाहन्छु निक्खर काली केटी, जसबाट कालो रङको बाक्लो गन्ध आओस्, जस्तो जङ्गली कालो भालु," उसले शान्त भावले मम्बालीको अनुहार नियाल्दै भन्यो ।

"जङ्गली कालो भालु ?" मम्बाली र जुले एकैसाथ चिच्च्याए ।

"हो, जङ्गली कालो भालु, जसले कहिल्यै सहर नदेखेको होस्, बुझ्यौ ?" उसले एक पटक फेरि एलिजतिर नजर घुमायो । प्रस्ट थियो, उसमाथि एलिजको आकर्षक अनुहार र सुडौल शरीरको कुनै प्रभाव परेको थिएन । एलिजले आफूलाई अपमानित भएको महसुस गरी र अर्को टेबलमा एक्लै बसिरहेको एउटा बूढो मेक्सिकनतिर लम्की ।

"निक्खर काली केटी, जसमा जङ्गलीपन र जङ्गली गन्ध होस् । त्यसका लागि म सय अमेरिकी डलर दिन तयार छु," उसले हाँस्दै चुरोट सल्कायो र मम्बाली र जुलेको अनुहारतिर हेर्दै धुवाँ फाल्यो ।

"सय डलर ! सय अमेरिकी डलर !" मम्बाली र जुलेले एकैसाथ आश्चर्य व्यक्त गरे ।

ऊ मुसुमुसु मुस्कुराइरह्यो ।

"केही त गर् मम्बाली," जुले मम्बालीको कानमा फुसफुसायो ।

"म त्यही सोचिरहेको छु जुले ! केही त गर्नै पऱ्यो है," मम्बाली गम्भीर देखियो ।

"तँ यहाँ बस्दै गर् जुले, म तुरुन्तै आइहालें," भन्दै मम्बाली त्यहाँबाट फुत्त निस्क्यो । जुले कुनामा गएर उभियो । त्यो मान्छेले

लापरबाहीको भावमा आफ्नो काँध उचाल्यो र फेरि ह्विस्कीको पेग चढाउन थाल्यो ।

अधैर्यतासाथ मम्बालीलाई पर्खिरहेको जुले मम्बाली आउनुभन्दा पहिले नै त्यो मान्छे उठेर नजाओस् भनेर मनमनै कामना गरिरहेको थियो । नाइट क्लबभित्रको घुइँचो पातलिँदै गए पनि मम्बाली आइपुगेको थिएन । "कहाँ गयो मम्बाली ? साँच्चिकै भालु खोज्न जङ्गलतिरै गएको त होइन, त्यो मान्छेले के भनेको ? मम्बालीले के बुझ्यो ?" उसले केही अनुमान लगाउन सकेन । सायद मम्बाली भर्खरकी तरूनी केटीको खोजी गरिरहेको होला, जुले मनमनै अनेक तर्कवितर्क गरिरहेको थियो । आखिर अन्तिम पेग चढाएर बिल भुक्तानी गर्दै त्यो मान्छे उठ्यो र ढोकातिर लम्क्यो । जुले पछिपछि लाग्यो ।

"श्रीमान्, मेरो साथी आउँदै होला । कृपया एकछिन रोकिनुहोस्," जुलेले विनीत स्वरमा भन्यो ।

त्यो मान्छेले एक पटक फर्केर जुलेलाई हेऱ्यो र केही नबोली ढोकाबाहिर निस्क्यो ।

"क्षमा गर्नोस्, ढिलो भयो महाशय ! इः हेर्नोस् निक्खर काली केटी ? जङ्गली भालुको गन्ध छ यसमा," मम्बालीले अनुनय गऱ्यो । उसले ढोकैमा त्यो मान्छेलाई भेटेको थियो ।

त्यो मान्छेले मम्बालीपछाडि उभिएकी केटीलाई हेऱ्यो । निक्खर काली केटी– सर्वाङ्ग ध्वाँसोले पोतिए जस्ती, ठुल्ठूला स्तन र नितम्ब, घुम्रिएको सानो कपाल, मानौं पहाडको थुम्कामा ससाना बुट्यान उम्रेका हुन् । ऊ साधारण वेशभूषामा थिई । उसको अनुहारमा कुनै शृङ्गार थिएन तर डराए जस्ती थिई । उसका आँखा त्रासले बटारिएका देखिन्थे ।

त्यो मान्छे आश्चर्यचकित भयो । त्यो केटीमा ऊ उसले चाहना गरे झैं निक्खर कालोपन र जङ्गली गन्ध अनुभूत गरिरहेको थियो । ऊ क्वारक्वारती त्यो केटीको सम्पूर्ण अङ्ग-प्रत्यङ्ग हेरिरहेको थियो । अन्ततः ऊ जोडले हाँस्यो ।

"हो, मैले खोजेकी निक्खर काली केटी यही हो । पक्कै पनि यसमा जङ्गली भालुको कडा गन्ध छ," उसले तुरून्तै सय डलरको नोट मम्बालीको हातमा राखिदियो । मम्बालीले धेरै बेरसम्म सय डलरको नोट सुमसुम्याउँदै हेरिरह्यो ।

"मम्बाली, गज्जब गरिस् तैंले ! आखिर यो साँढेलाई हातबाट फुत्कन दिइनस् । तैंले कहाँबाट ल्याइस् यो केटी हँ ?" जुलेले मम्बालीको हातको सय डलरको नोट छुँदै भन्यो ।

"यो मेरी स्वास्नी हो जुले," मम्बालीले निर्विकार भावमा जवाफ दियो । जुलेको अनुहार हेर्दै नहेरी उसले सय डलरको नोट खल्तीभित्र घुसाऱ्यो र अँध्यारोमा लुप्त भयो । जुले पनि दौडँदै उसको पछिपछि लाग्यो ।

एना

बोकाचिकाको समुद्री किनारमा मेला लागे झैं थियो । धेरै दिनपछिको घाम र झरीको लुकामारीपछि आकाश खुलेको थियो । फाट्टफुट्ट बादलका टुक्रा देखिए पनि तिनले मेघ बर्साउन सक्ने पानीका कणहरू बोके जस्तो लाग्दैनथ्यो । आकाशको नीलो अनुहारमा बादलका ती सेता टुक्रा एउटी सुन्दरीको अनुहारमा औंलाको टुप्पाले क्रिम दले झैं प्रतीत भइरहेका थिए । बर्सातको मौसम भए पनि ग्रीष्म याम झैं घाम चट्किलो थियो ।

बिहानदेखि नै मान्छेहरू ओइरिइरहेका थिए । समुद्री तटको आनन्द लिन आउनेहरूलाई स्वागत गर्न तँछाडमछाड गरिरहेका थिए– छातावालहरू, खटियावालाहरू, टेबलकुर्सीको बन्दोबस्त गर्नेहरू, बोट मालिकहरू, सर्फ भाडामा लगाउनेहरू, फलफूल विक्रेताहरू, दुईपाङ्ग्रे गाडा गुडाएर नरिवलको पानी बेच्नेहरू, क्युरियोका सामान बेच्नेहरू, रङ्गीबिरङ्गी ढुङ्गाद्वारा निर्मित माला बेच्नेहरू, खानेकुरा बेच्नेहरू, मसाज गर्नेहरू, पोडिक्योर-मेनिक्योर गर्नेहरू, सिपी तथा माछाका अस्थिपञ्जर बेच्नेहरू अनि रातलाई रङ्गीन बनाउनेहरू । यस्ता कार्यमा संलग्न के महिला, के पुरूष सबै पर्यटककै पर्खाइमा थिए ।

पर्यटकहरूको भीडसँगै मिसिएर म पनि आफू बसेको होटल 'भिला दे सुर'बाट नजिकैको समुद्री तटतिर हान्निएँ । मैले टी-सर्ट, हाफ

प्यान्ट र छालाको लोतीदार चप्पल लगाएको थिएँ । मेरो पिठ्युँमा सानो झोला थियो, जसभित्र एक बोतल पानी, जुस, तटमा ओछ्याउने तौलिया, सन ब्लक लोसन, गगल्स, क्यामेरा र दुइटा पुस्तक थिए ।

म छिटोछिटो कदम बढाउँदै समुद्री तटमा पुगें । बोकाचिकाको समुद्री तट आज पनि त्यति नै शान्त र सौम्य छ, जति म पाँच महिनापहिले आउँदा थियो । फरक यति थियो, त्यस बेला फेब्रुअरी महिनाको मध्यचिसो भएकाले त्यो समय यहाँका लागि अनुकूल थियो । जुलाईमा बर्सात हुने र हावा चल्ने हुँदा समुद्री तटका पारखीहरू यस समयलाई प्रतिकूल भन्न हिचकिचाउँदैनथे ।

महिना प्रतिकूल भए पनि समय अनुकूल थियो । झरीले रूझ्दारूझ्दा चिसोले समातेर हाच्छ्युँ गरिरहे झैं थियो समुद्र । घरीघरी किनारमा गर्जनसहित समुद्रका उत्ताल छालहरू ठोकिन्थे र पानीका छिटाहरू बाफ बनेर माथिमाथिसम्म उठ्थे ।

खजुरको सियाँलमा मैले छातासहितको एउटा खटिया भाडामा लिएँ र खटियामाथि तौलिया बिछ्याएर लम्पसार परें । आफ्ना सामान भएको झोला प्लास्टिकको टेबलमाथि राखें ।

मैले समुद्रलाई हेरें । शान्त, गम्भीर र ध्यानमग्न समुद्रबाट किनारतिर भागिरहेका ती चतुर, चञ्चल र उमङ्गपूर्ण छालहरू मानौं, आमाको अँगालोबाट फुत्केर भागिरहेका ससाना बच्चाहरू हुन्– हाँस्दै-खिलखिलाउँदै... आँगनको किनारतिर दौडिरहेका ।

"समुद्रमा परिवर्तन भइरहने दृश्यहरू सजीव हुन्छन्," समुद्रको एक पागल प्रेमीले आफ्नो अनुभवमा उल्लेख गरेको वाक्य सम्झन्छु । साँच्चै मलाई पनि उसको यो वाक्यांश मन परेको थियो । वास्तवमा समुद्रमा केही नहुँदो हो त मान्छेहरू किन यसरी मरिहत्ते गर्थे होलान् !

मेरा लागि समुद्रजत्तिकै सजीव थिए, समुद्री तटमा फन्याकफुरूक गरिरहेका मान्छेका विभिन्न आकृतिहरू । अझ साँच्चै भन्ने हो भने मान्छेको उपस्थितिले नै समुद्रलाई जीवन्त तुल्याएको थियो । समुद्र मान्छेको बाक्लो उपस्थितिमाझ लहरहरू उचाल्दै रमाइरहेको थियो । म चुपचाप गतिमय लहरहरू हेर्दै प्रफुल्लित भइरहेको थिएँ ।

मैले आफ्नो दायाँतिर हेरें । एउटी नवयौवना नौनी जस्तो शुभ्र र स्निग्ध देह उत्तानो पारेर 'सनबाथ' लिइरहेकी थिई । मेरो बायाँपट्टि एक युगल बालुवामाथि गुँड बनाउँदै ढुकुरढुकुर गरिरहेका थिए । मेरो अगाडि पनि लहरै छाताहरू गाडिएका थिए र छातामुनि खटियामा विभिन्न रूपाकृतिका मान्छेहरू विभिन्न व्यवहार प्रदर्शन गरिरहेका थिए ।

समुद्री तटमा भन्दा बढी मान्छेहरू समुद्रभित्र थिए, कोही किनारतिर बालुवामा लडीबुडी गरिरहेका थिए, कोही घुँडासम्मको पानीमा थ्याच्च बसेर शरीर भिजाइरहेका थिए त कोही टाढाटाढा समुद्रका लहरहरूसँग पौंठेजोरी खेलिरहेका थिए । पानीमा डुब्दै-उत्रँदै गरिरहेका प्रेमिल जोडीहरू झन् सबैको आकर्षणका केन्द्रबिन्दु थिए ।

तर मेरा आँखाले खोजिरहेको वस्तु अर्कै थियो, जसलाई मैले अघिदेखि खोजे पनि भेट्टाउन सकिरहेको थिइनँ ।

"के ऊ अझै यतै होली ?" मेरो मनले आफैँसँग प्रश्न गर्‍यो ।

"यदि ऊ यतै भए पक्कै पनि आज आउँछे," मैले दायाँबायाँ, अगाडिपछाडि हेर्दै उसलाई खोज्ने प्रयत्न गरें तर कतै देखिनँ । हातहातमा मालसामान बोकेर हिँडिरहेका घुमन्ते पसलेहरूबीच म उसलाई खोज्ने प्रयास गरिरहेको थिएँ ।

"अगुवा दे कोको.... ?" एउटा कालो वर्णको मोटोघाटो मान्छे दुईपाङ्ग्रे ठेलागाडा ठेल्दै मेरो छेउ आइपुगेको थियो । ऊ स्पेनिसमा भन्दै थियो– नरिवलको पानी खाने हो ?

"सी...," मैले भनें ।

ऊ खुसी भयो । उसले झटपट काँचो नरिवलको दानो उठाएर आफ्नो हत्केलामा राख्यो र धारिलो चक्कुले च्वाट्ट मुख ताछ्यो । त्यसपछि एउटा स्ट्रसहितको नरिवल मलाई दियो ।

"क्वान्तो ?" मैले उसलाई 'कति पैसा ?' भनी सोधें ।

"ट्वान्टी पेसो," उसले भन्यो ।

मैले २५ पेसोको ढ्याक दिएँ । उसले पाँच पेसोको ढ्याक मलाई फर्कायो र मुस्कुराउँदै भन्यो, "ओके, बाई ।"

मैले पनि ङिच्च गर्दै 'बाई' भनें । ऊ गाडा ठेल्दै अगाडि लाग्दै थियो, मलाई झट्ट सम्झना आयो । मैले कराएर भनें, "अमिगो... !"

उसले मतिर हेऱ्यो ।

"तिमीले एनालाई देख्यौ ? के ऊ यहाँ छैन ?" मैले एकै पटक दुई प्रश्न गरें ।

उसले टाउको हल्लाउँदै भन्यो, "अहँ, आज मैले उसलाई देखेको छैन । सायद आउँदै होली ।" ऊ मुस्कुरायो । उसको मुस्कानले सङ्केत गरिरहे झैं लाग्यो मलाई, 'तिमी किन एनालाई खोजिरहेका छौ नि ? साथी बनाउन त होइन ?'

ऊ अर्को छातानिर पुगिसकेको थियो ।

'एना !' मैले आँखा बन्द गरेर स्मरण गरें । उसलाई मैले पाँच महिनाअघि यही तटमा भेटेको थिएँ ।

***

म खजुरको रूखमुनि खटियामा पल्टिरहेको थिएँ । विशेष गरी कालो वर्णका मान्छेहरू विभिन्न सामान बेच्दै समुद्रको किनारमा ओहोरदोहोर गरिरहेका थिए । मेरा कानमा अचानक एउटा नारी आवाज ठोकिएको थियो, "मेनिक्योर-पोडिक्योर, पोडिक्योर-मेनिक्योर !"

मैले टाउको घुमाएर हेरून्जेल ऊ मेरो खुट्टानजिक आइसकेकी थिई ।

"सिन्योर, के तपाईं आफ्नो हात र खुट्टाका नङ काटेर मिलाउन र सफा गर्न चाहनुहुन्छ ?"

"अहँ, अब मेरो जाने बेला भयो," मैले जवाफ दिएको थिएँ ।

"हेर्नोस् न, तपाईंका खुट्टाका नङ ठूला छन्, काट्नुपर्ने भइसक्यो । कतै ठेस लागेर नङ भाँचिएला ?" म मुस्कुराएँ । 'कति कुरा बनाउन जानेकी यसले ?' म मनमनै 'यसले मलाई कसरी मनाउँदी रहिछ त हेरौं' भन्दै चुपचाप बसिरहें ।

"आज फुटेको कौडी पनि कमाइ भएन। हामी पोडिक्योर-मेनिक्योर गरेको तीन सय पेसो लिन्छौं तर म तपाईंलाई दुई सय पेसोमै गरिदिन्छु," उसले निन्याउरो अनुहार लगाउँदै भनी ।

"तिम्रो नाम के हो ?"

"एना !"

"घर कहाँ हो ?"

"हाइटी तर म यहाँ डोमिनिकन रिपब्लिकमा लामै समयदेखि काम गरिरहेकी छु ।"

उसको घर हाइटी हो भन्ने थाहा पाउनेबित्तिकै मेरा कान ठाडा भए किनकि म संयुक्त राष्ट्रसङ्घको हाइटी मिसनमै काम गर्थें । म विगत छ महिनादेखि हाइटीको राजधानी पोर्ट ओ प्रिन्समा थिएँ । आन्तरिक द्वन्द्व र राजनीतिक अस्थिरताले हाइटीलाई नराम्ररी गाँजेको थियो । हाइटीका जनताको दुःख र पीडा देखेर म कहिलेकाहीँ कहालिन्थें । दसवर्षे सशस्त्र द्वन्द्व र युद्धको मारबाट मुक्ति पाउने प्रयासमा लागेका नेपाली जनता र पटकपटक भएको सेनाको विप्लवका कारण निम्तिएको आपसी द्वन्द्व तथा राजनीतिक अस्थिरताको सिकार बनेका हाइटीका जनताको दुःख र पीडाको अनुभूति मेरा लागि समान थियो ।

मैले त्यो काली केटीलाई अझ ध्यान दिएर हेरें । अफ्रिकी कालो वर्णकी थिई ऊ । उसले टाउकोमा 'आरोस' गुतेकी थिई । अकासे रङको टी-सर्ट, जिनको नीलो प्यान्ट र कपडाको जुत्ता लगाएकी थिई । आधा छाती देखिने होलो टी-सर्टबाट उसका स्तनहरू बाहिर उफ्रँुला झैं गरिरहेका थिए । उसले काँधमा एउटा छालाको ब्याग झुन्ड्याएकी थिई । प्रायः अन्य युवतीहरू झैं उसले पनि नारीमा रङ्गीबिरङ्गी बाला र घाँटीमा नक्कली मोतीको माला लगाएकी थिई । गर्दनमा उसको तस्बिरसहितको परिचयपत्र झुन्डिएको थियो । मेरो अनुमानमा करिब २५-३० वर्षकी थिई ऊ ।

"ल, हुन्छ," मैले उसका अगाडि आफ्ना हात र खुट्टा फैलाएँ । ऊ खुसी भई ।

उसले हाँस्दै फ्रान्सेली भाषामा भनी, "मेसी बुकु मस्युर !" (धेरै धन्यवाद श्रीमान् !) हाइसियनहरूको आफ्नो भाषा क्रिअल भए पनि उनीहरू फ्रान्सेली बोल्छन् तर डोमिनिकनहरू स्पेनिस बोल्छन् ।

ऊ खटियाको छेउमा बसी । उसले आफ्नो झोलाको मुख खोली र फटाफट झोलाभित्रबाट कैंची, चिम्टी, सानो चक्कु, छाला घोट्ने ब्रस र नेलकटर निकाली । ऊ मेरो हात आफ्नो हातमा लिएर 'मेनिक्योर' र 'पोडिक्योर' गर्न थाली । यी दुवै काम गर्न कम्तीमा पनि आधा घण्टा लाग्थ्यो । मलाई उसका बारेमा बुझ्ने यो राम्रो अवसर थियो । द्वन्द्वको मारमा पिल्सिएका नेपालीहरूले भारत, मलेसिया, कोरिया र अरबको भूमि चहारे झैं हाइसियनहरू पनि डोमिनिकन रिपब्लिकका समुद्री किनारहरू चहारिरहेका थिए ।

"कति वर्षकी भयौ ?"

"२७ लागें । ज्याकमेल (हाइटीको एक ठाउँ) छाडेर डोमिनिकन आउँदा म १७ वर्षकी थिएँ ।"

"तिमी यहाँ आएको १० वर्ष भइसक्यो ?" मैले अचम्म मान्दै सोधेको थिएँ ।

"हो, १० वर्ष भयो । यो समुद्री किनारमै मेरो अधिकांश समय बित्यो," उसले आफ्ना आँखा चारैतिर घुमाउँदै भनी, मानौं ऊ मलाई भनिरहेकी थिई, "यही त हो नि मैले १० वर्ष बिताएको ठाउँ ।"

"यसबीच तिमी हाइटी गएकी छैनौ ?" मैले उसको अनुहार हेरें । आफ्नो काममा मग्न ऊ सानो चक्कुले मेरा हातका नङहरू कुशलतापूर्वक काट्दै नङको टुप्पो घोट्दै मिलाइरहेकी थिई ।

उसले पुलुक्क मतिर हेरी । उसका आँखाबाट पीडा छचल्कियो ।

"घरमा मेरी आमा छिन्, एउटा सानो भाइ छ र मेरा दुई छोरी पनि छन्," उसले शून्यमा टोलाउँदै भनी ।

"तिम्रो लोग्ने के गर्छ ?"

मेरा शब्दहरू भुइँमा झर्न नपाउँदै उसले भनी, "मैले बिहे गरेकी छैन । छोरीहरू एउटा हाइसियन र अर्को डोमिनिकन केटा साथीबाट जन्मिएका हुन् । तिनीहरूले बच्चा जन्मिएपछि मसँग विवाह गर्ने बाचा गरेका थिए तर गरेनन् ।" ऊ भावुक बनिरहेकी थिई । म उसको कुरा सुनिरहेको थिएँ । पाँच जना परिवारको पेट पाल्ने कुनै उपाय नभएपछि ऊ एक दिन आमाको सल्लाहमा डोमिनिकनतिर भासिएकी थिई ।

डोमिनिकन आउँदा ऊसँग एक जोर लुगा, एउटा छालाको ब्याग र पाँच सय पेसो थियो । बसबाट सान्तो डोमिङ्गोमा उत्रिएपछि ऊ केही दिन त्यहीँ बसी तर त्यहाँ आफ्नो गुजारा हुन नसक्ने भएपछि ऊ बोकाचिका आइपुगी । बोकाचिकाको समुद्री तट उसलाई औधी मन परेको थियो । यहाँ पर्यटकहरू कहिल्यै खाली हुँदैनथे । उसले स्वतन्त्र रूपमा काम गर्न थालेकी थिई । सुरूसुरूमा ऊ रोटी, बदाम र चिप्स बेच्थी । पछि आएर अन्य हाइसियन साथीहरूको सङ्गतमा उसले हातखुट्टाको सफाइ गर्ने काम सिकी । त्यसपछि उसले यो काममै आफूलाई अभ्यस्त बनाई ।

"म महिनामा लगभग पाँच हजार पेसो कमाउँछु । दुई हजार पेसो घरखर्चका लागि राख्छु, दुई हजार ज्याकमेलमा मेरा दुई छोरी र भाइको हेरचाह गरेर बुढ्यौलीका पट्यारलाग्दा दिनहरू बिताइरहेकी आमालाई पठाउँछु । यही रकमबाट जसरीतसरी उनी महिनादिनको गर्जो टार्छिन्," एनाले मेरा दुवै हात सफा गर्दै भनी । अब ऊ हातका औंलामा नङकै रङसँग मिल्ने नङ पालिस लगाइरहेकी थिई ।

"तिमी यहाँ कहाँ बस्छ्यौ एना ?" मैले सोधेको थिएँ ।

"एउटा कोठा भाडामा लिएकी छु । मसँग मेरी साथी डाफ्ली पनि बस्छे । ऊ मसाजको काम गर्छे," बोल्दाबोल्दै एनाले मभन्दा अगाडिको लहरमा ओछ्याइएका खटियाहरूतिर हेरी । मैले पनि हेरें । त्यहाँ दुइटी केटी दुइटी गोरी महिलालाई तेल लगाउँदै मसाज गरिरहेका थिए । उसले आफू जस्तै काली केटीतिर औंल्याउँदै भनी, "उः, त्यही हो डाफ्ली ।"

मैले उसलाई देखिसकेको थिएँ । ऊ पनि एनाकै दौतरकी थिई ।

"तिमी र ऊ सँगसँगै डोमिनिकन आएका ?" मैले सोधेको थिएँ ।

"ऊ मभन्दा पछि आएकी तर हाम्रो कथाव्यथा मिल्दोजुल्दो छ," ऊ फिस्स हाँसी ।

"यसबीचमा तिमी हाइटी गएकी छैनौ एना ?" मैले फेरि सोधेँ ।

ऊ चार पटकको प्रयासमा एक पटक मात्र हाइटी छिर्न पाएकी थिई एक वर्षपहिले । त्यसभन्दा अघि तीन पटकसम्म प्रयास गर्दा बोर्डरबाट डोमिनिकन रिपब्लिकका पुलिसहरूले ऊसँग रहेको पैसा लुटेर उसलाई फेरि डोमिनिकनमै फर्काइदिएका थिए । ऊ रूँदै बोकाचिका फर्किएकी थिई । अन्तिम पटकको प्रयासमा ऊ दलालमार्फत बोर्डरमा पैसा खुवाएर हाइटी छिर्न सफल भएकी थिई । बोर्डरमा आफू जस्तै अन्य हाइसियन अबला नारीहरूको बिजोग देखेर उसलाई आफूले पाएको दुःख केही पनि होइन जस्तो लागेको थियो ।

"अचेल म हाइटी जाने कुरा सोच्नै छाडेकी छु । आफ्नो देशमा गएर पनि म के नै पाउँछु र ? खराब नेताहरूले हाम्रो सुन्दर र सम्पन्न देशलाई बर्बाद बनाए सिन्योर, सम्झँदा पनि मेरो मुटु कटकट खान्छ ।" उसले लामो सुस्केरा छोडी । उसको कारूणिक जीवनगाथा सुनेर मेरो हृदय छियाछिया भइरहेको थियो । आफ्नो देशबाट टाढा अर्काको देशमा रहेर पनि उसलाई आफ्नो देशको चिन्ता थियो, आफ्नै देशको माया र ममता थियो ।

मेरो दिमागमा अचानक नेपालमा सशस्त्र द्वन्द्व चलिरहेका बेला रोल्पाको थबाङमा भेटेकी खुमा र हुम्लाकी किडी जियाको अनुहार नाच्न थाल्यो । ती दुवै नेपाली चेली सशस्त्र द्वन्द्वपीडित प्रतिनिधि पात्रहरू थिए । तिनीहरू आफ्नै देशभित्र पीडाको पोखरीमा निसासिइरहेका थिए । आफ्नै देशभित्र विस्थापित भएका थिए, आफ्नै गाउँमा बिरानो मान्छे बनेका थिए । देश र समय फरक भए पनि खुमा र किडी जिया तथा एना र डाफ्लीको पीडा एउटै थियो । मेरा आँखाअगाडि एना र डाफ्ली खुमा र किडी जियाको स्वरूपमा परिवर्तित भएका थिए ।

"खुमा..." म बिस्तारै बुदबुदाएँ । "किडी जिया.." म धोद्रो स्वर निकाल्दै चिच्च्याएँ ।

एनाले मेरा ओठहरू चलमलाएको मात्र देखी । म कसलाई सम्बोधन गरिरहेको छु ? उसले अनुमान गर्न सकिन ।

"सिन्योर, सबै काम सिद्धियो । हेर्नोस् त आफ्ना हातखुट्टा," उसले मतिर हेर्दै भनी ।

"राम्रो ! एना, तिमीले मेरा नङ कति राम्रा बनाइदियौ ? मेसी बुकु एना," मैले एनालाई हृदयदेखि नै धन्यवाद दिएँ ।

उसले मैले दिएका सय-सय पेसोका दुई नोट ब्यागमा राखी र मसँग बिदा मागी ।

"फेरि पनि भेट्दै गरौंला है एना," मैले भनें ।

"तपाईं आए पो भेट्नु ! सधैं डोमिनिकन रिपब्लिकमा किन आउनुहोला र ? अमेरिका जानुहोला, क्यानडा घुम्नुहोला, मेक्सिको पस्नुहोला," मुखले यी शब्दहरू बोले पनि उसको अनुहारको भावले भन्थ्यो– तपाईं फेरिफेरि आउनुहोला है, सिन्योर ।

"म आउँछु एना । त्यस बेला म तिमीलाई फेरि भेट्छु है !" मैले उसलाई विश्वास दिलाएँ । ऊ हातमा ब्याग झुन्ड्याउँदै डाफ्ली भएतिर लागी । म पनि अन्तिम डुबुल्की मार्न समुद्रमा पसें ।

***

मेरा आँखा अझै पनि एनाको खोजीमा थिए तर ऊ थिइन । म हाइसियन जस्ता देखिने समुद्री किनारका घुमन्ते पसलेहरूसँग कुरा गर्न थालें, जो प्रायः कालो वर्णका थिए ।

आज मलाई केही गर्ने जाँगर चलिरहेको थिएन । समुद्रमा बेपर्वाह हेलिन पनि मलाई कताकता पट्यार लागिरहेको थियो । म खाटमा पल्टेर पुस्तक पढ्न थालें । अचानक मैले केही टाढा आफ्नो शरीरको एकतिहाइ भाग मात्र कपडाले छोपेर उत्तेजक देह प्रदर्शन गरिरहेकी एउटी काली केटीलाई देखें । मैले चिनें– ऊ भिन्न पहिरन र 'लुक'मा

देखिएकी एना नै थिई । मेरो अनुमान थियो, ऊ अझै काँधमा ब्याग बोकेर 'मेनिक्योर-पोडिक्योर' भन्दै कराउँदै हिँडिरहेकी भेटिनेछे तर यथार्थ त्यसभन्दा सर्वथा भिन्न थियो । एना मेरो अगाडि अर्कै 'गेटअप' मा प्रस्तुत भएकी थिई ।

"एना, तिमी कहाँ थियौ ? म तिमीलाई अघिदेखि खोजिरहेको थिएँ ।"

"किन नि ? तपाईं मलाई माया गर्न थाल्नु त भएन ?" ऊ कालो अनुहारमा सेता दाँत टल्काउँदै हाँसी ।

"तिमी त साँच्चिकै बदलिइछ्यौ नि एना," मैले उसको देहयष्टि नियाल्दै भनें ।

"हो, म अहिले आकर्षक भएकी छु हगि सिन्योर ?" ऊ आफ्नो शरीरका अङ्गहरू हातले स्पर्श गर्दै खितखिताई ।

"अवश्य हो एना, तिमी साँच्चै आकर्षक देखिएकी छ्यौ । अनि तिमीले मेनिक्योर-पोडिक्योरको काम छोड्यौ ? खोइ तिम्रो त्यो झोला, जसमा हातखुट्टाका नङ सफा गर्ने सामानहरू राखिएका हुन्थे ?"

मेरो प्रश्न सुनेर ऊ जोडले हाँसी । त्यसपछि मेरा आँखामा आँखा गाड्दै रहस्यमय लबजमा भनी, "त्यो काम धेरै पछि छुटिसक्यो सिन्योर । त्यो काममा मिहिनेत बढी लाग्ने तर पैसा कम थियो ।"

"अनि तिमी अहिले के काम गर्छ्यौ त ?" मैले हतारिएर सोधें ।

"उः, डाफ्लीलाई हेर्नोस् त," उसले अलि पर एउटा स्पेनिस केटोसँग उभिइरहेकी डाफ्लीलाई देखाई । त्यो स्पेनिस केटो उसको कपाल, स्तन, पेट, पिठ्युँ, नितम्ब र जाँघको परख गर्दै अङ्ग-प्रत्यङ्ग सुमसुम्याइरहेको थियो । डाफ्ली हाँसिरहेकी थिई । त्यो लोग्ने मानिस अन्ततः डाफ्लीको देहसँग सन्तुष्ट देखियो । उसले डाफ्लीको कानमा केही भन्यो । डाफ्लीले 'हुन्छ' भन्दै आफ्नो शिर हल्लाई । उसले डाफ्लीलाई अँगालो हालेर म्वाइँ खायो ।

"डाफ्लीले आजका लागि ग्राहक भेट्टाइसकी । मैले भने अझसम्म कुनै ग्राहक फेला पारेकी छैन । के तपाईं आजको रात मसँग सुत्न

चाहनुहुन्छ महाशय ? एक रातको मात्र हजार पेसो," कम्मर मर्काउँदै एनाले भनी । ऊ मतिर नशालु नजरले हेर्दै मुस्कुराइरहेकी थिई ।

मसँग उसको प्रश्नको कुनै जवाफ थिएन । मेरो अगाडि अहिले हाइटीकी त्यो एना थिइन, जसको आकृतिमा मैले नेपालका खुमा र किडी जियालाई देखेको थिएँ । ऊ अब पूर्ण रूपमा बोकाचिकाकी रजनीगन्धा बनिसकेकी थिई । मैले आफूभित्र एक प्रकारको सकस वा पीडा अनुभव गरें र मर्माहत भएर उसलाई हेरें । उसको अनुहारमा कुनै पश्चात्ताप र ग्लानिबोधको भाव थिएन, बरू समयअनुसार चल्न सकेकोमा सन्तुष्टिको आभा थियो ।

***

"एना...," मैले उसलाई पुकारेको थिएँ ।

"हजुर ! मेरो नाम रूपा हो । म रूकुमबाट भागेर आएकी । ठमेलको यो डान्सबारमा काम गर्न थालेको तीन वर्ष भयो हजुर ।"

मैले झस्केर एनालाई हेरें । एनाको ठाउँमा रूपा उभिएकी थिई । ऊ भावहीन आँखाले मलाई ताकिरहेकी थिई । उसको लोग्ने सशस्त्र द्वन्द्वका क्रममा बेपत्ता पारिएको थियो । आफ्ना दुई नाबालिग छोरीको लालनपालन गर्न ऊ डान्सबारको भुइँमा प्यान्टी र ब्रा मात्र लगाएर नाचिरहेकी थिई ।

***

"रूपा...," म जोडले चिच्च्याएँ ।

"किन यसरी जोडले चिच्च्याएको सिन्योर ? उः, मलाई अर्को ग्राहकले हातको इसाराले बोलाइरहेको छ । म गएँ है, बाई," एना खित्का छाडेर हाँसी ।

म निर्निमेष एनालाई हेरिरहेको थिएँ । मैले हेर्दाहेर्दै एना उसलाई पर्खिरहेको पुरूषको नजिक पुगी, त्यसपछि दुवै जना एकअर्कालाई अँगालो मार्दै मेरा आँखाबाट ओझेल भए ।

म्युजियममा मेरो गाउँ

प्लिमथ, म्यासाच्युसेट्स, अमेरिका, सन् २००९ ।

म यहाँ म्युजियम हेर्न आएको थिएँ– एक वाचाल र जीवन्त म्युजियम, जहाँ सङ्ग्रह गरिएका वस्तुहरू हिँडडुल गर्छन्, हाँस्छन्, रून्छन्, कुरा गर्छन् । मान्छे झैं सास फेर्छन् र सुखदुःखको अनुभूति गर्छन् । टिकट काटेर म्युजियमभित्र पस्नुभन्दा पहिले गेटमा टाँगिएको एउटा जानकारीले मलाई थप आश्चर्यमा पारेको थियो, "म्युजियमभित्रका वस्तुहरू सत्रौं शताब्दीको पूर्वार्द्धका पात्र हुन् । ती वस्तुहरूका सम्बन्धमा तपाईंहरूमा थुप्रै जिज्ञासा हुन सक्छन् । आफ्ना जिज्ञासाहरू तिनीहरूका अगाडि नै राख्नुहोस् । तिनीहरूसँग कुरा गर्नुहोस् । तिनीहरूले तपाईंलाई आफ्ना बारेमा थुप्रै कुराहरू भन्नेछन् ।"

साँच्चै, के तिनीहरूले आफ्ना बारेमा आफैं बताउन सक्लान् र ? कस्तो आश्चर्य ! मनमनै गम्दै म म्युजियमको गेटभित्र छिरें । मलाई अझै पनि विश्वास लागिरहेको थिएन– यस म्युजियमभित्र सत्रौं शताब्दीको समय सङ्गृहीत गरिएको छ । त्यो समयका जिउँदा पात्रहरू म्युजियमभित्र सजाइएका छन्– हामी एक्काइसौं शताब्दीका मान्छेलाई देखाउन । म छक्क पर्दै मूल गेटभित्र प्रवेश गरें ।

के यो साँच्चिकै म्युजियम हो ? सत्रौं शताब्दीका मान्छेहरूको सभ्यता सङ्ग्रह गरी राखिएको एक जीवन्त म्युजियम, जहाँ मान्छेको

सभ्यता मात्र होइन, मान्छेहरू आफैं उपस्थित छन् सभ्यतासँग । ओहो, कस्तो अद्‌भुत आश्चर्य !

म्युजियमभित्र म अवाक् बनेको छु । यसको अद्‌भुत र विस्मयकर दृश्यचित्रले मलाई बकलाटो बनाएंको छ । मलाई विश्वास लागिरहेको छैन, म टिकट काट्नेहरूको लाममा बसेर यो म्युजियम हेर्न आएको छु ।

वास्तवमा म्युजियममा मेरो गाउँ थियो । कैलालीको एक थारूगाउँ, जहाँको झुरूप्प परेको बस्तीमा मेरो घर थियो । गाउँको माटोको सुगन्ध लिएर म जन्मेको थिएँ, गाउँको माटोमा लडीबुडी गर्दै म हुर्केको थिएँ । गाउँको निश्छल माया र स्नेहको धागोमा उनिंदै मान्छेका संस्कार र सभ्यताका मालाहरू पहिरेको थिएँ मैले । मेरो प्यारो गाउँ मेरै अगाडि म्युजियमका रूपमा खडा थियो । गाउँलेहरूको प्यारो 'बाबू' म दर्शक बनेर आफ्नै गाउँ म्युजियम बनेको हेर्न आएको थिएँ अमेरिका ।

एक अविश्वसनीय यथार्थ ! एक अकल्पनीय वास्तविकता ! यो वास्तविक यथार्थ स्वीकार गर्नु मेरो रहर नभएर बाध्यता थियो । म्युजियम बनेको मेरो गाउँ मेरा आँखाअगाडि थियो र म आफ्नो गाउँलाई घरको माथिल्लो तलाको झ्यालबाट चियाएर हेरे झैं हेरिरहेको थिएँ– अवाक्, विस्मित भावमुद्रामा ।

गाइडले भन्यो, "यो 'बाम्पानोग' नामक अमेरिकी जनजातिहरूको गाउँ हो, जहाँ सन् १६२७ मा नयाँ मुलुकको खोजीमा हिंडेका बेलायतीहरू प्रवेश गरेका थिए । सुरूसुरूमा बेलायतीहरूले यहाँका गाउँलेहरूलाई बाँधेर आफ्नो देशमा लगी दास बनाएर राखे । पछि बेलायतीहरूले यहाँ आफ्नो अलग गाउँ बनाए, जसलाई बेलायतीहरूको नयाँ कोलोनीका रूपमा 'न्यु इङ्ल्यान्ड' भन्न थालियो । अहिले तपाईंहरू सत्रौं शताब्दीको एउटा गाउँ देखिरहनुभएको छ । तपाईंहरूलाई पक्कै पनि आश्चर्य लागिरहेको होला, हाम्रो यो पुस्ता कुन जङ्गली सभ्यताबाट विकसित भएर आएको रहेछ । अहिले हामीलाई यो म्युजियमको इतिहासमाथि विश्वास मान्न त्यति गाह्रो छैन तर भविष्यको

पुस्ताका लागि यो म्युजियम अहिलेको चिम्पान्जीको खोरभन्दा भिन्न हुने छैन ।" ऊ जोडले हाँस्यो, ऊ सँगसँगै विभिन्न देशबाट ओइरिएका पर्यटकहरू पनि हाँसे । म भने अझै वास्तविकता र भ्रमको दोसाँधमा चक्कर मारिरहेको थिएँ ।

'म सत्रौं शताब्दीको गाउँको एक पात्र हुँ वा एक्काइसौं शताब्दीको पर्यटक ।' आफू को हुँ भनेर छुट्याउन मलाई गाह्रो भइरहेको थियो । सत्रौं शताब्दीको पुरातन सभ्यता बोकेको यो सजीव गाउँ देखेर अन्य पर्यटकहरू झैं म आश्चर्यचकित हुन सकिरहेको थिइनँ, न त मन्त्रमुग्ध बन्न सकिरहेको थिएँ । बरू म त किंकर्तव्यविमूढ बनेर म्युजियममा राखिएको आफ्नो गाउँलाई हेरिरहेको थिएँ । त्यहाँ खर र रूखका बोक्राको छानो भएका छाप्राहरू थिए । ती छापाहरू काटीकुटी मेरो गाउँका दैंतान, झिङरान, देउखुरान, पथखोल्यान, छिन्टुवान, भन्तान र बडघरानका घरहरू जस्तै थिए । ती घरहरूबीच ठ्याक्कै मेरो जस्तै एउटा फुसको झुपडी थियो । गाउँमा ससाना बाटाहरू, आँगन, करेसाबारी, परालका माच, दाउराका हार पनि थिए । घरको भित्तासँगै सटिएका कुखुरा, हाँस र सुँगुरका खोरहरू पनि थिए । घरभित्र र बाहिर गाउँलेको वेशमा वाचाल प्राणीहरू विचरण गरिरहेका थिए । मैले नजिक, झन् नजिक गएर तिनीहरूलाई हेरें । तिनीहरू मेरै गाउँलेहरू थिए– गाउँले बाजेबज्यैहरू, बाआमाहरू, काकाकाकीहरू, दाजुभाइ, भाउजू, दिदीबहिनी र ससाना नानीहरू । मैले अपलक निहारिरहें– सत्रौं शताब्दीको अमेरिकी सभ्यतालाई बचाइराखिरहेको एक्काइसौं शताब्दीको मेरो गाउँलाई लिभिङ म्युजियम बनेर मेरो प्यारो गाउँ सत्रौं शताब्दीका अमेरिकीहरूको प्राचीन संस्कृति र सभ्यताको परिचय दिइरहेको थियो ।

गाइड भनिरहेको थियो, "यो गाउँ वर्तमान अमेरिकी आधुनिक सभ्यताको प्राचीन स्वरूप हो । तपाईंहरूलाई पक्कै पनि आश्चर्य लागिरहेको होला, के साँच्चै हाम्रा पुर्खाहरू यति गरिब र पिछडिएका थिए, तिनीहरूलाई राम्ररी खान र लाउन पनि धौधौ थियो ? साँच्चै हो,

तिनीहरूसँग केही पनि थिएन । उनीहरू जङ्गली सभ्यताका आदिम मानवहरू झैं थिए । झट्ट हेर्दा मान्छे जस्ता देखिए पनि तिनीहरूको व्यवहार जनावरको भन्दा फरक थिएन ।"

बहुसङ्ख्यक पर्यटकहरू अमेरिकी र युरोपेली थिए । गाइडको कुरा सुनेर तिनीहरू मुखामुख गर्न थाले । कोही मुसुमुसु मुस्काइरहेका थिए । कोही ट्वाल्ल परेर गाइडको अनुहार ताकिरहेका थिए त कोही मेरो गाउँतिर क्यामेरा सोझ्याउँदै 'क्लिकक्लिक' तस्बिर खिचिरहेका थिए । म पर्यटकहरूको भीडभन्दा अलि पर आफ्नो गाउँलाई नियाल्दै उभिएको थिएँ । मेरा आँखामा अझै पनि आश्चर्यका ज्वारभाटाहरू उठिरहेकै थिए । म अरूको सामुन्ने आफूलाई सामान्य देखाउने प्रयास गरिरहेको थिएँ तर मनमनै छटपटाइरहेको थिएँ ।

मेरा आँखासामुन्ने दैंतान बूढाको घर थियो । आँगनमा दैंतान बूढो लगौंटी लगाएर उभिएको थियो । शरीरका बाँकी अङ्गहरू नाङ्गा थिए । घामले डढेको शरीरबाट पसिनाको गन्ध आइरहेको थियो । ऊ एउटा काठको मुढालाई छिनाले खोपेर गाईगोरूलाई दाना खुवाउने डुँड बनाइरहेको थियो । घरसँगै जोडिएको एकपाखे गोठमा एउटा गाई र एक हल गोरू किलामा बाँधिएका थिए ।

पर्यटकहरू आश्चर्यले आँखा ठूलठूला पार्दै दैंतान बूढाको काम हेरिरहेका थिए र बीचबीचमा विभिन्न प्रश्नहरू पनि सोधिरहेका थिए ।

"तिमी को हौ ?" पर्यटकको भीडबाट एक जनाले प्रश्न गऱ्यो ।

"म बाम्पानोग जनजातिको एक सदस्य, सत्रौं शताब्दीको प्रारम्भको मान्छे हुँ," दैंतान बूढाले जवाफ दियो ।

"तिमी यो काठ खोपेर के बनाइरहेका छौ ?"

"म गाईवस्तुहरूलाई दाना खुवाउनका लागि डुँड बनाइरहेको छु," सबै जना गलल्ल हाँसे ।

"ओहो, कस्तो अचम्म ! कति हाँस उठ्दो !"

भीडबाट प्रतिध्वनित हुँदै आएका यी विभिन्न आवाज म मन नलागीनलागी सुनिरहेको थिएँ । मेरो मन ग्लानि र हीनताबोधले

छटपटाइरहेको थियो । यिनका व्यङ्ग्यबाणहरू आफूमाथि नै प्रहार भए झैं लागिरहेको थियो मलाई । यस म्युजियममा भलै ऊ बाम्पानोगको एक सदस्यका रूपमा अभिनय गरिरहेको थियो तर यथार्थमा ऊ मेरो गाउँको 'दैतान बूढो' नै थियो, जो एक्काइसौं शताब्दीमा पनि सत्रौं शताब्दीको सभ्यता आत्मसात् गरेर बाँचिरहेको छ । त्यो घर छाडेर हामी पछाडिपट्टिको गल्ली हुँदै अर्को घरमा निस्कियौं । रूखको बोत्रैबोत्राको थुप्रो जस्तो देखिने त्यो घरभित्रबाट धुवाँ पुतपुताइरहेको थियो । घरभित्र मानवआकृतिहरू सलबलाइरहेका देखिन्थे । सबै जना घरभित्र पसेर हेर्न तँछाडमछाड गर्न लागे । सबैले एकै पटक पस्न असम्भव हुनाले पर्यटकहरू पालैपालो भित्र पस्ने र केही समयपछि बाहिर आउने गर्न थाले ।

"हे भगवान्, कस्तो अनौठो ! कति अचम्म लाग्दो !"

प्रायः पर्यटकको मुखबाट यही प्रतिक्रिया सुनिरहेको थिएँ म । के होला भित्र ? म पनि उत्सुक थिएँ । अन्ततः म भित्र छिरें तर भित्रको दृश्य देखेर अवाक् भएँ । घरभित्र एउटा पुरूष, एउटी महिला र दुइटा बच्चा थिए । मलाई आफ्नै गाउँको देउखुऱ्यानको परिवार झैं प्रतीत भयो । ती चारै प्राणी अगेनोवरिपरि काठको पिर्कामाथि बसेर आगो तापिरहेका थिए । हाफ बुसर्ट र लगौटी लगाएको देउखुऱ्यान बूढो काँसको बटुकामा जाँड पिइरहेको थियो । उसको अगाडि मालुको पातमा नुनखुर्सानी पिँधेर बनाइएको चटनी राखिएको थियो । ऊ दाहिने हातले चटनी चाट्तै जाँडको घुट्को लिन्थ्यो । उसकी स्वास्नी डेक्चीमा उम्लिरहेको पानीमा पिठो हालेर ढिँडो ओडालिरहेकी थिई । दुई बच्चा सुँगुरको छालामाथि बसेर अगेनोमा गँगटा पोल्दै चपाउँदै थिए । घरको कुनामा माटाको भकारी थियो, जसमाथि मैला लुगाफाटा राखिएका थिए । भकारीनजिकै बाबियोको डोरीले बुनेको काठको चारखुट्टे खटिया राखिएको थियो । खटियामाथि झुत्रो गुन्द्री बिछुयाइएको थियो । अगेनामाथि भारमा सुँगुरको आलो मासु सुकुटी बनाउने अभिप्रायले राखिएको थियो ।

घरभित्रको यो दृश्यले मलाई गाउँको सम्झना ताजा गराएको थियो । देउखुऱ्यान बूढाको घरमा म कति पटक गएको थिएँ । उसको छोरो मेरो साथी थियो । ऊ र म अगेनोमा आलु पोलेर खान्थ्यौं । एक पटक उसले खेतको आली ताछ्ने क्रममा अचानक दुलाबाट निस्केको मुसालाई खेदैखेदै मारेको थियो । घरमा आएपछि उसले भुङ्ग्रामा मुसाको मासु पोली सिलौटामा नुनखुर्सानीसँग पिसेर चटनी बनाएको थियो– मुसाको मासुको चटनी ! हामीले त्यो चटनीसँग भात हसुरेका थियौं । बितेको रमाइलो दिन सम्झेर म हाँसें । के यिनीहरूसँग पनि त्यस्ता अनुभव होलान् ?

"किन हाँस्यौ ?" पुरूषले मलाई सोध्यो ।

"त्यत्तिकै । के तिमी कुहेको भातबाट बनाएको जाँड खाइरहेका छौ ?" मैले उसको बट्टुकातिर ध्यान दिंदै सोधें ।

उसले जाँड पिउन छोडी अचम्म मानेर मलाई हेऱ्यो ।

"तिमीले कसरी थाहा पायौ ?" उसको अनुहारमा आश्चर्य झल्कियो । "के तिमीले हाम्रो इतिहास-संस्कृतिबारे अध्ययन गरेका छौ ?" उसले अर्को प्रश्न थप्यो ।

"पढेर होइन, मैले अनुभवबाट थाहा पाएको हुँ," मैले भनें ।

"अनुभव ?"

"हो, अनुभव ।"

"तिमी कुन देशका बासिन्दा हौ ?" उसकी स्वास्नी र दुई बच्चा उत्सुक भएर मलाई हेरिरहेका थिए ।

"नेपाल," मैले अलि जोडले भनें ।

"नेपाल !" उसले दोहोऱ्यायो तर उसका आँखामा प्रश्न यथावतै थियो ।

"चीन र भारतको बीचमा पर्छ मेरो देश नेपाल, माउन्ट एभरेस्टको देश," भन्दै म बाहिर आएँ, किनभने ढोकाबाहिर मान्छेहरू भित्र पस्ने पालो कुरेर बसिरहेका थिए ।

"ओहो नेपाल !" ढोकाबाट बाहिर निस्कँदै गर्दा मैले पुरूषको आवाज सुनें । त्यसपछि ऊ जोडले हाँसेको आवाज आयो, जुन पछिसम्म गुन्जिरह्यो ।

म बाहिर आएर कता जाऊँ, कहाँ जाऊँ भन्ने सोचिरहेको थिएँ, केही मिटर टाढा एउटा पराले छाप्रोमुनि काठको मुढामाथि बसेर एउटी बूढी आइमाई हातले केही बुनिरहेकी देखें । म त्यतैतिर लम्कें । म जतिजति उनको नजिक पुग्दै गएँ, उतिउति मेरो मुटुको धड्कन बढ्न थाल्यो । काठको मुढामाथि बसेकी बूढी मेरै गाउँको छिन्टुवाकी आमा थिइन्, जसलाई म पनि 'आमा' भनेरै सम्बोधन गर्थें ।

ती आमालाई मैले सम्बोधन गरें, "गाउँकी बूढी आमा, नमस्कार !"

उनले बिस्तारै टाउको घुमाएर मतिर हेरिन् । सेतो ब्लाउज र सेतै लुङ्गी लगाएकी ती आमाका गलामा सिपी र मुगाको माला थियो । कानका लोती लत्रेर तलसम्म पुगेका थिए । उनले दुवै हातका कुहिनादेखि नारीसम्म र खुट्टामा कुर्कुच्चादेखि घुँडासम्म 'टाटु' खोपाएकी थिइन् । नारीमा चाँदीका बाला र गोडामा पनि चाँदीकै कल्ली पहिरेकी उनका पैतालाहरू नाङ्गा थिए । मैले देखें, उनी माछा मार्ने जाल बुनिरहेकी थिइन् ।

"आमा, मलाई चिन्नुहुन्छ ?" उनको नजिकै गएर कानमा साउती गरेको थिएँ मैले ।

उनले एकछिन पक्क परेर मलाई हेरिन् र त्यसपछि मेरो हात समातेर भनिन्, "म तँलाई चिन्छु बाबू ! किन नचिन्नू ? तँलाई अङ्ग्रेजहरूले बाँधेर इङ्ल्यान्ड लगेका थिए । हामीले त तँ मरिसकिस् भन्ने ठानेका थियौं । यतिका वर्षपछि तँ कहाँबाट टुप्लुक्क आइपुगिस् बाबू ?"

म छक्क परें किनकि यसो भन्दा बूढी आमा आँखाबाट बरबरी आँसु झार्न थालिसकेकी थिइन् ।

मैले पनि भावुक भएर बूढी आमाका सजल नेत्र नियालें । ती वात्सल्यमय आँखा छिन्टुवाकी बूढी आमाका जस्तै थिए । कुनै फरक

थिएन यिनमा । उनी मलाई औधी माया गर्थिन् । म पनि उनलाई बजार गएका बेला नरम बिस्कुट ल्याइदिन्थें । उनी मक्ख पर्थिन् । भोक लागेका बेला त्यही बिस्कुट कुटुकुटु खाएर बस्थिन् रे उनी ।

"म मर्ने बेलामा पनि बाबूको बिस्कुट नखाई मर्दिनँ," उनी गाउँमा यसै भन्दै हिँड्थिन् रे ! गाउँ छाडेर हिँडेपछि उनको मायाको अनुभव गर्न नपाएको धेरै समय गुज्रिसकेको थियो । अचानक यस ठाउँमा म्युजियमभित्र तिनै आमालाई देखेर म हतप्रभ भएको थिएँ ।

"म जहाँबाट आए पनि आज तपाईंलाई भेट्न आइपुगें आमा," मैले उनको कपाल मुसार्दै भनें ।

म सँगसँगै पर्यटकको भीडले पनि घेरिसकेको थियो उनलाई ।

"बूढी आमा, तपाईं के बुन्दै हुनुहुन्छ ?"

"तपाईंले ती हात र खुट्टाको टाटु कसरी बनाउनुभएको हो ?"

"तपाईं बसेको यो कुर्सीको नाम के हो ?"

"तपाईंले हात र खुट्टामा लगाएको चाँदीको बालालाई कति पर्छ ?"

"तपाईं खानामा के खानुहुन्छ ? ब्रेड, बर्गर, पिज्जा, नुडल्स वा चिकन रोस्ट ?"

बूढी आमा हाँस्दै जवाफ दिइरहेकी थिइन् । अन्तिम प्रश्नको उत्तरमा उनले भनिन्, "यी खानेकुराका नाम मलाई केही थाहा छैन । मेरो बूढो जङ्गलमा सिकार गर्न गएको छ । कुनै जङ्गली जनावर मारेर ल्यायो भने पक्कै पनि आज राति हामी मासु पोलेर खान्छौं ।"

चारैतिरबाट क्यामेराका फ्ल्यासहरू बल्न थालेका थिए । सत्रौं शताब्दीको प्राचीन गाउँकी बूढी आमाको तस्बिर खिच्न सबै जना आतुर देखिन्थे ।

"बूढी आमा, म जान्छु है," मैले नजिकै गएर भनें ।

उनले स्नेहसिक्त आँखाले मलाई हेर्दै शिर हल्लाएर 'हुन्छ' को सङ्केत गरिन् । म त्यहाँबाट लुसुक्क निस्कें । बूढी आमा बसेको छाप्रोपछाडि करेसाबारी थियो ।

मैले करेसाबारीमा आँखा घुमाएँ । बारीमा घोगा लाग्दै गरेका मकैका बोटहरू थिए । बारीको बीचमा बाँसको टौवा थियो । त्यो टौवा देखेर म भावुक भएँ । स्कुलको ठिटो छँदा म मकैबारीमा रहेको टौवामाथि बसेर मकैका घोगा टुङ्न आएका सुगा धपाउने गर्थें– ओआ ओआ ! अझै पनि मेरो गाउँको मकैबारीमा सुगा आउन छाडेका छैनन् र टौवाबाट केटाकेटीका उन्मुक्त स्वरहरू उर्लिन पनि छाडेका छैनन् ।

म बारीभित्र पसें र टौवाको एउटा खाँबोमा हात टेकें । म्युजियमभित्र मकैबारीमा सुगा हँकाउन बनाइएको बाँसको टौवा सत्रौं शताब्दीका अमेरिकीहरूको जीवनयापनको झझल्को दिन राखिएको थियो । म बारीबाट निस्कने मन बनाइरहेको थिएँ, अचानक मकैका बोटहरू हल्लिन थाले । सरसराहटको आवाज गुन्जियो । काला सुँगुरहरू बारीको माटोमा थुतुनो गाड्दै, केही चपाउँदै, उगेल्दै मतिर आइरहेका थिए ।

"कहाँबाट आए यी काला सुँगुर ?" मैले सुँगुरको गोठालो खोज्न चारैतिर आँखा घुमाएँ ।

एउटा १४-१५ वर्षको ठिटो हातमा बाँसको लट्ठी बोकेर सुँगुरका पछिपछि आइरहेको थियो ।

"सत्यानाश पार्ने भए मकैबारी," ऊ चर्को स्वरले चिच्च्यायो । बारीबाट सुँगुर खेद्न मैले उसलाई सहयोग गरें । ऊ मलाई हेर्दै मुस्कुरायो । मैले आफ्नो गाउँमा पनि चाडबाडका बेला बगालका बगाल सुँगुरहरू सूँसूँ र फूँफूँ गर्दै पूरै बाटो छेकेर हिंडेको सम्झें । त्यस बेला हामी घरबाट निस्कन्थ्यौं र सुँगुरको मार्च पास हेर्थ्यौं । बगालबाट मन परेको सुँगुर छान्दै किन्नेहरू किन्थे, साट्नेहरू आफ्नो घरको सुँगुर दिएर नयाँ सुँगुर साट्थे । हृष्टपुष्ट काला सुँगुर देखेर गाउँका सिँगाने भुराभुरीहरू फुरूङ्ग परेर तीन बित्तामाथि उफ्रिन्थे ।

मलाई किनकिन यो ठिटोसँग एक पर्यटकले झैं व्यवहार गर्न मन लाग्यो ।

"तिमी को हौ ?"

"म सत्रौं शताब्दीको बाम्पानोग जातिको एक सदस्य र सुँगुरको गोठालो हुँ । मेरो मालिकले मलाई सुँगुर चराउन पठाएको," उसले जवाफ दियो ।

"तर एक्काइसौं शताब्दीमा तिमी को हौ ?" मैले उसले अपेक्षा गरेभन्दा विपरीत प्रश्न सोधें ।

मेरो प्रश्न सुनेर ऊ अकमकायो ।

"भन्नुको मतलब ?" उसले प्रश्न अझ स्पष्ट र सरल होस् भन्ने चाहेको देखियो ।

"मतलब यस म्युजियममा तिमी सत्रौं शताब्दीको प्रारम्भिक समयको एक प्रतिनिधि पात्र हौ । तिमी म्युजियमको गाउँमा मालिकको सुँगुर चराइरहेका छौ तर घरमा तिमी के गर्छौ ?"

मलाई सुनिसकेपछि ऊ लजाउँदै मुस्कुरायो र भन्यो, "बिदाको दिन शनिबार र आइतबार म यहाँ काम गर्छु । यहाँ मेरो बुबा पनि काम गर्नुहुन्छ । पाँच बजे म्युजियम बन्द भएपछि हामी बाबुछोरा आफ्नै मोटरमा घर फर्कन्छौं । घर फर्कंदा बाटामा माइकल ज्याक्सनको गीत सुन्छु । कहिलेकाहीँ आइपडमा गेम पनि खेल्छु । घर पुगेपछि हामी सावर लिन्छौं । त्यसपछि म ह्यामबर्गर टोक्दै सोफामा पस्रिन्छु । मेरो हातमा टिभीको रिमोट कन्ट्रोल हुन्छ । म मन परेका कार्टुन फिल्महरू हेर्न थाल्छु । बुबा पनि एक बोतल चिसो बियरसँग स्न्याक्स लिएर फ्रेस हुन थाल्नुहुन्छ, हे हे हे ।"

मलाई आश्चर्य लागिरहेको थियो– त्यो युवक कति कुशलतापूर्वक सत्रौं शताब्दी र एक्काइसौं शताब्दीबीचको समयको अन्तराल संयोजन गरेर आफ्नो भूमिका निर्वाह गरिरहेको छ । ऊ सत्रौं शताब्दीको सुँगुरगोठालो र एक्काइसौं शताब्दीको अत्याधुनिक आइपड बालकको जीवन सहजतासाथ बाँचिरहेको थियो ।

"के तिमीलाई गोठालो बनेर सुँगुर चराउन आनन्द लागेको छ ?" मैले उसका चञ्चल आँखामा हेरें । ऊ छिनछिनमा आफ्ना आँखा नचाउँथ्यो र आँखीभौं माथि तन्काउँदै अनुहारको भाव परिवर्तन गर्थ्यो ।

"अवश्य ! यो आनन्द मेरा लागि सर्वोपरि हो । अचेल कुन बालकले मैले झैं सुँगुर चराउने मौका पाउँछ ?" ऊ मेरो अनुहारमा हेर्दै मुस्कुरायो ।

उसको जवाफले रन्थनिदै मैले आफ्नो गाउँ सम्झें । घरघरमा सुँगुरका खोरहरू छन् त्यहाँ । प्रायः प्रत्येक घरका बालकहरू सुँगुर चराउँछन् । घरघरमा सुँगुर पाल्नु आवश्यकता हो भने उमेर नपुगेका बालबालिकाहरूले सुँगुर चराउनु त्यहाँको वास्तविकता हो ।

"मैले सही भनिरहेको छु होइन त ?" ऊ बोल्यो । म केही नबोली टोलाइरहेको देखेर ऊ आश्चर्यमा परेको थियो ।

"हो हो, सही भन्यौ । तर मेरो गाउँ, जुन आफैंमा गाउँ हो, कुनै म्युजियम होइन, त्यहाँका बालकहरू त वास्तवमै सुँगुर चराउँछन्," मैले भनें ।

"साँच्चै ? अविश्वसनीय ! तपाईं 'जोक' गर्दै हुनुहुन्छ । कति मीठो 'जोक' !" ऊ जोडले हाँस्यो र सुँगुर हाँक्दै अर्को गल्लीभित्र छिऱ्यो ।

"कस्तो रमाइलो मान्छे," ऊ जोडले कराएको सुनें मैले ।

करेसाबारी छिचोल्दै म गाउँका अन्य दृश्यहरू हेर्न छिटोछिटो कदम बढाउन थालें । घरघरमा विभिन्न दृश्यहरू दृष्टिगोचर भए । कुनै घरका स्त्रीहरू आँगनमा रहेको कुवाबाट बाल्टीमा पानी झिकिरहेका थिए भने केही स्त्रीहरू टाउकामाथि घैंटो राखेर पानी ओसारिरहेका थिए । घरको आँगनमा कुखुरा र हाँस चारो टिपिरहेका थिए । कुनै घरको चुलामा गोबरका गुइँठा बलिरहेका थिए । घरभित्रबाट बाख्राका पाठाहरूको म्याँम्याँ पनि सुनिरहेको थिएँ म ।

गाउँका घरहरू चहार्दै जाने क्रममा म अचानक एउटा घरअगाडि उभिन पुगें, जुन धेरै हदसम्म मेरो घरसँग मिल्थ्यो– वरिपरि बगैंचा भएको एकतले घर, म चुम्बकीय आकर्षणले तानिएझैं घरमा गएँ । घर सुनसान थियो । घरभित्र र घरबाहिर कोही मान्छे थिएनन् । म घरको ढोकाभित्र पसें ।

"कोही छ ?" मैले सोधें । जवाफमा मैले कुनै आवाज सुनिनँ । घरभित्र एक कुनामा बिछ्याइएको काठको खटियामाथि सिरक र डसना राखिएको थियो । म माथि उक्लें ।

"कोही छ ?" म फेरि चिच्च्याएँ ।

अहिले पनि कुनै आवाज आएन । मैले अचम्म मानेर चारैतिर हेरें । एउटा कुनामा टेबल र कुर्सी राखिएको थियो । सायद यो त्यही टेबल हो, जहाँ म स्कुलको विद्यार्थी छँदा पढ्नेलेख्ने गर्थें । यही टेबल हो, जहाँ मैले चम्पीलाई दूधको गिलास राख भन्दा ऊ अलमलिएकी थिई– टेबलअगाडि उभिएरै ऊ यताउता टेबल खोज्न थालेकी थिई । उसलाई टेबल भनेको के हो, थाहा थिएन । मैले बाआमाको कोठा पनि हेरें । कोठाको झ्यालबाट बगैंचा हेर्न सकिन्थ्यो । "कोही छ ?" म फेरि चिच्च्याएँ ।

"आमा !" अचानक मेरो मुखबाट निस्क्यो ।

"बाबू !" मेरा कानमा आमाको स्वर पऱ्यो । मेरी आमा त आफ्नो गाउँमा हुनुहुन्छ । यहाँ कसरी आइपुग्नुभयो ? उहाँको आवाज कहाँबाट कसरी गुन्जियो ? मैले आश्चर्यचकित हुँदै फेरि बोलाएँ, "बुबा !"

"के छ छोरा ?" बुबाको स्वर पनि मेरा कानमा पऱ्यो । मैले आफ्नो धैर्य गुमाएँ र कराउन थालें, "ए कान्छी, ए चम्पी, ए.... !"

अचानक मलाई डर लागेर आयो– कतै म आफैं यस म्युजियममा कैद हुने त होइन ? किनभने म सत्रौं शताब्दीको वास्तविक गाउँको पात्र थिएँ ।

म हतारिँदै घरबाट बाहिर आएँ र बगैंचा हुँदै गोरेटोमा निस्कें । मेरो सास फुलिरहेको थियो । हातगोडा शिथिल भइरहेका थिए । साँझको पाँच बज्नै लागेको थियो । गाउँको दृश्य परिवर्तन हुन थालेको थियो । म मूल गेटमा पुगें । मैले अघि गाउँलेको वेशमा भेटेका दैँतान बूढो, देउखुऱ्यान बूढो, छिन्टुवाकी बूढी आमा, सुँगुर चराउने केटो सबै जना आधुनिक वस्त्रमा थिए । तिनीहरू सबै एक्काइसौं शताब्दीका

आधुनिक मान्छे थिए । मलाई देखेपछि आपसमा मुखामुख र खासखुस गर्दै तिनीहरू जोडले हाँस्न थाले ।

म सत्रौं शताब्दीको एउटा वास्तविक पात्र, सम्भवतः तिनीहरू आफ्नो म्युजियमका लागि वास्तविक पात्रहरूको खोजीमा भौंतारिइरहेका थिए । म तिनीहरूका लागि आविष्कार हुन सक्थें । तिनीहरूबाट बन्धक बनाइन सक्ने खतराबाट बँच्न म तीव्र गतिमा दौडँदै म्युजियमबाट भाग्न थालें ।

एबोरिजनल केटो

"म तेरो रगत पिउँछु ।"

बसको पछाडिपट्टि अचानक आएको आवाजले यात्रुहरू झस्के ।

यात्रुहरूले फर्केर हेरे । पछाडिपट्टिको सिटमा एउटा १६-१७ वर्षको अस्ट्रेलियन गोरो केटो बसेको थियो । उसको ठीकपछाडिको सिटमा झ्यालनिर अर्को कालो वर्णको एबोरिजनल (अस्ट्रेलियन आदिवासी) केटो आफूअगाडि बसेको केटालाई हातले इसारा गर्दै गाली गरिरहेको थियो ।

"मलाई हेरेर हाँस्ने तँ ? म लङ्गुर हुँ ?" एबोरिजनल केटो औंलो ठड्याउँदै जोडजोडले कराइरहेको थियो ।

गोरो वर्णको अस्ट्रेलियन केटो होस हराए झैं चुपचाप थियो । उसको गोरो अनुहार डरले नीलो-कालो भइरहेको थियो । बसभित्रका मान्छेहरूसामु एबोरिजनल केटोबाट अपमानित हुनुपरेकोमा उसले ज्यादै पीडा महसुस गरेको थियो ।

"बाँदर त तँ होस् । रातो मुख भएको जब्बर बाँदर.... । मलाई हेरेर हाँस्ने तँ साला कुकुर.... । तेरो रगत पिउँछु म," कालो केटो बाहुला सुर्किन थाल्यो । गोरो केटो आफ्नो सिटमा कक्रक्क परेर बसेको थियो । उसका कन्चटबाट पसिना आइरहेको थियो । उसको अनुहारबाटै अनुमान गर्न सकिन्थ्यो– कालो केटाको गाली खानुपरेकोमा ऊ भयभीत भइरहेको छ ।

"तेरा बाबुबराजुले मेरा पुर्खालाई दास बनाएर राखे जस्तो तैंले पनि मलाई कँजाएर राख्छु भन्ने ठानेको होलास् । म तँलाई घोडा बनाएर चढ्छु, बुझिस् ?" एबोरिजनल केटो बम्क्यो ।

गोरो केटो आफ्नो सिटमै चलमलायो । ऊ बलजफती आफ्नो रिस नियन्त्रण गरिरहेको थियो ।

अहिले बसमा यात्रा गरिरहेका यात्रुहरू सबैले एबोरिजनल केटो र उसैको अगाडिको सिटमा बसेको गोरो केटोबीच भएको झगडाका बारेमा थाहा पाइसकेका थिए । सबै बसको पछाडि मुन्टो घुमाएर हेरिरहेका थिए । आश्चर्यको कुरा के थियो भने बसमा त्यो केटोबाहेक अरू सबै गोरा थिए । त्यहाँ बूढाबूढी थिए । बच्चासहितका दम्पतीहरू थिए । काखमा नानी लिएका स्त्रीहरू थिए । युवक र युवतीहरू थिए । स्कुल पढ्ने उमेरका ससाना नानीहरू पनि थिए । सबैका कौतुकमय आँखाहरू एबोरिजनल कालो केटाको रिस र आक्रोशले तमतमाइरहेको अनुहार नियालिरहेका थिए ।

'अब यसले के गर्छ ?' सबैका आँखामा एउटै जिज्ञासा थियो ।

गोरो केटो आफ्नो झोला काखीमा च्यापेर टोलाइरहेको थियो । ऊ कालो केटाको कुनै कुरा प्रतिवाद गरिरहेको थिएन ।

"मेरा अगाडि भुस्याहा कुकुर जस्तो टाङमुनि पुच्छर लुकाएर बसेका छस् । म बसबाट उत्रिसकेपछि 'त्यसलाई यस्तो गर्ने थिएँ, त्यसलाई उस्तो गर्ने थिएँ' भनेर डिङ हाँक्ने होलास् नि... । बाबुको छोरो होस् भने आइज, बसभित्रै पन्जा लडाऔं," कालो केटो सिटबाट उठ्यो र मुड्की उठाउन थाल्यो ।

ड्राइभर आफ्नै सुरमा बस हाँकिरहेको थियो । अस्ट्रेलियाको उत्तरी भेगमा पर्ने सहर डार्विनमा उखरमाउलो गर्मी थियो । बसभित्र एसीको चिसोमा पनि यात्रुहरू असिनपसिन भइरहेका थिए । बच्चाहरू झन् आतङ्कित बनिरहेका थिए । सबैलाई त्रसित र भयभीत बनाउँदै ऊ एकसुरमा गोरो युवकमाथि गालीका पर्राहरू छाडिरहेको थियो ।

"म यो देशको आदिवासीको सन्तान हुँ..., बुझिस्," उसले बम्किँदै भन्यो, "म गरिब छु, अशिक्षित छु, बिग्रेको पनि छु तर मैले अरूलाई बिगारेको छैन । म आफ्नो मूर्खतामा आफैं धुरूधुरू रून्छु तर मैले अरूलाई रूवाएको छैन । बुझिस् गोराको सन्तान ?" ऊ आश्चर्यजनक रूपमा क्वाँक्वाँ रून थाल्यो ।

बसभित्रका यात्रुहरू विस्फारित नेत्रले उसलाई हेर्न थाले । सबै जना एउटै कुरा सोचिरहेका थिए– ऊ किन आफ्नो जीवनसँग सम्बन्धित तीता र अँध्यारा कुराहरू यहाँ भनिरहेको छ ? कसले सुन्छ उसका उटपट्याङ र बेमतलबका कुराहरू ? उसलाई दुःखी देखेर यहाँ को दुःखी बनेको छ ? किन ऊ गोराहरूमाझ एक्लै यात्रा गरिरहेको छ ? एउटा फोनको भरमा पुलिसको भ्यान आएर उसलाई समाती खोरमा जाक्न सक्छ भन्ने उसलाई किन डर लाग्दैन ?

ऊ निस्फिक्री र निर्भीक भएर बसमा यात्रा गरिरहेको थियो । आफूअगाडिको सिटमा बसेको गोरो युवकलाई अझै घोचपेच गर्न छाडेको थिएन । त्यो गोरो केटो रूझेको बिरालो झैं आफ्नो सिटमा टुसुक्क बसेको देख्दा ऊ झन् उत्साहित हुन्थ्यो । उसको मुखबाट लगातार गालीको वर्षा भइरहेको थियो । कुनै गाली त यस्ता थिए, जुन उसले अहिलेसम्म कसैमाथि प्रयोग गरेको थिएन होला– तेरो दाँत किराले खाओस्, तेरो कानभित्र कनसुत्लो पसोस्, तेरो बर्थडे केकमा ढुसी परोस्, क्रिसमसका बेला तँलाई हनहनी ज्वरो आओस्, तेरी गर्लफ्रेन्डले तँलाई धोका देओस्... आदि । उसका नयाँनयाँ गाली सुनेर यात्रुहरू मनमनै आनन्द लिइरहेका थिए, भलै बाहिरबाट हेर्दा डराए जस्ता किन नदेखिऊन् !

त्यो गोरो युवक प्रतिउत्तरमा केही भनिरहेको थिएन । ऊ निरीह थियो । उसको धैर्य अनुभव गर्दा ऊ यस्ता घटनाहरूबाट गुज्रिसके जस्तो देखिन्थ्यो । उसलाई थाहा थियो, यस्तो परिस्थितिमा उसले कस्तो व्यवहार देखाउनुपर्छ ?

एबोरिजनल केटाले गोरो केटालाई गाली गर्दै बसभित्र यात्रा गरिरहेका यात्रुहरूलाई पालैपालो हेऱ्यो । सबैका अनुहार भावहीन र सपाट थिए, मानौं तिनीहरू कुनै हरर मुभीको क्लाइमेक्सलाई अधैर्यपूर्वक कुरेर बसिरहेका हुन् ।

तिनका अनुहारमा डर, त्रास र आतङ्क देखेर उसलाई खुसी लाग्यो ।

"आखिर म यस महादेशको आदिवासी हुँ । बुमऱ्याङ मेरा पुर्खाहरूको खास हतियार हो, जसको बारेमा पढेर र सुनेर तिनीहरूको मुटु हल्लिन थाल्छ, तिनकै सन्तान हुँ म । मेरो रगतमै बुमऱ्याङ चलाउने सीप छ । मेरो झोलामा मेरा बाजेको बुमऱ्याङ छ, जुन मेरा बाले मेरो बर्थडेमा उपहार दिएका थिए," उसले सबैले सुन्ने गरी जोडले भन्यो ।

सबै जना आतङ्कित देखिए । सबैका आँखा उसले पिठ्युँमा बोकेको झोला टटोल्न थाले ।

"मलाई देखेर खित्का छाड्ने....," उसले गोरो युवकतिर हेर्दै फेरि भन्यो, "तँमाथि बुमऱ्याङ चलाउन सक्छु.... ।" उसले हातले झोला छाम्यो ।

गोरो युवक अघि झैं कुनै प्रतिक्रिया नदिई चुपचाप बसिरह्यो । उसको यस प्रकारको निरपेक्ष भाव देखेर बसभित्रका यात्रुहरू चकित भइरहेका थिए ।

सबै यात्रुको अनुहार नीलोकालो भएको देखेर ऊ झन् हौसियो । उसले टी-सर्ट फुकाल्यो र पोको पाऱ्यो ।

"हेर् मेरा हातपाखुरा, तँलाई एकै मुक्काले ढालिदिन सक्छु," उसले आफ्ना दुवै हात माथि लगेर खुम्च्यायो र पाखुराको मांसपेशी देखायो । उसका हातका मांसपेशी त्यति सुडौल र बटारिएका थिएनन् कि अरूलाई हेरूँहेरूँ लागोस् । उसको शरीर पनि उसले धक्कु लगाए झैं कुस्तीबाजको जस्तो बलिष्ठ थिएन । बरू उसको छातीमा उम्रिएका गँड्यौला जस्ता घुम्रिएका रौं देखेर मान्छेका ओठमा हल्का मुस्कान नाचिरहेको थियो ।

"मसँग खेल्छस् कुस्ती ? बसबाट उत्री, चौरमा हिँड्.... अनि बल्ल थाहा पाउँछस् कालो मान्छेको बल.... ।"

यात्रुहरूलाई यो कुरा बुझ्न कठिन थिएन– ऊ त्यो गोरो केटालाई झगडा गर्न उक्साइरहेको छ तर गोरो केटालाई हेर्दा ऊ कुनै पनि झमेलामा पर्न चाहँदैन जस्तो प्रतीत हुन्छ । अपमानको घुँट पिएर ऊ प्रतिक्रियाविहीन बसिरहेको थियो बसको सिटमा ।

गोरो केटालाई उक्साएर झगडा गर्ने मनसाय पूरा नभएपछि उसको दिमाग रन्थनियो । उसलाई लाग्यो, बसमा यात्रा गरिरहेका यात्रुहरू उसलाई हेरेर हाँसिरहेका छन्, उसलाई मूर्ख सम्झेर अट्टहास गरिरहेका छन्, उसको लाचारीमाथि व्यङ्ग्य कस्दै टिप्पणी गरिरहेका छन् । उसलाई महसुस भयो, बसमा बसिरहनु उचित छैन ।

स्टपमा बस रोकियो । यात्रुहरू झरे, नयाँ यात्रुहरू चढे । ऊ पनि सिटबाट उठ्यो, झोला काँधमा भिर्‍यो र टी-सर्ट हातमा समातेर जोडले चिच्च्यायो, "आज बँचिस्... । पख्लास्.... अर्को दिन कहाँ जालास्... ।" ऊ बसको ढोकाबाट बाहिर निस्क्यो । गोरो युवकले ऊ गएको हेर्‍यो । सडकको पेटीमा एबोरिजनल केटाहरू होहल्ला गर्दै उभिइरहेका थिए ।

ऊ केटाहरूको समूहमा सामेल भयो । उसले केही कुरा भन्यो । तिनीहरू गोरो युवकतिर हेर्दै हे...हे...हे... हा...हा...हा... गर्दै हाँस्न थाले । तीमध्येका केही केटाहरूले बसतर्फ हेर्दै अश्लील इसारा गरे ।

"यो डुराल कहिल्यै नसुध्रिने भो...," गोरो युवकको मुखबाट बल्ल बोली फुट्यो ।

डुराल बसबाट उत्रिसकेपछि उसको पागलपनका प्रत्यक्ष साक्षी ती यात्रुहरूले सन्तोषको सास फेरे ।

"यिनीहरूको के ठेगान, जे पनि गर्न सक्छन्," एउटी गोरी आइमाईले बसभित्र यात्रा गरिरहेका मान्छेहरूका अनुहार नियाल्दै भनी । धन्न त्यहाँ सबै यात्रीहरू गोरा थिए, कोही एबोरिजनल जातिका कालाहरू थिएनन् ।

"हो त नि.... तिमीले ठीक भन्यौ," अर्कीले समर्थन गरी ।

"कति असभ्य र गँवार थियो त्यो काले...," एउटा बूढो बोल्यो ।

"यदि म त्यो गोरो युवकको ठाउँमा भएको भए त्यो कालेलाई लात्तैलात्तले भकुरेर ढोकाबाहिर हुत्त्याइसकेको हुन्थें," सँगै बसेको नौजवानले डिङ हाँक्यो । अघिसम्म सबैभन्दा आतङ्कित हुने त्यही थियो ।

"बसमा मात्र हो र, जहाँ गयो त्यहीँ बबाल मच्चाउँछन् यी एबोरिजनल छाउराहरू.... । पार्कमा गयो, त्यहीँ मुतिरहेका भेटिन्छन् । जुन बेला पनि सडकका पेटीहरूमा रक्सीले मातेर लडिरहेका देखिन्छन् । मान्छेहरू बढी जम्मा हुने ठाउँमा भीड जम्मा गरेर आपसमा झगडा गर्दै कपाल भुत्ल्याइरहेका हुन्छन् । यिनीहरू चोरेर ल्याएको पेट्रोल जर्किनमा राखेर सुँघ्छन् र नशामा लट्ठ परेर गल्लीगल्ली, चोकचोक भौंतारिइरहेका हुन्छन् । पुलिसको पनि डर मान्दैनन् । पुलिसले समातेर भ्यानमा कोच्ने बेला झन् गद्गद हुँदै हाँस्छन् । हे भगवान्, कुन वस्तुले बनेका हुन् यिनीहरू....," एउटा पावरदार चस्मा र टाउकामा ह्याट लगाएको बुज्रुकले आफ्नो अनुभव सुनायो ।

"यिनीहरूका कारणले आफूलाई 'अस्ट्रेलियन हुँ' भन्न पनि लाज लागिसक्यो," अर्को व्यक्तिले भन्यो ।

"यी एबोरिजनलहरूलाई डार्विनमै किन बस्नुपरेको हो । जहाँ गयो त्यहीँ एउटै रूपरङ र अनुहारका यी घिनलाग्दा मान्छेहरूलाई देख्नुपर्दा छक्कै पर्छु म त...," एउटी नौजवान स्त्री बोली । उसको काखमा बच्चा थियो । ऊ आफ्नो बच्चालाई हेर्दै मुस्कुराइरहेकी थिई । ऊ मनमनै सोचिरहेकी थिई– 'तिमी ठूलो हुँदासम्म सायद यिनका अनुहारहरू हराइसक्नेछन् ।' बसमा यात्रा गरिरहेका गोरो वर्णका अस्ट्रेलियनहरू एबोरिजनल केटालाई तथानाम गाली गर्दागर्दै उसको सारा वंशलाई समेत सराप्न थालेका थिए ।

त्यो गोरो युवक भने अझै चुपचाप थियो । उसको अनुहारमा खिन्नता र विरक्तिको भाव थियो । त्यो एबोरिजनल कालो केटाविरूद्ध विभिन्न व्यक्तिबाट भर्खर प्रकट भएका विचारहरू सुनेर ऊ खुसी

होइन, दुःखी भइरहेको थियो, साथसाथै अचम्मित पनि । उसलाई यी गोरा मान्छेहरूको हृदयमा काला एबोरिजनलप्रति यति गाढा घृणाको तह जमेर बसेको होला भन्ने आभाससमेत थिएन । उसलाई आफू गोरो भएकोमा पीडाबोध भयो । ऊ छटपटायो । यति छटपटी त उसलाई डुराल्ले मनपरी गाली गर्दा पनि भएको थिएन ।

वास्तवमा डुराल्ले जे भनिरहेको थियो, सही भनिरहेको थियो । जर्किनमा पेट्रोल भरेर नाकले सुँघ्दै लट्‌ठ परेर मात्तिने डुराल्ले नशाको झोकमै किन नहोस्, जे भनेको थियो, आफ्नो दिल खोलेर भनेको थियो । उसको गालीमा दुर्नियत र लप्पनछप्पन थिएन । डुराल बिग्रेको फटाहा केटो थियो तर उसको मन सफा थियो ।

"त्यो मोरो कालेसहित यसका शाखासन्तानलाई सरकारले ठूलो पिँजडा बनाएर थुन्नुपर्ने... । बेफ्वाँकमा बेरोजगार भत्ता दिएर पालिराखेको छ," अघिकै बुज्रुक बूढो झोक्किँदै बोल्यो ।

"पिँजडामा त तिनीहरूलाई थुन्नुपर्ने, जसले उसलाई यस्तो बनाएका छन्," गोरो युवक बोल्यो, उसको नाम ब्रुनो थियो । सबैले उसलाई छक्क परेर हेरे ।

"ऊ जे भनिरहेको थियो, सही भनिरहेको थियो ।"

"तिमी... तिमी नै यस्तो भन्दै छौ ?" एउटा नौजवानले दुवै हात उचालेर आश्चर्य व्यक्त गर्‍यो ।

"हो, म... डुरालको साथी.... । डुराललाई जब एबोरिजनल कालाहरूलाई दास सम्झिने गोराहरूलाई गाली गर्न मन लाग्छ, ऊ प्रकट रूपमा यसै गरी मलाई गाली गरे जस्तो अभिनय गर्दै आफ्नो काम पूरा गर्छ । तर वास्तवमा ऊ अत्यन्त भलादमी र सोझो केटो हो । जब गोराहरूका आँखामा आफूप्रति चरम घृणाभाव महसुस गर्छ, ऊ पागल जस्तै बन्छ । त्यसपछि रक्सीले मातेर ऊ जथाभावी गाली गर्न थाल्छ ।" गोरो युवकले नौजवानका आँखामा हेर्‍यो । उसको अनुहारमा अश्चर्यको भाव थियो ।

"वास्तवमा यी एबोरिजनलहरूलाई गोराहरूले नै सुकुम्बासी बनाएका होइनन् ?" ब्रुनोले गम्भीर हुँदै भन्यो ।

अर्को बस स्टप आयो । कोही उत्रे, कोही चढे । चढ्नेहरूमा एउटी एबोरिजनल युवती पनि थिई । उसलाई देख्नेबित्तिकै सबैको होस हराए झैं भयो । अघि डुराललाई ठुल्ठूलो स्वरले जथाभावी गाली गर्नेहरू अहिले चुप लागे ।

"हाई ब्रुनो...," युवती ब्रुनोतिर बढी ।

"एस, माई बेबी...," ब्रुनोले हात दियो ।

युवती चहकिँदै ब्रुनोको काखमा बसी । ब्रुनोले आफ्नी गर्लफ्रेन्डलाई अँगालोमा बेर्‍यो र उसका काला ओठमा आफ्ना गोरा ओठ जोड्यो ।

लभ लक

एलिना कापेल्लो गल्लीभित्र छिरी । अलि पर थियो 'काजा दी जुलियट' अर्थात् जुलियटको घर । सिमसिम परिरहेको पानीमा रूझ्दै ऊ जुलियटको घरतिर गइरहेकी थिई ।

तेस्रो पटक जुलियटको घर जाँदा एलिना एक्लै थिई । पहिलेका भ्रमणहरूमा झैं यस पटक ऊसँग कुनै साथी थिएन, कुनै प्रेमी थिएन अथवा उसको 'रोमियो' थिएन । सायद त्यसैले होला, उसको मन कुँडिएको थियो । ऊ हताश र निराश देखिन्थी । उसको चालढालमा व्यग्रता, हिँडाइमा तीव्रता र दृष्टिमा अस्थिरता थियो । बर्सातको पानीले उसको जिउ भिजाए पनि उसको भित्री मन भिजाउन सकेको थिएन । उसको मन, उसको अनुहार सन्तप्त थियो ।

***

यसअघिका भ्रमणहरू अद्‌भुत र रोमाञ्चकारी थिए । ऊ कहिल्यै भुल्न सक्तिन त्यो दिन, जब ऊ पहिलो पटक आफ्नो पहिलो प्रेमी डिनोसँग इटालीको भेरोना आएकी थिई । उनीहरू भेरोनासम्म रेल चढेर आएका थिए । जुलियटको घर हेर्न भेरोना जान लागेको अनुभूतिले नै तिनीहरू लट्‌ठ भइरहेका थिए । बाटाभरि तिनीहरू एकअर्काको अँगालोमा हराइरहे ।

तिनीहरू एकअर्कालाई चुम्दै मायाको वर्षा गरिरहेका थिए । रेलको डिब्बा उनीहरूका लागि सम्पूर्ण संसारभन्दा कम थिएन । डिनो र एलिना आफ्नो संसारमा मग्न थिए ।

"मेरो प्यारो रोमियो," एलिना डिनोको निधार चुम्दै भन्थी ।

"मेरी प्यारी जुलियट," एलिनाका ओठ चुम्दा डिनोका ओठहरू थरथराउँथे ।

"हामी कहिल्यै नछुट्टिने है ! तिमीले धोका दियौ भने म त मरिदिन्छु," एलिना डिनोका गहिरा आँखामा हेर्दै भन्थी ।

एलिनाको कुरा सुनेर डिनो भावुक हुन्थ्यो र उसको सुनौलो कपाल खेलाउँदै भन्थ्यो, "यो के भनेकी एलिना ? के यो सम्भव छ ? अनि तिमीले मलाई छोड्यौ भने म के बाँच्न सकुँला र ?" डिनो रूँलारूँला झैं गर्थ्यो ।

"मेरो रोमियो," एलिना रोमाञ्चित हुन्थी ।

"मेरी जुलियट," डिनो एलिनालाई अझ जोडले छातीमा टाँस्थ्यो ।

रेलबाट उत्रेर भेरानोको भूमि टेक्दा त्यो जोडीलाई स्वर्ग पुगे झैं आनन्द लाग्यो । आफूहरूले अनुभूत गरेको आनन्दलाई परिभाषामा बाँध्न असमर्थ थिए तिनीहरू । एलिना र डिनो ट्याक्सी लिएर जुलियटको घरतिर हान्निए । पहिलो पटक प्रेमको तीर्थस्थलमा आएको त्यो जोडीलाई जुलियटको घर लैजान पाएकोमा ट्याक्सीचालक पनि मक्ख पर्‍यो ।

"कति पटक हो ?" ट्याक्सी चालकले सोध्यो ।

"पहिलो पटक," एलिनाले जवाफ दिई ।

"म भाग्यमानी रहेछु । पहिलो पटक आउने जोडी विरलै भेटिन्छन् !" ट्याक्सीचालक बोल्यो ।

एलिना र डिनोले एकअर्कालाई हेरे । तिनीहरूका आँखामा एकतमासको चिन्ता र भय देखियो ।

"तपाईंहरूको जोडी सफल रहोस्," ट्याक्सीचालकले मुस्कुराउँदै भन्यो ।

"धन्यवाद !" दुवै जना एकैसाथ बोले ।

ट्याक्सीले कापेल्लो मार्गमा पुऱ्याइदियो । त्यो प्रफुल्लित जोडी एकअर्काको हातको गाँठो बनाउँदै जुलियटको घरतिर लाग्यो । उनीहरू कामना गरिरहेका थिए– यो प्रीतको गाँठो कहिल्यै नफुकोस्, एकअर्काको साथ कहिल्यै नछुटोस् ।

यस गल्लीमा सारा संसार ओर्लिएको थियो । मान्छेहरूको भीडमा पाइला राख्ने ठाउँ थिएन । जुलियटको घर आउनेहरूमा विभिन्न उमेरका मान्छेहरू भए पनि युवाहरूको सङ्ख्या बढी थियो । सबैका अनुहारमा एक प्रकारको तृष्णा थियो, आँखामा कुतूहल ।

"मायाका भोकाहरू," एलिना भीडतिर हेर्दै बोली ।

"अनि आफू ? मायाकी भोकी नभए किन आएकी नि ?" डिनोले मुस्कुराउँदै भन्यो ।

"म त आफ्नो मायाको गाँठो कहिल्यै नफुस्किने गरी कस्न आएकी नि," एलिना मुस्कुराई । डिनोले एलिनालाई अँगालोमा बेऱ्यो । तिनीहरू एकअर्कालाई चुम्न थाले ।

प्रेमीहरूको भीड छिचोल्दै डिनो र एलिना जुलियटको घरमा आइपुगे । उनीहरूले 'गुगल'मा देखे झैं ठ्याक्कै थियो जुलियटको घर । मूल ढोका र भित्ताभरि विभिन्न रङको मसीले प्रेमीहरूका नाम कोरिएका थिए । कतै खाली ठाउँ थिएन । पुराना नामहरूमाथि नयाँ नामहरू खप्टिएका थिए । एलिनाका आँखा आफ्नो जोडीको नाम लेख्ने खाली ठाउँ खोज्न भड्किरहेका थिए ।

एक हुल मान्छेहरू भित्रबाट बाहिर आए । जुलियटको घरअगाडिको आँगनमा उभिएका मान्छेहरूको क्यामेराको फ्ल्यास चम्किरहेको थियो ।

"जुलियट ! उः हेर त तिम्रो सालिक," डिनो हडबडाउँदै बोल्यो ।

एलिनाले मुग्ध भएर डिनोलाई हेरी । उसका आँखामा डिनोप्रति अगाध माया थियो । डिनोले उसलाई 'जुलियट' भनेर सम्बोधन गर्दा ऊ औधी खुसी भएकी थिई ।

जुलियटको ताम्रमूर्ति खडा थियो । त्यो जोडी जुलियटको सालिकलाई आँखा नझिम्क्याई हेरिरहेको थियो । तिनीहरूका अनुहार

खुसीले उज्यालिएका थिए । मनमा हर्षका छालहरू उर्लिरहेका थिए । आँखामा प्रेमका हजारौं दियाहरू झिलमिलाइरहेका थिए । प्रेमको तीर्थस्थल बनेको जुलियटको घरमा पाइला टेक्न पाएकोमा तिनीहरू कृतकृत्य भएका थिए ।

डिनोले स्कुलमा छँदै पढेको सेक्सपियरको *रोमियो र जुलियट* नाटक सम्झ्यो ।

एलिनाले स्कुलकी विद्यार्थी छँदा *रोमियो र जुलियट* नाटकमा आफूले जुलियट बनेर अभिनय गरेको क्षण सम्झी । विगतका क्षणहरू सम्झेर दुवै रोमाञ्चित भए ।

प्रेमिल जोडीहरू जुलियटको सालिकलाई अँगालो मार्दै तस्बिर खिचाइरहेका थिए । तस्बिर खिचाउँदा तिनीहरू आफ्ना एकएक हात जुलियटको दाहिने स्तनमाथि खप्टिएर राख्थे । एक्लै तस्बिर खिचाउनेहरू पनि थिए त्यहाँ । तिनीहरू पनि आफ्नो हात जुलियटको दाहिने स्तनमाथि राखेर तस्बिर खिचाइरहेका थिए । मान्छेहरू खुसीले चिच्च्याइरहेका थिए ।

जुलियटको दाहिने स्तनमा हात राख्नुको अर्थ 'लभ लक' ठानिन्थ्यो । यो एउटा परम्परा वा जनविश्वास थियो । डिनो र एलिनाको प्रेमिल जोडी पनि आफ्नो प्रेमको बन्धनलाई कहिल्यै नफुस्किने गरी गाँठो पारी 'लभ लक' गर्न व्यग्र थियो ।

डिनोले एउटा मान्छेलाई क्यामेरा दिएर तस्बिर खिचिदिन अनुरोध गऱ्यो । डिनो र एलिनाले जुलियटलाई अँगालो हाले । एलिनाले दायाँ र डिनोले बायाँ हात जुलियटको दाहिने स्तनमाथि राखे । क्यामेराको फ्ल्यास चम्क्यो । डिनो र एलिनाको हर्षको सीमा रहेन ।

"हाम्रो 'लभ लक' भयो है डिनो," एलिना मुस्कुराई ।

"हो एलिना, हाम्रो 'लभ लक' भयो । अब हामी कहिल्यै छुट्टिने छैनौं," डिनो भावुक देखियो ।

एलिनाले ब्यागबाट गुलाफी रङको ताल्चा निकाली । ताल्चा देखेर डिनो मुस्कुरायो ।

"अब म जुलियटलाई साक्षी राखेर तिमीलाई मेरो मनभित्र 'लक' गर्दै छु है डिनो," उसले जुलियटको सालिकपछाडि रहेको फलामे डन्डीसहितको बारमा ताल्चा लगाई । त्यसबारे पहिल्यै असङ्ख्य ताल्चाहरू थिए– विभिन्न रङ, ढाँचा र नापका ताल्चाहरू । 'के यी सबैको प्रेम सफल भयो होला ?' एलिनाले मनमनै तर्कवितर्क गरी । 'एउटा आस्था हो, प्रेमको आस्था ! आस्था भए किन सफल नहुनु ? म पनि आस्था भएरै आएकी यहाँ, जुलियटको यस घरमा' एलिना सोचिरहेकी थिई ।

तिनीहरूले जुलियटको घर हेरे ।

ढोकामाथि बार्दली थियो । राति रोमियो जुलियटलाई भेट्न आउँदा जुलियट बार्दलीबाट डोरी खसाल्थी । रोमियो डोरीको सहाराले बार्दलीमा उक्लिन्थ्यो । बार्दलीमा रोमियो र जुलियट प्रेमालाप गर्थे ।

"सायद हाम्रो जीवनमा त्यो दिन आउनेछैन, म डोरीको सहाराले तिमीलाई भेट्न आउनुपरोस्," डिनो एलिनाको कानमा फुसफुसायो ।

एलिना दङ्ग परेर हाँसी ।

"साँच्चै, त्यस्तो भएको भए झन् कति मज्जा हुन्थ्यो होला हगि ?" एलिना चहकिई । अहिले दङ्ग पर्ने पालो थियो डिनोको । तिनीहरूले आफ्नो नाम लेख्न भित्तामा खाली ठाउँ खोजे । ठाउँ कतै खाली थिएन । डिनोले एक ठाउँमा लेखिएका नामहरू मेट्यो र खाली ठाउँ बनायो । किनकिन अर्काको नाम मेटेको एलिनालाई मन परेन ।

"बिचराहरूको नाम किन मेटेको ?"

"फेरि आएर लेखिहाल्छन् नि ! यहाँ नाम लेख्नु कुन ठूलो कुरा हो र ?" खाली ठाउँमा रातो मार्करले मुटुको चित्र बनाउँदै डिनो बोल्यो । मनमा धक्का लागे झैं भयो एलिनालाई । मुटुको चित्र बनिसकेपछि त्यसभित्र एलिनाले 'डिनो' लेखी र डिनोले 'एलिना' लेख्यो । दुवैले आफ्ना अधरले एकअर्काको नाम चुमे ।

"थ्याङ्क्स डिनो !"

"थ्याङ्क्स एलिना !"

डिनो र एलिना दुवै आलिङ्गनबद्ध भए । एलिनाले आँखा चिम्ली र अनुभूत गरी– उसको प्रेम सार्थक भयो । डिनोका आँखा पनि बन्द थिए । ऊ एलिनाको पिठ्यूँ सुमसुम्याइरहेको थियो । एलिना डिनोको न्यानो अँगालोमा मायाको अनुभूति गर्दै लट्ठ भएर बुदबुदाइरहेकी थिई, "मेरो प्यारो डिनो ! मेरो प्रेम ! मेरो रोमियो ।"

डिनोले एलिनालाई रोमियोको प्रतिमूर्ति (रेप्लिका) र एलिनाले डिनोलाई जुलियटको प्रतिमूर्ति उपहारमा दिए ।

अपसोच ! डिनो सधैंका लागि एलिनाको हुन सकेन र एलिना पनि डिनोकी बन्न सकिन । केही वर्षको साथपछि तिनीहरूको सम्बन्धमा विचलन आयो । एकअर्काबीचको मनमुटाब बढ्दै गएपछि तिनीहरूले सधैंका लागि छुट्टिने निर्णय गरे । छुट्टिने बेलामा तिनीहरूले युरोपेली शिष्टताअनुसार आफ्ना गुनासा र गुम्फनहरू मनभित्रै राखेर मुस्कुराउँदै अँगालो हाले ।

"आई लभ यू एलिना," डिनो बोल्यो ।

"मी टू डिनो," एलिनाले प्रत्युत्तर दिई ।

तिनीहरू हात हल्लाउँदै छुट्टिए र त्यसपछि कहिल्यै तिनीहरूले एकअर्कालाई 'आई लभ यू' भनेनन् ।

***

सिमसिमे पानीमा भिज्दै जुलियटको घरतिर गइरहेकी एलिनाका आँखाबाट आँसु चुह्यो र मेघको पानीसँगै मिसिएर भुइँमा झऱ्यो । आफ्नो पहिलो प्रेम सफल नभएकोमा उसलाई औधी पीडा भएको थियो । कैयौं दिनसम्म ऊ 'डिप्रेसन'को सिकार भई । ऊ डिनोलाई भुल्न सकिरहेकी थिइन तर डिनोले अर्की युवतीसँग डेटिङ गरिरहेको उसले आफ्नै आँखाले देखेकी थिई । उसले डिनोले दिएको रोमियोको प्रतिमूर्ति हातले कच्याककुचुक पारेर झ्यालबाहिर मिल्काई । उसलाई आफ्नो पहिलो प्रेमी डिनोलाई भुलेर सामान्य अवस्थामा फर्किन महिनौं लागेको थियो । 'जुलियटको घरमा आएर लभ लक गर्दा पनि हाम्रो प्रेम किन सफल हुन सकेन ?' ऊ सधैं यही कुरा सोचेर बस्थी ।

"अब म कसैको मोहजालमा पर्नेछैन," एलिना आफ्ना साथीसँगीमाझ यो वाक्य दोहोऱ्याइरहन्थी तर उसले चाहेअनुसार हुन सकेन । उसलाई एक्लो जीवन बिताउन दुरूह हुन थाल्यो । ऊ जवान थिई, बैंसालु थिई । डिनोले उसलाई कोपिलाबाट फूल बनाइसकेको थियो । अब ऊ फेरि कोपिला बन्न सक्तिनथी । त्यसैले फेरि कसैको प्रेममा परी ।

"मेरो यो दोस्रो प्रेम हो । पहिलो प्रेम 'ब्रेक अप' भएको दुई वर्ष भयो," ऊ नयाँ साथीसँग खुलस्त भई ।

"मेरो त पहिलो हो ! प्रेमको मामिलामा अनुभवी साथी पाएकोमा म खुसी छु," उसले उदात्त भावना देखायो ।

रक्को डिस्को क्लबको डिजे थियो । एक साँझ साथीहरूसँग डिस्कोमा गएका बेला एलिना र रक्कोका आँखा जुधे । उसको गीत गाउने शैली र विभिन्न धुन 'कम्पोज' गर्न सक्ने सीपको रक्को प्रशंसक भई । बैंसको मादकताले भरिपूर्ण रूपसी एलिनाको साथ पाएर ऊ मक्ख थियो । केही दिनको रोमान्सपश्चात् ती दुवै प्रेमको तीर्थस्थल जुलियटको घर पुगेका थिए । त्यस पटक रक्कोले ल्याएको थियो एलिनालाई । एलिना भने हिचकिचाइरहेकी थिई ।

फेरि पहिलेकै क्रम दोहोरियो । रक्को र एलिनाले जुलियटलाई अँगालो हाली जुलियटको दाहिने स्तनमाथि आफ्ना हात खप्टिएर राख्दै फोटो खिचाए । एलिनाले भावुक हुँदै पहिलाको प्रेमको ताल्चाको ठीकमुनि हरियो रङको अर्को ताल्चा झुन्ड्याई । रक्कोले पनि एलिनाको ताल्चासँगै आफ्नो ताल्चा लगायो । रक्को प्रेमिल जोडीहरूका नाम अङ्कित भित्ताहरूमा खाली ठाउँ खोज्न थाल्यो । त्यहाँ कतै खाली ठाउँ थिएन । उसले मुटुको चित्रभित्र लेखिएको 'डिनो' मेट्यो र 'रक्को' लेख्यो । एलिना भावुक हुँदै रक्कोलाई हेरिरहेकी थिई । मुटुको चित्रले उसलाई आफ्नो पहिलो प्रेम र डिनोको याद ताजा गराएको थियो । रक्कोले उसलाई अङ्कमाल गऱ्यो र निधार चुम्यो ।

"आई लभ यू डियर !"

"आई लभ यू रक्को," एलिनाले रक्कोको गालामा म्वाइँ खाई ।

एलिनाले जुलियटको सालिक र सालिकपछाडि असङ्ख्य ताल्चाहरू झुन्डिएको फलामे बार हेर्दै मनमनै 'लभ लक'को सफलताको कामना गरी ।

***

"उसले पनि मलाई धोका दियो । मेरो पुकार सुनिनन् जुलियटले।" एलिनाको अनुहार उदास भयो । आफ्नो पूर्वस्मृतिले उसलाई उद्विग्न र बेचैन बनाइरहेको थियो । पहिले डिनो र पछि रक्कोले प्रेममा दिएको धोकाले एलिनालाई 'प्रेम' शब्दप्रति नै वितृष्णा जगाइसकेको थियो । ऊ आफूलाई दुःखी ठानिरहेकी थिई ।

आज एक्लै जुलियटको घर गइरहेकी एलिना आफ्नो निर्णयप्रति आफैं अचम्मित थिई । उसको मनमस्तिष्कमा यी विचारहरू कसरी आए ? कसरी ऊ आज विद्रोही प्रेमिका बनेर जुलियटलाई भेट्न जाँदै छे ? ऊ आफैं हैरान थिई तर उसका पाइलाहरू निरन्तर अगाडि बढिरहेका थिए ।

जुलियटको घर देखा पऱ्यो । ऊ जोडीहरूको भीड छिचोल्दै अगाडि बढी । जुलियटको घरभित्र-बाहिर मान्छेहरू अटेसमटेस उभिएका थिए । तिनीहरूतर्फ हेर्दै उसले व्यङ्ग्यपूर्ण हाँसो हाँसी । एलिना सीधै असङ्ख्य ताल्चाहरूले छोपिएको फलामे बारको सामुन्ने उभिई । उसले ब्यागबाट हतौडा निकाली र आफूले 'लभ लक'को प्रतीकस्वरूप लगाएका गुलाफी र हरियो रङका दुइटै ताल्चामाथि जोडले हानी । ताल्चाहरू फुटेर भुइँमा झरे । उसले जुलियटलाई अँगालो हाली । अघिसम्म रोकिएको आँसुको धारो निकास भेट्टाए झैं बग्न थाल्यो । उसले आफूले घाँटीमा बेरेको सल फुकाई र जुलियटका स्तनहरू छोपिने गरी पहिराइदिई ।

"म तिमीलाई सम्मान गर्छु जुलियट । तिमी सयौं वर्षदेखि पीडित नारी बनेर पाखण्डी मान्छेहरूको प्रेमको बहाना बनिरहेकी छ्यौ । अब तिमीले पनि विद्रोह गर्ने बेला आयो । म तिमीलाई माया र आदर गर्छु," एलिनाले जुलियटलाई चुम्बन गरी र भित्तातिर गई । त्यहाँ भेला भएका मान्छेहरू आश्चर्यचकित भएर एलिनालाई हेरिरहेका थिए । कसैले नसोचेको र कहिल्यै नदेखिएको अनौठो दृश्य देखिरहेका थिए उनीहरू ।

एलिनाले प्रेमका जोडीहरूले आफ्नो हस्ताक्षरसहित लेखेका 'लभ लक' मेट्दै आफ्नो हातले लेखी, "ओपन द लक अफ लभ ।"

एलिना जुलियटको घरबाट निस्की । ऊ खुसी थिई । उसको अनुहारमा दिव्य आभा फैलिएको थियो । उसको शरीर पुलकित भइरहेको थियो । ऊ आज मायाका सम्पूर्ण बन्धनहरूबाट मुक्त थिई । एउटा पुरानो बाकसमा ताल्चा मारेर राखिएको उसको माया हठात् ताल्चा फुटेपछि पङ्ख फरफराउँदै आकाशमा कावा खान बत्तिएको थियो । ऊ आज स्वतन्त्र थिई । उसको मायाको संसार व्यापक र विस्तृत बनेको थियो । "मायालाई बाँधेर राख्ने होइन, फुकाउने हो, स्वतन्त्र छाड्ने हो अनि मात्र यसको विकास हुन्छ," ऊ फतफताउँदै हिँडिरहेकी थिई । आश्चर्य ! जुलियटको घरमा आएका मान्छेहरूको लर्को उसको पछिपछि कुदिरहेको थियो ।

***

धेरै वर्षपछि लट्ठी टेक्दै एउटी बूढी आइमाई 'काजा दी जुलियट'को आँगनमा झुल्किन् । उनका आँखामा पावरदार चस्मा थियो । ती आँखा कुनै वस्तुको खोजीमा भड्किरहेका थिए । वरिपरि अवलोकन गर्दै उनका आँखा जुलियटको सालिकमा गएर अडिए । त्यहाँ जुलियटको नयाँ सालिक खडा थियो र सालिकको छाती पछ्यौरीले ढाकिएको थियो । सालिकपछाडिको फलामे बारमा मुटुको आकार कुँदिएको थियो

र मुटुको बीचमा एउटा फोरिएको ताल्चा झुन्डिएको थियो । ताल्चाको ठीकमुनि अङ्ग्रेजीमा लेखिएको थियो, "ओपन द लक अफ लभ ।"

बूढीका ओठमा मुस्कान देखा पऱ्यो । उनले हातले ती शब्दहरूलाई स्पर्श गरिन् । प्रेमिल जोडीहरू जुलियटको सालिकलाई हातले स्पर्श गर्दै आफ्नो निधार र छाती छोइरहेका थिए । "सभ्य संस्कारले प्रेमलाई सबल र सफल बनाउँछ," बूढी बुदबुदाइन् । उनले आफ्ना दुवै आँखा चिम्लिँदै सन्तुष्टिको लामो सास फेरिन् ।

ए ब्लँ !

पेद्रो आफ्नो घरको छतबाट दुई-तीन घर पर रहेको अग्लो र भव्य महलको कौसीमा हेरिरहेको थियो । एउटा गोरा कट्टु मात्रै लाएर नाङ्गो जिउ घाममा सेक्दै कौसीको कुर्सीमा बसिरहेको थियो । गोराको सुन जस्तो शरीर देखेर पेद्रोको मनमा औडाहा हुन थाल्यो । उसले आँखा झिम्म पनि नगरी गोराको शिरदेखि पैतालासम्म हेरिरह्यो– 'यिनीहरू किन यति राम्रा ? यिनीहरू किन सर्वाङ्ग गोरा र हामी किन काला ? हामीलाई पनि आखिर किन गोरै रङ मन पर्छ ?' पेद्रो छटपटायो । उसको मस्तिष्कमा नानाभाँतीका प्रश्नहरू उठिरहेका थिए । घरको छतको एक कुनामा उभिएर शान्त मुद्रामा उसले पल्लो घरको कौसीमा बसेर 'सनबाथ' लिइरहेको गोरालाई नियालिरहेको भए पनि ऊ मनमनै अशान्त र व्यग्र थियो ।

क्यारिबियन देशहरूमा हिउँद हुँदैन । बाह्रै मास पालैपालो ग्रीष्म र वर्षा ऋतु परिवर्तन भइरहन्छ । जनवरी महिना लागे पनि जाडो थिएन । पहारिलो घाम लागेको थियो । घामको आनन्द लिँदै गोरा कौसीमा सुस्ताइरहेको थियो । "आज सन्डे हो । त्यसैले ब्लँ (गोरा) कौसीमा बसेर नाङ्गो शरीर घाममा सुकाइरहेको छ," पेद्रोले गोरातर्फ हेर्दै सिटी बजायो र भन्यो, "ए, ब्लँ... !"

गोराले बिस्तारै मुन्टो घुमाएर पेद्रोतर्फ हे-यो र मुसुक्क हाँस्यो । पेद्रोले फेरि सिटी बजायो ।

गोराले हात हल्लायो । आफूलाई 'ब्लँ' भनी बोलाएकोमा उसले कुनै आपत्ति जनाएन । "यिनीहरू कति सन्तुष्ट देखिन्छन्– जीवनको सबै चिन्ताबाट मुक्त भए जस्ता । हामीलाई पो हरेक चिन्ताले सताउने गर्छ । आफ्नो त चिन्ता छाडौं, गोरा कौसीमा आएकोमा समेत चिन्ता गर्छौं, 'गोरा कौसीमा किन आयो ?' गोरा कौसीमा देखिएन भने पनि चिन्ता गर्छौं, 'गोरा कौसीमा किन आएन ?' चिन्तैचिन्ताले हामी न कहिल्यै मोटाउँछौं, न त सुखी हुन्छौं," पेद्रोको मनमा विभिन्न कुराहरू खेल्न थाले ।

गोरा बस्ने भव्य महलको ठीक मुन्तिर गहिरो खोचमा सिमेन्टका ब्लकले बनाइएको दुईकोठे घरमा आफ्नी आमासँग बस्छ पेद्रो । घरसँगै जोडिएको छ आँपको रूख, जसमा चढेर ऊ घरको छतमा आइपुग्छ र छतबाट गोराको कौसीमा उँभो मुन्टो लगाएर हेर्ने गर्छ ।

यस घरमा जहिले पनि गोराहरूकै बास हुन्छ । समय-समयमा थरीथरीका गोराहरू घर भाडामा लिएर बस्छन्– कालो कपाल र गोरो छाला अनि खैरो कपाल र खैरै छाला भएका गोराहरू । कोहीकोही गोरा भने निक्खर सेता, कपाल सेतै र जिउ पनि सेतै । अनुहार गोरो हुनेजति सबै गोरा, गोरासाबहरू, "ब्लँ... !" पेद्रो जोडले करायो । अहिले उसले सिटी फुकेको थिएन । गोराले झस्केर उसलाई हे-यो । यस पटक ऊ न मुस्कुरायो, न त उसले हात नै हल्लायो । ऊ आफ्नो जिउमा सन ब्लक लोसन दलिरहेको थियो ।

"त्यो घरभित्र केके होला ? यति ठूलो घरमा यो एक्लो गोरा के गर्दै बस्छ होला ? गेटमा बस्ने एउटा सुरक्षा गार्ड र एउटी काम गर्ने काली केटीबाहेक अरू कोही छैनन् गोराको घरमा ।" कहिलेकाहीँ फाट्टफुट्ट नयाँ अनुहारहरू पनि त्यहाँ देख्ने गर्छ ऊ । प्रायः सप्ताहान्तमा राति अबेरसम्म मान्छेहरूको होहल्ला र सङ्गीतको चर्को ध्वनि नसुनेको पनि होइन उसले । तर प्रायः सुनसान रहन्छ

घर । जसरी भए पनि एक पटक अग्लो पर्खाल चढेर फूलैफूलले घेरिएको त्यो मनमोहक घरलाई अघाउन्जेल हेर्ने मन छ उसको । पेद्रोले गेटको सानो प्वालबाट हेर्ने प्रयास नगरेको पनि होइन तर गार्डले हप्काएपछि ऊ दायाँ हातले कट्टु समात्दै कुदेको थियो । कुद्दै गर्दा गेटभित्रबाट आएको कुकुरको डरलाग्दो भुकाइले ऊ झन् त्रसित हुँदै भागेको थियो । उसले पछि थाहा पायो, त्यहाँ बडेमाको डरलाग्दो कुकुर पनि छ ।

"ए पेद्रो, छतमा के गरिरहेको हँ ?" भुइँतलाबाट उसकी आमा कराएको आवाज सुनियो ।

"म गोरालाई हेरिरहेको छु आमा !" उसले निस्फिक्री जवाफ दियो ।

"हँ, के भनेको ? गोरालाई हेर्दै छस् तँ ?" उसकी आमा फेरि कराइन् ।

"हो आमा, उः त्यो माथिको घरमा बस्ने गोरालाई हेरिराखेको छु म," उसले भन्यो ।

"अनि गोराले पनि तँलाई हेरिराखेको छ ?" आमाको स्वरमा उत्सुकता थियो ।

"हो आमा, गोराले पनि मलाई हेरिरहेको छ," पेद्रो बोल्यो । "राम्रोसँग अभिवादन गरेस् । गोराको नजरमा परिस् भने तँलाई सानोतिनो जागिरमा लगाइदेला," आमाको प्रफुल्लित आवाज पेद्रोका कानमा गुन्जियो ।

"आमा !"

"अँ, भन् ।"

"मैले त 'ए ब्लँ' भनें नि," पेद्रोले छतबाट तल भुइँमा उभिएकी आमातिर हेर्दै भन्यो ।

"धत् पाजी ! त्यसो पनि भन्न हुन्छ ? गोरा त ठूला मान्छे हुन् नि, चाहे ती अमेरिकन हुन् वा फ्रेन्च, बेलायती हुन् वा स्पेनिस । सबै गोरा, सबै ठूला मान्छे," उसकी आमाको रोषपूर्ण आवाज गुन्जियो ।

"अनि के भनेर बोलाऊँ त आमा ?"

"त्यति पनि थाहा छैन तँलाई ? 'मस्युर' भन् न ।"

"हुन्छ आमा," पेद्रोले फेरि गोरातिर हेऱ्यो । घाम चर्केको हुनाले गोराले अहिले आँखामा कालो चस्मा लगाएको थियो ।

"मस्युर...," उसले गोरातिर हेर्दै आमाले सिकाएको शब्द उच्चारण गऱ्यो ।

गोरामा कुनै प्रभाव परेको देखिएन । "आमाले किन मलाई यो शब्दले गोरालाई बोलाउन लगाएकी होलिन् ? खोइ त गोराले कुनै प्रतिक्रिया दिएन ?" पेद्रो रनभुल्लमा पऱ्यो । उसलाई फेरि गोरालाई जिस्क्याउन मन लाग्यो । आमाको गालीको पर्वाह नगरी उसले फेरि जोडले भन्यो, "ए ब्लँ !"

गोराको शरीरमा हलचल पैदा भए पनि अहिले उसले मुन्टो उठाएर हेर्ने प्रयास गरेन ।

'सायद सुत्यो कि !' उसले अनुमान लगायो । 'हुन सक्छ ।' आफूले गरेको अनुमानप्रति ऊ अझ विश्वस्त देखियो । "सुत्यो पनि होला, किनभने हिजो अबेरसम्म त्यो घरबाट माइकल ज्याक्सनको पप गीत गुन्जिरहेको थियो । नाचगान पनि भयो होला ।"

पेद्रोलाई पनि माइकल ज्याक्सन औधी मन पर्छ । ऊसँग माइकल ज्याक्सनको गीति एलबम सुन्न सकिने उपकरण– सिडी-डिभिडी प्लेयर, एमपी थ्री वा आइपड, केही पनि छैनन् तर ऊसँग स्वर्गीय बाबुले डोमिनिकनबाट ल्याइदिएको एउटा रेडियो छ, जसमा ऊ लोकल रेडियो स्टेसनहरूबाट क्रिअल, फ्रान्सेली, स्पेनी र अङ्ग्रेजी गीतहरू सुन्ने गर्छ । क्रिअल उसको मातृभाषा हो । स्कुलमा सिकेकाले उसलाई फ्रान्सेली भाषा पनि अलिअलि बोल्न आउँछ । स्पेनी भाषाका केही शब्दहरू पनि थाहा छ उसलाई । साथीहरूको लहैलहैमा गीत सुन्दासुन्दै उसले स्पेनी बुझ्न थालेको हो । अङ्ग्रेजी भने उसलाई पटक्कै आउँदैन । केही शब्द आउँछ तर उच्चारण गर्न जान्दैन । तथापि उसमा अङ्ग्रेजी सिक्ने मोह भने तीव्र छ । अङ्ग्रेजी जानेको

भए माइकल ज्याक्सनको 'थ्रिलर' एल्बमका गीतहरू सबै बुझ्थेँ जस्तो लाग्छ उसलाई । अङ्ग्रेजी गीत नबुझे पनि उसलाई त्यसको सङ्गीत खुब मन पर्छ । त्यसैले होला, गीत नबुझे पनि उसलाई माइकल ज्याक्सन सबैभन्दा बढी मन पर्छ ।

उसलाई माइकल ज्याक्सन मन पर्नुको अर्को कारण पनि छ, जो ऊ कसैसामु व्यक्त गर्न चाहँदैन । माइकल ज्याक्सन पनि ऊ झैं कालो थियो तर कसरीकसरी ऊ पनि ब्लँ अर्थात् गोरा भयो । गोरो माइकल ज्याक्सन उसलाई झन् मन पऱ्यो । उसले गोरो माइकल ज्याक्सनको तस्बिर ल्याएर घरमा टाँस्यो र तस्बिर हेर्दै हरेक दिन बरबराउन थाल्यो, "माइकल ज्याक्सन गोरो हुन सक्छ भने म किन नसक्नु ?" उसमा पनि गोरो हुने चाहना बढ्दै गयो । यही चाहनाको फलस्वरूप ऊ आफू गोरो हुन नसके पनि उसलाई गोराहरू मन पर्न थाले । ऊ बल्ल आमाले भनेको कुरा मनन गर्न थाल्यो– गोराहरू किन ठूला मान्छे हुन् ।

हुन पनि उसले पोर्ट ओ प्रिन्सको कुनै पनि घर, बजार, सडक, गल्ली र पसलमा एउटा पनि गोराले नोकरले गर्ने जस्तो काम गरेको देखेको छैन । गोराहरू सडकका पेटीमा पनि हिँडेको देखिन्न । सबै चमचमाउने गाडीहरूमा बसिरहेको देख्छ ऊ । अनि उसलाई आमाले भनेका शब्दहरूमा विश्वास लाग्न थाल्यो, "गोराहरूलाई मस्युर भन्नू, तिनीहरू ठूला साब हुन् ।"

"ए पेद्रो, खाना खान आउँदैनस् ?" भुइँतलाबाट उसकी आमा चिच्च्याइन् ।

"आज के पकाको छ आमा ? त्यही त होला नि मकैको खोले !" पेद्रो माथिबाटै करायो ।

"होइन होइन, तेरा मामाले आज पाउरोटी र सुँगुरको मासु पठाइदिएको छ, त्यही पकाएकी छु, खान आइज ।"

"सुँगुर !"

"होहो । कति नकच्चरो भको हैँ तँ अचेल," आमा गला फाडेर चिच्च्याइन् ।

"सुँगुरको सट्टा बङ्गुरको मासु भए कति जाती हुन्थ्यो हगि आमा ?"

"किन र ?" आमाको स्वरमा आश्चर्य थियो ।

"बङ्गुर ब्लैं हुन्छ नि उः माथिको घरमा बस्ने गोरासाब जस्तै," छतबाटै करायो ऊ ।

"धेरै नखरा नपार्, खुरूक्क तल आइज," आमाले आदेश दिइन् ।

उसले माथिको घरतिर हेऱ्यो । कौसीमा अहिले गोरा थिएन । एउटी काली केटी कपडाले कौसीको भुइँ पुछिरहेकी थिई ।

ऊ तल आयो । आमाले खाना ठिक्क पारेर राखेकाले ऊ खाना खान थाल्यो ।

"आमा, म पनि उः माथिको घरको गोरा झैं गोरो भए हुन्थ्यो नि हगि आमा," उसले आमातिर हेऱ्यो ।

"तेरा बाबु, बाजे, बराजु कोही गोरा थिएनन् अनि तँ कसरी गोरो हुन्छस् ?" आमा च्याँट्ठिइन् ।

"होइन, हामी किन गोरा नभएका आमा ?"

"ए बाबू, तेरा बाबु र बाजेले गोरीसँग बिहे गरेका भए तँ पनि गोरो हुन्थिस् कि के थाहा ?" पेद्रोकी आमाले छोराको अनुहार हेरिन् ।

"मेरा बाबु, बाजे, बराजुले किन गोरीसँग बिहे गरेनन् त आमा ?" पेद्रोको जिज्ञासा बढिरहेको थियो ।

"त्यस बेला हामी कालाहरू गोराका कमारा थियौं छोरा," पेद्रोकी आमाले पनि आफ्नो विगत सम्झिन् ।

"कमारा... ?" पेद्रोले अवाक् मुद्रामा आमालाई हेऱ्यो ।

"हो बाबू, हाम्रा पुर्खाहरू काला अफ्रिकी थिए, जसलाई कमारा बनाएर यो देश (हाइटी)मा ल्याइएको थियो दास बनाउन," उनले भनिन्, "तर हाइटी दासहरूले क्रान्ति गरेर दासत्वबाट मुक्त हुने संसारको पहिलो देश भए पनि हामी खोइ त दासत्वबाट मुक्त भएका ?" पेद्रोकी आमा छोरासामु आफ्नो छातीभित्र गुम्सिएको पीडालाई निकास दिइरहेकी थिइन् ।

आमाको कुरा गम्भीरतापूर्वक सुनिरहेको पेद्रो सोचिरहेको थियो– उसका बाजे र बाबु गोरा भएका भए ऊ कति सुखी हुन्थ्यो । उसलाई देखेर उसका काला साथीहरू ईर्ष्या गर्थे होलान् । ऊ हाइटीमा बस्दैनथ्यो, जान्थ्यो अमेरिका र माइकल ज्याक्सन मर्नुभन्दा अगाडि नै उसलाई भेट्ने थियो ।

"ओहो, त्यो जादुमय आवाज र चमत्कारी नृत्यको नायक माइकल ज्याक्सन पनि कति छिटो मऱ्यो," उसलाई विश्वास लाग्दैन । उसले हातले सुँगुरको मासु लुछ्दै भित्तामा टाँसेको माइकल ज्याक्सनको तस्बिरतिर हेऱ्यो । तस्बिरमा माइकल ज्याक्सनले चमचमाउँदो ह्याट, गुलाबी फ्रेम भएको चस्मा, स्पेनका राजाले लगाउने जस्तो थ्रिलर ज्याकेट र घुँडासम्म आउने बुट लगाएको थियो । हातमा सेतो पन्जा लगाएको माइकल ज्याक्सनको निधार गोरो र आभायुक्त थियो । ऊ भित्री हृदयदेखि नै मुस्कुराइरहेको प्रतीत हुन्थ्यो ।

उसले दुःखी हुँदै आमातिर हेऱ्यो । आमा छोराका हरेक हाउभाउ उत्सुकतापूर्वक नियालिरहेकी थिइन् ।

"आमा, म गोरो भएँ भने उः त्यो गोरा झैं ठूलो मान्छे हुन्छु हगि ?" उसका आँखा कुनै वस्तुको खोजीमा व्याकुल भइरहेका थिए । "तँ कसरी गोरो बन्छस् छोरा ?" आमाले अचम्म मानेर छोरातिर हेरिन् ।

"म पनि माइकल ज्याक्सन झैं गोरो बन्न सक्छु नि आमा !" ऊ बोल्यो ।

"ऊ ठूलो मान्छे थियो, ऊसँग धेरै पैसा थियो । पैसा खर्च गरेरै ऊ गोरो भयो भन्छन् तर मलाई सबै कुरा थाहा छैन," पेद्रोकी आमालाई अब छोराको कुराले झिँज्याहट लागिरहेको थियो ।

"हामीसँग पैसा छैन हगि आमा ?" उसले पुलुक्क आमातिर हेऱ्यो । "पैसा भएको भए भात र कुखुराको मासु नखाएर मकैको खोले खान्थिस् छोरा ?" आमा झोक्किइन् ।

आमा रिसाई भन्ने बुझेपछि पेद्रो सतर्क भयो । ऊ अब आफ्नी आमासँग सवाल गर्न छोडी कल्पनामा रमाउन थाल्यो । पेद्रोले कल्पना गऱ्यो– ऊ एउटी गोरी केटीसँग बिहे गर्नेछ । उसका छोराछोरी सबै गोरा हुनेछन् । ऊ अमेरिका जानेछ । टन्न पैसा कमाएर फर्केपछि ऊ त्यो गोरा बसेको घरमा बस्नेछ । बिहानको पहारिलो घाममा ऊ आफ्नी गोरी श्रीमतीसहित त्यो कौसीमा बस्नेछ । त्यस बेला उसलाई वरपर घर हुने सबैले उत्सुकतापूर्वक कर्के आँखाले हेर्न थाल्नेछन्, जसरी ऊ सधैं आफ्नो घरको छतबाट गोरालाई चियाउने गर्छ ।

'खित्खित्खित्', ऊ हाँस्न थाल्यो ।

"किन हाँसेको ? के भो तँलाई ?" उसकी आमाले अचम्म मान्दै सोधिन् ।

आमालाई कुनै जवाफ नदिई ऊ फेरि आँपको रूखका हाँगाबिँगा समातेर झुल्दै छतमा आइपुग्यो ।

आफ्नो घरको कौसीमा बसेर गोरा अझै घाम तापिरहेको थियो– सेतो जिउ डढाएर रातो पार्न ।

ऊ अहिले गोरालाई हेर्ने एक्लो केटो थिएन । वरिपरिका अरू घरका छतमा पनि केटाकेटीहरू जम्मा भएका थिए र सबै गोरालाई नै ताकिरहेका थिए । घरका झ्यालहरूबाट पनि केही आँखा लुकीलुकी गोरालाई चियाइरहेका थिए । उसलाई गोरा देखेर ईर्ष्या लाग्न थाल्यो । गोरो शरीर देखेर उसलाई औडाहा हुन थाल्यो । उसकी मन मिल्ने साथी मानिया पनि आफ्नो घरको छतबाट गोरालाई नै घुरिरहेकी थिई । अब उसलाई सहिनसक्नुभयो । उसले यसअघिका सम्पूर्ण कुरा बिर्स्यो । बिस्तारै उसलाई लाग्न थाल्यो, मानौं तिनका सम्पूर्ण दुःखहरूको कारण यही कौसीमा नाङ्गो छाती र तिघ्रा देखाएर घामले जिउ सेकिरहेको गोरा हो ।

"ए ब्लँ," ऊ जोडले करायो ।

अर्को घरको छतमा उभिएको अगुस्टो पनि चिच्च्यायो, "ब्लँ ब्लँ ब्लँ !"

सँगैको घरको छतमा चङ्गा उडाइरहेको रोबर्टो पनि एकछिन चङ्गा उडाउन छाडेर खित्का छोड्दै करायो, "हे हे ब्लँ हे हे !"

"त्यो गोरालाई त्यहाँबाट खेद्नुपर्छ," एउटा बोल्यो ।

"हो, खेद्नुपर्छ । हाम्रो देशमा हाम्रो नाममा आएको सबै डलर यिनै गोराहरू हसुर्छन्," अर्को बोल्यो ।

"कालाहरूको देशमा यी गोराको के काम ? यिनीहरूलाई लखेट्नै पर्छ," पेद्रोले भन्यो । ऊ अझै पनि मानियाले आफूलाई वास्ता नगरी गोरातिर भोकाएका आँखाले हेरिरहेकोमा खिन्न भइरहेथ्यो । माइकल ज्याक्सन जस्तै गोरो बन्न चाहने पेद्रो अहिले गोरोपनलाई नै घृणा गर्न लागेको थियो ।

बाह्य संसारको गतिविधिबाट बेखबर गोरा आँखा चिम्म गरेर 'सनबाथ' लिइरहेको थियो । सनबाथबाट तृप्त भएपछि उसले जिउ तन्कायो, मर्कायो र पुलुक्क खोचमा रहेका घरहरूतिर हेर्दै भित्र पस्यो । कौसीतिरको ढोका ढ्याम्म बन्द भयो ।

गोरा घरभित्र पसेपछि छतमा उभिएको पेद्रो र उसका साथीहरू अवाक् भए ।

"हँ, अचानक यो के भयो ?" पेद्रो झसङ्ग भयो ।

"गोरा घरभित्र पस्यो र गायब भयो," अगुस्टो बोल्यो ।

"हामी पनि जाऔँ बजारतिर । त्यहाँ पनि 'ब्लँ' फेला परे जिस्क्याउनुपर्छ," रोबर्टोले हाँस्दै भन्यो ।

पेद्रोले आफ्नो घरको छतमा तन्ना ओछ्याएर बसिरहेकी मानियातिर हेऱ्यो । मानिया तिनीहरूतर्फ नभई गोराको कौसीतिरै हेरिरहेकी थिई । मानियाको व्यवहारले पेद्रोको मन कुँडियो । "म पनि गोरा भएको भए सायद मानिया अहिले मेरो अँगालोमा आइसकेकी हुन्थी," मानियालाई हेर्दै पेद्रोको मनमा फेरि गोरा बन्न पाए हुन्थ्यो भन्ने भावना प्रबल हुन थाल्यो ।

ऊ साथीहरूसँगै छतबाट भुइँमा ओर्ल्यो । उसले एक पटक गोरो माइकल ज्याक्सनको तस्बिरतिर नियाल्यो र साथीहरूसँग सिटी

बजाउँदै बजारतिर लाग्यो । ऊ सकिनसकी माइकल ज्याक्सनको गीत गुनगुनाइरहेको थियो ।

"मैले मन पराएकी म झैं काली मानिया गोरालाई मन पराउँछे । माइकल ज्याक्सन पनि सायद प्रेमकै कारणले गोरो बनेको त होइन ?" उसको दिमागमा फेरि नानाभाँतीका कुरा खेल्न थाले ।

गोरा, माइकल ज्याक्सन, मानिया र आफ्नो वरिपरि नै उसको दिमाग घुमिरहेको थियो ।

"उः, ब्लैँ मोटरमा गइरहेको छ । हेर् न, हाम्रा सबै सुँगुर खाएर मोटाएको जस्तो देखिन्छ यार !" अगुस्टो चिच्च्यायो ।

तिनीहरू चोकमा पुगिसकेका थिए । गोरातर्फ हेर्दै पेद्रोले जोडले सिटी बजायो र सबैले मुखमा मुख मिलाएर एकैचोटि भने, "ए ब्लैँ !"

कन्ट्र्याक्ट

भान्सामा खाना तयार थियो तर रिचर्ड आइपुगेको थिएन । ऊ युट्युबमा नेपाली भिजुअल गीतहरू हेर्दै रिचर्डलाई कुरिरहेकी थिई ।

उसको जिउ थकाइले लखतरान भएको थियो । बाल्टिमोर सिटी सेन्टरको फास्टफुडमा सधैं घण्टौं उभिएर काम गर्नुपर्दा कम्मर र खुट्टा भाँचिएलान् झैं हुन्थे । आफ्नो जीविकाका लागि एकछिन् विश्राम नलिई काम गर्नु उसको बाध्यता थियो र यसैसँग उसको आवश्यकता पनि जोडिएको थियो ।

यो काम पनि उसले सजिलै पाएकी थिइन । बाल्टिमोरमा काम गरेर गुजारा गरिरहेका नेपालीहरूका कोठाचोटा महिनौं चहारेपछि बल्ल एक जना साथीको सहयोगमा उसले काम पाएकी थिई । पछिल्ला दिनहरूमा आर्थिक मन्दीका कारण अमेरिकामा ज्यालादारी काम पाउन पनि मुस्किल भइसकेको थियो । ऊ महत्त्वाकाङ्क्षी थिई र छोटो समयमै उसले लामो फड्को मारिसकेकी थिई ।

कसैले ढोकामा 'नक' गरे झैं लाग्यो । उठेर उसले ढोका खोली, त्यहाँ कोही थिएन । तर सामुन्नेको फ्ल्याटको ढोकाबाहिर ओभरकोट लगाएको पुरूष ऊतिर पिठ्युँ फर्काएर उभिएको थियो ।

'अर्को फ्ल्याटको मान्छे रहेछ । रिचर्ड अझै आएन ।' उसलाई भोक लागिसकेको थियो । खाना खाएर सुत्न मन नलागेको होइन

उसलाई, तर रिचर्डको क्रोधित अनुहार र क्रूर व्यवहार सम्झेपछि उसका हातपाउ गल्न थाल्छन् । ऊ रिचर्ड आएपछि मात्र खाना खाने मन बनाउँछे ।

ऊ फेरि सोफामा लम्पसार परी र टिभीको पर्दामा युट्युबमा सर्च गरेर नेपाली कार्यक्रम हेर्न थाली । उसलाई नेपालमा आफ्नै घरमा बसेर टिभी हेरिरहे झैं अनुभूति भयो ।

उसले टिभीको पर्दामा देखिएका हिमाल, पहाड, पाखापखेरा, जङ्गल, हरिया चौर, रङ्गीबिरङ्गी फूलहरू, नदीनाला हेर्दै आफ्नो गाउँघर र परिवारलाई सम्झी । स्मृतिहरू ताजा भएर मानसपटलमा आए । आँखाका च्यापबाट आँसु रसाउन थाल्यो । उसले रिमोट थिचेर टिभी बन्द गरी र आँखा चिम्लँदै सोफामा लम्पसार परी । नेपालको सम्झनाले उसको शारीरिक थकान बिर्साइदिएको थियो तर मनभित्रको पीडा भने आलो घाउमा नुनखुर्सानी छर्के झैं ह्वात्तै बढेको थियो ।

मोबाइल बज्यो । उसले हत्तपत्त कलरको नाम हेरी । नेपालबाट आएको कल भन्ने थाहा पाएपछि हडबडाउँदै हत्केलाले आँसु पुछी । बोतल मुखमा लगाएर घटघट पानी पिई । फोन उठाएर 'हेलो' भनी ।

"छोरी, कस्तो छ तिमीलाई ?" काठमाडौंबाट उसका बुबा बोलिरहेका थिए ।

"ठीक छ बुबा । हजुरलाई ?" उसले सोधी ।

"हामी सबै सन्चै छौं छोरी । हाम्रो कुनै पिर नगर्नु । आफ्नो ख्याल राख्नु । लौ, आमासँग कुरा गर ।"

"हेलो, छोरी...," आमाको आवाज सुनी उसले ।

"मुमा दर्शन... ।"

"हाम्री छोरी अमेरिकामा छे भन्ने कुराले नै हामी गद्गद छौं छोरी... । सबै जना छोरी हुनु त तपाईंकी जस्ती भन्छन्," आमाको आह्लादित स्वर गुन्ज्यो कानमा ।

"हजुर मुमा..., सबै हजुरहरूको आशीर्वादले हो," उसले मनभित्रको पीडा दबाउँदै भनी ।

ढोकामा 'नक' गरेको आवाज आयो । उसका आँखामा भय देखियो ।

"अब हामी पनि यो जुनीमा अमेरिका देख्न पाउने भयौं छोरी...," आमाको गर्विलो स्वर सुनेर झस्की ऊ ।

"आमा, ऐले म काममा छु । भोलितिर म आफैं फोन गर्छु है... दर्शन...," उसले सम्पर्क विच्छेद गरी ।

उसले ढोका खोली । रिचर्ड खडा थियो– अमेरिकी हब्सी । कालो वर्णको, लम्बाचौडा जिउडाल, हेर्दैमा बुल फाइटको साँढे जस्तो ।

"... ... यू टुक टू मच टाइम टू ओपन द डोर । ह्वाट्स अप गोइङ अन हियर ?" अपशब्द बोल्दै रिचर्ड गला फारेर चिच्च्यायो । शिरदेखि पैतालासम्म थरथर काँपिरहेकी उसले त्रसित आँखाले रिचर्डलाई हेर्दै भनी, "नथिङ एल्स डियर । आई वाज जस्ट वेटिङ फर यू ।"

उसले रिचर्डलाई अँगालो हाली र माया गर्ने कोसिस गरी । रिचर्ड वास्तै नगरी सोफामा गएर ढल्यो ।

"मेरो जुत्ता खोल्," उसले आदेश दियो ।

उसले जुत्ता र मोजा खोलेर 'सु र्‍याक'मा राखी ।

"ह्विस्कीको बोतल ल्याएर राख्, पेग बना र आइस पनि राख् ।"

उसले त्यसै गरी र आफ्ना लागि पनि एक पेग तयार गरी ।

ऊ हाँस्यो, "यू सिम्स टू बी एन अमेरिकन वुमन ।"

ऊ पनि हाँसी । रिचर्ड हाँसेको देखेर उसलाई आनन्द लाग्यो ।

"लेट्स चियर्स !"

दुवैले ह्विस्कीको गिलास मुखमा लगाए । रिचर्ड पेगमाथि पेग चढाइरहेको थियो । ऊ रिचर्डलाई 'धेरै रक्सी नधोक्' भन्न सक्तिनथी । रक्सीको पेगमाथि पेग चढाइरहेको रिचर्डको अनुहार हेरेर बसिरहन्थी ऊ ।

"भोलि न्यु योर्कमा रेस्लिङ हेर्न जानु छ... । मलाई तीन सय डलर चाहिन्छ," राता आँखाले घुर्दै उसले भन्यो ।

"तीन सय डलर... कहाँबाट पाउनु यति धेरै रकम ?" ऊ विचलित देखिई । उसको अनुहारमा चिन्ताका रेखाहरू सलबलाए ।

"यु बिच...," रिचर्डले जोडले ह्विस्कीको गिलास टेबलमा बजाऱ्यो । गिलास त फुटेन तर उसको मन काँच झैं चरक्क चर्कियो ।

"म तेरो लोग्ने हुँ, लोग्ने... बुझिस् ? म तेरो ब्वाइफ्रेन्ड होइन," उसले गिलासमा ह्विस्की खन्याउँदै भन्यो ।

"तिमी कसरी मेरो लोग्ने हौ ? खोइ त बिहेको कागजातमा हस्ताक्षर गरेको ? एक वर्ष हुन लागिसक्यो हामी लोग्नेस्वास्नी भएर सँगै बस्न थालेको । सधैं भोलि हस्ताक्षर गर्छु भन्छौ, कहिल्यै गर्ने होइन," उसको अनुहार भावपूर्ण भयो । आँखाबाट बरबरी आँसु झार्दै ऊ रून थाली ।

"यू एसियन वुमन आर भेरी सेन्टिमेन्टल...," ऊ अट्टहास गर्दै हाँस्यो । उसको व्यवहारबाट प्रतीत हुन्थ्यो– आफ्नी स्वास्नीको भावना र वेदनासँग उसलाई कुनै सरोकार छैन । रिचर्ड पेगमाथि पेग थपिरहेको थियो । ऊ भने अमेरिकाको स्वतन्त्र परिवेशमा आएर पिंजडामा कैद हुन पुगेको आफ्नो जीवनलाई सम्झेर द्रवित भइरहेकी थिई । धेरै ठाउँमा ठक्कर खाएपछि उसले आफूसँगै फास्टफुडमा स्विपरको काम गर्ने रिचर्डसँग सम्बन्ध बढाएर विवाहको सम्झौता गरेकी थिई ।

यो सम्झौता निश्चित समझदारीमा आधारित थियो । ऊसँग विवाह गरेबापत रिचर्डलाई उसले एक वर्षसम्म पाल्नुपर्ने थियो र विवाहको कागजातमा हस्ताक्षर गरिसकेपछि पाँच हजार अमेरिकी डलर दिनुपर्ने थियो । कानुनी रूपमा रिचर्डकी स्वास्नी भइसकेपछि ऊ अमेरिकाको स्थायी बासिन्दाको प्रमाणपत्र पाउँथी । त्यसपछि ऊ राम्रो कमाइ हुने काम पाउन सक्थी र उसका बग्रेल्ती सपनाहरू पूरा हुन सक्थे । पछि ऊ रिचर्डलाई 'डिभोर्स' दिएर स्वतन्त्र हुन सक्थी ।

"के सोचिरहेकी ? 'यसले कहिले कागजातमा हस्ताक्षर गर्ला र अर्को दिन लात हानेर घरबाट बाहिर निकालुँला' भन्ने त सोचिरहेकी होलिस् नि...," रिचर्ड मुस्कुरायो ।

"आई एम नट फुल लाइक द्याट ।"

ऊ केही बोलिन । च्युँडोमा हात राखेर झोक्राइरही ।

"खाना खाने होइन ?" उसले बोलिसकेसम्म नरम बनाउने कोसिस गर्दै भनी ।

कुनै जवाफ नदिई रिचर्ड रेस्ट रूमभित्र पस्यो । ट्वाइलेटमा उसले पिसाब फेरेको आवाज उसका कानमा पर्‍यो । अब ऊ के गर्न चाहन्छ ?

उसलाई राम्ररी थाहा छ । उसलाई दिगमिग लागेर आयो ।

बाहिर आउँदा रिचर्ड नाङ्गै थियो । ऊ मुस्कुराउँदै सोफामा लम्पसार पर्‍यो । हातमा टिभीको रिमोट कन्ट्रोल लियो र युटेयुबको पोर्न साइटमा गएर 'ओके' थिच्यो । स्क्रिनमा विश्वविख्यात मोडल इभा हिल्टन आफ्नो ब्वाइफ्रेन्डसँग यौनक्रिया गरिरहेको दृश्य आयो ।

"यू सुड डू लाइक द्याट," रिचर्डले ऊतिर हेर्दै भन्यो ।

ऊ उठी र उसको काखमा गएर बसी । रिचर्डले एकएक गरी उसका सम्पूर्ण कपडाहरू फुकाल्यो । ऊ सर्वाङ्ग नाङ्गी भई ।

"तँ मोटी हुन थालिस् । इभा हिल्टन जस्तै पातली हो, अनि बल्ल विवाहको कागजमा हस्ताक्षर गर्छु," ऊ खितखितायो ।

रिचर्डको शरीरलाई चुम्दै ऊ पनि टिभीमा देखिएकी इभा हिल्टन बन्न थाली ।

"रिचर्ड, मेरो हनी, तिमी मैले भनेको केही पनि मान्दैनौ," ऊ बोली ।

"मैले तिम्रो कुन कुरा मानिनँ डियर ?" रिचर्डको मदहोस स्वर गुन्ज्यो ।

"मलाई खुसी देख्न चाहन्नौ तिमी ?" रिचर्डको मीठो स्वर सुनेर ऊ खुसी भई ।

"यसो नभन न डार्लिङ," ऊ बोल्यो ।

"कागजमा हस्ताक्षर गरिदेऊ न मेरो हनी ! किन मलाई तड्पाउँछौ ? म तिमीलाई छाडेर कहीँ जान्नँ । म काम गरेर तिमीलाई

पाल्छु । म सधैं यसरी नै तिम्रो सेवा गरूँला," उसको स्वरमा मिठास, बोलीमा व्यग्रता र शब्दहरूमा आग्रह थियो ।

"हे...हे...हे...," रिचर्ड हाँस्यो । दुवै हातले उसलाई जुरूक्क उचालेर ऊ बेडरूमभित्र छिऱ्यो ।

टिभीको स्क्रिनमा 'पज' मोडमा इभा हिल्टनको हाँसेको अनुहार देखियो ।

सुरूमा बेडरूमभित्रबाट ऊ कराएको सानो आवाज आयो । त्यसपछि ऊ बेस्सरी चिच्च्याउन थाली । उसको चिच्च्याहट बढ्दै गयो र अन्त्यमा ह्वाँह्वाँ रोएको नारीस्वर टिभीमा देखिएकी इभा हिल्टनको छेउसम्म पुग्यो ।

***

"ए सुँगुर्नी, खोइ मलाई चिया ?" रिचर्ड बेडरूमबाट चिच्च्याइरहेको थियो । ऊ वासबेसिनमा जुठा भाँडा धोइरहेकी थिई । उसले जुठा भाँडा त्यत्तिकै छाडी । ओभनमा पानी उमालेर चिया बनाई र हतारहतार ठूलो कपमा कालो चिया लिएर बेडरूमभित्र गई ।

उसलाई निद्राले अझै छाडेको थिएन । उसका आँखा अनिदा थिए । राति दुई बजे सुतेर पाँच बजे उठेकी ऊ घरको काममा जुटिसकेकी थिई । उसको कमाइमा रजाइँ गरिरहेको रिचर्ड कुनै पनि काममा उसको हात बटाउँदैनथ्यो । पिआर पाउने आशाले ऊ पनि रिचर्डका हरेक माग पूरा गर्न र यातना सहन विवश थिई ।

उसले फेरि बेडरूममा गएर रिचर्डलाई हेरी । चियाको कप रित्तो थियो तर ऊ फेरि घुर्न थालिसकेको थियो । उसले दुवैका लागि ब्रेकफास्ट तयार गरी र आफूले खाई । रिचर्डको ब्रेकफास्टका लागि डाइनिङ टेबलमा ब्रेड, अमलेट, ससेज, जुस, दूध, विन्स, फ्राई गरेको आलु र टमाटर राखिदिई । रिचर्डका लागि लन्च पनि तयार गरी र रेफ्रिजेरेटरमा राखिदिई । उसले लुगा फेरी, अनुहारमा हल्का मेकअप गरी । उसले रिचर्डलाई हेरी । उसको नजिकै गई र गालामा म्वाइँ

खाँदै भनी, "म अफिस गएँ है हनी.... !" जानुभन्दा पहिले सिराननिर रिचर्डले मागेअनुसार तीन सय डलर राख्न भुलिन उसले । उसको माग पूरा नगर्नुको परिणाम थाहा थियो उसलाई ।

ऊ ढोका बन्द गर्न लागेकै थिई, रिचर्डको आवाज उसका कानमा पऱ्यो, "आज साँझ मेरो साथी ज्याक पनि आउँछ । डिनर र ड्रिङ्क्सको व्यवस्था गर्नू ! हामी दुवै रेस्लिङ हेरेर सँगै फर्किन्छौं ।"

उसले ढ्याम्म ढोका लगाई र रून्चे अनुहार लगाउँदै सिटी सेन्टर जाने मेट्रो स्टेसनभित्र छिरी ।

रिचर्डले आदेश दिएअनुसार साँझ डिनर र ड्रिङ्क्स तयार थियो । ऊ एक घण्टा छिटो बिदा लिएर फ्ल्याटमा आई । रिचर्ड खुसी होस् भनेर उसले एटिएमबाट पैसा निकालेर रिचर्डलाई मन पर्ने ह्विस्की, स्न्याक्स र डिनरका लागि सामानहरू लिएर आएकी थिई । धेरैजसो खानेकुरा रेस्टुराँबाटै प्याक गरी ल्याएकी थिई ।

साँझ आठ बजेतिर रिचर्ड आफ्नो साथी ज्याकसँग टुप्लुक्क आइपुग्यो । ज्याक यसभन्दा पहिले कहिल्यै यस फ्ल्याटमा आएको थिएन । उसले दुवै जनाको हार्दिक स्वागत गरी । रिचर्डले चारैतिर नजर दौडायो । हिजो-अस्तिभन्दा आज घर सफा र सुन्दर देखिएको थियो । डाइनिङ टेबलमा उसलाई मन पर्ने ज्याक ड्यानियल्स ह्विस्कीको बोतल र खानेकुराहरू प्याक गरी राखिएका थिए । ऊ मनमनै खुसी भयो तर उसले प्रकट रूपमा आफ्नो खुसी देखाउन चाहेन ।

तीनै जना सोफामा बसे । उसले सबैलाई ह्विस्कीका पेग बनाई । उसलाई थाहा थियो– यस कुरामा रिचर्डलाई साथ दिनुपर्छ, नत्र ऊ रिसाउँछ । हुन त उसलाई पनि रिचर्डसँग ह्विस्की पिउँदापिउँदा लत नै बसिसकेको थियो ।

रिचर्ड र ज्याक पेगमाथि पेग चढाउँदै ह्विस्की पिइरहेका थिए । ऊ तिनीहरूका लागि स्न्याक्स सर्भ गरिरहेकी थिई ।

रिचर्डले उसलाई तानेर आफ्नो काखमा राख्यो र आफ्नो गिलास उसको ओठमा लगाइदियो । उसले अनिच्छापूर्वक उसको जुठो रक्सी घुट्टुक्क निली । रिचर्डले उसलाई अँगालो हाल्दै चुम्यो ।

"आज तँ कति राम्री देखिएकी... !" ऊ बोल्यो ।

"देखिएकी हैन यार, राम्री... साँच्चिकै राम्री...," ज्याकले उसको हात स्पर्श गर्दै भन्यो ।

रिचर्डले पहिलो पटक आफूलाई 'राम्री' देखेकोमा ऊ दङ्ग परी । उसले पनि रिचर्डलाई अँगालो हाली र ओठमा म्वाइँ खाई ।

ह्विस्की सँगसँगै तिनीहरूले रेस्टुराँबाट ल्याएका खानेकुराहरू खाए । खानेकुरा सिद्धिए पनि ह्विस्कीका गिलासहरू भने रित्तिएनन् । रिचर्ड र ज्याक रेस्लिङकै बारेमा कुरा गरिरहेका थिए । उनीहरू अमेरिकी रेस्लर जोन सिनाका फ्यान थिए । आजको गेममा सिनाले सबैलाई चित खुवाएर च्याम्पियनसिप बेल्ट पाएकोमा तिनीहरू हर्षित थिए । रातको गाढापनसँगै रक्सीको मात पनि चढ्दै गयो । "अब हामी फिल्म हेरौं है...," रिचर्डले भन्यो । "कुन फिल्म ?"

"पोर्न... नयाँ छ । इट इज सो एक्साइटिङ एन्ड थ्रिलिङ," रिचर्ड बोल्यो ।

"तिमीहरू हेर, म सुत्छु," उसले भनी । ज्याकको अगाडि नै पोर्न फिल्म हेर्ने प्रस्ताव गरेकोमा उसको मनमा आशङ्काको तुवाँलो मडराइरहेको थियो ।

"ज्याक आज यतै बस्छ । नखरा नपार्, खुरूक्क यहाँ बस्," रिचर्डले आँखा तर्दै भन्यो ।

उसले ज्याकलाई हेरी । ऊ गिद्धले सिनो हेरे झैं उसको सारा शरीरमा आफ्ना नजर गाडिरहेको थियो ।

उसलाई थाहा थियो– ऊ रिचर्डको आदेश लत्त्याउन सक्तिन ।

टिभीको स्क्रिनमा पोर्न फिल्मका दृश्यहरू सुरू भए । ऊ उँधोमुन्टो लगाएर बसिरही । रिचर्ड र ज्याक भने फोहोर शब्द बोल्दै पोर्न फिल्मका हरेक दृश्यबारे कमेन्ट गर्न थाले ।

रिचर्डले उसलाई तानेर काखमा राख्यो र उसका कपडा एकएक गरी खोल्दै गयो । कपडा खोल्नमा रिचर्डलाई ज्याक पनि सहयोग गरिरहेको थियो ।

"यो के गरेको रिचर्ड ? हे भगवान्... यो के गर्दै छौ तिमी ? म तिम्री स्वास्नी हुँ, रन्डी होइन," ऊ मुख छोपेर रून थाली ।

रिचर्ड ऊ रोएको देखेर हाँस्यो ।

"नरोऊ बेबी नरोऊ... । म तिम्रा लागि भोलि कति ठूलो काम गरिदिँदै छु । म बिहेको कागजमा हस्ताक्षर गर्नेछु । हाम्रो कोर्ट म्यारिज हुनेछ । केही दिनमा तिमी पिआर पाउँनेछ्यौ । अनि केही दिनपछि नै हाम्रो डिभोर्स पनि हुनेछ," रिचर्डले खित्का छोड्दै भन्यो ।

"म तिम्रा लागि केही दिनको लोग्ने बन्न तयार छु । तिमी आज एक दिनका लागि रन्डी बन्न सक्तिनौ बेबी ?" रिचर्ड आफ्ना खस्रा हातहरूले उसको नाङ्गो शरीरलाई दरफन्याउन थाल्यो ।

"यो मेरो साथी ज्याक र ममा केही फरक छैन बेबी... । यसको घरमा म पनि पाहुना भएर गएको छु । यसकी पनि तिमी जस्तै स्वास्नी थिई तर ऊ तिमी झैं रून्चे थिइन, उदार मनकी आइमाई थिई । उसले दिल खोलेर मेरो स्वागत गरेकी थिई । ओहो... त्यो रात सम्झिँदा ऐले पनि मेरो शरीरभित्र मुसो मार्न दौडिरहेको बिरालाको तीव्र उत्तेजना महसुस हुन्छ," रिचर्डले आफ्ना लुगा फुकाल्दै भन्यो ।

उसका कुरा सुनेर ज्याक मक्ख परेर हाँस्यो । सायद उसले पनि उक्त रातको स्मरण गऱ्यो ।

रिचर्ड र ज्याक सर्वाङ्ग नाङ्गा थिए । तिनीहरूका बीचमा अर्धमूर्च्छित अवस्थामा रहेकी नाङ्गी ऊ थिई ।

ती दुवै संयुक्त रूपमा उसको नाङ्गो देहसँग इच्छाअनुसार खेल्न थाले । ऊ यन्त्र मानव झैं तिनीहरूको इच्छा र आदेशअनुसार चल्न थाली ।

***

उसले आफ्ना आँखा खोली । ऊ सोफामा नाङ्गै पसि्ररहेकी थिई । रिचर्ड र ज्याक कोठामा थिएनन् । टिभी खुला थियो । स्क्रिनमा दुइटा रक्तपिपासु बाघहरू एउटा पोथी हरिणलाई लखेटीलखेटी मारिरहेका थिए । अचानक उसको मोबाइलको घण्टी बज्यो । ऊ जुरूक्क उठ्न खोजी तर उसको शरीरका अङ्ग-प्रत्यङ्ग दुखिरहेका थिए । उसका हातखुट्टामा शक्ति थिएन तैपनि ऊ बलजफती उठी । उसले ब्यागबाट मोबाइल झिकी र शुष्क स्वरमा बोली, "हेलो ।"

"मम्मी, सन्चै हुनुहुन्छ ? म अघिदेखि फोन गरेको गऱ्यै छु, उठाउनुभएन ।"

"हो र छोरा... । म सुतेकी थिएँ ।"

"मलाई कहिले अमेरिका बोलाउनुहुन्छ मम्मी ? यस पटकको दसैंमा त बोलाउनोस् है । अब म तपाईंबिना एक्लै बस्न सक्तिनँ मम्मी... ।"

त्यसपछि उसको छोराले के बोल्यो, उसले केही सुन्न सकिन । उसको हातबाट मोबाइल भुइँमा खस्यो र ब्याट्री उछिट्टिएर सोफामुनि पुग्यो । ऊ काटेको रूखसरि सोफामाथि डङ्ग्रङ्ग ढली ।

मेट्रो : एउटा घुम्ती संसार

न्यु योर्कको टाइम स्क्वारबाट म मेट्रो रेल चढेर ज्याक्सन हाइट जाँदै थिएँ । रेलभित्र छिर्नेबित्तिकै मेरा आँखा खाली सिट खोज्न थाले तर भित्र यात्रुहरू ठेलमठेल थिए । मलाई एउटा कुनामा गएर सजिलोसँग उभिनसमेत हम्मेहम्मे पऱ्यो ।

म एकएक गरी सिटमा बसेका र उभिएका यात्रुको अनुहार नियाल्न थालें । सबै आफैंमा निमग्न । यो सानो रेलको डिब्बाभित्र विश्वका प्रायः सबै महादेशका मान्छेहरूको प्रतिनिधित्व थियो । कोही आलुबखडा पाके जस्ता राता, कोही पैयुँ फुले झैं सेता, कोही गोरा, गहुँगोरा, हल्का काला, काला र कोही अति काला, भिन्नभिन्न आकृति, जिउडाल र रङका कारण भन्न सकिन्थ्यो– रेलको यो डिब्बामा सानो संसार अटाएको छ ।

म टाइम स्क्वारको एउटा होटलमा रातभरिको बाह्रघण्टे काम सिध्याएर ज्याक्सन हाइटमा रहेको डेरामा फर्कंदा निकै थाकेको थिएँ । अनिदोले मेरा आँखा लोलाइरहेका थिए तैपनि सिलिङको डन्डी बलियोसँग समाती म आफ्नो सन्तुलन मिलाइरहेको थिएँ । मेरो पिठ्युँमा झोला थियो, जसमा पानीको बोतल, होटलमा खाएर उब्रेको खानाको प्याकेट र राति लगाउने ज्याकेट थियो । झोलामा एउटा नोटबुक पनि थियो, जसमा केही आवश्यक टिपोट थिए र ज्यादाजसो

अमेरिकामा बस्ने साथीभाइका फोन नम्बरहरू थिए । नोटबुकको बीचमा एउटा महत्त्वपूर्ण वस्तु थियो, जसलाई मैले सधैं समालेर राखेको थिएँ– मेरा बूढा मातापिताको तस्बिर । बुढेसकालमा ऋण काढेर छोरालाई विदेश पठाउनुमा मेरा बाआमाको रहर पनि थियो, बाध्यता पनि । छोराको सुन्दर भविष्यका लागि उसलाई टाढा पठाउनु बाध्यता थियो भने आफूले कल्पना पनि नगरेको देश अमेरिकामा छोरालाई पठाउनु उहाँहरूको खुसी र रहर पनि थियो । "हाम्रो छोरो पनि जाने भो अब अमेरिका !" म अमेरिका आउने लगभग निश्चित भएपछि मेरा बाआमा खुसीले गद्गद हुँदै हल्ला गर्दै हिँड्नुभएको थियो गाउँघरमा ।

अमेरिका आएको छ महिना भइसक्दा पनि नयाँ मान्छेका अनुहारहरू क्वारक्वारती हेर्ने नेपालीहरूको बानीलाई मैले पनि छाड्न सकेको थिइनँ । किनकिन नयाँनयाँ मान्छेका नयाँनयाँ स्वरूप र ढाँचाका अनुहारहरू नियाल्नमा मलाई मज्जा आउँथ्यो । झन् अमेरिका ! यहाँ त संसारका सबै देशका मानिसहरूलाई एउटै ठाउँमा, एकै पटक हेर्न सकिन्छ धीत मरून्जेल ।

रेलको यो सानो डिब्बाभित्र पनि मैले हेरेर भ्याइनसक्ने चित्रमय संसार थियो । फलामको डन्डीमा झुल्दै म एकएक गरी यात्रुहरूका अनुहार नियालिरहेको थिएँ । मान्छेका अनुहार हेरेर म तिनीहरू जन्मेहुर्केको देशको कल्पना गर्थें र मनमनै बुदबुदाउँथें, "ए, यो स्पेनिस हो, त्यो जर्मन, त्यो मेक्सिकन, त्यो चाइनिज अनि त्यो त ठ्याक्कै कोरियन नै हो अनि त्यो चाहिँ ल्याटिन अमेरिकी महिला ।"

मेट्रो एकसुरमा दौडिरहेको थियो । कुनै स्टेसन आउनुभन्दा अगाडि सो स्टेसनको नाम र कति समयपछि त्यहाँ पुगिन्छ भन्ने जानकारी ध्वनि र डिस्प्ले स्क्रिनमा आइरहेको थियो । ज्याक्सन हाइट अझै टाढा भएकाले मेरा कान र आँखा ती सूचनाप्रति त्यति सचेत थिएनन् । म आफ्नै धुनमा मग्न थिएँ । रेलभित्र र बाहिरका दृश्यहरू हेर्दै म ज्याक्सन हाइटसम्मको समय आनन्दसाथ व्यतीत गर्ने प्रयास गरिरहेको थिएँ ।

रेलभित्र मलाई सबैभन्दा घत लागेको दृश्य थियो– प्रायः सबै युवायुवतीका हातहातमा आइपड, आइफोन हुनु । एप्पल कम्पनीले कम्प्युटर र सञ्चार जगत्मा क्रान्ति ल्याइदिएको थियो । आइपड र आइफोनले मान्छेलाई सङ्गीत, सन्देश र समाचारसँग जोडिदिएको थियो । दायाँबायाँ कतै नहेरी लगातार आइपडलाई बूढी औंलाले थिचिरहेका थिए तिनीहरू । आइपडमा कनेक्ट गरिएको इयरफोनले तिनका कानका प्वालहरू थुनिएका थिए । म अनुमान गरिरहेको थिएँ, तिनीहरूमध्ये कोही आइपड र आइफोनबाट मेल पठाइरहेका थिए । कोही मेल चेक गरिरहेका थिए, 'युट्युब'मा विभिन्न भिडियो क्लिप्सहरू हेरिरहेका थिए, गेम खेलेर आनन्दित भइरहेका थिए । सँगसँगै तिनीहरू सङ्गीतको धुनमा टाउको र जिउ हल्लाउँदै मज्जा लिइरहेका थिए । मान्छेलाई एकाकीपनबाट मुक्त गरी इन्गेज राख्न एप्पलले बनाइदियो आइपड, आइप्याड र आइफोन । मसँग न आइपड र आइप्याड थियो, न त आइफोन । म आइपड, आइप्याड खेलाइरहेका युवाहरूलाई हेरेरै मज्जा लिइरहेको थिएँ, एउटा मात्र होइन, थुप्रै आइपड र आइप्याड युजरहरूलाई हेरेर भिन्नभिन्न प्रकारको आनन्द लिइरहेको थिएँ । आइपड र आइप्याड नहुनेहरू मोबाइलको 'किबोर्ड' चलाइरहेका थिए । आइपड र आइप्याड चलाउने दुवै युजरका हातका औंलाहरूको विद्युतीय गति देखेर म छक्क परेको थिएँ । तिनका औंलाहरू आइपड, आइप्याड र आइफोनका 'किप्याड'मा यसरी दौडिन्थे, जसरी दौडन्छन् रेसकोर्समा घोडाहरू । सायद यिनीहरू अमेरिकी जीवनमा आएको परिवर्तनका संवाहक थिए ।

अघिल्लो स्टेसनमा चढेकी एउटी गोरी ठिटी रेलभित्र प्रवेश गरेदेखि नै मोबाइलबाट 'च्याट' गरिरहेकी थिई । ऊ कतैतिर हेरिरहेकी थिइन, लगातार उँधोमुन्टो लगाएर मोबाइलमा घोत्लिरहेकी थिई । बीचबीचमा ऊ निराश र उदास झैं देखिन्थी । म उसको अनुहारमा आइरहेको उतारचढाव नियालिरहेको थिएँ । एक्कासि अघिल्लो स्टपको नाम गुन्जियो– रक फेलर सेन्टर । ऊ कतै नहेरी जऱ्याकजुरूक उठी र मोबाइलको 'की' चलाउँदै ढोकाबाट बाहिरिई ।

बाँध फुटेर जमिरहेको पानीले निकास पाए झैं एउटा हुल गयो, अर्को हुल आयो । हावाको झोक्कासरि रेलको सानो संसारमा नयाँ जीवनहरू थपिए । रेलको डिब्बाभित्र पैदा भएको हलचल एकैछिनमा सामसुम भयो । मेरो अगाडिको सिटमा बसेकी गुरूङसेनी झैं देखिने एउटी बूढी आमा अचानक गीत गाउन थालिन् । गीतका शब्दहरू अपरिचित थिए तर लय र भाकाले भन्थ्यो– उनी आफ्नो देशको सम्झनाले व्याकुल भएर गीत गाइरहेकी छिन् । आँखा बन्द गरेर उनी एकसुरले गीतको भाकामा टाउको हल्लाउँदै गीत गाइरहेकी थिइन् । उनी म मात्र होइन, सबैको आकर्षणको विषय बनेकी थिइन् । सबै जना अभिरूचिपूर्वक हेरिरहेका थिए । तर उनलाई कसैको पर्वाह थिएन ।

उनी झन् ठूलो स्वरले गीत गाउन थालेकी थिइन् । उनलाई हेरेर, उनको गीतको भाका सुनेर म भावुक हुँदै आफ्नो देश, आफ्नो गाउँघर, मातापिता, साथीसँगातीलाई 'मिस' गर्न थालेको थिएँ ।

रेलभित्र आइफोन र आइपडमा घोत्लिरहने युवायुवती मात्र थिएनन्, किताब र समाचारपत्र पढ्न रूचाउने प्रौढहरू पनि थिए । एकअर्काको हात समातेर अनुहार नियाल्दै यात्रा अवधिभर रमाइला कुरामा हाँस्दै रमाउने दम्पतीहरू पनि थिए । म उभिएको ठाउँनजिकैको सिटमा एउटा तन्नेरी जोडी थियो । दुब्लापातला, हेर्दा चिनियाँ जस्ता देखिने तिनीहरू एकअर्काको अँगालोमा बाँधिएका थिए । म तिनीहरूलाई हेर्थें र मनमनै रमाउँथें । तिनीहरूको त्यो न्यानो अँगालोले मलाई काठमाडौंको भृकुटीमण्डपभित्रको पार्कमा रमालाई अँगालो हालेको सम्झना ताजा गराइरहेको थियो । कहाँ होली रमा ? कस्ती होली ? अस्ति मात्र मैले उसको इमेल पाएको थिएँ । मेलमा मेरो अनुपस्थितिले उसले अनुभूत गरेका पीडाका बारेमा उल्लेख गरेकी थिई । ऊ यतै मसँग भएकी भए सायद हामी पनि चिनियाँ जोडी झैं अँगालोमा बेरिएका हुन्थ्यौं ।

'ग्रान्ड सेन्ट्रल' स्टेसन आयो । फेरि पनि अघिकै प्रक्रियाको पुनरावृत्ति । फेरि नयाँ अनुहारहरूको जोसिलो प्रवेश । बूढी आमा

सँगसँगै मैले अघिदेखि विशेष चासो दिएर हेरिरहेको थिएँ मेक्सिकन जस्ता देखिने दुई जना युवालाई । शारीरिक रूपमा जति अस्तव्यस्त देखिन्थे, मनभित्र त्यति नै दुःखी होलान् उनीहरू जस्तो लाग्यो मलाई । उनीहरू आपसमा थोरै मात्र बोल्थे । बीचबीचमा गहिरो सास लिएर रेलको सिलिङतिर हेर्थे । अचानक तिनीहरूमध्ये एक जनासँग मेरा आँखा जुधे । उसका आँखामा गहिरो विषाद थियो । सायद ती आँखाले आफ्नो गन्तव्य खोजिरहेका थिए । मौन भावमा मैले उसप्रति सहानुभूति व्यक्त गरें तर मेरा आँखाको भाव बुझ्नुभन्दा पहिले नै त्यो युवक फेरि रेलको सिलिङ हेर्न थालिसकेको थियो । 'दुःख र पीडाको भारी बोकेर कता जाँदै छन् होला यिनीहरू' म मनमनै गम्न थालें । अर्को स्टेसन आउने बेला तिनीहरू उठेर ढोकानिर उभिए । मैले चाल पाएँ, तिनीहरूको गन्तव्य यही रहेछ । मलाई एक जोडी बूढाबूढीले पनि निकै आकर्षित गरेका हुन् । तिनीहरू म डिब्बाभित्र छिर्नुभन्दा पहिले नै सिटमा बसिरहेका थिए । अनुहार दाह्रीजुँगाले छपक्कै भएको लोग्नेको कद होचो, मोटोघाटो र जिउडाल बलिष्ठ थियो । उसको चालढाल हेर्दा आफ्नो व्यक्तित्व आकर्षक बनाउन दाह्रीजुँगा पालेको जस्तो लाग्दैनथ्यो । बरू अल्छी लागेर नकाटे जस्तो देखिन्थ्यो । उसको छोटो गर्दनमाथि हल्लिइरहेको बडेमाको टाउको देखेर मैले अनुमान गरें, यो मान्छे कुनै जमानामा बक्सर हुनुपर्छ ।

बूढाकी पत्नी भने उसको स्वभाव र प्रकृतिभन्दा भिन्न देखिन्थिन् । महिलाको लवाइले यो उमेरमा पनि आफूलाई कसरी आकर्षक राख्ने भन्ने कुरामा उनी सचेत छिन् भन्ने अनुमान गर्न सकिन्थ्यो । अनुहारको मेकअपले पनि यस कुराको पुष्टि गर्थ्यो । ती महिलाले आफ्ना केश, आँखीभौं, परेला, गाला, ओठ, कान, चिउँडो र गर्दन सबै अङ्गलाई पूर्ण मिहिनेतसाथ जवान र सुन्दर देखाउने प्रयास गरेकी थिइन् । झट्ट हेर्दा विपरीत ध्रुव झैं लाग्ने यो जोडीले पनि एकअर्काको हात समाएर मुसार्न र बेलाबेला एकअर्कालाई 'किस' गर्न छाडेका थिएनन् । तिनीहरूको व्यवहार हेर्दा बूढी नै बूढाप्रति बढी प्रेमासक्त प्रतीत

हुन्थिन् । यो उमेरसम्म पनि तिनीहरूको वैवाहिक जीवन टिक्नुको रहस्य नै 'दुईबीचको प्रेम' हो भन्ने अनुमान गरें मैले । बूढो आफ्ना दाह्रीजुँगाप्रति निःस्पृह रहे पनि बूढीसँगको प्रेमप्रति भने संवेदनशील देखिन्थ्यो । दुनियाँदेखि बेखबर यो जोडी रेलको डिब्बाभित्रको सानो संसारमा आफैंभित्र रमाइरहेको थियो । म उनीहरूलाई हेरेर सोचिरहेको थिएँ– रमा बूढी भएपछि यो बूढीजत्तिकै सुन्दर होली कि नहोली ! म त्यो बक्सर बूढो झैं दाह्रीजुँगाको हेरचाहमा कमजोर साबित भए पनि रमासँगको प्रेममा असली प्रेमी प्रमाणित हुँला कि नहुँला, मेरो मन यिनै भावतरङ्गमा बहकिइरहेको थियो ।

ती बूढाबूढीको व्यवहारले मलाई आफ्ना बाआमाबीचको प्रेम सम्झन प्रेरित गरिरहेको थियो । कति फरक छ यहाँ र त्यहाँको प्रेम प्रदर्शन गर्ने तरिकामा, यहाँ प्रेमलाई जति प्रदर्शन गऱ्यो, त्यति प्रगाढ हुने भ्रम छ । त्यहाँ प्रेम लुकाउनुमा आनन्द छ । त्यहाँ प्रेम मनले अनुभूत गरे पुग्छ तर यहाँ प्रेमलाई व्यवहारमै देखाउनुपर्छ ।

मेरो अगाडि म झैं हातले डन्डी समातेर उभिएको अर्को तन्नेरी जोडी थियो । तिनीहरू पटकैपिच्छे ओठ र गालामा म्वाइँ खाइरहेका थिए र बीचबीचमा एकअर्काको जिउ सुमसुम्याउँदै 'आई लभ यू डार्लिङ, आई लभ यू बेबी' पनि भनिरहेका थिए । मैले मनमनै आफ्नो प्रेम सम्झें । मैले रमालाई कति पटक 'आई लभ यू भनें हुँला ? मलाई जहाँसम्म लाग्छ, एक-दुई पटक मात्र । प्रेम प्रदर्शनमा यिनीहरू नाङ्गिएका हुन् कि हामी बढी छोपिएका, मैले अनुमान गर्न सकिनँ । तर मलाई तन्नेरी जोडीको प्रेम प्रदर्शन हेर्दा आनन्द आइरहेको थियो । मेरो मनभित्र अटेसमटेस प्रेमको तृष्णा मेरा आँखाबाट निःसृत भइरहेको थियो । त्यो जोडी हेर्दै म आफूले पनि रमासँग त्यसै गरी प्रेमालाप गरेको कल्पना गरिरहेको थिएँ, मानौं रमा र म चक्रपथ परिक्रमा गर्ने बसमा यात्रा गरिरहेका छौं । अन्य यात्रुहरूको कुनै वास्ता नगरी हामी आफ्नो प्रेममा डुबेका छौं । वरिपरिबाट अरूका हिंस्रक आँखाले आक्रमण गरिरहे पनि हामी प्रेमको अनन्त सत्याग्रहमा लीन थियौं ।

त्यो जोडी मतिर हेर्दै मुस्कुरायो । तिनीहरू मेरो भावुक हेराइमा मुस्कुराएका हुन् कि मेरो मूर्खतामाथि, यसै भन्न सक्तिनँ म तर मलाई त्यो जोडीको मुस्कान प्रिय लागेको थियो ।

मेट्रोको गति मत्थर हुँदै जाँदा डिब्बाभित्र फेरि हलचल सुरू भयो । हन्टर्स प्वाइन्ट एभेन्यु स्टेसनमा झर्ने यात्रुहरू आआफ्ना सरसामान हातमा लिएर उठिसकेका थिए । सबैलाई थाहा छ, मेट्रोको ढोका थोरै समयका लागि मात्र खुल्छ, बढीमा पन्ध्र सेकेन्ड । मेट्रोभित्रको सबै सञ्चालन प्रक्रिया इलेक्ट्रोनिक छ– ढोका आफैं खुल्छ, आफैं बन्द हुन्छ । मैले डिब्बाबाहिर हेरें । अधिको युवा जोडी हातेमालो गरेर स्टेसनको प्लेटफर्ममा छिटोछिटो हिँडिरहेको थियो । "ए, तिनीहरू त गइसकेछन्," मेरो मुखबाट एक्कासि निस्क्यो ।

स्टेसनमा भीडभाड थियो । मान्छेहरू कुदाकुद गरिरहेका थिए । जिन्दगी भनेको 'दौड' नै त हो, जसले दौडन जान्यो, अन्तिम रेखा भेट्न जान्यो, उसैले दौड जित्यो । त्यहाँ म चढेको एउटा रेल मात्र थिएन, फटाफट सिनेमाका दृश्यहरू परिवर्तन भए झैं रेलहरू आइरहेका थिए, गइरहेका थिए । मान्छेहरू रेल चढ्न भागदौड गरिरहेका थिए, रेलको पछाडिपछाडि ज्यान छाडेर कुदिरहेका थिए । कति धेरै मान्छेहरू, कति धेरै चित्रमय अनुहार र भावको जादुगरी, मान्छे भनेको जादुगर नै त हो । मान्छेले नै निर्माण गरेको हो यो मेट्रो– मेट्रो : एक घुम्ती संसार । जमिनमुनि मान्छे बोकेर चक्कर मारिरहेको एक जादुमय संसार ।

"हामी कहाँ आइपुग्यौं ? के मेरो गाउँको स्टेसन आयो ?" अचानक बूढी आमा टुटेफुटेको अङ्ग्रेजीमा मसँग बोलिन् ।

म झस्कें । गाउँको स्टेसन ? कहाँको गाउँ ? कुन गाउँ ? म अचम्ममा परें । मैले आफूलाई समालेर ती आमाअगाडि झुक्दै सोधें, "आमा, कुन गाउँको स्टेसन ? नाम के हो ?"

"मेरो गाउँ, मेरो बोलिभियाको सुन्दर गाउँ, मलाई त्यहीँ जानु छ । के त्यो स्टेसन आयो ?" उनी झ्यालबाट बाहिर आँखा डुलाउँदै बोलिन् । मैले बल्ल थाहा पाएँ, उनी बोलिभियाली रहिछन् । झट्ट हेर्दा बोलिभियालीहरू नेपाली जस्तै लाग्छन् ।

"यो स्टेसन त क्विन्सबोरो प्लाजा हो । हामी म्यानहटनबाट ज्याक्सन हाइट गइरहेका छौं । तपाईं ज्याक्सन हाइटतिर त बस्नुहुन्न ?"

"होइन, मलाई मेरो गाउँ जानु छ । मेरो गाउँ के... ? म त्यहीँ त गइरहेकी हुँ । त्यो स्टेसन अब कति टाढा छ ?" उनी आशालु नजरले मलाई हेरिरहेकी थिइन् । उनका आँखामा मेरो जवाफको व्यग्रतापूर्ण प्रतीक्षा थियो । म केही बुझ्न सकिरहेको थिइनँ । मैले रेलको भित्तामा मेट्रोको नक्सा हेरेको थिएँ । उनले भनेको स्टेसन मेट्रोको नक्सामा कतै थिएन । उनी जुन रेलमा चढिरहेकी थिइन्, त्यो रेल जाने गन्तव्यहरूमा उनले उल्लेख गरेको स्टेसनको नाम कतै भेटिएन । म के गरूँ, के नगरूँ– दोधारमा परिरहेको थिएँ । कतै उनी बिनागन्तव्य रेलभित्र घुसेकी बौलाही त होइनन् भन्ने शङ्का पनि नलागेको होइन तर आफ्नै सुरले गीत गाउनुबाहेक उनका अन्य गतिविधिहरू सामान्य थिए ।

स्टेसन छाडेर रेल अगाडि बढिसकेको थियो । डिब्बाभित्र भित्रिएका नयाँ अनुहारहरूले फेरि मेरो ध्यानाकर्षण गरे । अहिले भित्रिएका तिनोटी तरूनीहरू मेरा आँखामा टाँसिएका थिए । उनीहरू रेलको डन्डीमा मस्तीले झुल्दै, कम्मर मर्काउँदै, काँध उचाल्दै, लामालामा सुनौला केशलाई औंलाले खेलाउँदै, आँखा झिम्क्याउँदै र अनुहार चम्काउँदै वरिपरि बसेका कसैको वास्ता नगरी हाहाहिहीमा मस्तसँग कुरा गरिरहेका थिए । तिनका औंला बेलाबेला मोबाइल र आइपडमा पनि गतिमय भइरहेका थिए । म तिनको जीवनको उल्लास, उमङ्ग र ऊर्जा देखेर ईर्ष्यालु बनिरहेको थिएँ । तिनका हरेक हेराइ, बोलाइ र मुस्कानमा अमेरिकी जीवनको स्वतन्त्रता, स्वच्छन्दता र स्वतःस्फूर्तता प्रतिबिम्बित थियो ।

अचानक मेरा कानमा फेरि बोलिभियाली आमाको आवाज पऱ्यो । उनी फेरि गीत गाउन थालिन् । सायद उनी फेरि आफ्नो प्यारो गाउँ, पहाड, हरियो चौर, खोलानाला, गोरेटा र रूखहरू सम्झिरहेकी थिइन् । उनको अनुहारको भावले यही बताइरहेको थियो । गीतको सुरसँगै उनी आफ्नो देश फर्केकी थिइन् ।

तिनी युवतीहरूले एकछिन ट्वाल्ल परेर बोलिभियाली आमालाई हेरे र मुसुक्क हाँसे अनि फेरि आफ्नै गफमा मस्त भए ।

रेलको गति कम हुँदै गयो । '६१ स्ट्रिट वुड साइड स्टेसन' पछाडि छुटिसकेको थियो । मेरो गन्तव्य ज्याक्सन हाइट स्टेसन नजिकिँदै थियो ।

मलाई किनकिन बोलिभियाली आमाको चिन्ता वा माया लागिरहेको थियो । उनी कहाँ गइरहेकी छन्, स्वयम् उनलाई थाहा थिएन । उनलाई केवल थाहा थियो, बोलिभियाको एउटा सुन्दर गाउँ, जहाँ उनको घर छ । सायद उनलाई विश्वास थियो, उनको गाउँसम्म रेल जान्छ । त्यसैले उनी त्यही रेल चढेकी हुन् ।

उनी गीत गुनगुनाउँदै थिइन् ।

"आमा, स्टेसन आयो," म बोलें ।

"कुन स्टेसन ? मेरो गाउँ ?" उनको अनुहार उज्यालियो ।

"होइन आमा, यो ज्याक्सन हाइट हो । म यहाँ उत्रिनुपर्छ । तपाईं यहाँ उत्रिने हो ?" मैले उनको कानैनिर मुख लगेर सोधें ।

"ज्याक्सन हाइट," उनी बोलिन् ।

"हो ।"

"होइन, होइन ।"

उनी फेरि आँखा बन्द गरेर गीत गाउन थालिन् । उनी मुस्कुराउँदै गीत गाइरहेकी थिइन् ।

७४ ब्रोड वे ज्याक्सन हाइट स्टेसनमा रेल रोकियो । म ढोकानजिक उभिएँ । मेट्रोको घुम्ती संसारमा भेटिएकी बोलिभियाली आमालाई छाडेर म रेलबाट बाहिरिएँ । केही छिनपछि रेल छुट्यो । मेरो हृदय चसक्क बिझ्यो, रेलसँगसँगै बोलिभियाली आमा पनि छुटिन् । मेरो मनमा एक प्रकारको अनौठो भावना आयो– 'कतै मैले आफ्नी आमालाई त बेसहारा छाडिनँ ।'

मैले फर्केर रेलतिर हेरें । रेल लिकमा दौडन थालिसकेको थियो । रेलको पछाडिको भागमा लेखिएको 'म्यानहटन' बिजुलीको प्रकाशमा टल्किरहेको थियो ।

मिस्टर पाउल

मैले दोस्रो दिन मात्र थाहा पाएँ– मिस्टर पाउल पनि म झैं एक्लो छ । हामी एकै होटलमा बसेका छौं । फेब्रुअरी महिना, बिदा मनाउने सिलसिलामा म क्यारिबियन सागरको एउटा आइल्यान्डस्थित डन जुआन होटलमा आएको थिएँ । समुद्रसँगै जोडिएको थियो यो होटल । होटलको लबीमा ऊसँग मेरो पहिलो जम्काभेट भएको थियो । उसलाई देखेपछि म अवाक् भएको थिएँ ।

हातमा एक लिटरको बियरको बोतल समातेर चुस्की लिँदै ऊ यताउता रल्लिरहेको थियो । म पनि हातमा अरेन्ज जुसको बोतल समातेर लबीको एउटा कुनामा बसेको थिएँ ।

दिनभर समुद्रको तटमा बिताएर म भर्खर फर्केको थिएँ । मैले स्पोर्ट्स कट्टु लगाएको थिएँ । मेरो जिउको माथिल्लो भाग नाङ्गै थियो । खुट्टामा लगाएका प्लास्टिकका चप्पलमा बालुवाका कणहरू टाँसिएका थिए ।

"इट वाज अ ग्रेट डे टुडे ? वाजन्ट इट ?" उसले पुलुक्क मतिर हेरेको थियो । उसका आँखा मेरो अनुहारमा नभएर जुसको बोतलमा गाडिएका थिए ।

"या... या, इट वाज । आई ह्याड अ ग्रेट टाइम अन द बिच टुडे । ह्वाट अबाउट यू जेन्टल म्यान ?" मैले पनि आफूले यसअघि कहिल्यै नदेखेको एक लिटरको बियरको बोतलतिर हेर्दै भनें ।

"या... या, मी टू । द सेम थिङ एज यू ह्याड अन द बिच ! आई ह्याड अ ग्रेट टाइम एज वेल," ऊ मुस्कुरायो ।

अचम्मको कुरा के थियो भने हामी उस्तैउस्तै थियौं । बिदा मनाउन आएको ऊ र म एकै दिन होटलमा बसेका थियौं र हाम्रा कोठा पनि सँगसँगै पर्थे । दिनभर हामी बिचमै हुन्थ्यौं । स्पोर्ट्स कट्टु र स्यान्डल लगाएको ऊ कम्मरमाथि नाङ्गै थियो– हामीले हातमा समातेको पेय पदार्थ मात्र फरक ।

"तिमीलाई बियर मन पर्दैन ?" उसले सोधेको थियो ।

"अहँ, म जुस र चिसो पेय पदार्थबाहेक अल्कोहलिक ड्रिङ्क्स लिन्नँ," मैले भनें ।

"वा... ! गुड ह्याबिट !" उसले बियर तन्काउँदै भन्यो, "बट आई थिङ्क, दिस इज बेटर फर मी !" उसले मुस्कुराउँदै बियरको बोतल देखायो । उसको भनाइ मलाई पनि मन पर्‍यो । म पनि धक फुकाएर हाँसें ।

"ओके जेन्टल म्यान, सी यू ल्याटर," बोल्दाबोल्दै ऊ आफ्नो कोठातिर लाग्यो । म पनि उसलाई हात हल्लाउँदै आफ्नो कोठातिर लागें ।

मेरो विचारमा ६५ वर्षजतिको हुनुपर्छ ऊ । निधारदेखि तालुको बीचभागसम्म खुइलिएको टाउकोमा रहलपहल कपाल पनि सबै सेता थिए । जन्मजात सेतो झैं लाग्थ्यो उसको कपाल । ऊ छ फिट अग्लो, गोरो र आकर्षक थियो ।

आफ्नो कोठामा पुगेपछि मलाई बूढाको झझल्को आइरह्यो । 'रमाइलो रहेछ बूढो !' मेरो मन बूढाप्रति जिज्ञासु बनिरहेको थियो । 'दिउँसो समुद्री तटमा भेट भएको भए झन् कति रमाइलो हुन्थ्यो ? तर ऊ आफ्नो परिवारसँग होला । पक्कै पनि उसकी बूढी साथमा होली । ऊसँग भेट नभएकै जाती !'

होटलको कोठाबाट मैले समुद्रतिर चियाएँ । साँझ पर्न लागिसकेको भए पनि मानिसहरू अझै समुद्री तटको आनन्द लिइरहेका थिए । हावा

चलिरहेको थियो, खजुर र ताडका पातहरू बेस्सरी हल्लिरहेका थिए । समुद्रका छालहरूमा हावाको वेगसँगै लहरहरू उर्लिरहेका थिए ।

'म यहाँ किन एक्लै आएछु ? कोही साथी भएको भए कति रमाइलो हुन्थ्यो ?' म झ्यालबाट बाहिरको दृश्य हेर्दै टोलाइरहेको थिएँ । सूर्य डुब्न लागेको प्रस्ट सङ्केत समुद्रले दिइरहेको थियो । समुद्रमाथि सप्तरङ्गी पछ्यौरी लहराए जस्तो दृश्य सजीव बनिरहेको थियो ।

"हेलो...," अचानक चिरपरिचित आवाजले म झस्कें । मैले दायाँबायाँ हेरें । मेरो कोठाअगाडिको अर्को कोठाको झ्यालबाट उही बूढो चियाइरहेको थियो । उसको हातमा अझै बियरको बोतल थियो ।

"हे गाइ, नाइस टु सी यू अगेन । हे... हे... ।" ऊ खित्का छाडेर हाँस्यो । उसको हाँसोले मलाई पनि हाँस्न बाध्य पाऱ्यो । म पनि हाँसें खितखित ।

"ह्वाट आर यू डुइङ टुनाइट ?" ऊ मेरो साँझको कार्यक्रमबारे जान्न खोज्दै थियो ।

"लेट मी सी ह्वाट टू डू टुनाइट," मैले जवाफ दिएँ ।

"आई विल बी ह्याङ्गिङ आउट अन द डाउन टाउन स्ट्रिट । आई विस आई गेट यू देयर," बूढाले मुस्कुराउँदै भन्यो । उसका आँखा मलाई चुनौती दिंदै भनिरहेका थिए– 'तँ एक्लै कोठामा के बस्थिस् ? बाहिर नआई त सुखै छैन ।'

मलाई बुझ्न गाह्रो भएन– ऊ पनि म झैं एक्लो पर्यटक हो । ऊ पनि एक्लै छ भन्ने जान्दा मलाई किनकिन खुसी लाग्यो । सायद ऊ पनि मैले सोचे झैं सोचिरहेको हुँदो हो । तर मलाई आश्चर्य लागिरहेको थियो– क्यारिबियन सागरको आनन्द लिन यो बूढो सारा परिवार र साथीसँगाती छाडेर किन एक्लै आयो होला ? मेरो उमेरको भए पनि युवा हो, एक्लै घुम्नुको मज्जा लिन आएको होला भन्नु ! ऊ त उमेरले सत्तरी नाघिसकेको वृद्ध थियो । सामान्यतः यो उमेरका मान्छेलाई कुनै न कुनै हिसाबले साथीको आवश्यकता पर्छ । तर ऊ एक्लो थियो । म गम्न थालें ऊ एक्लो हुनुको कारण । मेरो दिमागमा विभिन्न विचारहरू

आए-गए । मैले अन्त्यमा अनुमान गरें– सायद यो बूढो जहाँ घुम्न गयो, त्यहीँ साथी बनाउँछ । सम्भवतः त्यो बूढो मलाई केही दिनको सहयात्री बनाऊने प्रक्रियामा छ ।

मैले उसको कोठामा हेरें । ऊ तरोताजा भएर बाहिर निस्कन तयार भइसकेको थियो । रातो धर्के टी-सर्ट र नीलो खुइलिएको जिन्स प्यान्टमा उसको व्यक्तित्व खुलेको थियो ।

उसले कोठाको पर्दा लगायो । म उसको कोठाभित्रको दृश्य देख्न सक्तिनथें । मैले अनुमान लगाएँ– ऊ पक्कै पनि कोठाबाट निस्किसकेको हुनुपर्छ ।

म कोठामै बसिरहें । बाहिर समुद्री तटमा मान्छेको कोलाहल मत्थर हुँदै गइरहेको थियो । तर समुद्रको छालको आवाज सितारको आवाज झैं घनीभूत हुँदै थियो । खजुर र ताडका पातहरूको पटटपटट आवाज र समुद्रका छालहरू किनारमा ठोक्किएर गुन्जिएको स्याँस्याँको स्वरलहरीले मेरो शरीरमा एक प्रकारको रोमाञ्च पैदा गरिरहेको थियो ।

कोठाबाहिरको दृश्य अँध्यारो च्यादरमा लुटपुटिन थाल्यो । साँझ बिस्तारै गाढा हुन थाल्यो । डन जुआन होटल रङ्गीबिरङ्गी बिजुलीका बल्बहरूले धपक्क बल्यो । मलाई अब रिमोट कन्ट्रोल हातमा समातेर टिभीको च्यानल परिवर्तन गर्दै कोठामै सीमित रहन मन लागेन । मैले पनि हाफ बाहुला भएको सुतीको पातलो बुसर्ट र जिन्स प्यान्ट लगाएँ । छालाको स्यान्डल खुट्टामा घुसारें अनि बाथरूमको ऐनामा एकछिन आफ्नो अनुहार नियालें । गर्दन र काखीमा अत्तर छर्कें र कोठाबाट बाहिरिएँ ।

***

दिउँसो सुनसान देखिएको डाउन टाउनमा अहिले जीवन फर्किएको थियो । दिउँसोको समुद्री तट झैं मस्त थियो साँझपखको डाउन टाउन स्ट्रिट । बीचसडकमा कुर्सीहरू बिछ्याइएका थिए । सडकको दायाँबायाँ लहरै रेस्टुराँ, बार, क्याफे, ग्रोसरी र नाइट क्लबहरू थिए ।

त्यहाँको वातावरणमा एक प्रकारको नशा छाएको थियो । सयौं सुन्दरीहरूले घेरिएको एउटा पुरूषले अनुभूत गर्ने नशा ! चारैतिर सुकुमारीका शृङ्गारले झकिझकाउ अनुहारहरू स्वागतका लागि व्यग्रतापूर्वक प्रतीक्षा गरिरहेका थिए । के रेस्टुराँ, के बार, के क्याफे, के ग्रोसरी, के डिस्कोथेक– सबैतिर स्वर्गका परी झैं लाग्ने सुन्दरीहरू ग्राहकको न्यानो स्वागतका लागि बाटाभरि आँखा बिछ्याएर बसेका थिए ।

यहाँको चकाचौंधले मेरा आँखा तिरमिराइरहेका थिए– म बिस्तारै आफ्नै लयमा डाउन टाउनको रात्रिजीवन अवलोकन गर्दै अगाडि बढिरहेको थिएँ । सडकको बीचबीचमा कहीँ सेता र कहीँ राता कुर्सी र टेबल बिछ्याइएका थिए । कुर्सीहरू प्रायः भरिभराउ थिए ।

त्यहाँ एउटा आश्चर्यजनक दृश्य देखियो । त्यो दृश्यले मेरो मनभित्र उर्लिरहेको उमङ्ग र उत्साहको वेगमय नदीमाथि बाँध लगाइदियो । त्यहाँ प्रायःजसो ६०-७० वर्ष उमेर पार गरिसकेका बूढाहरू थिए, जो आफूभन्दा तेब्बर-चौबर उमेरले कान्छा तरूनीहरूसँग प्रणयलीला गरिरहेका थिए । यो एक प्रकारको अद्भुत 'केमेस्ट्री' थियो, जुन केवल कलाकारले बनाउने पेन्टिङहरूमा मात्र सम्भव हुन्थ्यो । तर म यहाँ आफ्नै आँखाअगाडि त्यो सजीव दृश्यचित्र देखिरहेको थिएँ । विभिन्न देशबाट आएका, रङ्गीबिरङ्गी वस्त्र लगाएका, विभिन्न अनुहारका बूढा र साथमा क्यारिबियन अर्द्धनग्न सुकुमारीहरू ! ओहो, त्यो दृश्य मेरा लागि साँच्चै नै विस्मयकारी थियो ।

मेरा आँखा बूढोलाई खोजिरहेका थिए, जोसँग होटलमा मेरो वार्तालाप भएको थियो । बूढो एक्लै यहाँ आउने कुरामा मलाई शङ्का थियो । डाउन टाउन स्ट्रिटमा केवल बूढाहरू थिए । तर बूढाका साथमा तिनकै छिमलका बूढीहरू थिएनन्, षोडशी कन्याहरू थिए । शृङ्गारले धपक्क बलेका रातका राजकुमारीहरू बूढाहरूसँग यसरी मच्चिरहेका थिए मानौं भुइँमा थ्याच्च बसिरहेको एउटा बूढो गोरूमाथि कोरली बाछीहरू उफ्रिरहेका होऊन् ।

हुन त एकअर्काका हात समाउँदै घुम्न निस्केका तन्नेरी जोडी र दम्पतीहरू झुलुक्क नदेखिएका होइनन् तर बूढा र सुकुमारीहरूबीचको प्रणयलीला देखिपछि तिनीहरू त्यहाँ धेरै बेरसम्म बस्दैनथे । कुनै जोडी मात्र त्यस्ता थिए, जो केही बेर क्याफेमा अडिन्थे, कफीको चुस्की लिँदै बूढाहरूको चर्तिकला नियाल्थे र आफ्नो बाटो लाग्थे । मलाई पनि अनुभव भइरहेको थियो– धेरै समयसम्म बस्नु उचित छैन । बूढाहरूका रङ्गहीन, रसहीन र ऊर्जारहित अनुहारमा फैलिएको रूखो हाँसोले वातावरणलाई बीभत्स बनाइरहेको थियो ।

हामी युवाहरूलाई मात्र त्यो दृश्य अनौठो लागिरहेको थियो सायद । वृद्धहरूका अनुहारमा जीवन जिउनुको खुसी प्रतिबिम्बित भएको देखेर म आत्तिएको थिएँ । ओहो, एक दिन म पनि यिनीहरू जस्तै बूढो हुनेछु– फुङ्ग रङ उडेको ध्वजापताका जस्तै, जुन हावाको भरमा फरफर गर्दै आफूमा अझै शक्ति रहेको अनुभूत गर्छ । संसार चहारेका यी बूढाहरू निःसङ्कोच र निस्फिक्री क्यारिबियन सुकुमारीहरूको ताजा स्पर्शले आफ्नो शरीरमा ऊर्जाको वासन्ती रङ भरिरहेका थिए ।

"हे, आर यू एलोन ? यू वान्ट गर्ल ?"

एउटा नारीस्वरले म झस्कें । एउटी षोडशी मेरो नजिकै आइपुगेकी थिई । स्तन मात्र छोपिने गरी लगाएको मिनी ब्लाउज, मिनी स्कर्ट र हाई हिल स्यान्डलमा उसको व्यक्तित्व आकर्षक देखिन्थ्यो ।

"नो गर्ल," मैले टाउको झट्कार्दै जवाफ दिएँ ।

"हे, कम अन । लुक एट मी," उसले फेरि मलाई फकाउने प्रयत्न गरी । ऊ बीचबीचमा टुटेफुटेको अङ्ग्रेजी र शुद्ध स्पेनिस मिसाएर बोलिरहेकी थिई ।

यसपालि म केही बोलिनँ, टाउको झट्कार्दै अघि बढें ।

"हे जेन्टल म्यान ! वेलकम टू डाउन टाउन स्ट्रिट," मेरा कानमा बूढाको आवाज पऱ्यो । मैले आवाज आएतिर हेरें । ऊ परको एउटा टेबल ओगटेर बसेको थियो । उसका दुईतिर दुइटी केटी उसका हात समातेर मुसारिरहेका थिए ।

मैले बल्ल बूढो एक्लै क्यारिबियन समुद्री तटमा आउनुको रहस्य बुझेको थिएँ ।

"यहाँ आऊ न," उसले मलाई अङ्ग्रेजीमा भनिरहेको थियो । मलाई सङ्कोच लाग्यो, उसको छेउमा जान । ऊ मभन्दा पनि दोब्बर कान्छा केटीहरूलाई अँगालो हालेर बसिरहेको थियो ।

"अरे जवान युवक, किन लजाएको हँ ? ल, आइहाल । केटी देखेर लजाउने ? हा...हा...हा... !" ऊ खित्का छाडेर हाँस्न थाल्यो । मलाई उसको चुनौतीबाट भाग्न रूचिकर लागेन । म बूढो बसेको टेबलमा गएँ र कुर्सी तानेर बसें । मतिर हेर्दै उसले दुवै षोडशीका गालामा पालैपालो म्वाइँ खायो । "अप्ठ्यारो त लागेन युवक ?" उसले मुस्कुराउँदै मलाई सोध्यो ।

"लागेन," मैले आफ्नो बचाउ गर्ने प्रयास गरें । म उसको सामु सामान्य देखिन चाहन्थें ।

"आजको साँझ कति रमाइलो छ हगि ! दिनभर चर्केको सूर्यको तापले आफ्नो शरीर सेकें, अहिले यी सुन्दर कन्याहरूको तातोले आफ्नो मन सेकिरहेको छु ।"

उसका आलङ्कारिक शब्दहरू सुनेर म मुस्कुराएँ । मेरो मुस्कान देखेर उसको अनुहार चम्कियो । उसले बेयरालाई बोलायो । एउटी केटी आई । उसले आफ्ना लागि प्रेसिडेन्ट बियर र मेरा लागि अरेन्ज जुस ल्याउने आदेश दियो । अर्डर लिएर केटी गई । सुकुमारीहरू भने अघिदेखि नै बियर रित्त्याइरहेकाले टेबलमा तीन ओटा बोतलहरू खाली भएका थिए ।

"ए नौजवान, कस्तो लाग्यो नि क्यारिबियन साँझ ? साँच्चै कति मादक र मोहक छ हगि ?"

बूढाले दुवै सुकुमारीलाई आफूतिर तान्यो । उनीहरू झन् जोडले बूढाको छातीमा जोतिए । तिनीहरू दुवैले मतिर हेर्दै व्यङ्ग्यपूर्ण हाँसो हाँसे, मानौं ती भनिरहेका थिए– 'तँ त यो बूढोभन्दा पनि रद्दी रहिछस् केटा !'

"राम्रो लाग्यो तर एउटा कुराले मलाई आश्चर्यमा पाऱ्यो," मैले उसको अनुहारमा हेर्दै भनें ।

"केले तिमीलाई आश्चर्यमा पाऱ्यो नि नौजवान ?" उसले आफूलाई गम्भीर भएको स्वाङ पार्दै भन्यो ।

"यो डाउन टाउन स्ट्रिटमा साँझपख मैले केवल बूढैबूढाहरू मात्र देखें मिस्टर... ।"

"आई एम पाउल," उसले बीचैमा भन्यो ।

"आई एम गोपी ।" मैले पनि आफ्नो परिचय दिएँ । "हो मिस्टर पाउल, मैले यहाँ केवल बूढा पुरूष र तरूनी केटीहरू मात्र देखें । जवान मान्छेहरू त केवल फाट्टफुट्ट मात्र छन् । यही नै मेरा लागि आश्चर्यको विषय बनिरहेको छ," मैले वरिपरि हेरें । बूढाहरू सुकुमारीका अङ्ग-प्रत्यङ्ग छाम्नमा व्यस्त थिए ।

मिस्टर पाउल मलाई हेर्दै जोडले हाँस्यो । उसले मेरो रातो भएको अनुहारतिर आफ्नो तीक्ष्ण दृष्टि गाड्दै भन्यो, "मिस्टर गोपी, तिमी जवान मन र जवान दिमागले हामीलाई हेरिरहेका छौ । एक पटक तिमी मेरो ठाउँमा बसेर सोच, तिमीलाई पक्कै पनि हाम्रो काम अनौठो र अत्यासपूर्ण लाग्नेछैन ।"

उसको कुराले मलाई सोच्न बाध्य बनायो, साँच्चै पाउल साँचो त बोलिरहेको छैन ?

"पाउल, तिमी कहाँबाट आएका ?"

"म हल्यान्डबाट आएको ।"

"तिमी एक्लै आएका ? तिमीसँग तिम्रो परिवार वा साथीसँगातीहरू छैनन् ?"

ऊ हाँस्यो । "साथीसँगाती किन चाहियो र ? जहाँ गयो त्यहीँ भेटिइहाल्छन् साथीहरू, जस्तो तिमी र यी दुई केटी । हामी साथी भएनौं त अब ?"

"हुन त हो, तिमीले भनेको कुरा ठीकै हो," मैले उसको कुरामा समर्थन जनाएँ । ऊ झन् हौसिए जस्तो लाग्यो मलाई ।

"अब रह्यो परिवारको कुरा, म यो दुनियाँमा एक्लो प्राणी हुँ । एक्लै आएको थिएँ यहाँ, एक्लै जानु छ त्यहाँ," उसले हात ठाडो पारेर माथि आकाशमा देखायो । उसको कवितात्मक शैलीले म प्रभावित भएँ ।

"म परिवारसँगै जीवनयात्राको रेलमा चढेको थिएँ । बीचमार्गमा कोही कतै उत्रे, कोही कतै छुटे । अब म एक्लो छु तर मेरो जीवनयात्राको रेल छुकछुक गर्दै चलिरहेकै छ । केही समयका लागि मात्र म क्यारिबियन समुद्र तटमा रोकिएको हुँ रेलमा इन्धन भर्न," ऊ भावुक भयो । उसको भावुकताले मलाई पगालिरहेको थियो ।

उसले केटीलाई जाने इसारा गर्‍यो । तिनीहरू उठेर गए । त्यो टेबलमा अब म र ऊ मात्र रह्यौं ।

'मेरो जीवनयात्राको रेल यहाँ केही समयका लागि रोकिएको छ इन्धन भर्न ।' उसले आफ्नो भ्रमणलाई बिम्ब र प्रतीकका माध्यमबाट शिष्ट शैलीमा प्रस्तुत गरेको देखेर म अचम्मित भएँ । ऊ मेरा लागि अद्‌भुत र रोमाञ्चक लागिरहेको थियो । मैले अनुमान गरें– ऊ सामान्य बूढो होइन । जादुगरले शनैःशनैः मान्छेहरूलाई जादुको क्लाइमेक्समा पुर्‍याए झैं ऊ पनि आफ्नो व्यक्तित्वको प्रभाव ममाथि पार्न सफल भएको थियो ।

"इन्धन भरिसकेपछि मेरो गन्तव्यहीन जीवनयात्रा फेरि सुरू हुनेछ ढुङ्गा, माटो, रूख, पातपतिङ्गर, बालुवा, झरी र समुद्रलाई स्पर्श गर्दै," उसले लामो सास तान्यो । मैले सोचेको थिएँ, उसले आफ्ना जीवनका रङहरूबारे बताउनेछ । आफ्नो जीवनका मीठा र रमणीय क्षणहरू मसँग बाँड्नेछ । तर ऊ मसँग आफ्नो जीवनका दुःख र पीडाहरू साट्दै आफ्नो जीवनरूपी स्वेटरका घरहरू उधिन्दै थियो । म त्यसलाई हेरेर रोमाञ्चित भइरहेको थिएँ । उसको विराट् अनुभवबाट जीवनका रहस्यहरू सिकिरहेको थिएँ ।

"तपाईंले अनुमान गर्नुभएको छ, त्यो 'इन्धन' कहाँ छ ?" उसले कर्के आँखाले मलाई हेर्‍यो । मैले ग्राहकको खोजीमा डाउन टाउन

स्ट्रिटमा आँखा बिछ्याइरहेका शृङ्गारले सुशोभित सुकुमारीहरूतर्फ हेरें । तिनीहरू बूढाहरू बसिरहेका ठाउँमा फऱ्याकफुरूक गरिरहेका थिए । मैले तिनीहरूतर्फ छड्के दृष्टि लगाउँदै बूढालाई हेरें । बूढो मतिरै हेरिरहेको थियो । ऊ मनमनै के सोचिरहेको थियो ? के कल्पना गरिरहेको थियो ? सायद म खुलस्त कुरा गरूँ भन्ने ऊ चाहिरहेको थियो ।

"यी सुकुमारीहरू," मैले भने ।

ऊ मुस्कुरायो । "ठीक ठम्याउनुभयो तपाईंले, मलाई लागेको थिएन, तपाईंको दिमाग पनि उल्टो दिशातिर घुम्न सक्छ," उसको कुरा सुनेर मलाई पनि हाँसो लाग्यो ।

"हो, यिनै सुकुमारीहरू हुन्, जसले मेरो जीवनरेलमा इन्धन आपूर्ति गर्छन् । यो क्यारिबियन समुद्री तट पनि मेरो जीवनयात्राको एक 'स्टप' हो, जहाँ म कहिलेकाहीँ आउँछु र इन्धन भर्छु । मेरो जीवनरेल प्रायः युरोप, अमेरिका, ल्याटिन अमेरिका, अफ्रिका र एसियाली भूमिमा पनि गुड्ने गर्छ । प्रत्येक स्टपमा मेरो रेलले इन्धन भर्छ र फेरि अघिल्लो यात्रामा निस्कन्छ ।"

उसले अघि ऊसँग बसिरहेका दुईमध्ये राम्री र तरूनी केटीलाई आफूनजिक बोलायो । कहिले बोलाउला र हामफाल्दै जाउँला भने झैं गरी ऊ लगभग दौडँदै आई र सँगैको कुर्सीमा बसी । बस्नेबित्तिकै उसले बूढालाई अँगालो हाली र गालामा चुम्बनको वर्षा गरी ।

"यसले इन्धन भर्न सुरू गरिसकी...," बूढो मतिर हेर्दै खित्का छाडेर हाँस्यो । मलाई बूढाको हाँसो मन पर्न थालेको थियो किनकि बूढो हाँसेका बेला बढी खुल्थ्यो र जवान देखिन्थ्यो । ऊ दुःखी भएको बेला उसका अनुहारका चाउरीहरू पनि गुजुल्टिएर विकृत देखिन्थे । त्यस बेला मलाई दिगमिग लागेर आउँथ्यो ।

"यिनीहरू मेरो जीवनका ऊर्जा हुन् नौजवान, मेरो जीवनरूपी गितार, जसका केही तारहरू लत्रेका छन्, केही कोतरिएका छन् र केही टुटेका छन् । तिनलाई तानतुन, कसकास पारेर यिनीहरू

आफ्ना औंलाले त्यसमा टङ्कन गर्छन् र मीठो सङ्गीत छेड्छन् । त्यो सङ्गीत नै गितारको ऊर्जा हो, जसले गितारलाई अझ राम्रो सुर निकाल्ने प्रेरणा दिन्छ," बूढाले सुकुमारीलाई अँगालो हाल्दै गाला सहलायो, ओठहरू स्पर्श गऱ्यो र त्यसपछि छातीमाथि आफ्नो हात राख्यो । सुकुमारी बूढाको शरीरमा लता झैं बेरिन थाली ।

मैले आफ्नो चारैतिर हेरें । सबैतिर एउटै दृश्य थियो । मलाई अकस्मात् के अनुभूत भयो भने म त्यस्तो जङ्गलको बीचमा छु, जहाँ सयौं वर्ष नाघेका बूढा रूखहरू छन् र ती रूखहरू हरिया, कलिला लताहरूले जेलिएका छन् । मलाई यहाँ बसिरहन अप्ठ्यारो लाग्यो । सायद मलाई यी ७०-८० नाघ्न थालेका बूढा र कुरकुरे बैंसका तरूनीहरूबीचको रोमान्स अस्वाभाविक लागिरहेको थियो ।

"जेन्टल म्यान, तिमी किन लजाइरहेका छौ ? म लजाउनुपर्ने ठाउँमा तिमी लजाइरहेका छौ र तिमी उत्तेजित हुनुपर्ने बेलामा म उत्तेजित भइरहेको छु । इट डजन्ट लुक गुड ? बरू तिमी मलाई नयाँनयाँ, राम्रा र गहकिला सुझावहरू देऊ, यी सुकुमारीहरूलाई के गरेर पूर्ण प्रेम दिन सकिन्छ ? मैले जानेका उपायहरू पुराना वा थोत्रा भइसकेका हुन सक्छन् ।"

"नयाँ उपाय !" म फुसफुसाएँ ।

"हो, मलाई नयाँ जीवन दिने नयाँ उपाय । मलाई पनि विश्वास होस्– साँच्चै यी उपायहरू बेजोड छन् । पहिले नै अवलम्बन गर्न सकेको भए मेरो जीवनको रेलयात्रा झन् अविस्मरणीय र मोहक हुने थियो । यात्रामा सहयात्रीहरू छुट्ने थिएनन्, बरू सहयात्रीहरूको सङ्ख्यामा वृद्धि हुने थियो ।" बूढाका आँखामा आशा थियो– एक जवान युवकले जीवनको सन्ध्यामा पुगिसकेको वृद्धलाई जवानीको सूर्योदय गराउनेछ । उसका आँखामा आशाका दीपहरू झिलमिलाइरहेका थिए । म केही बोलिनँ ।

म चुप लागेर बसेको देखेर उसले भन्यो, "तिमी एउटा त्यस्तो युवक प्रतीत भइरहेका छौ, जसलाई आफू जवान भएको थाहा छैन ।

तर एकै पटक जब बुढेसकाल लाग्छ, तब मात्र तिमी जवानी ढल्केको चाल पाउनेछौ ।" बोल्दाबोल्दै उसले बियर घटाघट पियो ।

मलाई उसको कुरा घत लाग्यो । म आफैं आश्चर्यमा थिएँ– म किन यो बूढाको अगाडि सानो बालक जस्तो महसुस गरिरहेको छु, किन ममा यौन र यौवनका तरङ्गहरूले छुँदैनन्, किन मेरो मन र शरीर फ्युज गएको बिजुलीको बल्ब झैं भएको छ, किन ममा बैंसले लादिएका यी सुकुमारीहरूप्रति आसक्ति पैदा भइरहेको छैन । के ममा बूढोप्रति आसक्त यी सुकुमारीहरूप्रति कुनै ईर्ष्याको भाव त छैन ? म किन यो जवानीले मदमस्त साँढे डुक्रने डाउन टाउन स्ट्रिटमा दिनभर हलोले खेत जोतेर फर्किएको थकित र गलित गोरू झैं बन्न पुगेको छु ? म किन यस बूढाको अगाडि आफूलाई असहाय महसुस गरिरहेको छु ?

मैले चिसो जुस घटाघट पिएँ । मलाई अलिकति भए पनि राहत मिले झैं भयो । म बूढोसँग आँखा मिलाउन सकिरहेको थिइनँ, यताउति हेरिरहेको थिएँ । बूढाका आँखा अत्यन्त तीक्ष्ण थिए– सुइरो जस्ता, ऊ मेरो मर्म भेदन गर्ने गरी मलाई हेरिरहेको थियो ।

"त्यसो भए कुनै उपाय सुझेन नौजवान ?"

मैले झस्केर उसलाई हेरें, "छैन मिस्टर पाउल, कुनै उपाय छैन मसँग," मैले हतारिँदै भनें ।

"तिमीसँग अनुभवबाट प्राप्त कुनै उपाय नहुन सक्छ तर के तिमीसँग भविष्यका लागि पनि कुनै योजना छैन ? कुनै सपना छैन ? आफ्नी केटी साथीका बारेमा, उसको सुन्दरता र यौवनका बारेमा, ऊसँग बिताउने क्षणहरूका बारेमा र अन्ततः ऊसँगको प्रथम यौनिक मिलनका बारेमा के तिमीसँग कुनै रहर र चाहनाहरू छैनन् ?" बूढाका प्रश्नहरू बन्दुकबाट निस्केका गोली जस्ता थिए । म अतालिएँ । 'ओहो, कति गाह्रा प्रश्न ? म कसरी बूढाका अगाडि आफ्नो मनका कुरा खुलस्त राखूँ ? ती कुराहरू, जो वास्तविक होइनन्, कल्पना मात्र हुन् । ती भावनाहरूलाई, ती कल्पनाहरूलाई संयोजन गरेर म कसरी

उसलाई भनूँ– भोलि म पनि यस्तै गर्नेछु । फेरि बूढाले मेरा कुरा हाँसेर उडाइदिन पनि के बेर ?' म केही बेर घोरिइरहें, चुपचाप ।

"योङ म्यान !" बूढाले व्यग्रता प्रकट गऱ्यो ।

"खोइ, म के भनूँ, कसरी भनूँ ? सपनाहरू त होलान् तर ती शब्दहरूमा अभिव्यक्त हुँदैनन् । म जीवनको यथार्थप्रति सशङ्कित छु तर तिमी हरदम कल्पनामा मग्न छौ । तय गर्नुपर्ने जीवनको लामो यात्रा पर्खिरहेको छु म, तिमी आफूले तय गरेको जीवनमार्गलाई पछाडि फर्केर हेरिरहेका छौ । तिमीसँग अनुभव र अनुभूतिका खातहरू छन्, मसँग केवल कोरा सपना र सम्भावनाहरू छन् । तिमी अनुभवले बोलिरहेका छौ, म अनुमानले बोलिरहेको छु । मिस्टर पाउल, तिमी र मबीचको भिन्नता यही हो," मैले गम्भीर भएर बूढाका आँखामा हेरें ।

"योङ म्यान !" बूढो बोल्यो ।

"हँ पाउल ?"

"मेरो मन र मस्तिष्क पनि तिम्रै जस्तो कोरा कागज झैं सपाट र खाली भएको भए म कति खुसी हुन्थें । मेरो मस्तिष्क पुराना घटनाहरूको स्मरणले प्रदूषित बनेको छ र मेरो मन पटकपटक चिरा पर्दै कहिल्यै जोडिनै नसक्ने गरी च्यातिएको छ । अहिले मेरो दिमाग र हृदयमा नयाँ उमङ्ग र उत्साहले एक रात पनि बास बस्न पाउँदैनन्, क्षणिक अनुभूतिको रमरमले म लट्ठिएको अभिनय मात्र गर्छु । यी अनुभूतिहरूलाई जीवन्त राख्न म यी सुकुमारीहरूको सहारा लिन्छु । यी टन्न रस भरिएका फल जस्ता भर्खरका सुकुमारीहरूसँगको सान्निध्यले मलाई आफू अझै जवान रहेको आभास दिन्छ । यो आभासले मेरो प्रदूषित मस्तिष्क र धाँजा परेको मेरो मनमा रहरहरू पलाउँछन् । तिनै रहरहरूले मलाई बूढो शरीर बोकेर भए पनि रमाएर बाँच्ने प्रेरणा दिन्छन् । तिमीले हेर्दा वाकवाकी लाग्ने यी सुकुमारीहरू मेरा लागि अर्गानिक जडीबुटी हुन् ।" उसले आफ्नो दायाँ बसेकी काली केटीलाई अँगालो हाल्यो र उसको ओठ चुम्यो । उसले पनि बूढाको मुखमा आफ्ना ओठहरू जोतिरही । बूढाले केटीका चुलबुले आँखामा हेर्दै अङ्ग्रेजीमा भन्यो–

"There was thirst and hunger,
And you were the fruit.
There were grief and ruins,
And you were the miracle."

बूढाले फेरि त्यो काली केटीलाई अँगालो माऱ्यो र उसको पिठ्युँ सहलाइरह्यो । 'कति सुन्दर भाव भएको अभिव्यक्ति, पाउल, साँच्चै यिनै चार पङ्क्तिले युवतीप्रतिको तिम्रो भोक र तृष्णालाई औचित्यपूर्ण बनाइदिएको छ ।' म मनमनै उसले भर्खर बोलेका शब्दहरूलाई दोहोऱ्याउन थालें ।

"यो पाब्लो नेरूदाको कविताको पङ्क्ति हो । मलाई उनी मन पर्छन् । उनका धेरै कवितामा म आफ्नो भावना प्रतिबिम्बित भएको पाउँछु । सम्भवतः उनले यी कविताहरू ६० वर्ष नाघेपछि नै लेखेको हुनुपर्छ । उनका कवितामा ल्याटिन अमेरिकी र क्यारिबियन भूमिको सुगन्ध भेट्टाउँछु म । त्यसैले उनका कविताहरू मलाई औधी मन पर्छन्," मैले पाब्लो नेरूदालाई कहिल्यै पढेको थिइनँ तर मलाई बूढाले वाचेका कविताका यी पङ्क्ति मन परेका थिए । मेरा सामु बूढाको अर्को रूप प्रकट भएको थियो । कविता मन पराउँछ भन्ने वास्तविकताले ऊ भावुक र संवेदनशील छ भन्ने जनाउँथ्यो । तर मैले अझै पनि सुकुमारी युवतीप्रतिको उसको मोह पचाउन सकिरहेको थिइनँ ।

ऊ मेरो कुनै वास्तै नगरी त्यो काली केटीको शरीरसँग लट्ठिएको थियो । तिनका ओठहरू सुस्तरी हल्लिरहेका थिए र म कान ठाडा पारेर तिनको वार्तालाप सुनिरहेको थिएँ ।

"तिमी कति ह्यान्डसम छौ ?"

"तिमी झन् कति सुन्दर र सेक्सी छ्यौ माइ बेबी ?"

"यो हाम्रो दोस्रो भेट हो ?"

"हो । तिमीलाई थाहा छ डार्लिङ ? ओहो, कति माया गछ्र्यौ तिमी मलाई ? दुई वर्षपहिलेको भेट पनि तिम्रो स्मरणमा ताजा छ ।"

"तिमी स्पेसल हौ मेरा लागि ? कसले भन्छ तिमी बूढो भयौ ? तिम्रो जस्तो जोस र उत्साह बोकेको लोग्नेमान्छे मैले अहिलेसम्म देखेकी छैन ।"

"साँच्चै हो बेबी ? के म तिम्रा लागि 'फिट' छु ? के मेरो शरीरबाट निःसृत प्रेम र यौनको रसबाट तिमी तृप्त छ्यौ डियर ?"

"ओहो, किन तृप्त नहुनु मेरो प्रिय बूढो ? तिमीसँगको सहवासले म आफ्नो प्रथम रातलाई बिर्सने गर्छु ।"

"प्रथम रात ?"

"हो, मेरो कुमारीत्व गुमेको प्रथम रात !"

"तिमीले कुन उमेरमा कसरी आफ्नो 'भर्जिनिटी' गुमायौ बेबी, के मलाई सविस्तार भन्न सक्छ्यौ ?"

"मैले १२ वर्षको कलिलो उमेरमै आफ्नो 'भर्जिनिटी' गुमाएकी थिएँ । मेरो 'भर्जिनिटी' हरण गर्ने लोग्नेमान्छे थियो मेरो सौतेनी बाबु ।"

"तिम्रो बाबु ?"

"हो, मेरो सौतेनी बाबु, जो तिमी झैं बूढो थियो । ऊ मेरी आमालाई भन्दा मलाई ज्यादा माया गर्थ्यो ।"

"हँ ?"

"हो, मेरो प्यारो बूढो ! त्यसैले त म यहाँ तिमीसित छु । मलाई बूढाहरू मन पर्छन् । बूढाहरूको अनुभवी काख मन पर्छ मलाई । बूढाहरूमा तरूनीको चाहना ख्याल गर्ने अचम्मको विवेक हुन्छ । बूढाहरूमा धैर्य हुन्छ तर युवाहरूमा व्यग्रता । बूढाहरू समुद्र जस्ता हुन्, जसको गहिराइमा ज्वारभाटाहरू सुषुप्त अवस्थामा हुन्छन् । युवाहरू फुटेको बाँध जस्ता हुन्, जसको गति केही दूरीसम्म तीव्र हुन्छ र त्यसपछि मत्थर भएर जान्छ । त्यसैले मलाई बूढाहरू मन पर्छन् मेरो प्यारो बूढो !"

त्यो काली केटी बूढाको काखमा बसीबसी उसको अनुहारमा चुम्बनको वर्षा गर्न थाली । म उसलाई अवाक् भएर हेर्न थालें । बूढालाई चुम्बन गर्दागर्दै उसले अचानक मतिर हेरी र आँखा झिम्क्याई । उसले मलाई किन आँखा झिम्क्याई ? मैले यसको रहस्य बुझ्न सकिनँ ।

"An woman I do not know
How you could contain me?
In the earth of your soul,
In the cross of your arms."

बूढो फेरि कवितामा बुदबुदायो । मैले उसलाई सोधिनँ, यो कविताको कवि को हो ? मैले अनुमान गरिसकेको थिएँ, यी पङ्क्ति पनि पाब्लो नेरूदाकै हुनुपर्छ ।

अब बूढाले मेरो वास्ता गर्न छाडेको थियो । बूढो आफ्नो जीवनरूपी रेलमा इन्धन भर्न व्यस्त भयो । उसले आँखा चिम्म गरेको थियो । ऊ फेरि पनि कवितामै बरबराइरहेको थियो ।

मैले अर्थहीन ठाने बूढासँग बसिरहनु । म डाउन टाउन स्ट्रिटको रङ्गीन साँझलाई त्यहीँ छाडेर होटलमा फर्कें ।

***

ढोकाबाहिरबाट आएको आवाजले म ब्युँझें । कोही मलाई सम्बोधन गर्दै ढोका ढकढक्याइरहेको थियो ।

म हत्तपत्त बिछ्यौनाबाट उठें र आँखा मिच्दै ढोका खोलें । ढोकामा बूढो उभिएको थियो । यो त्यही बूढो थियो, जसलाई मैले हिजो यो होटलको लबीमा भेटेको थिएँ ।

"तिमी अहिलेसम्म सुतिरहेछौ ? बिहान भइसक्यो । होटलको डाइनिङ हलमा सबै जम्मा भइसके ।"

"तपाईंले ब्रेकफास्ट लिनुभयो ?"

"कहाँ लिनु नि ? म भर्खर डाउन टाउन स्ट्रिटबाट आउँदै छु । त्यहाँ मैले तिमी जस्तै २०-२१ वर्षको एउटा केटालाई भेटेको थिएँ । ऊ मेरो साथी बन्यो ।"

म अवाक् मुद्रामा ढोकामा उभिएको बूढोलाई हेरिरहेको थिएँ, जोसँग भर्खर म सपनामा छुट्टिएको थिएँ । सपनामा मैले भेटेको बूढो यही थियो । यो त्यति अचम्मको कुरा थिएन, जति अचम्म यो बूढो स्वयम् मेरो बाबु हुनुमा थियो । म उसका धेरै अवैध सन्तानहरूमध्ये एक थिएँ । म उसलाई राम्रैसँग चिन्थें । तर ऊ पूर्णतः अनभिज्ञ थियो मेरोबारेमा, जुन मेरा लागि सन्तोषको विषय थियो ।

लिउ

बेइजिङको तिअनअनमेन स्क्वारमा जमेको हिउँ पग्लन थालेको थियो । फर्बिडन सिटी राजप्रासादको छतमा भने अझै हिउँका थेग्ला बाँकी नै थिए । मौसम घमाइलो हुन थालेको थियो । हिजोअस्तिभन्दा मान्छेको आवतजावत बढेको थियो ।

लिउ तिअनअनमेन स्क्वारबाट फर्बिडन सिटी जाने सबवेको एउटा कुनाको भित्तामा अडेस लागेर बसिरहेको थियो । ऊसँग एउटा पुरानो गितार थियो । उसले अगाडि भुइँमा सेतो कमिज फैलाएर राखेको थियो, जसमाथि युयानका केही नोट र सिक्काहरू छरिएका थिए ।

सबवेबाट मान्छेहरू ओहोरदोहोर गरिरहेका थिए । कोही तिअनअनमेन स्क्वारबाट फर्बिडन सिटीतर्फ आइरहेका थिए भने कोही फर्बिडन सिटी घुमेर तिअनअनमेन स्क्वार हेर्न दौडिरहेका थिए । घुमन्ते पर्यटकहरूको समूहमा आआफ्नो काममा हिँडिरहेका चिनियाँहरू पनि सामेल थिए । जाडोले कक्रिएको अनुहार अझ दयनीय बनाउँदै ऊ गितारमा मीठो धुन बजाउँदै थियो र हरेक मान्छेको अनुहारमा आशालु दृष्टिले हेरिरहेको थियो । बाहिर घाम लागे पनि सबवेभित्र बिजुलीको मधुरो उज्यालो थियो । बाहुला नभएको टी-सर्टले सबवेभित्रको चिसो थाम्न सकिरहेको थिएन । जाडोले कठ्याङ्ग्रिँदै काँपिरहेका औंलाहरूले ऊ गितारको तारमा जोसिलो धुन छेडिरहेको थियो ।

"हाम्रो माओ जिन्दावाद !
हाम्रो नायक जिन्दावाद !
जिन्दावाद हाम्रा क्रान्तिकारी सहिदहरू
हाम्रो मातृभूमि चीन जिन्दावाद !"

ऊ चिनियाँ गीत गाइरहेको थियो । सबैभन्दा पहिले उसले यो गीत स्कुलको स्टेजमा गाएको थियो । उसलाई यो गीत सबैभन्दा प्रिय लाग्थ्यो । यस गीतमा जननेता माओ त्से तुङ र मातृभूमिप्रति गहिरो श्रद्धा र माया प्रकट गरिएको थियो । ऊ जब गितारमा कुनै गीतको धुन छेड्थ्यो, सबैभन्दा पहिले यही गीतको धुन बजाउँथ्यो । उसका लागि यो धुन कुनै मङ्गल धुनभन्दा कम थिएन ।

कुल्लीको काम गर्ने उसका आमाबाबु चीनको सुदूर गाउँबाट बेइजिङ आएका थिए । आयस्रोत राम्रो नभएकाले उसले आफ्नो पढाइ अगाडि बढाउन सकेन बरू लहैलहैमा लागेर साथीसँग गितार बजाउन सिक्यो ।

उसको साथी मो बेइजिङका गल्लीभित्र रहेका रेस्टुराँ, बार र पबहरूमा गितार बजाउँदै पकेट खर्च जुटाउने गर्थ्यो । उसले पनि मोको देखासिकी गरेर गितार बजाउन सिक्यो र आफ्नै कमाइले सस्तो मूल्यमा एउटा पुरानो गितार किन्यो । गितार लिएर ऊ घर आयो र आमाबाबुलाई देखाउँदै भन्यो, "आफ्नै कमाइले मैले यो गितार किने । अबदेखि म कुल्ली काम गर्दिनँ । म गितार बजाएर हामी सबैको पेट पाल्छु ।"

त्यस दिनदेखि ऊ सबवेमा बसेर गितार बजाउन थाल्यो । सुरूसुरूका दिन उच्चाटलाग्दा भए पनि पछि ऊ अभ्यस्त भयो । पक्कै पनि रेस्टुराँ, बार र पबमा कलाकारका रूपमा गितार बजाएर गीत गाउनु र सबवेमा भिखारीका रूपमा गीत गाउनुमा भिन्नता थियो । तर यहाँ मनग्गे आम्दानी हुन्थ्यो । सबवेभित्र छिरेका पाँच जना पर्यटकहरूमध्ये कम्तीमा एक जनाले उसले बिछ्याएको सेतो कमिजमाथि युयानको नोट अथवा सिक्का राखेकै हुन्थ्यो । तिनीहरू

उसले गाएको गीत बुझ्थे भन्ने विश्वास त उसलाई थिएन तर पक्कै पनि तिनीहरू गितारको धुन सुनेर रमाउँथे । धुन सुन्ने फुर्सद पनि नहुनेहरू सायद उसको अवस्थामाथि दया गरेर उसतिर सिक्का उछाल्थे । युयानका सबै सिक्काहरू सक्कली थिए, चाहे ती गीत बुझेर प्रदान गरिएका हुन् वा धुन सुनेर खुसी हुँदै दिइएका हुन् वा दया गरेर ऊतिर उछालिएका हुन् । उसका लागि यी तीनै थरीका सिक्काहरूको महत्त्व समान थियो ।

ऊ चीनको नवपुस्ताको प्रतिनिधि थियो । उसलाई आफूले पढ्न नसकेकोमा पश्चात्ताप थिएन बरू स्वाभिमानी भएर गितार बजाई पेट पालिरहेकोमा गर्व थियो । सबवेभित्र जब मान्छेहरूको चहलपहल कम हुन्थ्यो, तब ऊ पनि गितार भित्तामा ठड्याएर आँखा चिम्म गरी मनमा विभिन्न कुराहरू खेलाउन थाल्थ्यो । उसको दिमागमा विभिन्न कुरा आउँथे– चिनियाँ जनक्रान्तिका महानायक माओ त्से तुङको जीवनगाथा, उनले गरेको लङ मार्च, देङ सियाओ पिङले गरेको आर्थिक क्रान्ति, छोटो अवधिमा चीनले गरेको द्रुततर औद्योगिक विकास । उसको दिमागमा शनैःशनैः फेरि तिअनअनमेन स्क्वारको दृश्य ताजा भएर आउँथ्यो– 'हजारौं मान्छेहरू सरकारको विरोधमा किन र कसरी उर्ले हुन् तिअनअनमेन स्क्वारमा ? खोइ कहाँ गए तिनीहरू हिजोआज ? किन ऊ पनि गएन तिअनअनमेन स्क्वार ? साँच्चिकै त्यो जनविद्रोह थियो वा शत्रुहरूको भद्दा षड्यन्त्र ?' उसको टाउको फनफनी घुम्न थाल्यो । उसलाई भाउन्न भयो । उसले आफ्ना आँखा चिम्लिँदै लामोलामो सास तान्यो । आराम महसुस भएपछि उसले आँखा खोल्यो– एक जना गोरो पर्यटक जमिनमा बिछ्याइएको कमिजमा पाँच अमेरिकी डलरको नोट राखिरहेको थियो ।

'यो सायद अमेरिकी हुनुपर्छ... वा ब्रिटिस ?' मनमनै गम्यो उसले– 'हुन त पाँच डलर मेरा लागि ठूलै रकम हो तर तिअनअनमेन स्क्वारको घटनाले मेरो मन उद्वेलित भएका बेला म यो डलर कसरी लिऊँ ?' उसले हतपत पाँच डलरको नोट टिप्यो र आफू बसेको चटाईमुनि घुसाऱ्यो ।

'हेरौं, यहाँबाट उठ्दासम्म मेरो मनले के सोच्छ ?'

उसले फेरि आँखा चिम्ल्यो । उसलाई निद्राले छोपिरहेको थियो तर उसको मस्तिष्कमा विभिन्न विचारहरू आउन छाडेनन्– सबवेको पश्चिमपट्टि तिअनअनमेन स्क्वारसँगै जोडिएको माओको स्मृतिभवनभित्र उसको जीवनको आदर्श महानायक माओ त्से तुङको निर्जीव शरीर काँचको चेम्बरभित्र कफिनमाथि राखिएको छ । उनको अनुहार हँसिलो छ । अहिल्यै उठ्लान् जस्ता लाग्छन् उनी । ऊ स्कुले ठिटो छँदा पहिलो पटक माओलाई हेर्न गएको थियो । माओको हँसिलो अनुहार देखेर ऊ भावविह्वल भई रोएको थियो । आफ्नो दाहिने हात माथि उचाल्दै उसले भनेको थियो, "प्रिय कमरेड माओ, हार्दिक अभिवादन... !"

सबवेको पूर्वपट्टि रहेको फर्बिडन सिटी मिङवंशी राजाको राजप्रासाद हो । दस हजार कोठाहरू भएको यो राजदरबार हेर्न पनि ऊ स्कुलमा छँदै आएको थियो । फर्बिडन सिटीको मूलद्वारको पर्खालमा टाँगिएको थियो माओको ठूलो तस्बिर । किनकिन उसलाई राजाहरूको दरबारको भित्तामा माओको तस्बिर टाँगेको मन परेन । उसले साथीहरूसँग दरबारभित्र घुमीघुमी हेऱ्यो । दरबार देखेर ऊ अचम्मित भयो । माओको शव राखिएको भवनभन्दा यहाँ मान्छेहरूको भीड बढी थियो ।

'सांस्कृतिक क्रान्तिमा झन्डै खरानी भएन यो दरबार... । नत्र म फर्बिडन सिटी हेर्न जाने र हेरेर फर्केका पर्यटकहरूको प्रतीक्षा गर्दै यहाँ बसेर गितार बजाइरहेको हुन्नथें ।'

उसले आँखा खोल्यो । एक झप्को निद्रा लिइसकेको थियो । खानाको समय भइसकेकाले उसले झोलाबाट एउटा बर्गर र फ्रेन्च फ्राई निकालेर खान थाल्यो । त्यसपछि कोकाकोलाको बोतल मुखमा लगायो र तनतन पियो । ऊ फेरि गितार बजाउँदै आफूले लेखेको कविता गीतको लयमा गाउन थाल्यो–

"मेरो प्रिय माओ

तिअनअनमेन स्क्वारमा बर्सिरहेको छ हिउँ

तिमी हँसिलो मुद्रामा चिरनिद्रामा सुतिरहेका छौ
काँचको चेम्बरभित्र
सङ्गमरमरको भवनमुन्तिर,
जाडोले लुगलुग काँपिरहेको छु– म
तिम्रो सपना... ।

तिमीले देखेका सपनाहरू
फूल बनेर फुलेका छन्
मेरो मनको बारीमा
सपनालाई शब्दहरूमा उनेर
गाइरहेको छु म युवाहरूको गीत
र छेडिरहेको छु गितारमा
तिमीलाई मन पर्ने लङ मार्चको धुन ।

मेरो प्रिय माओ
तिअनअनमेन स्क्वारमा लागेको छ घाम
तर तिमी र म अझै रूमल्लिएका छौं
बिजुलीको मधुरो प्रकाशमा
तिमी तस्बिर बनेर झुन्डिएका छौ
मिङवंशी राजाको दरबारको भित्तामा
र म अभिशप्त छु बस्न
सबवेमुनिको चिसो भुइँमा ।

तिम्रा सपनालाई शब्दहरूमा उनेर
गाइरहेको छु म युवाहरूको गीत
र छेडिरहेको छु गितारमा
तिमीलाई मन पर्ने लङ मार्चको धुन ।"

लिउलाई मन पर्ने यो गीत ऊ मनले गाउँथ्यो, शब्दहरूको भावमा डुबेर गाउँथ्यो । गाउँदै जाँदा गीतका पङ्क्तिहरू सिद्धिएको पत्तो पाउँदैनथ्यो र ऊ फेरि दोहोऱ्याएर गीत गाउन थाल्थ्यो । यसरी एउटै गीतलाई पटकपटक दोहोऱ्याएर गाउने गर्थ्यो ऊ ।

सबवेबाट मान्छेहरू हतारहतार फर्बिडन सिटीबाट तिअनअनमेन स्क्वारतिर गइरहेका थिए । उनीहरूलाई उसको गीतसँग कुनै पर्वाह थिएन । भुइँमा बिछ्याइएको कमिजमाथि छरिएका युयानका केही नोट र सिक्काहरू हेर्दै ऊ गम खाइरहेको थियो– के आजको कमाइले साँझको गर्जो टर्छ ? अचानक उसले चटाईमुनि राखेको पाँच डलरको नोट सम्झ्यो र सन्तोषको लामो सास फेऱ्यो ।

लिउ बसेको ठाउँबाट उठ्यो । उसले हात माथि उचालेर जिउ तनक्क तन्कायो र कम्मर पनि मर्कायो । भुइँमा झुकेर उसले छरिएका नोट र सिक्काहरू बटुलेर दाहिने खल्तीमा राख्यो । कमिज टकटक्याउँदै धुलो झाऱ्यो र लगायो । चटाई पट्याएर झोलामा राख्यो र झोला पिठ्युँमा भिऱ्यो । पाँच अमेरिकी डलरलाई तीन तह पट्याएर मुठीभित्र च्याप्यो ।

लिउ सबवेको बाटो हुँदै तिअनअनमेन स्क्वारमा निस्कियो । बाहिर झलमल्ल घाम लागिरहेको थियो । तिअनअनमेन स्क्वारको विशाल मैदानमा हजारौं मान्छेहरू भेला भएका थिए । मान्छेहरूको सागर उर्लिएको देखेर लिउ आश्चर्यचकित भयो । उसले तिअनअनमेन स्क्वारमा भइरहेको मान्छेहरूको भेलाका बारेमा सुइँको पनि पाएको थिएन । 'किन भेला भए होलान् यति धेरै मान्छेहरू ?' उसले चारैतिर आँखा दौडाउँदै सोच्यो ।

"ए भाइ, केको भेला हो यो ?" उसले नजिकै उभिएको एउटा युवकलाई सोध्यो ।

"देख्नुभएन ?"

"के ?"

"स्टेज... ।"

उसले मान्छेहरू भेला भएको ठाउँको उत्तरपट्टि एउटा ठूलो स्टेज देख्यो । स्टेज आधुनिक थियो । हजारौं वाटका फ्लड लाइट स्टेजमा तुन्द्रुङ्ग झुन्डिएका थिए । ठाउँठाउँमा स्पिकर पनि जडान गरिएका थिए ।

"के हुँदै छ स्टेजमा ?" उसले फेरि सोध्यो ।

"आज साँझ अमेरिकी सङ्गीत ब्यान्ड लिङ्किन पार्कको कन्सर्ट छ । साथमा हाम्रा चिनियाँ अङ्ग्रेजी पप गायक र गायिकाहरू पनि छन् । तिमी पनि आउनू । सायद यो जुनीमा फेरि विरलै हेर्न पाइएला," बोल्दाबोल्दै त्यो युवक मान्छेको भीडभित्र घुस्यो ।

उसलाई अमेरिकी गायकका बारेमा केही थाहा थिएन । ऊ कस्तो गीत गाउँछ ? रक, पप, र्‍याप, क्लासिकल वा मोडर्न ! उसलाई कुनै जानकारी थिएन । उसलाई मान्छेहरूको भीडमा निसासिएर बस्नुभन्दा घर जानु उपयुक्त लाग्यो । उसले माओ स्मृतिभवन हेर्‍यो, चारैतिर सैनिक र प्रहरीको पहरा छ । उत्तरपट्टि ग्रेट हल छ र ठीकअगाडि विशाल तिअनअनमेन स्क्वार छ । उसले एउटा अर्को अचम्मको दृश्य देख्यो । तिअनअनमेन स्क्वारवरिपरिका सडक किनारका पोलहरूमा चीन र अमेरिकाका झन्डाहरू फरफराइरहेका थिए । ग्रेट हलको परिसरभित्र पनि त्यस्तै दृश्य थियो । सायद कुनै अमेरिकी विशिष्ट अतिथि चीनको भ्रमणमा आएका थिए । उसले तिअनअनमेन स्क्वारको पूर्वपट्टि रहेको मिङवंशी राजाको दरबारलाई हेर्‍यो । पर्खालमा झुन्डिएको माओ त्से तुङको ठूलो तस्बिरले उसलाई गिज्याए झैं लाग्यो ।

लिउले घर फर्किने निर्णय गर्‍यो । ऊ फनक्क घुम्यो र सडकको पेटीमा हिँड्न थाल्यो । उसले आफ्नो मुठीभित्र रहेको पाँच डलर सम्झ्यो । पाँच डलरको नोट हेर्दै नहेरी बायाँ गोजीमा हाल्यो । ऊ कल्पना गर्न थाल्यो– पाँच डलरले ऊ केके खरिद गर्न सक्छ ? बाबुलाई एक जोर छालाको जुत्ता, आमालाई ऊनीको स्वेटर र गितारका लागि नयाँ तार... । ऊ सुसेली हाल्दै घरतिर लम्क्यो ।

तर... उसले थाहै पाएन– देब्रे गोजीको प्वालबाट पाँच डलरको नोट अघि नै बाटामा कतै खसिसकेको थियो ।

ज्याक्सन हाइट

उत्तरआधुनिक ज्याक्सन हाइट

विश्वको प्रसिद्ध सहर न्यु योर्क । अमेरिकाको व्यापारिक राजधानी ।

न्यु योर्कको एक कुनामा छ ज्याक्सन हाइट । ज्याक्सन हाइटको वरिपरिबाट मौरीले रानुलाई घेरेर बसे झैं बसेका छन् नेपाली, भारतीय, बङ्गलादेशी, पाकिस्तानी, श्रीलङ्काली र केही तिब्बतीहरू । उनीहरू ज्याक्सन हाइटमा आफ्नो परिचय स्थापित गर्न पाएकोमा प्रफुल्ल छन् । ज्याक्सन हाइटमा नेपाली भेटिन्छन्, ज्याक्सन हाइटमा भारतीय भेटिन्छन् । ज्याक्सन हाइटमा नेपाली खाना पाइन्छ, ज्याक्सन हाइटमा भारतको सब्जी मन्डीमा झैं चौबीसै घण्टा चहलपहल देखिन्छ । ज्याक्सन हाइटको बतासमा नेपाली गुन्द्रुक र तामाको सुगन्ध भेटिन्छ । ज्याक्सन हाइटका गल्लीगल्छेंडाहरूमा चनाचटपटे, पानीपुरी र पानपरागको स्वाद चाख्न पाइन्छ । पाकिस्तानी कबाब पनि कम चर्चित छैन ज्याक्सन हाइटमा । ज्याक्सन हाइट साँघुरा गल्लीहरूमा चर्को स्वरमा बलिउडका लेटेस्ट आइटम गीतहरू घन्किरहन्छन् ।

अत्याधुनिक अमेरिकामा उत्तरआधुनिक बन्दै छ ज्याक्सन हाइट । अमेरिकाको पुनर्लेखन गर्दै छ ज्याक्सन हाइट । अमेरिकाको

प्राचीन सभ्यतालाई उत्खनन गर्दै छ ज्याक्सन हाइट । म एक दिन उत्तरआधुनिक ज्याक्सन हाइटमा वर्तमान नेपाल र प्राचीन सभ्यताको एक प्रतिनिधि पात्र भएर छिरें । त्यहाँ अमेरिकी गोरा र कालाभन्दा एसियाली गहुँगोरा र श्यामल अनुहारहरू दृष्टिगोचर भए । मलाई काठमाडौंको ठमेल र दिल्लीको करोलबाग पुगेको अनुभव भयो । मनमा एकतमासको खुसी छायो ।

म एउटा रेस्टुरॉंभित्र छिरें– थकाली रेस्टुरॉं । पोखराको थकाली रेस्टुरॉंमा पुगे झैं लाग्यो मलाई । ढोकानिर उभिएका साहुजीले जोडले हात मिलाए । चारैतिर नेपालीपन । भान्सामाथि भित्तामा सुकेका दाउरा र चुलोमाथिको र्‍याकमा टिलिक्क टल्काइएका काँसका भाँडाकुँडा सजाएर राखिएका । सिलिङमा तुन्द्रुङ्ग चौंरीको पुच्छर झुन्डिएको । भित्तामा थरीथरीका थाङ्का, हिमालका तस्बिर र झ्यालढोकामाथि गणेश, कुमार, भैरव र लाखे नाचका मुखौटाहरू टाँगिएका । काउन्टरको दायाँतिर टेबलमाथि तामाको बुद्धमूर्ति ध्यानमग्न मुद्रामा रहेको । अमेरिकाको रेस्टुरॉंभित्र पस्दा नेपालमै पुगेको अनुभूति हुने ।

'अमेरिकाको उत्तरआधुनिक रेस्टुरॉं ।' मेरो दिमागमा यस्तै सोच आयो ।

थकाली खानाको नाममा विशुद्ध नेपाली खाना खाइरहेका ग्राहकहरूलाई हेर्दै म कुनामा रहेको एउटा टेबल ओगटेर बसें ।

रोसन

"मेरो नाम रोसन हो सर ! विदेशीहरू 'राउसन' भन्छन् मलाई," मैले सोधेपछि मात्र भन्यो उसले । उसको नामले पनि ज्याक्सन हाइटको उत्तरआधुनिकतालाई आत्मसात् गरिसकेको बुझिन्थ्यो । आफ्नो नाम मात्र उसले भन्यो, थर भनेन । २५-२६ वर्षको त्यो युवकको जिउडाल झट्ट हेर्दा राम्रै देखिन्थ्यो ।

"घर कहाँ हो ?"

"त्यतै पूर्वतिर हो सर," अनिच्छा प्रकट गर्दै बोल्यो ऊ ।

"पूर्व कतातिर हो भाइ ?" मैले सोधें ।

"ओखलढुङ्गा ।"

अचानक मेरो मस्तिष्कमा झड्का हान्यो यस नामले । मैले धेरै पटक सुनेको नाम थियो यो ।

"मेरो प्यारो ओखलढुङ्गा," म बुदबुदाएँ । ऊ हाँस्यो ।

"थाहा छ यो कविता ?" मैले उसलाई हेरें ।

"यो कविता पढेरै हुर्केको हुँ सर । यो कविता सिद्धिचरणको होइन ?"

ऊ बोल्यो, "नारायणगोपालले क्या दामी गाइदियो नि, झन् हिट भो ।"

"रामेश र रायनले पनि गाएका छन्- मेरो प्यारो ओखलढुङ्गा ।"

"को रामेश र रायन सर ?" उसले पक्क परेर मतिर हेर्‍यो ।

"यिनीहरू पनि उम्दा कलाकार हुन् भाइ । मौका मिले यिनीहरूका गीत पनि सुन्नू । शरीरभरि तरङ्ग पैदा गर्छन्," मैले भनें ।

"गायकगायिकाहरूलाई अनुहारले चिन्दिनँ सर, कतिलाई नामले मात्र चिन्छु । रामेश र रायन अमेरिका आएका भए चिन्थें हुँला ।"

"तर एउटा कुरा नि सर... !" भावुक हुँदै ऊ बोल्यो ।

"के रोसन ?"

"यो गीत त मेरै लागि लेखे जस्तो लाग्छ सर ! अमेरिकामा बसेर यो गीत सुन्दा नेपालको सम्झनाले सताउँछ हजुर," ऊ अहिले नै रोला जस्तो देखियो । मेरो छातीभित्र चसक्क दुख्यो ।

"ए रोसन, के गफ चुटिरहेको हँ ? सरको अर्डर लियो ?" साहुजी करायो ।

"लिँदै छु हजुर," हतारिएर बोल्यो ऊ ।

"अमेरिकामा पनि जी-हजुर भन्नुपर्छ ?"

"बेलाकुबेला 'फायर' गरिदेलान् भन्ने पिरले पनि भन्नुपर्छ सर," उसले आफ्नो पीडा पोख्यो ।

"हजुरलाई के ल्याऊँ सर ? त्यसअघि ड्रिङ्क्स र स्न्याक्स लिनुहुन्छ कि ?" उसले खानाको अर्डर लिन खोज्यो ।

"हुन्छ भाइ, एक गिलास जुस र एक प्लेट भेज मःम ल्याऊ न है," मैले मेनु हेर्दै भनें ।

"सर भेज हो ?"

"हो भाइ, म भेज हुँ ।"

"साह्रै दुःख पाउनुभयो होला हगि ? यहाँ त मासु नहालेको कुनै खाने कुरा हुँदैन । त्यही सद्दे पाउरोटीमा मात्र मासु हाल्दैन ।"

"आखिर जीवन जसरी पनि चल्दो रहेछ भाइ, चलाउनै पऱ्यो ।"

"हुन त हो सर ! म हजुरको अर्डर लिएर जान्छु," ऊ जान खोज्यो, फेरि फर्केर भन्यो, "सर, पानी ल्याऊँ ?"

"हुन्छ ।"

"आइस हालेको ल्याऊँ कि सादा ?"

"सादा ल्याऊ भाइ ।"

"हुन्छ सर," रोसन स्लिप लिएर किचनभित्र छिऱ्यो ।

रेस्टुराँभित्र-रेस्टुराँबाहिर

रोसन पानी लिएर आउन्जेल मैले आफ्नो वरिपरिको वातावरण सरसरती नियालिसकेको थिएँ । मेरो पछाडिको टेबलमा एउटी नेपाली युवतीसँग एउटा कालो वर्णको विदेशी बसिरहेको थियो । अगाडि पर काउन्टरनजिक एक जोडी नेपाली दम्पती मःम खाँदै थिए । पल्लो छेउको एउटा टेबलवरिपरि चार जना नेपाली केटा नेपाली खाना (दाल-भात-तरकारी) दाबिरहेका थिए । अर्को टेबलमा दुई जना गोरा दुइटी नेपाली केटीसँग गफिँदै थिए र सबैभन्दा परको कुनाको टेबलमा एउटी केटी गालामा हात लाएर झोक्राइरहेकी थिई । उसको अगाडि टेबलमा आधा बोतल बियर र बियर भरिएको गिलास थियो । रेस्टुराँका ग्राहकहरू यिनै थिए । झट्ट हेर्दा साहुजीले जेनतेन रेस्टुराँ धानिरहे झैं लाग्यो मलाई ।

रोसन सादा पानी लिएर आयो ।

"सर, जुस मात्र लिने ? बियरसियर केही लिनुहुन्न ? लिनुहुन्छ भने म ल्याइदिन्छु ।"

"होइन भाइ, मलाई जुस मात्र ल्याऊ," मैले भनें ।

ऊ फेरि भित्र गयो र तुरून्तै हातमा अरेन्ज जुस लिएर आयो ।

"यहाँ काम गर्न थालेको कति वर्ष भयो भाइ ?"

"तीन वर्ष भयो सर ।"

"अमेरिका आएको कति भयो नि ?"

"त्यस्तै पाँच वर्ष भयो ।"

"डिभी परेर आएको होला, होइन ?"

"हो सर तर अहिलेसम्म केही प्रगति गर्न सकेको छैन । नेपाल सम्झँदा केही त गरे जस्तो लाग्छ । तर जब दिमागमा आफ्नो 'रियल लाइफ' घुम्न थाल्छ, तब आफूलाई जहाँको तहीँ उभिएको पाउँछु ।"

"हो र ?"

"हो सर । हुन त मेरी श्रीमती पनि यहीँ छे । दुइटा बच्चा पनि छन् । श्रीमती पनि काममा जान्छे तर हामीले सोचेको 'कुरा' अझै पाउन सकिएन, देख्न सकिएन सर ।"

म विचारमग्न भएँ– रोसनले पाउन खोजेको त्यो 'कुरा' के होला ? कुन 'कुरा'को प्राप्तिका लागि ऊ यसरी लत्तो छाडेर लागिरहेको छ ?

"रोसन, ऊ त्यो टेबलको अर्डर लेऊ त," साहुजी करायो ।

"हवस् हजुर," ऊ परतिर लाग्यो ।

काँचको पारदर्शी बारबाट मैले बाहिर चियाएँ । बिजुलीको चकाचौंधमा ज्याक्सन हाइटका भवनहरू बलिरहेका थिए । सडकमा अन्यत्र झैं यहाँ पनि गाडी गुडिरहेका थिए तर सडकका पेटीहरूमा उभिएर घण्टौं बात मार्ने मान्छेहरूको दृश्य अन्यत्र नदेखिए पनि यहाँ सामान्य थियो । झुन्डझुन्ड बनाएर बसेका ती अनुहारहरू सबै आफ्नै अनुहार जस्ता लागिरहेका थिए मलाई ।

कोही बेस्सरी खोक्दै पेटीमा थुक्दै गए, कोही गला साफ गरेर मुखबाट खकार हुत्त्याउँदै थिए । दुई जना कुर्तापाइजामा लगाएका मान्छे चोकको दक्षिणपूर्वी कुनामा रहेको सानो पान पसलमा गए । तिनीहरूले एकएक ओटा गतिलै पानको बिडा मुखभित्र हाले र सडकको पेटीमा पिच्च थुक्दै अगाडि बढे ।

चोकको पल्लापट्टि तीन-चार जना मान्छे सिनेमाघरको टिकट काट्ने झ्यालवरपर घुमिरहेका टिकट दलालहरू झैं पेटीमा हिँडिरहेका हरेक मान्छेको अनुहार सुँघिरहेका थिए ।

मेरा आँखाअगाडिबाट पुलमाथि मेट्रो रेल बेतोडले कुद्यो । शिरमाथि रेल कुदेको देख्दा दिल्लीको चाँदनीचोकको किनारमा बसिरहे झैं लाग्यो मलाई ।

"बाहिरको 'सिन' हेरेर रमाउनुभएछ सर त," रोसन बोल्यो ।

"अँ !"

"सबै हाम्रै जस्तो छ । यी घर, सडक, कार र रेलहरू मात्र अमेरिकाका हुन् । बाँकी सबै हाम्रै जस्तो । उः त्यो चोकनिर उभिएको पुलिस छ नि सर, त्यो बङ्गलादेशी हो । हुन त कागजमा अमेरिकी नागरिक भइसक्यो । यहाँ ड्युटी पर्‍यो भने ऊ खुब रमाउँछ । कहिलेकाहीँ नेपाली खाना खान आउँछ ।"

"हो रोसन, यो ज्याक्सन हाइटलाई समग्रमा हेर्दा हाम्रै कुनै सहर जस्तो पो लाग्छ यार," मैले ज्याक्सन हाइट देखेर आफू पनि आश्चर्यचकित भएको कुरा बताएँ ।

"खोइ सर, हामीले अमेरिकालाई उल्लु बनाएका हौं कि अमेरिकाले हामीलाई मूर्ख बनाएको हो, भन्न गाह्रो छ । झट्ट हेर्दा यहाँको जस्तो स्वतन्त्रता कहीँ नभए जस्तो तर यो स्वतन्त्रता हाम्रा लागि बन्धन हो कि भन्ने आभास हुन्छ सर । अदृश्य बन्धन, छाडूँछाडूँ लाग्ने तर छाड्न नसकिने, भागूँभागूँ लाग्ने तर भाग्न नसकिने, झन्झन् भासिँदै जाने दलदलमा भासिए झैं," रोसनको अनुहार उदास देखियो ।

"किन र भाइ ? बहुसङ्ख्यक नेपालीहरू अमेरिका आउनका लागि आफ्नो टाउको फोर्न र जायजेथा सब बेच्न पनि तयार हुन्छन् । भाइ त झन् अमेरिकामै बसेर यस्तो भन्ने !"

"हो सर, मैले यसो नभन्नुपर्ने हो । यो अमेरिकामा आउन मैले पनि कम पापड बेल्नुपरेन तर जुन सपनाको पोको बोकेर आइएको थियो, त्यो पोको त यो ज्याक्सन हाइटको पेटीमा बज्रेर छताछुल्ल भइसक्यो सर । ठमेलको कुनै चल्तीको रेस्टुराँमा काम गर्नु र अमेरिकाको ज्याक्सन हाइटको यस नेपाली रेस्टुराँमा काम गर्नुमा के फरक भयो र ? यत्ति हो, यहाँ डलरमा तलब पाइन्छ, त्यो पनि

नेपालका उच्चपदस्थ अधिकारीले नपाउने रकम । तर त्यो रकम महिना नकट्दै सप्पै रित्तिन्छ । थाहै नपाई डलरहरू हराउँछन् एकएक गरी," रोसन आफैं बरबराइरहेको थियो । उसलाई साहुले बोलायो । ऊ कुद्दै छेउतिर गयो ।

मैले फेरि काँचको पर्दाबाट बाहिर आँखा घुमाएँ । मेरा आँखा एउटा बिल्डिङको पर्खालमा झुन्ड्याएको होर्डिङ बोर्डमा ठोक्किए, जसमा भारतीय अभिनेता अभिषेक बच्चन नारीमा बाँधेको 'ओमेगा' घडी देखाउँदै मुस्कुराइरहेका थिए । अभिषेकको यो विज्ञापन पूरै अमेरिकाका लागि हो वा मात्र ज्याक्सन हाइटका लागि, मैले अनुमान गर्न सकिनँ । हुन त त्यसमुनिको 'अग्रवाल सोरूम'मा इम्ब्रोइड गरिएका सारीमा अभिनेत्रीहरू ऐश्वर्या राय र क्याट्रिना कैफले मोडलिङ गरेका तस्बिरहरू पनि नराखिएका होइनन् । यी होर्डिङ बोर्ड र मोडलका रेप्लिकाहरू मलाई 'कल्चरल फ्युजन'का बाइप्रोडक्ट लागिरहेका थिए ।

म आज दिउँसो मात्र न्यु योर्कको टाइम स्क्वार घुमेर आएको । त्यहाँ गोरा अनुहारहरूको भीडमा म बिलाएको थिएँ । सबै तीव्र गतिमा दौडिरहेका थिए फ्लोरिडाको जोन एफ केनेडी स्पेस सेन्टरबाट प्रक्षेपण गरिएको रकेट झैं । सबै समयको गतिमा जीवनको गति मिलाइरहेका थिए । त्यहाँ सत्य र सौन्दर्यको प्रदर्शन भइरहेको थियो । तर सत्य र सौन्दर्यसँगै हुनुपर्ने 'शिव' त्यहाँ थिएन । सम्भवतः शिव मेरा आँखाको कुनै कुनामा लुकेर बसेको थियो– बाहिर निस्कन लाज मानेर । मैले जबरजस्ती बाहिर निकालें शिवलाई । टाइम स्क्वारमा यदि ऊ हराउँथ्यो त म पनि हराउँथें मान्छेहरूको अथाह सागरमा । हामीभित्र शिव रहिरहनुको कारणले नै यो स्वप्ननगरी वा अत्याधुनिक सहर न्यु योर्कमा उत्तरआधुनिक ज्याक्सन हाइट जन्मेको हुनुपर्छ ।

"ज्याक्सन हाइट जानु नि, नेपाल र भारतको कुनै सहरमै गए जस्तो लाग्छ, हा हा हा !" बाटामा ठोक्किएका एक नेपाली मित्रले मलाई सल्लाह दिएका थिए । उनको सल्लाहमा सुझाव कम र व्यङ्ग्य बढी थियो । तर मान्छेहरू यहाँ जुनसुकै उद्देश्यले आएका हुन्, सबैका अनुहारमा एक प्रकारको खुसी र सन्तुष्टि पाएँ ।

"के सोच्दै हुनुहुन्छ सर ?" रोसनले तात्तातो मःम ल्याएर टेबलमा राख्यो ।

"ज्याक्सन हाइटमा मान्छेहरू किन आउँछन् रोसन ?"

"को सर ? नेपाली ? इन्डियन ? बङ्गलादेशी ? पाकिस्तानी ?"

"हो ।"

"रहर पूरा गर्न आउँछन् । आनन्दका लागि आउँछन् । केही क्षण भए पनि म नेपाली हुँ, भारतीय हुँ, पाकिस्तानी हुँ, बङ्गलादेशी हुँ भन्ने सम्झनका लागि पनि आउँछन्," रोसनले हाँस्दै भन्यो ।

त्यसै बखत तीन जना नेपाली हस्याङफस्याङ गर्दै रेस्टुराँभित्र छिरे; काउन्टरनजिकैको टेबलवरिपरि बसे र गफ चुट्न थाले । रेस्टुराँको साहुजी पनि तिनीहरूसँग बात मार्न थाल्यो ।

"सरलाई थाहा छ ? तिनीहरू जुवाडे हुन्," रोसनले भन्यो ।

"जुवाडे !"

"हो सर, यो रेस्टुराँको पल्लोपट्टि एउटा बिल्डिङ छ । एउटा फ्ल्याट भाडामा लिएर अवैध रूपमा जुवा खेलाउँछन् । कति पटक यिनीहरूलाई पुलिसले पक्राउ गरिसक्यो । छुट्नेबित्तिकै फेरि अर्को ठाउँमा खेलाउन सुरू गरिहाल्छन् ।"

"कसरी थाहा पायौ नि ?" मैले भनें ।

"हाम्रो साहुजी पनि खेल्न जान्छ सर । एक पटक उसलाई पनि पुलिसले झन्डै पक्रेको थियो, यही बङ्गलादेशी पुलिसले बचाइदियो । त्यस दिनदेखि उसलाई यहाँ खाएबापत पैसा तिर्नुपर्दैन सर," उसको अनुहारमा व्यङ्ग्यात्मक मुस्कान नाच्यो । म पनि हाँसें । "हाम्रो सङ्गतले यहाँका गोरा पुलिस पनि बिग्रिसके सर ! फोकटमा खान पाए रमाउँछन् ! ठ्याक्कै नेपाल जस्तै !" ऊ खितखितायो ।

म मःम खान थालें ।

"मासु खाने भए छोइला, कचिला, भुटन, उसिनेको गिदी, टाउकाको सुप र साँधेको सुकुटीको स्वाद पनि लिन पाउनुहुन्थ्यो । अमेरिकामा नेपाली पाराले पकाएको मासुको स्वादको आनन्दै अर्को,"

रोसन मतिर हेर्दै मुस्कुराउँदा मेरो शाकाहारितामाथि व्यङ्ग्य कसे झैं लाग्यो ।

मैले आफूवरिपरि हेरें । सबै आआफ्नै तरिकाले मस्त भइरहेका थिए । अघि आएका तीन जना जुवाडेहरू बियर र स्न्याक्स खाँदै थिए । उनीहरूसँगै बसेर रेस्टुराँको साहु पनि हाँ...हुँ... गरिरहेको थियो । मलाई विदेशी युवकसँग बसिरहेकी नेपाली युवतीको व्यवहार अनौठो लागिरहेको थियो । ऊ लगातार बोलिरहेकी थिई, मुस्काइरहेकी थिई र आफ्नो साथीलाई विभिन्न परिकारहरू पस्किरहेकी थिई । तर त्यो विदेशी युवक भने बीचबीचमा घुरेर हेर्दै र नमीठो गाली गर्दै कपाकप खाना हसुरिरहेको थियो । नेपाली दम्पतीहरू लामो दाम्पत्य जीवनबाट वाक्क भएर थाके झैं देखिन्थे । बीचबीचमा दुवै दुईतिर मुन्टो फर्काएर टोलाउँथे र फेरि केही बोले जस्तो गर्थे । पल्लो छेउमा झोक्राइरहेकी नेपाली युवती बियरको चुस्की लिँदै सेलफोनमा कुरा गरिरहेकी थिई । अर्को टेबलमा बसेका दुई गोरा युवक र दुई नेपाली केटीहरू अहिले जोडी मिलाएर बसेका थिए– नेपाली खानाको स्वाद लिँदै । मेरो ध्यान ती चार जना नेपाली युवकमा गयो, जो खाना खाने कम र गफ बढी गरिरहेका थिए ।

"साला, नेपालको त्यति राम्रो जागिर छाडेर यहाँ चपरासी बन्न आइपुगियो यार !" एउटा बोल्यो ।

"चपरासी नै सही, तलब भने नेपालका प्रधानमन्त्रीको भन्दा पनि बढी खाएको छस्," दोस्रो बोल्यो ।

"त्यही सोच्दै मक्ख पर् न बजिया । त्यति पैसा कमाउन हात र खुट्टाको छाला दरफरिएको थाहा छैन," अर्काले आफ्नो अनुभव बतायो ।

"ढाडै बाङ्गियोस् न यार, के फरक पर्छ ? अमेरिकामा छौं, मोटर चढेका छौं, सन्तोष मान्नुपऱ्यो ।" बसेकामध्ये सबैभन्दा युवा चौथो केटो बोल्यो ।

"पढ्न भनेर आएको, पढाइ गर्न सकिएन । मलाई त्यही पिरलो छ," उसले फेरि चिन्ता प्रकट गऱ्यो । ऊ अलि बुज्रुक पनि देखिन्थ्यो ।

"हो यार, तिमेरू पो भिसामा आएका छौ । आफू त यहाँ जसरीतसरी छिरेर लुकिरहेको मान्छे, एक किलोमिटर पर पुलिस देख्यो भने पनि सातो जान्छ । कुन बेला कहाँ पुलिसको फन्दामा परिने हो र सीधै एयरपोर्ट लगेर घर पठाइदिने हो, ठेगान छैन," पहिलो युवक सबैभन्दा बढी चिन्तित देखिन्थ्यो ।

"छिटोछिटो दाब न यार ! डेरा फर्किनुपरेन ? भोलि बिहानै काममा जानु छ," तेस्रो युवक सबैलाई झकझक्याउँदै थियो ।

म सोचमग्न थिएँ । मेरो मनमा थुप्रै विचारहरू आइरहेका थिए । पल्लो टेबलमा बसेका यी युवाहरूको मुखबाट निस्केका हरेक शब्द धारिलो छुरा बनेर मेरो हृदयमा रोपिएका थिए । प्रवासी वा आप्रवासी नेपालीहरूका पीडा यी चार जना नेपाली युवाले भर्खर व्यक्त गरेका अनुभवहरूमा प्रतिबिम्बित थिए । म तिनीहरूसँग आफ्नो परिचय साटासाट गर्न चाहन्थें । तिनीहरूका दुःखसँग भावनात्मक साहचर्य गर्न चाहन्थें । तर तिनीहरू कुर्सीबाट उठिसकेका थिए । रोसन तिनीहरूले चुक्ता गरेको बिलको रकम लिइरहेको थियो ।

"रोसन, यिनीहरू ठक्कर मात्र खाइरहेका नेपाली जस्ता देखिन्छन् नि ?" मैले सोधें ।

"यहाँ सबैले ठक्कर खाएकै हुन्छन् सर । कमसेकम एक पटक ठक्कर नखाएको कोही हुँदैन । नेपालमा जस्तो सजिलो छैन यहाँको जीवन । आज काम नभए भरे माम पाइँदैन । यी केटाहरू कहिलेकाहीँ यहाँ झुल्किन्छन् । नेपाली खाना खान्छन्, नेपालीमा नेपालको कुरा गर्छन्, नेपाललाई यिनीहरूको कुनै चिन्ता नभए पनि यिनीहरू नेपालको खुब चिन्ता गर्छन् र अन्त्यमा 'रेस्टुराँको खानाको भाउ महँगो भयो' भन्दै बाहिरिन्छन्," उसको अनुहारमा फेरि चिरपरिचित मुस्कान देखियो ।

"सरले उः त्यो काले केटो र नेपाली केटीलाई देख्नुभयो ? त्यो केटीको नाम रसिला हो । यहाँको पिआर पाउने आशामा अमेरिकी काले केटासँग कोर्टमा बिहे गरी । बिहे भएको केही महिनापछि रसिलाले पिआर पाई । अब यिनीहरूबीच भएको आपसी सम्झौताअनुसार ऊ त्यो

काले केटालाई केही हजार डलर दिएर डिभोर्स गर्न चाहन्छे । तर ऊ मानिरहेको छैन । काम नगरी मोज गर्न पाएको छ, किन डिभोर्स दिन्छ ऊ ? रसिला उसलाई डिभोर्सका लागि फकाइरहन्छे, मनाइरहन्छे तर ऊ भने उसलाई गाली गरिरहन्छ, मौका पाए भकुर्छ र भएभरको पैसा क्यासिनोमा गई रित्याएर आउँछ । यो बिचरी डिभोर्स देला भन्ने आशामा आफ्नो पोइ भनाउँदाको हरेक अत्याचार सहन्छे । हेर्नोस् न, त्यो बिचरी बाघको अगाडि म्याँम्याँ गर्ने बाख्री जस्ती देखिएकी छ," रोसन गएर तिनीहरूको टेबलसामुन्ने उभियो र केटीसँग कुरा गर्न थाल्यो ।

बिचरी ! नेपालको कुनै पाखापखेरामा जन्मेर हुर्किएकी यो कलिली सोझीसिधी ठिटी अमेरिकामा जन्मेर हुर्केको यो काले केटोसँग कसरी आफ्ना दिनहरू व्यतीत गरिरहेकी होली ? सम्झँदा पनि मेरो मन ढक्क भएर आयो ।

'पिच्च !' कसैले भित्तामा पान चबाएर निस्केको अतिरिक्त रस थुक्यो । सम्भवतः उसले ज्याक्सन हाइट अर्थात् न्यु योर्कको एक सहरको भित्तामा थुकेको छ । जोगबनीको रेल स्टेसन वा वीरगन्जको सिनेमा टाकिजको भित्तामा थुक्नु र यहाँका टलल्ल टल्किने भित्तामा थुक्नुमा फरक छ । म बल्ल बुझिरहेको थिएँ, ज्याक्सन हाइटमा त्यत्तिकै नेपाली, भारतीय, बङ्गलादेशी र पाकिस्तानी अनुहारका ताँती लाग्दा रहेनछन् । अमेरिकामा धेरै स्वतन्त्रता छ तर ज्याक्सन हाइटमा अमेरिकामा नभएको स्वतन्त्रता पनि रहेछ ।

टेलिफोनको कार्ड किन्नु थियो । म एकछिनका लागि बाहिर निस्कें । एक जना सायर जस्तो देखिने मान्छे झन्डै मसँग ठोक्किएको ! ऊ उर्दुमा कुनै गजल गुनगुनाउँदै हिँडिरहेको थियो । कार्ड पसलेको पसलमा फोन कार्ड मात्र होइन, पान पनि थियो । मलाई पनि पानको तलतल लाग्यो । मैले 'मीठा पान' भनें । उसले मोबाइलको रिचार्ज कार्डसहित पान दियो । पसलको भित्तामा एक जमानाको हिट फिल्म 'कुछ कुछ होता है'को पोस्टर टाँसिएको थियो ।

मैले मुख आँ गर्दै पान भित्र धकेलें र दाँतले क्याच्च पारें । मैले पान खाएको देखेर पसले मुसुमुसु हाँस्यो । उसको अनुहारमा व्यङ्ग्यपूर्ण भावहरू सलबलाए ।

मेरा आँखा एक जमानाका बलिउडका हिट जोडी शाहरूख खान र काजोलको पोस्टरमा स्थिर भए ।

"सिनेमा देख्ना है ? हिन्दी सिनेमा ?" पानवाला मैसँग बोलिरहेको थियो ।

मैले उसलाई हेरें ।

"इस गलीके पिछवाडे एक बिल्डिङ है, उसीमे हिन्दी सिनेमा चल्ता हे । इस टाकिज मे हमारी हिस्दुस्तानकी खुशबू आती है," ऊ मक्ख परेर हाँस्यो । उसका राता गिजा टिलिक्क टल्के ।

"नेपाल से हो ?" ऊ बोल्यो ।

"हाँ !" मैले भनें ।

"पान खाना कबसे सिखा ?" उसले अर्को प्रश्न तेर्स्यायो ।

उसको प्रश्नले म अतालिएँ र कुनै जवाफै नदिई त्यहाँबाट हिंडें ।

"ए भाइ, कति बज्यो होला ?"

मेरो पछाडिबाट अपरिचित आवाज आयो । मैले फर्केर हेरें ।

एउटा जँड्याहा झैं लाग्ने करिब ५५-५६ वर्षको मान्छे मलाई क्वारक्वारती हेरिरहेको थियो । भन्नु परोइन, ऊ नेपाली दाजु थियो ।

मलाई अचम्म लाग्यो– अमेरिकामा पनि कुनै मान्छेले अरूलाई 'टाइम' सोध्छ ? अचम्म मान्नु स्वाभाविक थियो ।

तर मैले पछि सम्झें– यो ज्याक्सन हाइट हो । मैले हत्तपत्त घडीको सुईको चालमा ध्यान दिएँ र यति बज्यो भन्ने ज्ञान भएपछि मैले त्यो मान्छेलाई हेरें ।

ऊ मेरो अगाडि थिएन । मैले वरपर आँखा घुमाएँ । त्यो मान्छे अलि पर एक जना गोराको अगाडि झुकेर कुरा गरिरहेको थियो । सायद मलाई पत्याएन र ऊ गोरासँग टाइम सोध्न गयो ।

मलाई सेभिङ क्रिम किन्नु थियो । केही दिनदेखि यसको अभावमा मैले दाह्रीजुँगा सफाचट गर्न सकिरहेको थिइनँ । म एउटा डिपार्टमेन्टल स्टोरमा छिरें । काउन्टरमा कालो फेटा बाँधेका सर्दारजी बसेको यस स्टोरमा नुनदेखि सुनसम्म सबै वस्तु थिए । प्रायः सामानहरू भारतीय र पाकिस्तानी थिए । मैले नेपाल मेड एउटै सामान देखिनँ तर त्यहाँभित्र काम गर्ने सेल्समेन भने प्रायः सबै नेपाली ठिटाहरू थिए । मैले जिलेटको सेभिङ क्रिम किनें । पिंधमा हेरें, 'मेड इन इन्डिया'को छाप थियो । म फिस्स हाँसें । सामान लिएर पैसा तिर्ने काउन्टरमा लाइनको पुछारमा उभिएँ । मलाई देखेपछि एउटा केटो दौडँदै मछेउ आयो ।

"यसरी लाइनमा बस्ने हो भने आधा डलर तिर्न पनि कम्तीमा आधा घण्टा लाग्छ," उसले नेपालीमै भन्यो । उसले मलाई नेपाली भनेर चिनिसकेको थियो ।

"के गरूँ त भाइ ? बाध्यता छ," मैले भनें ।

"मसँग आउनोस्," भन्दाभन्दै लाइन छिचोलेर ऊ अगाडि लम्क्यो ।

"हमारे मेहमान हैं नेपाल से," उसले काउन्टरमा बसेकी केटीलाई भन्यो ।

पन्जाबी झैं देखिने त्यो केटी मुस्कुराई । उसले सेतो सलले कपाल ढाकेकी थिई । करिब दस सेकेन्ड उसका औंलाहरू किबोर्डमाथि चले । उसले मतिर बिल बढाई । मैले तीन डलर तिरें र आफूअगाडिको लाइनलाई जस्ताको तस्तै छाडेर बाहिर आएँ ।

"यो ज्याक्सन हाइट हो । हाम्रो पनि पावर चल्छ दाइ," ऊ मुस्कुरायो । म उसलाई धन्यवाद दिंदै रेस्टुराँतिरै फर्कें ।

पान चपाउँदै म कुर्सीमा बसें । मेरो छेउमा आएको रोसन मैले पान चपाएको देखेर जिल्ल पऱ्यो ।

"होइन सर, पान त खाना खाइसकेपछि खानुपर्ने होइन ?"

"अमेरिकामा कुन कुरा पहिले खाने र कुन पछि खाने भन्ने कुराको कुनै संहिता हुँदैन । जे गर्न मन लाग्छ गर, जे खान मन लाग्छ खाऊ; जे लगाउन मन लाग्छ लगाऊ, नो अब्जेक्सन," मैले भनें ।

रोसनले मेरो भनाइप्रति सहमति जनाउँदै टाउको हल्लायो ।

"खाना ल्याऊ, अब म पान थुकिदिन्छु," मैले लिटरमा पान थुकें ।

रोसन हाँस्दै खाना ल्याउन किचनतिर छिऱ्यो ।

साहुजी

मेरो 'पान खानु'ले साहुजीको ध्यानाकर्षण गरेको रहेछ । उनी मछेउ टुप्लुक्क आइपुगे ।

"तपाईं ज्याक्सन हाइटतिरै काम गर्नुहुन्छ ?" उनले मलाई सोधे । उनको बोलाइ रूखो थियो ।

"होइन, म नेपालतिरै काम गर्छु । यहाँ घुम्न आएको ।"

"ए हो ?" साहुजीको स्वर मधुर बन्यो, "तपाईंलाई भेट्दा खुसी लाग्यो । मेरो रेस्टुराँमा आइदिनुभयो ।" साहुजीले हात मिलाउन खोजे । मैले पनि हात मिलाएँ ।

"मेरो नाम कुलबहादुर हो । पुर्ख्यौली घर पूर्व भोजपुरमा पर्छ । अमेरिका आएको १० वर्ष भयो । यो रेस्टुराँ चलाउन थालेको पनि पाँच वर्ष भयो," साहुजी आफ्नो परिचय दिनमा 'इन्ट्रेस्टेड' प्रतीत भइरहेका थिए, "सुरुमा रेस्टुराँमा बेयरा भएर काम गरें, त्यसपछि होटलमा 'कुक'को जागिर खाएँ । 'कुक'बाट 'हेड कुक'सम्म बन्दा अलिकति पैसा कमाउन सकें । त्यसपछि लोन लिएर यो रेस्टुराँ किनें । पहिले यो रेस्टुराँ 'पन्जाबी कबाब रेस्टुराँ' थियो । मैले किनेपछि 'नेपाली थकाली रेस्टुराँ' बनाएँ । पाँच वर्षदेखि यसैमा जीवन धानिरहेको छु । नेपाली केटाहरूलाई रोजगारी दिइरहेको छु ।"

"राम्रो काम गर्नुभएको रहेछ । सङ्घर्ष गरेर सफलता प्राप्त गरेकाले खुसी लाग्यो," मैले साहुजीलाई प्रशंसाको दृष्टिले हेर्दै भनें ।

"जति पैसा कमाए पनि, जति सफल भए पनि हात लाग्यो शून्य," साहुजीले सुस्केरा छाडे ।

"किन र ?" म आश्चर्यचकित भएँ ।

"उः त्यो अगाडिको २५ तलाको बिल्डिङ देख्नुभो ? त्यो बिल्डिङको मालिक महिनाको एक लाख डलर भाडा मात्र उठाउँछ । उसले पनि मेरो जस्तै सानो रेस्टुरँबाट बिजनेस सुरू गरेको हो । म जबजब त्यो बिल्डिङलाई हेर्छु, हताश र निराश हुन्छु । मैले कहिले बनाउने त्यस्तो बिल्डिङ ? मैले कहिले बिजनेसमा फड्को मार्ने ? सायद..." उनी एकैछिन रोकिएर फेरि भन्न थाले, "सायद नेपालमा भएको भए यो रेस्टुराँ बेचेको पैसाले मात्र पनि योभन्दा ठूलो बिल्डिङ ठड्याउन सकिन्थ्यो होला । मिस्टर कुलबहादुरलाई धेरैले चिन्थे होलान् ।" साहुजीले लामो सास ताने । मैले उनका आँखामा धूमिल भएका सपनाहरू घोप्टिएको नाउ झैं डुब्दै-उत्रँदै गरिरहेको देखें ।

"धन्न यो ज्याक्सन हाइटमा छु र नेपाललाई त्यति 'मिस' गर्दिनँ," यस पटक भने उनी मुस्कुराए ।

उनको मुस्कुराहटमा मैले पनि साथ दिएँ ।

"ए, सुन्नोस् त," एउटा नारी आवाजले हाम्रो ध्यान खिच्यो ।

"उः त्यो मेरी बूढी हो," साहुले भने । उनी होचो कदकी अलि मोटी र साहुभन्दा सात-आठ वर्ष कान्छी देखिन्थिन् ।

"म आज छिटै घर जान्छु । साथीहरूले तिजको दर खान बोलाएका छन्," उनले भनिन् ।

"ल, जाऊ," श्रीमतीतर्फ हेर्दै साहुले थप सोधे, "अनि छोराको के छ खबर ? कहाँ गएको छ ऊ ?"

"ऊ त वासिङ्टन डिसी गएको छ कन्सर्ट प्रोग्राममा । आज त्यतै गर्लफ्रेन्डको घरमा बस्छु भन्दै थियो । छोरी भने घरमै होली," साहुनीले भनिन् । उनी बाहिर जान ढोकासम्म पुगिसकेकी थिइन् ।

"ए हो !" साहुले भर्खर मात्र थाहा पाए झैं गरे । "नेपालमा एउटै पार्टीभित्र धेरै पार्टी भए झैं हाम्रो एउटा परिवारमा धेरै 'कल्चर' विकसित हुन थालिसके । हामी नेपाली 'कल्चर' छाड्न सकिरहेका छैनौं भने छोराछोरीहरू अमेरिकी 'कल्चर'मा अभ्यस्त भइसके । कहिलेकाहीँ हामीबीच बहस पनि हुन्छ । धन्न यो ज्याक्सन हाइटले हाम्रो इज्जत जोगाइदिएको छ," साहुजी खित्का छाडेर हाँसे । उनी सँगसँगै म पनि हाँसें ।

बियर पिइरहेकी युवती

रोसनले खाना लिएर आएपछि साहुजी 'ल त हजुर, थकाली खानाको स्वाद लिनोस्' भन्दै काउन्टरतिर लागे । म खाना खान थालें ।

रोसन छेउमै उभिइरह्यो ।

"खाना कस्तो लाग्यो सर ?" ऊ मेरो प्रतिक्रिया बुझ्न इच्छुक देखिन्थ्यो ।

"सोचे जस्तै छ, मीठो लाग्यो भाइ," मैले भनें ।

हामीले एक्कासि कोही सुँक्कसुँक्क रोएको आवाज सुन्यौं ।

मैले चारैतिर हेरें । बियरको चुस्की लिएर परको कुनाको टेबलमा बसिरहेकी नेपाली युवती सेलफोनमा बोल्दै रोइरहेकी थिई ।

"सुरूसुरूमा यहाँ आउँदा त्यो केटी आफ्नो लोग्नेसँग आउँथी । पछि यो अर्कै केटोसँग देखिन थाली । बिस्तारै थाहा भयो, यसले आफ्नो लोग्नेलाई छाडिछ । उसको लोग्ने सोझो थियो बिचरा ! ग्यास स्टेसनमा काम गर्थ्यो । यो केटी अलि बढी नै महत्त्वाकाङ्क्षी परिछे । चाइनिज सामानको बिजनेस गर्ने नेपाली व्यापारीलाई ब्वाइफ्रेन्ड बनाएकी थिई, भर्खरै नेपालबाट त्यो व्यापारीकी स्वास्नी यहाँ आइपुगेकी छ । यो पहिला ब्वाइफ्रेन्डकै बिजनेसमा हात बटाउँथी तर उसकी स्वास्नी आएपछि यसलाई त्यहाँबाट निकाल्दिछे । बिचरी बेरोजगार छे । अहिले

यसको बिचल्ली भएको छ । सायद आफ्नो ब्वाइफ्रेन्डको बाटो हेर्दै कुरेर बसिरहेकी छ । त्यो नआउने भयो होला, त्यसैले रोएकी होली," रोसनको कुरा मैले पत्याउनै पर्थ्यो ।

"मसँग कहिलेकाहीँ खुलेर कुरा गर्छे सर !" रोसनले त्यो केटीका बारेमा थाहा हुनुको कारण बतायो ।

हामी कुरा गर्दागर्दै आधा पिएको बियरको गिलास त्यत्तिकै छाडेर त्यो केटी उठी र काउन्टरमा गएर पैसा तिरी । ऊ रोइरहेकी थिई; कतै नहेरी रेस्टुराँको ढोका खोली र बाहिरिई ।

"कति दुःखी देखिन्छे हगि सर," रोसनले मेरो अनुहार ताक्यो ।

"हो रोसन, मलाई पनि यो स्त्री विक्षिप्त भए झैं लाग्यो," मैले ढोकातिर हेर्दै भनें ।

"सरलाई एउटा कुरा त भन्नै भुलेको । नेपालमा उसका दुइटा बच्चा छन् रे, भिसा नपाएर त्यतै छुटेका । बिचरा बच्चाहरूको कस्तो बिजोग होला ?"

"बिचरा !" मेरो मन उद्वेलित बन्यो ।

"लोग्ने पनि त कम विक्षिप्त छैन होला सर ?" रोसनले यस घटनालाई अर्को ढङ्गबाट सोच्ने प्रयास गऱ्यो ।

"तिमीले भनेको ठीक हो रोसन," मैले सहमति जनाएँ । पक्कै पनि यो स्त्रीभन्दा उसको लोग्ने झन् विक्षिप्त हुनुपर्छ, जसलाई यो स्त्रीले नै अमेरिकामा खुट्टा टेक्नेबित्तिकै छाडेकी थिई । उसले श्रीमतीलाई अमेरिका बोलाएर केके गर्छु भन्ने सोचेको थियो होला । कति सपनाहरू सजाएको थियो होला उसले तर अमेरिकाले उसका सबै कुरा लुट्यो ।

"त्यसपछि यो ज्याक्सन हाइटमा सम्भवतः त्यो स्त्रीको लोग्ने देखा परेको छैन," रोसनले आफ्नो याद ताजा गर्दै थप्यो, "यस्तै हो भने यो केटी पनि बिग्रिन बेर लाग्दैन ।"

"किन ?" मैले रोसनतिर हेरें ।

"केही महिनाभित्र काम पाइन भने मीरा बाईको कोठीमा पुग्छे ऊ ।"

"हो र !" आश्चर्यले मेरा आँखा चौडा भए ।

"हो सर ! कलकत्ताकी मीरा बाईको कोठीमा थुप्रै नेपाली केटीहरू आफ्नो शरीर बेच्छन् । यहाँ नेपाली केटीहरूको डिमान्ड हाइ छ ।"

"कसरी थाहा पायौ ?" मेरो जिज्ञासा थियो ।

उसले मुसुमुसु हाँस्तै भन्यो, "म ज्याक्सन हाइटमा बसेको पाँच वर्ष भयो सर ! यी केटीहरू प्रायः यो रेस्टुराँमा खान आइरहन्छन् । हाम्रो साहुजी पनि कम रङ्गीन छैनन् !"

मैले छक्क परेर उसलाई हेरेँ । उसले कर्के आँखाले मलाई हेर्दै टेबलका प्लेट उठायो ।

"तर म भने देखा पर्नेछु यो ज्याक्सन हाइटमा," मैले खानाको बिल तिर्दै भनें ।

"हो र सर ? फेरि आउनुहुन्छ ?" रोसनको अनुहारमा खुसी छाएको देखें मैले । उसलाई पनि कामको एकाकीपनबाट मुक्त हुन म जस्तो गफमा रमाउने मान्छेको खाँचो पर्दो होला ।

"आउँछु नि, किन नआउनु ? आउन दिए जरूर आउँछु," मैले ओठमा कुटिल मुस्कान खेलाउँदै भनें ।

"आच्या, हजुरले के भन्नुभएको ? हामीले किन आउन नदिनु नि ? सधैं स्वागत छ," रोसनले हात जोड्दै भन्यो । "सर नेपाल कहिले फर्किनुहुन्छ नि ?" ऊ फेरि बोल्यो ।

"थाहा छैन," मैले भनें ।

"किन नि ?"

"म पनि यतै भासिऊँ कि भनेको," मैले रोसनका आँखामा हेरें । उसले आश्चर्यचकित भएर मलाई हेऱ्यो ।

"साहुजी !" म रेस्टुराँको साहु मिस्टर कुलबहादुरका अगाडि उभिएँ ।

"हजुर," उनी बोले ।

"म पनि अब यतै हराऊँ भनेको । हाम्रा ठुल्ठूला मान्छेहरू त आफूखुसी यहाँ हराइरहेका छन् भने म किन नहराउनू ? नेपाल

फर्किन मन लागेन मलाई । त्यो गरिब, अशान्त र अझसम्म पनि द्वन्द्वमा फसिरहेको देशमा के जानू ?" मैले गम्भीर भएर भनें ।

"होइन, तपाईं साँच्चै बोल्दै हुनुहुन्छ ?" साहुजीले पनि वाल्ल परेर मलाई हेरे ।

"म साँच्चै बोलिरहेको छु । अमेरिका आएदेखिकै बेरोजगार म कामको खोजीमा छु । मलाई आशा छ, यो ज्याक्सन हाइटले मलाई भोको मर्न दिनेछैन । तपाईं यो रेस्टुराँमा मलाई काम दिन सक्नुहुन्छ ?" मैले अनुनयविनयको स्वरमा भनें ।

साहुले एकछिन ट्वाल्ल परेर मलाई हेरे । उनको अनुहार कठोर हुँदै गयो । अब त्यहाँ चिरपरिचित नेपाली भावहरू थिएनन् ।

"के काम गर्छौ तिमी ?"

"यही रोसनले गरिरहेको काम गर्न सक्छु म । अर्डर लिने, खाना सर्भ गर्ने, भाँडा माझ्ने र भुइँ सफा गर्ने," मैले लाज मान्दै साहुको अनुहारमा हेरें । साहुको अनुहारमा ज्याक्सन हाइटको अमेरिकी साहुको अभिमान प्रकट भइरहेको थियो । रोसन भने हतप्रभ र विस्मित हुँदै मलाई क्वारक्वारती हेरिरहेको थियो ।

रोजा

रोजा रोजरको ल्यापटपमा औंला खेलाइरहेकी थिई । रोजाको 'याहु मेल अकाउन्ट'को 'इनबक्स'मा केही नयाँ मेलहरू आएका थिए ।

"मैले केही दिनदेखि इमेल चेक गरेकी छैन रोजर," रोजा बोली । उसका आँखा एकोहोरो ल्यापटपको स्क्रिनमा केन्द्रित थिए ।

"ओ..., आई गट इट ।"

"ह्वाट ?" रोजर उफ्रँदै ल्यापटपनजिक आइपुग्यो ।

"हेर न, मलाई आदामले तीन ओटा मेल पठाएको रहेछ," रोजा चहकिँदै बोली ।

"के लेखेको रहेछ ?" रोजरले रोजाको अनुहार हेर्दै भन्यो । अघिसम्म चिन्तातुर देखिएको रोजाको अनुहार अहिले खुसीले उज्यालिएको थियो ।

"लेखेको छ– ऊ मलाई पाँच सय डलर पठाउँदै छ रे छिट्टै !" ऊ कुर्सीमाथि नै उफ्री । "तर एउटा हाँस उठ्दो कुरो लेखेको छ उसले," आँखा नचाउँदै बोली रोजा ।

रोजरले ट्वाल्ल परेर रोजालाई हेऱ्यो ।

"ऊ फेरि एक वर्षपछि युएन मिसनमा हाइटी आउँदै छ रे ! 'त्यसैले कसैलाई 'ब्वाइफ्रेन्ड' नबनाउनू' भनेको छ," ऊ रोजरतिर हेर्दै खितखित हाँस्न थाली ।

रोजरले पनि आफ्नो हाँसो थाम्न सकेन ।

"पुअर गाइ !"

"यसको मतलब ऊ तिमीलाई धेरै माया गर्छ, मुटु नै फुट्ने गरी," रोजर बोल्यो ।

"थाहा छ मलाई," रोजा भावुक देखिई ।

"अपसोच ! म उसलाई माया गर्दिनँ । ऊ धेरै बूढो भएकाले म उसलाई आदर गर्छु । उसको हेरविचार गर्न मन पराउँछु । उसले मलाई धेरै सहयोग गरेको छ तर मैले उसलाई कहिल्यै प्रेमीका रूपमा माया दिन सकिनँ," रोजाका आँखा फेरि ल्यापटपको स्क्रिनमा स्थिर भए । ऊ इनबक्समा आदामका अन्य इमेलहरू हेर्दै थिई ।

"यदि आदामसँग प्रेम थिएन भने कसरी एक वर्षसम्म लोग्नेस्वास्नी जस्तै सँगै बस्यौ त ?" रोजरले रोजाको अनुहार हेऱ्यो, जसमा छिनछिनमा भावहरू परिवर्तन भइरहेका थिए ।

"आफ्ना लागि, परिवारका लागि बसेँ । मैले उसलाई वास्तविक प्रेम नगरे पनि माया दिएँ, शरीर दिएँ । उसले पनि मेरो घरको सम्पूर्ण खर्च बेहोऱ्यो । उसले मलाई पैसा दिएर स्कुल पठायो, अङ्ग्रेजी सिक्न लगायो । ठूलो कुरो, ऊ अहिले पनि मलाई माया गर्छ । आफ्नी स्वास्नी नै ठान्छ कि क्या हो," एकछिन भावुक देखिएकी रोजा बोल्दाबोल्दै खितखिताउन थाली । उसको उदात्त हाँसोमा रोजर पनि सहभागी भयो ।

"के तिमी पनि मलाई पाँच सय डलर दिन सक्छौ रोजर ?" ऊ अचानक रोजरतिर फर्किई । "युएन मिसनको अवधि पूरा भएपछि घर जाने बेलामा म तिमीलाई सहयोग गरूँला भनेर तिमीले मलाई भनेका थियौ । सम्झना छ तिमीलाई ?" रोजाले रोजरका आँखामा हेरी । रोजाका आँखामा अनुनयका भावहरू तरङ्गित थिए । रोजरले उसलाई हेर्दै नहेरी ल्यापटपको स्क्रिनमा केही खोजे झैं गरी भन्यो, "यो रकमले तिमी के गर्छ्यौ रोजा ?"

"मैले व्यापार गर्ने सोच बनाएकी छु रोजर । मसँग डोमिनिकनको भिसा छ । म डोमिनिकनको सान्टो डोमिङ्गो जान्छु र होलसेलमा रेडिमेड कपडाहरू ल्याई यहाँ बेच्छु । त्यसबाट मलाई आफ्नो गुजारा गर्न सजिलो हुनेछ," रोजा अहिले कुनै सिकारू व्यापारीको मुद्रामा थिई, जोसँग हातमा रकम थोरै हुन्छ तर सपनाहरू असीमित हुन्छन् । ऊ रोजरलाई पाँच सय डलरले केके गर्न सकिन्छ भनेर हिसाबकिताब बताइरहेकी थिई ।

रोजा आफूले सुरू गर्न चाहेको व्यापारको कल्पनामा डुबिरहेकी थिई– सान्टो डोमिङ्गोबाट कपडाको एउटा ठूलो भारी बसमा राखेर ऊ पोर्ट ओ प्रिन्स आइरहेकी थिई । उसको बायाँ हातमा छालाको हाते ब्याग झुन्डिरहेको थियो भने दाहिने हात मोबाइल उठाउनमै व्यस्त थियो । पोर्ट ओ प्रिन्सका खुद्रा व्यापारीहरू उसको सामानको अधैर्यपूर्वक प्रतीक्षा गरिरहेका थिए । ऊ पटकपटक मोबाइलको क्याल्कुलेटरमा नाफाको अङ्क निकालिरहेकी थिई । रोजाको कल्पनाबाट अनभिज्ञ रोजर उसको आग्रह कसरी टार्ने भनी सोचिरहेको थियो । रोजाले ऊसँग पाँच सय डलरको सहयोग मागेकी थिई । रोजरका लागि पाँच सय डलर ठूलो रकम नभए पनि रोजाका लागि भने यसले निकै महत्त्व राख्थ्यो । हुन त रोजरलाई पनि रकम दिनमा कुनै कन्जुस्याइँ थिएन तर उसलाई आफू जानेबित्तिकै रोजा एक्लै बस्छे भन्ने कुरामा विश्वास पनि थिएन । 'पक्कै पनि उसले म गएपछि नयाँ साथी बनाइहाल्छे, चाहे त्यो कालो होस् वा गोरो । त्यसपछि रोजालाई खर्च धान्न कुनै गाह्रो पर्नेछैन ।' रोजरले रोजालाई हेर्‍यो ।

रोजा अझै कल्पनामा निमग्न थिई ।

रोजरले रोजाको अनुहार हेर्दै सोच्यो, "कति हिसी परेकी छ यो रोजा ।"

तामा जस्तो रङले निखारिएको थियो रोजाको अनुहारको सौन्दर्य । उसलाई अँगालोमा बेरेर लट्टा परेको उसको केशराशिभित्र सयौं रात आफ्नो अनुहार छोपेर सुतेको थियो ऊ । रोजा उसलाई

भरपूर माया दिन्थी । रोजाको न्यानो अँगालोमा ऊ यस क्यारिबियन टापुमा आफूले भोग्नुपरेका दुःख र पीडाहरू भुल्थ्यो । रोजाको साथ पाएर उसले एक्लोपनको निस्सारताबाट मुक्ति पाएको थियो । रोजाको मनग्य माया पाउँदापाउँदै पनि रोजर रोजालाई किनकिन हृदयदेखि नै माया गर्न सक्दैनथ्यो । हिजोका दिनहरूमा कसैसँग स्वास्नी जस्तै भएर बसिसकेकी रोजा ऊ गइसकेपछि फेरि कसैको अँगालोमा हुनेछे । उसको शरीरको न्यानो खोज्ने पुरूषहरूको कुनै कमी हुनेछैन ।

रोजरले मायालु नजरले रोजालाई हेऱ्यो । रोजा उसैलाई हेरिरहेकी थिई । रोजरलाई रोजाप्रति दया लागेर आयो । उसले सोच्यो– 'यदि रोजाका आमाबाबुको अवस्था गतिलो भएको भए वा उसको जागिर भएको भए उसलाई यसरी 'कन्ट्र्याक्ट'मा पुरूषहरूकी अङ्कशायिनी बनेर हिँडिरहनुपर्ने थिएन । उसलाई किनकिन आफूले रोजाप्रति न्याय गर्न नसके जस्तो लाग्यो । आफ्नो स्वार्थका लागि मात्र रोजालाई उपयोग गरेको आभासले उसलाई ग्लानिबोध भयो ।

उसले झ्यालबाहिर हेऱ्यो । नाङ्गा पहाडका थुम्काहरूमाथि बादलका टुक्रा उडिरहेका थिए । परपर समुद्रको किनारमा धुम्म हुस्सु छाएको थियो ।

"अब यी दृश्यहरू केही दिनका लागि मात्र हुन्," ऊ सोचमा डुब्यो ।

"के सोचिरहेका तिमी ?" रोजाले रोजरलाई हेरी । रोजरले अशान्त भावले रोजालाई हेऱ्यो तर केही बोलेन ।

रोजा रोजरको काखमा ऊतिरै मुख फर्काएर बसी र रोजरलाई अँगालो हाली, गाला चुमी, पिठ्युँ सुमसुम्याई ।

"मेरो प्यारो रोजर, तिमी के सोच्दै छौ ? तिम्रो जाने दिन नजिकै आउँदै छ । के तिमी मलाई जाने बेलामा पाँच सय डलर दिन सक्छौ ? म अघिदेखि तिमीलाई सोधिरहेकी छु तर तिमीले कुनै जवाफ दिएनौ ।"

रोजालाई हेर्दा लाग्थ्यो, ऊ रोजर जाने कुराले आफूलाई असुरक्षित महसुस गरिरहेकी छे। उसको मनभित्रको व्याकुलता उसको व्यवहारबाट प्रदर्शित भइरहेको थियो।

"तिमीलाई थाहा छ रोजर, तिमी गएपछि मैले के सोच बनाएकी छु ?" रोजाले रोजरका औंला खेलाउँदै भनी।

रोजरले उसका आँखामा हेऱ्यो।

"तिमी गएपछि म पनि घर छोड्छु," रोजाले रोजरका औंलाभित्र आफ्ना औंला घुसाएर तान्दै भनी।

"हँ, के भनेकी ?" रोजरले अचम्म मान्दै भन्यो।

"घरमा आमाबाबु कचकच गरिरहन्छन्, मैले कमाएको पैसाले गुजारा पनि गर्न चाहन्छन् र मेरो पैसा कमाउने बाटो पनि बन्द गर्न खोज्छन्। यी दुवै कुरा गर्न एकै चोटि कहाँ सम्भव छ र रोजर, होइन ? हरेक महिना तिमीले दिएको दुई सय डलरले हाम्रो गुजारा चल्ने हो। मैले यदि यो काम गर्न छाड्ने हो भने साँझपख पेचोभिलको पार्कको बेन्चमा बसेर ग्राहकको प्रतीक्षा गर्नुसिबाय कुनै उपाय हुनेछैन मसँग," रोजाको स्वर द्रवित हुँदै गइरहेको थियो।

"कहाँ, कसरी बस्छ्यौ ? के बिहे गर्छ्यौ ?" रोजरले अझै रोजाको कुराको छेउटुप्पो पर्गेल्न सकेको थिएन।

"मेरा प्यारा, तिमीले अझै कुराको चुरो टिप्न सकेनौ। मैले पहिले नै भनेकी थिएँ नि 'मलाई आदामले पाँच सय डलर पठाइदिन्छु' भनेको छ। साथै तिमीले पनि त्यति नै रकम दियौ भने मसँग एक हजार डलर हुन्छ। यो पैसाले म व्यापार थाल्छु। अनि बिभे मिसेलमा एउटा अपार्टमेन्ट भाडामा लिएर आफ्नो 'बिजनेस' अगाडि बढाउँछु। तब त म घरपरिवारको झन्झटबाट स्वतन्त्र भएर आफ्नो जीवन गुजार्छु। आदाम फेरि आइहालेछ भने ठीकै छ, उसैसँग बसुँला, नत्र एक न एक दिन तिमी जस्तै असल मान्छे कसो फेला नपर्ला ?" रोजाले मुस्कुराउँदै रोजरको अनुहार ताकी।

रोजाका आँखामा सुन्दर सपनाहरू सलबलाउन थालेका थिए । रोजर पनि रोजाका सपनाहरूको लहरसँग तरङ्गित हुँदै मनमनै गम्न थालेको थियो– 'यदि साँच्चै रोजाले सोचे झैं भएन भने ? उता आदामले पैसा पठाएन, यता मैले रकम दिइनँ र एउटा असल केटो पनि फेला पारिन भने रोजा के होली ? के ऊ त्यसपछि पेचोभिलको पार्कमा ग्राहक खोज्दै हिँड्छे ?' उसले आफ्नो टाउको झट्कायो । ऊ यस्ता वाहियात कुरा सोच्न चाहँदैनथ्यो । रोजाले अघि नै साङ्केतिक रूपमा भनिसकेकी थिई– अन्तिम विकल्पका रूपमा पेचोभिलको पार्क अझै बाँकी छ, जहाँ सस्तो शृङ्गारको आवरणमा आफ्नो अनुहार लुकाएका तरूनीहरू ग्राहकको खोजीमा भौंतारिइरहन्छन् ।

"होइन रोजर, तिमी आज मसँग किन खुलेर कुरा गरिरहेका छैनौ ? चाँडै तिमी आफ्नो देश फर्किंदै छौ । आजको एक दिन म तिमीसँग गुजार्न चाहन्छु । यो दिन अविस्मरणीय बनोस् मेरा लागि र तिम्रा लागि पनि । तिम्रो यो माया म सधैं सम्झिरहनेछु ।"

रोजा जुरूक्क उठी र रोजरलाई पनि हातले तानेर उठाई । रोजाले रोजरको घाँटी दुवै हातले बेरी र बिस्तारै आफ्ना पैतालाहरू नृत्यको शैलीमा चाल्न थाली । बाध्य भएर रोजर पनि रोजाको शरीरको चालसँगै हल्लिन थाल्यो ।

"एकछिन है," रोजा केही सम्झे झैं गरी ल्यापटपको किबोर्ड चलाउन थाली । एकैछिनमा ल्यापटपको स्पिकरबाट ब्रायन आडम्सको सुमधुर स्वर गुन्जिन थाल्यो–

Let's make a night to remember
From January to December
Let's make a love, to excite us
A m´ory, to ignite us
Let's make a honey baby, soft and tender
Let's make sugar, darling, sweet and surrender
Let's make a night to remember
All life long...

रोजाले आफ्नो बायाँ हात रोजरको काँधमा राखी र दायाँ हातका औंला रोजरको बायाँ हातका औंलाभित्र घुसार्दै बिस्तारै नाच्न थाली । रोजर पनि रोजासँगै पैताला सार्न थाल्यो ।

रोजाले रोजरको निधार चुमी, गाला चुमी र ओठ चुमी । रोजरले आँखा चिम्म गरेर रोजाका हरेक मायालु स्पर्शहरू ग्रहण गर्दै सुखको अनुभूति गरिरह्यो ।

तिनीहरू तबसम्म एकअर्काको अँगालोमा हराइरहे, जबसम्म ब्रायन आडम्सको गीत गुन्जिन छाडेन । गीतको समाप्तिसँगै रोजाले फेरि एक पटक जोडले रोजरको ओठ चुमी । रोजरले पनि रोजालाई ग्वाम्म अँगालो हालेर उसको निधार चुम्यो ।

रोजाले अचानक बिर्सेको कुरा सम्झे झैं रोजरका आँखामा हेर्दै भनी, "रोजर, तिमीले मलाई अझै जवाफ दिएनौ नि, तिमी मलाई पाँच सय डलर दिन्छौ कि दिँदैनौ ?"

रोजरले गम्भीर भावले रोजातिर हेऱ्यो । उसले रोजाको शिरदेखि पैतालासम्म नियाल्यो । प्रत्येक हप्ता केशको स्टाइल बदलिरहनुपर्छ रोजालाई । कहिले ऊ विभिन्न खालको विग लगाउँछे, कहिले अफ्रिकी केटीहरूले लगाउने आरोस बाट्छे त कहिले आफ्नै सक्कली कपाललाई अगाडि निधारबाट बटारेर पछाडि सानो जुरो बनाउँछे । महिनामा ५० डलर त आफ्नो केश सिँगार्नमै खर्च गर्छे ऊ । उसका वस्त्रहरू पनि उसको छाँटिएको जिउअनुसार नै हुन्छन् । प्रायः ऊ स्कर्ट, त्यसमाथि पातलो 'भी-सेप' टी-सर्ट र क्वार्टर जिन्स प्यान्ट लगाउने गर्छे । कपडाको रङअनुसार ऊ कानमा इयररिङ, गलामा माला र नारीमा ब्रासलेट पनि लगाउँछे । ऊ त्यति काली नभए पनि ओठमा हल्का कालो लिपस्टिक लगाउन मन पराउँछे । कालो लिपस्टिक र कालो पाउडरमा उसको अनुहारको रङ खुल्दा ऊ झन् आकर्षक देखिन्छे ।

"भोलिदेखि रोजाको यो आकर्षक शरीर मेरो अँगालोमा हुनेछैन । अन्य कसैको अँगालोमा नजाओस् भन्न पनि म सक्तिनँ," रोजरले मनमनै गम खायो । ऊ 'रोजा यसरी एकोहोरो पैसाको रट किन

लगाइरहेकी छे' भनी सोच्न थाल्यो । रोजाले पाँच सय डलर मागेको कुरामा ऊ त्यति गम्भीर थिएन, जति ऊ रोजा उसको बिदाइप्रति भन्दा रकमप्रति बढी चिन्तित भएकोमा थियो । उसलाई किनकिन रोजाले ऊसँग केवल पैसाका लागि मात्र मायाको नाटक गरे जस्तो लाग्यो– एक जीवन्त नाटक, जसमा पात्रहरू मात्र होइन, दर्शकहरू पनि नाटकको कथामा आफूलाई फिट गर्न थाल्छन् । रोजाको एकल अभिनयात्मक नाटकमा ऊ मूक दर्शक मात्र रहेको थियो कि ? रोजाले गर्ने त्यो असीमित माया, गहिरो आत्मिक लगाब, उसको त्यो उत्कण्ठा र उत्साह सबै नाटककै हिस्सा थिए त ? के रोजाले हरेक साँझ-बिहान मोबाइलबाट पठाउने गरेका सयकडौं मायालु एसएमएसहरू कुनै बजारू फिल्मका लागि पटकथाकारले लेख्ने सस्ता संवादका अंशहरू मात्र थिए त ? रोजरलाई भाउन्न भयो । ऊ आँखा चिम्म गरेर कुर्सीमा थचक्क बस्यो ।

रोजालाई रोजरको यो व्यवहार अस्वाभाविक र अमर्यादित लाग्यो । उसलाई किनकिन रोजरले प्रेमको नाउँमा उसको शरीरसँग खेलेको आभास हुन थाल्यो । उसले रोजरलाई समर्पण गरेको प्रेम एउटा दुःखद सपना जस्तो लाग्यो । अँगालोमा बाँधिएर रोजरको यौनक्षुधा शान्त पार्न मात्र पनि उसले सयौं रातहरू अनिदो र अनिच्छाका पहाडहरूमा किच्चिएर बिताई । साँच्चै रोजरसँग हरेक रातको हिसाबकिताब मागेको भए यो पोर्ट ओ प्रिन्समा उसको एउटा ठिकैको पक्की घर बनिसक्थ्यो होला ।

"मेरो माया रोजरले बुझ्न सकेन वा बुझेर पनि बुझ पचाउन खोजिरहेको छ ?" रोजाले शङ्कालु दृष्टिले रोजरलाई हेरी ।

रोजर अझै आँखा चिम्लेर कुर्सीमा बसिरहेको थियो । उसले आँखा खोल्यो र रोजातिर हेर्दै अकस्मात् भन्यो, "अब म गएपछि तिम्रो आदाम फेरि फर्केर पोर्ट ओ प्रिन्समा आउँछ कि कुनै अर्को भुसतिघ्रे खोजिसक्यौ ?"

रोजरका तिखा र धारिला शब्दबाण रोजाको मुटुमा सीधै गाडिए ।

"तिमी सक्छौ त मलाई स्याहार्न रोजर ? के मलाई स्वास्नी बनाएर लैजान्छौ आफ्नो देश, जहाँ तिम्री स्वास्नी र बच्चाहरू एक वर्षदेखि तिम्रो बाटो हेरेर बसिरहेका छन् ? वा मलाई रखौटी बनाएर राख्छौ यही पोर्ट ओ प्रिन्समा ? म दुवै सर्त मान्न तयार छु । म तिम्रो नाममा बिहे नगरी बस्न सक्छु तर तिमीले मेरा हरेक आवश्यकताहरू पूरा गरिदिनुपर्छ," रोजा तमतमाउँदै बोली ।

"तिम्रा हरेक शब्दमा स्वार्थको गन्ध आउँछ रोजा । तिमी आफूले केही नपाई अरूलाई केही दिन सक्दिनौ । मलाई महसुस भइरहेको छ– हाम्रो यो माया पनि केवल सौदाबाजी मात्र हो," रोजर कुर्सीबाट जुरूक्क उठ्यो र कोठामा चक्कर लगाउन थाल्यो ।

"रोजर !" रोजा जोडले चिच्च्याई ।

"गला फारेर नचिच्च्याऊ रोजा, बन्द गर यो सब नाटक । यो प्रेम, माया, आकर्षण, समर्पण सब बकवास, आखिर तिमीले मलाई होइन, डलरका नोटहरूलाई माया गरेकी रहिछ्यौ । ओहो, जीवन कति जटिल छ ! वर्ष दिनको माया कति छिट्टै खुम्चेर एक-दुई दिनमा सीमित हुन गइरहेको छ ? अन्ततः हाम्रो माया सय डलरका पाँच ओटा नोटहरूमा पुगेर अड्केको छ । उफ्, कस्तो विडम्बना रोजा, मलाई अहिले लागिरहेछ–

हामी प्रेमीप्रेमिका थिएनौं, आआफ्नो स्वार्थखातिर सँगै जोडिन आइपुगेका 'लिभिङ पार्टनर' मात्र थियौं ।"

"तिमीले ठीक भन्यौ रोजर । हामी केवल 'लिभिङ पार्टनर' मात्र थियौं । अझ खुलेर भन्ने हो भने हामी 'कल पार्टनर' मात्र हौं सायद । आफूलाई आवश्यक परेका बेला तिमी मलाई 'कल' गरेर बोलाउँथ्यौ, म आइपुग्थें । मलाई आवश्यक परेका बेला म 'कल' गरेर बोलाउँथें, तिमी आइपुग्थ्यौ । ओहो, सुरूसुरूमा हामी कति खुसी थियौं ? जब हामीबीच माया र प्रेमको भ्रम सुरू भयो, तब दुःखी हुन थाल्यौं, एकदम दुःखी । होइन त रोजर ?"

रोजाले रोजरका आँखामा हेरी । ऊ आश्चर्यपूर्ण भावले रोजालाई ताकिरहेको थियो । उसको मुटु अचाक्ली दुख्न थाल्यो । उसलाई यसअघि कहिल्यै यसरी मुटु दुःखेको अनुभव भएको थिएन । उसका आँखाअगाडि फनफनी नाच्न थाले अतीतका ती रूमानी दृश्यहरू, जहाँ ऊ थियो, रोजा थिई र सिङ्गो समुद्र थियो । समुद्रमा डुबुल्की लगाउँदा-लगाउँदै घण्टौं बितेको पत्तो हुँदैनथ्यो । 'ती क्षणहरू सम्भवतः अब फिर्ता हुनेछैनन् ।' रोजरले मनमनै गम खायो, 'फर्केर नआएकै जाती !' उसले लामो सास फेऱ्यो । 'यस्ती नौटङ्कीबाजसँग लागेर मेरो अमूल्य समय बेकार गयो ।' घोर ग्लानि महसुस भएकाले उसको अनुहार भावपूर्ण भयो ।

आफ्ना कुराप्रति रोजरले गहिरिएर चासो नदेखाएकोमा रोजा भित्रभित्रै कुँडिँदै थिई । महिनामा हजारौं डलर कमाउने रोजरले सधैंका लागि छुट्टिएर जाने बेलामा पनि आफ्नी गर्लफ्रेन्डलाई पाँच सय डलर दिन आनाकानी गरिरहेकोमा रोजा अचम्म मानिरहेकी थिई । रिसको आवेग थाम्न मुस्किल भइरहेको थियो उसलाई ।

'ओहो, मैले कस्तो मान्छेलाई ब्वाइफ्रेन्ड बनाएँछु ? कस्तो अशुभ समयमा यससँग भेट भएछ मेरो !' उसले सम्झी, रोजरलाई साथी बनाएपश्चात् कति जनाले ऊसँग प्रेम प्रस्ताव राखेका थिए । कति जनाले उसलाई डोमिनिकन घुमाइदिन चाहेका थिए । तर रोजरका लागि उसले यी कुनै पनि कुरा मानिन । सबैका प्रस्ताव र चाहनाहरू लत्याई । अहिले उसलाई आफूले गरेको भुलप्रति पश्चात्ताप लाग्यो । ऊ आँखा छोपेर सुँकसुँकाउन थाली ।

रोजर एकोहोरो रोजालाई हेर्दै विभिन्न अनुमान लगाइरहेको थियो । रोजाको छिनछिनमा बदलिइरहेको अनुहारको रङ हेर्दै रोजर तनावग्रस्त बनिरहेको थियो– अब फेरि यसले के बखेडा झिक्ने हो ? उसको हृदयबाट रोजाप्रतिको माया र आकर्षण लगभग समाप्त भइसकेको थियो । आफू यति छिट्टै कसरी यस्तो भएँ वा कसरी आफ्नो भावना परिवर्तन भयो भन्ने कुरामा रोजर अचम्मित भइरहेको

थियो । 'म मरेकाटे पनि यसलाई पाँच सय डलर दिन्नँ ।' रोजरले मनमनै दृढ अठोट लियो ।

सम्भवतः रोजा पनि रोजरका बारेमा यस्तै सोचिरहेकी थिई । रोजालाई रोजरको अनुहार कुरूप लाग्न थालेको थियो । 'छिःछिःछिः, यो मान्छेलाई एक वर्षसम्म मैले कसरी आफ्नो साथी बनाएँ होला ? म कसरी सँगै सुत्न सकें होला यो छेपारोसँग ?' उसलाई रोजरको नाङ्गो शरीर सम्झँदा दिगमिग लागेर आयो । उसलाई अब एकछिन पनि यहाँ बस्न मन लागेन । ऊ जुरुक्क उठी । भोकाएको गिद्धले जमिनमा पस्रिरहेको सिनोमाथि अप्रत्याशित झम्टा मारे झैं उसले रोजरको गर्दन समाती, "यू सन अफ बिच ! गिभ मी फाइभ हन्ड्रेड डलर्स ।"

रोजर रोजाको अप्रत्याशित आक्रमणले अक्कनबक्क भयो । उसले आफ्नो गर्दनबाट रोजाको हात हटाउने प्रयास गऱ्यो । रोजाको पकड झन्झन् कसिलो हुँदै गयो ।

"मसँग बिताएका असङ्ख्य रातहरूमध्ये केवल पाँच रातको हिसाब मागिरहेकी छु म," रोजा जोडले चिच्च्याई । रोजरको अनुहार नीलोकालो भयो । उसले रोजा यसरी प्रस्तुत होली भन्ने सपनामा पनि सोचेको थिएन । रोजाले आफूसँग बिताएका रातहरूको हिसाबकिताब लगाउन थालेको देखेर ऊ झन् तिलमिलायो । घृणाको चरम आवेग थाम्न नसकेर ऊ लगभग काँप्न थाल्यो । रोजाले अब कुन कदम उठाउने हो भन्ने आशङ्काले उसलाई डर पनि लाग्न थालेको थियो ।

"यू मदर फकर्स !" रोजा रोजरको गर्दन अझ जोडले अँठ्याउँदै पागल झैं चिच्च्याउन थाली ।

अचानक बिजुलीको करेन्ट लागे झैं भयो रोजरलाई । 'मदर फकर्स !' उफ्, उसले के सुन्नुपऱ्यो ? उसलाई भाउन्न भयो । यन्त्रवत् उसले हत्तपत्त प्यान्टको गोजीबाट पर्स निकाल्यो र सयसयका पाँच ओटा नोट रोजातिर फ्याँक्यो । डलरका हरिया नोट देखेर रोजाका आँखामा उठिरहेका आगोका लप्काहरू क्रमशः शान्त भए । उसले जमिनबाट नोटहरू उठाई र ब्यागभित्र राखी ।

"थ्याङ्क यू रोजर !" रोजरको कोठाबाट रोजा बाहिरिई । कुन्नि के सोचेर हो, रोजर पनि रोजाको पछिपछि बरन्डासम्म आयो । बरन्डा नाघिसकेपछि रोजाले फर्केर हेरी ।

"रोजर, मैले रिसको झोकमा केके भनें, भुलिदेऊ, आई लभ यू भेरी मच," रोजाले हात हल्लाई ।

"मी टू रोजा," रोजरले पनि हात हल्लायो र शून्य भावले रोजा गएको हेरिरह्यो ।

आम्सटर्डमको रातो गल्ली

एल्जो ट्याक्सी पार्किङमा यात्रुहरूको प्रतीक्षा गरिरहेकी थिई ।

रात जति गहिरिँदै थियो, रेड लाइट एरियाका राता बत्तीहरूको उज्यालो झन् प्रगाढ हुँदै थियो । रेड लाइटका हरेक गल्लीमा टेक्ने ठाउँ थिएन । धक्कमधक्का गर्दै मान्छेहरू आफ्नो बाटो बनाइरहेका थिए ।

गल्लीबाट मान्छेहरू खुला सडकमा निस्कँदा गोठबाट वस्तुको बथान निस्के झैं प्रतीत हुन्थ्यो ।

'यतिका मान्छेहरू के हेर्न आएका होलान् यहाँ ?' क्याबिनको रातो प्रकाशमुनि नाम मात्रको कपडाले छोपिएको आफ्नो नाङ्गो देह प्रदर्शन गरेर विभिन्न हाउभाउद्वारा ग्राहकहरूलाई आकर्षित गरिरहेका युवतीहरूलाई देखेर असजिलो मान्छे एल्जो । उसलाई किनकिन यो काम मन पर्दैन । हजारौं मान्छेका भोका आँखालाई कसरी क्याबिनभित्र बसेका केटीहरूले झेल्न सकिरहेका होलान् ? ऊ यसरी मान्छेको अगाडि नाङ्गिनुपरेको भए मुर्छा पर्थी ।

रातो गल्लीमा उसका साथीहरू पनि छन् । उसका तीन-चार जना साथी पढाइ छाडेर रातो क्याबिनको शोभा बन्न आएका थिए । नादिया उसकी पुरानी साथी, जो केही महिनाअघिसम्म अटोरिक्सा चलाउँथी । साथीको लहैलहैमा लागेर एक दिन ऊ पनि रातो गल्लीभित्र

छिरी । अटोरिक्सा चलाएर एक महिनामा कमाउने रकम उसले तीन-चार दिनमै कमाई । त्यसपछि ऊ कहिल्यै त्यहाँबाट फर्किइन ।

उसले ती साथीहरूलाई स्मरण गरी जो प्रायः उसलाई रातो गल्लीमा आउन आमन्त्रण गर्छन्, "एल्जो, किन दुःख गर्छेस् ? ट्याक्सी चलाउन छाडेर तँ पनि आइज यहाँ । यहाँ आएपछि तैंले पनि थाहा पाउँछेस्, यी पुरूष र सुँगुरमा के फरक छ ? बाहिर हाम्रो अगाडि सभ्य र भद्र देखिने यी लोग्नेमान्छेहरू रातो गल्लीभित्र छिर्नेबित्तिकै सुँगुर बन्छन् । जताजता हाम्रा क्याबिन छन्, त्यतै नाक र मुखले सुँघ्दै हिँड्छन् । हाम्रो क्याबिनभित्र छिरेपछि त झन् यिनीहरू एकतिर मात्र मुख भएको दुलामा पसेको मुसो बन्छन् । मुसो ठान्छ, ऊ दुलो भत्काइरहेको छ । वास्तवमा हामी मुसालाई दुलाको धरापमा पारी उन्मुक्त भएर हाँसिरहेका हुन्छौं । क्याबिनमा झुन्डिएको रातो बत्ती हाम्रो मोहिनी रूप हो, जसमा लट्ठिएर पुरूषहरू बेवकुफ बन्छन् र आफ्नो सर्वस्व लुटाएर जान्छन् ।"

एल्जोले रातो गल्लीतिर हेरी । विभिन्न उमेरका पुरूषहरू– युवादेखि वृद्धसम्म । सबैको अनुहारमा एउटै भाव छ– पश्चात्ताप, लज्जा ! 'यिनको अनुहारमा तृप्तिको भाव किन देखिँदैन ?' एल्जो जिल्ल पर्छे । वास्तवमा तिनको अनुहार मग्न र मुग्ध देखिनुपर्ने हो । नयाँ स्वाद र सन्तुष्टि पाएपछि तिनीहरूको मुखमण्डलमा बेग्लै आभा तैरिनुपर्ने हो । तर आश्चर्य ! एल्जोलाई रातो गल्लीबाट निस्केर आउने प्रायः हरेक पुरूष गाँजा खाएर पछुताएको गँजडी र जुवाको खालमा सर्वस्व गुमाएर फर्केको जुवाडे झैं लाग्छ ।

दुई जना मानिस पार्किङतर्फ आइरहेका थिए । उसले आफ्नो विचारको शृङ्खला तोडी र ट्याक्सीको चालक-सिटमा गएर बसी । उसले ट्याक्सी स्टार्ट गरी, हेड लाइट बाली र हर्न बजाई ।

ती मान्छेहरू उसको ट्याक्सीमा चढे ।

"अल्फ्रेड डब्लिन स्ट्राट ६६, साउथ इस्ट," एउटा व्यक्ति लट्ठिएको स्वरमा बोल्यो ।

उसले ट्याक्सी मोडी र ग्राहकले भनेको ठेगानातिर गुड्न थाली । "कस्तो रह्यो क्याबिन नम्बर १०३ ?" एउटा व्यक्ति बोल्यो । उसको स्वर मोटो थियो ।

"अद्भुत !" अर्को व्यक्तिले भन्यो । उसको स्वर अलि मसिनो थियो ।

"किन अद्भुत ? कहिल्यै नदेखेको के कुरा देख्यौ र अद्भुत लाग्यो तिमीलाई ?" पहिलो व्यक्तिलाई दोस्रो व्यक्तिको 'अद्भुत' शब्द मन परेन अथवा उसको अद्भुत अनुभवप्रति उसलाई ईर्ष्या लाग्यो ।

"इटालियन हुँ भन्थी ।" मसिनो स्वर भएको व्यक्ति अझै आफ्नो नयाँ अनुभूतिमा रमाइरहेको प्रतीत हुन्थ्यो ।

"इस् ! खुब भेट्यौ इटालियन ! मोरी यतैतिरकी खच्चड होली । मक्खै पर्‍यौ जस्तो छ नि तिमी ? यी रन्डीहरू खुब नखरा पार्छन् । यिनीहरूको नाटक पत्याउँछौ तिमी ? कति बेवकुफ बनाउँछन् हामीलाई," पहिलो व्यक्ति असन्तुष्टि पोखिरहेको थियो ।

"किन ? तिम्रो मुड खराब भए जस्तो छ नि ! नराम्रो माल भेट्यौ कि क्या हो ?" दोस्रो व्यक्ति हाँस्दै बोल्यो ।

"घरको मालभन्दा त राम्रै हो यार ! तर हरामीकी छोरी अति चलाख र धूर्त थिई । क्याबिनभित्र छिरेको पाँच मिनेटमै मैदान खाली गराइदिई । साथसाथै ५० युरो टिप्स पनि झम्टेर लिई," ऊ चिन्ता माने झैं गरी बोल्यो ।

'साले सुँगुरहरू !' एल्जोलाई तिनीहरूको कुराले क्रोधित बनाइरहेको थियो । नादियाले भनेको ठिकै रहेछ– रातो गल्लीभित्र छिरेपछि यी पुरूषहरू सुँगुर बन्छन् ।

आम्सटर्डमको रातो गल्ली चहारेर फर्केका यी दुई पुरूषबीचको वार्तालापले एल्जोको मन उद्विग्न भइरहेको थियो । उसको हृदय चीत्कार गरिरहेको थियो । ट्याक्सीको स्टेयरिङ समातेदेखि उसले कति ग्राहकहरूलाई रेड लाइट एरियामा ल्याउने र लैजाने गरिसकेकी छ तर आज पहिलो पटक उसमा पुरूषहरूप्रति घृणाभाव जागिरहेको

थियो । सायद नादियाको कुराले पनि उसलाई प्रभावित गरेको हुन सक्छ । ती दुई यात्रुहरू एल्जोको वास्तै नगरी अश्लील शब्द बोलिरहेका थिए । उनीहरूको यो व्यवहार उसलाई मन परिरहेको थिएन । केही मिनेटका लागि बाइनुभन्दा चुप लाग्नु नै उपयुक्त ठानेर ऊ आफ्नै धुनमा ट्याक्सी चलाइरहेकी थिई ।

हि हि हि ! दोस्रो व्यक्ति हाँस्यो । आफ्नो साथीले पाँच मिनेटका लागि १५० युरो झ्वाम पारेको सुन्दा उसलाई पक्कै रमाइलो लागेको हुनुपर्थ्यो ।

"अब तिम्रो खल्तीमा कति युरो बाँकी छ ?"

"पर्स हेर्नुपर्छ । धेरै छैन, त्यस्तै १०-१५ युरो छ कि !" पहिलो व्यक्ति बोल्यो ।

"धत् ! ट्याक्सीको भाडा तिर्ने पैसा पनि छैन ?" दोस्रो व्यक्ति झोक्कियो ।

"आज तिमीले तिरे हुन्न ? अस्ति मैले तिरेको भुल्यौ ?" पहिलो व्यक्तिको मोटो स्वर झन् धोद्रो भयो ।

'हे भगवान् !' एल्जोको हृदयमा शूल उठ्यो । सुँगुरहरू सम्भवतः हरेक दिन जाँदा रहेछन् । उसले तिनीहरूलाई धिक्कारी ।

"मसँग पनि धेरै पैसा कहाँ छ र ? यस्तै ४०-५० युरो होला," दोस्रो व्यक्तिले प्यान्टको खल्तीबाट पर्स निकालेर हेऱ्यो, "अँ, ६० युरो रहेछ ।"

"त्यतिले पुगिहाल्छ नि ! पहिले म उत्रिन्छु, तिमीले उत्रिने बेलामा भाडा दिनू," पहिलो व्यक्तिले मिटर हेऱ्यो । १० युरो पुगेको रहेछ । ऊ फिस्स हाँस्यो ।

"आज पनि बजारबाट ब्रेड, बटर र ससेज ल्याएन भनेर गाली खाइने भो, बच्चाहरू हिजैदेखि कराइरहेका थिए," पहिलो व्यक्तिको स्वर उदास थियो ।

"छोड यार ! यी घरका मुर्गीहरू कुरकुर गरिरहन्छन् । यिनले कराउँदैमा हाम्रा पखेटाको प्वाँख झर्ने हो र ? यिनीहरूको कामै

कराउने हो । देखेनौ, पैसा पाएर पनि रेड लाइटका ती कुकुर्नीहरू भुक्न छाडे ? जातै यस्तो, के गर्छौ ?" दोस्रो व्यक्तिको स्वर चर्को भइरहेको थियो ।

"मेरी घरकीले पनि कफीको बट्टा र जुस ल्याउन मोबाइलमा एसएमएस गरेकी थिई । कफीको बोटै चपाउन पाएपछि धुलो घोलेर के खानु ? होइन त यार !" दोस्रो व्यक्ति जोडले हाँस्दा पहिलो व्यक्तिले पनि खित्का छोड्यो, "क्या गज्जबको कुरा गऱ्यौ यार !" तिनीहरूको हाँसो ट्याक्सीबाहिर पनि गइरहेको थियो ।

एल्जोले अचानक जोडले ब्रेक लगाई । ट्याक्सी पल्टिएला झैं भयो ।

फलामको डन्डीमा ती दुवैका टाउका ठोकिए ।

"ऐय्या !" पहिलो व्यक्ति चिच्च्यायो ।

"झन्डै टाउको फुटेको !" दोस्रो पनि पीडाले करायो ।

"यसलाई ट्याक्सी चलाउने लाइसेन्स कुन स्वाँठले दियो होला ?" पहिलो व्यक्तिले ट्याक्सीमा लात बजाऱ्यो ।

एल्जो केही बोलिन । आधा शिर बाहिर निकालेर उसले थुकी ।

केही बेर सन्नाटा छायो । ती दुवै व्यक्ति चोटले रन्थनिइरहेका थिए ।

"तिमीले 'बेरोजगार भत्ता' पायौ अल्बर्ट ?" दोस्रो व्यक्तिले सोध्यो ।

"अप्रिलको पाएँ, मेको बुझेको छैन । खल्ती खाली भो । अब एक-दुई दिनमा बुझ्ने हो कि ?" पहिलो व्यक्ति अर्थात् अल्बर्ट बोल्यो ।

"तिमी कहिले बुझ्छौ नि वीरबहादुर ?" पहिलो व्यक्तिले दोस्रो व्यक्तिलाई सोध्यो ।

"मलाई कसले बेरोजगार भत्ता देओस् ? शरणार्थी जस्तै बसेको मान्छे, जति पैसा कमाए पनि यिनै रन्डीहरूमा खर्च भइहाल्छ । घरको खर्च श्रीमती र छोरीले चलाउँछन्," वीरबहादुरले दुखेसो पोख्यो ।

"भाग्यमानी छौ यार ! श्रीमतीको कमाइले भुँडी भरेका छौ । हामीले त कहाँ त्यसो गर्न पाउनु ?" अल्बर्टले ईर्ष्या गऱ्यो ।

"ल गाँजा खाऊ, टेन्सन भाग्छ," वीरबहादुरले ज्याकेटको खल्तीबाट अलिकति गाँजा निकालेर अल्बर्टलाई दियो ।

"हामी के गरौं यार ? सरकार हामीलाई जागिर दिँदैन तर वेश्यालय खोल्न दिन्छ । बेरोजगार भत्ता दिँदै भन्छ, 'रेड लाइट एरियामा गएर मस्ती गर ।' हामीलाई भत्ताबापत दिएको पैसा रन्डीहरूमार्फत जबरजस्ती असुलेर फिर्ता लान्छ । ल भन, हामी के गर्न सक्छौं यार ?" अल्बर्टले हताश हुँदै भन्यो ।

"मन दुख्ने कुरा नगर यार ! निराश भएर आखिर के नै हात लाग्ने हो र ? आज बाँच्न सिक, भोलि के हो के हो ?" वीरबहादुरले अल्बर्टको काँध थपथपाउँदै भन्यो, "बरू कुरा गर नयाँनयाँ तरूनीहरूको, जो जुन महिना लागेपछि सारा संसारबाट यस आम्सटर्डमको रातो गल्लीमा आफ्नो सौन्दर्यका किरण छर्दै भित्रिनेछन् । त्यसपछि यहाँ ओइरिनेछन् थकित, गलित तथा टेन्सनको बोझले थिचिएका पुरूषहरू । आम्सटर्डमको यस रेड लाइट एरियामा सुखका क्षणहरू खोज्दै भौतारिनेछन् ।" वीरबहादुरको ठाउँमा कुनै कवि बोलिरहेको थियो । रेड लाइट एरियाको क्याबिनबाट 'वाइन' र 'वुमन'को पेग चढाएर मातेको वीरबहादुर भावुक बनिरहेको थियो ।

"भन्नुको अर्थ ?" अल्बर्ट बोल्यो ।

"कुरा बुझेनौ लाटा ? विदेशीहरू आम्सटर्डममा मस्ती गर्न आएका बेला तिमीले ट्वाँ परेर हेर्नुपर्ला । त्यसैले नयाँ तरूनीहरूसँग मोज गर्न पैसा बचाएर राख्नू भन्न खोजेको मैले । मैले बुझेअनुसार यस पटक ल्याटिन अमेरिकाबाट भर्खरका तरूनीहरूको झुन्ड आउँदै छ रे !" उसले जिब्रो फट्कार्‍यो ।

"हेरौं यार, के हुन्छ ?" पहिले जस्तो स्फूर्ति थिएन अल्बर्टमा । ऊ थकित जस्तो देखिन्थ्यो ।

"आज बाँच्न सिक, भोलि के हो, के हो ?" दार्शनिक लबजमा वीरबहादुर फेरि बोल्यो । "श्रीमतीको के चिन्ता गर्छौ ? त्यसले सधैं तिमीलाई साथ दिने हो र ! कुन दिन, कुन बेला डिभोर्स हुने हो, थाहा हुन्न । रह्यो बच्चाको कुरा, फ्रायडले भने झैं हाम्रो यौनानन्दका 'बाई

प्रोडक्ट' यिनीहरू पनि पखेटा लागेपछि कता उड्छन् कता ? अन्त्यमा एक्लै जिउनु, एक्लै मर्नुपर्ने हो । बरू बाँचें भने म साथ दिउँला तिमीलाई । त्यो रातो गल्लीको कसम !" वीरबहादुर जोडले हाँस्यो र खोकेको खोक्यै गऱ्यो ।

"साँच्चै भन्यौ तिमीले । त्यो रातो गल्लीको कसम ! म पनि साथ दिउँला तिमीलाई," अल्बर्ट बोल्यो ।

एल्जो चुपचाप तिनीहरूको कुरा सुनिरहेकी थिई । सुरूसुरूमा यिनीहरूको कुरा सुन्दा उसलाई हाँसो लाग्यो, त्यसपछि रिस उठ्यो । अहिले उसको मन व्यथित बनिरहेको छ । 'यी लफङ्गाका बेतुकका कुरामा केही न केही त सत्यता अवश्य छ ।' उसका आँखा आँसुले भरिए ।

"अगाडिको चोकबाट बायाँ ठीक सामुन्नेको घरमा रोक्नू," अल्बर्ट बोल्यो ।

एल्जोले ट्याक्सी बायाँ मोडी । अल्बर्टको घरअगाडि ट्याक्सी रोकियो । ऊ ओर्लियो ।

"ओके, गुडनाइट ! सी यू ल्याटर !" अल्बर्ट गेटभित्र छिऱ्यो ।

"सय मिटरअगाडि, बस स्टपनिर रोक्नू," वीरबहादुर बोल्यो ।

एल्जोले ट्याक्सी घुमाई, गति बढाई । केहीछिनमा एउटा पुरानो घर आइपुग्यो । उसले किनारमा ट्याक्सी पार्क गरी । वीरबहादुरले मिटर हेऱ्यो । ठ्याक्कै ५० युरो भएछ । ऊ ढोका खोलेर बाहिर आयो र पर्सबाट ५० युरो झिक्यो । एल्जो पनि ट्याक्सीबाट बाहिर निस्किसकेकी थिई ।

"इ, ५० युरो, ट्याक्सीको भाडा," वीरबहादुरले आफ्नो हात बढायो । ऊ अचानक जोडले खोक्न थाल्यो । खोकेको खोक्यै छाती समातेर ऊ भुइँमा घोप्टियो । एल्जोले आफ्ना हातको सहाराले उसलाई उठाई । ऊ अझै ख्याकख्याक खोकिरहेको थियो ।

"को चिच्च्याएको हो ?" ढोका खोलेर एउटी रोगी झैं देखिने आइमाई बरन्डामा आइन् ।

"तिम्रो लोग्ने हो आमा," एल्जोले वीरबहादुरको अनुहारमा हेर्दै भनी ।

लुडी

"म आज राम्री देखिएकी छु हगि," लुडीले कपाल देखाउँदै भनी । मैले उसको कपाल हेरें । उसले चौरमा दूबोका बुच्का उम्रे झैं देखिने आफ्नो जिङ्ग्रिङ्ग परेको कपालमा बुट्टादार आरोस गुतेकी थिई ।

ऊ पहिलेभन्दा आकर्षक देखिएकी थिई । नक्कली नै सही, त्यो लामो चुल्ठोले उसको व्यक्तित्वमा निखार ल्याएको थियो । उसको शरीर चञ्चल बनिरहेको थियो । ऊ घरीघरी मतिर हेर्थी र मादक मुस्कान छर्थी ।

"मिस्टर जिलले मलाई ५० डलर दिएको थियो ।" उसले मतिर हेरी ।

"किन ?"

"अङ्ग्रेजी सिक्न । आज अङ्ग्रेजी कोचिङ क्लासमा भर्ना हुनुपर्ने थियो ।"

"भर्ना भयौ त ?" मैले सोधें । उसले किन यो कुराको प्रसङ्ग जोडेकी हो, मैले अनुमान लगाउन सकिरहेको थिइनँ ।

"कहाँ भर्ना हुनु नि ? त्यही ५० डलरले मैले कपालमा आरोस गुतें," ऊ हातले चुल्ठो समात्दै बोली ।

मैले छक्क परेर ऊतिर हेरें । सायद उसलाई थाहा थियो, म उसको जवाफबाट आश्चर्यचकित हुनेछु । उसले मलाई वास्तै नगरेर

भनी, "त्यति त परिहाल्छ नि, कति महँगो छ । हेर्नोस् न, ठ्याक्कै सक्कली देखिन्छ ।"

मैले उसको खुसीमा हस्तक्षेप गर्न चाहिनँ । तर मलाई लाग्यो, लुडीले यो काम ठीक गरिन ।

"मेरा साथीहरू छक्कै परेका छन् । लिन्डा, केटिया, नेन्सी छन् नि, तिनीहरू त झन् डाहले कुँडिएका छन्," लुडी आफूले नयाँ आरोस गुतेकोमा अरूले जे जस्तो ठाने पनि आफू भने खुसी र सन्तुष्ट रहेको छनक दिइरहेकी थिई । आफ्नो लामो चुल्ठोले साथीहरूको मनमा बिजुली गिराएकोमा ऊ कम उल्लसित थिइन । ऊ भर्खरकी नवयौवना झैं देखिएकी थिई । उसका आँखामा मीठा सपनाहरू तरङ्गित भइरहेका थिए । मनमा उमङ्गले बयेली खेलिरहेको थियो ।

मैले सोचें– यदि लुडीको ठाउँमा म भएको भए कपालमा एउटा नक्कली चुल्ठो गुत्नका लागि ५० डलर खर्च गर्ने थिएँ कि थिइनँ । अहँ, म खर्च गर्न सक्ने थिइनँ । मेरो घर र मेरा बच्चाका लागि त्यो ५० डलर महत्त्वपूर्ण रकम हुन्थ्यो । कि त म स्कुलमै भर्ना हुन्थें अथवा घरको काममा खर्च गर्थें । कपाल त म पटक्कै बनाउने थिइनँ ।

"अनि तिम्रो पढाइ के हुन्छ लुडी ? कहाँबाट ल्याउँछ्यौ अर्को ५० डलर ?"

"आ, जिलले देला नि ! नदिए नपढुँला । त्यो इङ्लिससिङ्लिस किन पढ्नुपर्‍यो ? आफूलाई त कपाल बनाउन पाएकोमा क्या रमाइलो लागिरहेको छ," ऊ खितखिताई ।

"तिमीलाई पटकपटक अमेरिकन डलरका हरिया नोटले पुर्न जिललाई के खाँचो परेको छ र लुडी ?" लुडीको अनावश्यक तडकभडक मलाई मन परिरहेको थिएन ।

"दिनहुँ रक्सी धोक्न कैयौं डलर खर्च गर्छ, मैले एक पटक यो कपाल बनाउँदा कति ठूलो पहाड खस्यो त ? दिन मन लागे देओस्, नलागे नदेओस् । परेको आफैं बेहोरूँला ।"

लुडीको भनाइबाट प्रतीत हुन्थ्यो– ऊ जिलले फेरि पनि सहयोग गर्ने कुरामा ढुक्क थिई । जे जस्तो भए पनि आफ्नो बारेमा जिल लापर्बाह हुने छैन भन्ने कुरामा ऊ विश्वस्त थिई ।

"मैले त केही सहयोग गर्नुपर्दैन हगि तिमीलाई ?" मैले लुडीको अनुहार हेरें । उसले आँखा नचाउँदै भनी, "त्यो तपाईंको इच्छा हो मस्युर । तपाईंले सहयोग गर्नुभए म 'पर्दैन' कहाँ भन्छु र ?" त्यसपछि हामी दुवै मुग्ध भएर हाँस्यौं ।

"लुडी... ।" जिल आफ्नो कोठाबाट करायो ।

"उई मस्युर जिल !" (अँ श्रीमान् जिल) लुडी आवाज आएको दिशातर्फ हेर्दै बोली र मलाई 'एकैछिन है' भन्दै भित्रतिर लागी । लुडी जिलको कोठाभित्र पसेपछि म बाहिरको खुला टेरेसमा एक्लै भएँ ।

घरको माथिल्लो तलामा रहेको अपार्टमेन्टका दुई कोठामा म र जिल बस्थ्यौं भने हाम्रो बैठककोठा र भान्सा संयुक्त थियो । जिल लेटिन अमेरिकी थियो, म नेपाली । हामी दुवैको काम लुडी नै गर्थी । हाम्रो फरकफरक शैली र स्वादको खाना उही तयार गरिदिन्थी । हाइटी आएपछि हामी दुवै सात-आठ महिनादेखि सँगै बसिरहेका थियौं । जिल युएसएडमा काम गर्थ्यो भने म हाइटीको राजधानी पोर्ट ओ प्रिन्सस्थित युएन हेडक्वार्टरमा काम गर्थें । एक साँझ डेरा खोज्ने क्रममा पोर्ट ओ प्रिन्सको पेचोभिलको थुम्कामा रहेको यस घरमा जिल र मेरो जम्काभेट भएको थियो । ऊ पनि घर खोज्दै आइपुगेको थियो । यो अपार्टमेन्ट एक जनालाई ठूलो र दुई जनालाई ठिक्क भएकाले हामी दुवै जना सँगै मिलेर बस्न राजी भएका थियौं । लुडी र उसको लोग्ने म्यालिस यो घरका रखवाला थिए । यस घरको मालिक मिस्टर जानमाटी मियामीमा बस्थ्यो । पोर्ट ओ प्रिन्समा उसका पाँच ओटा घर थिए । सबै घर भाडामा लगाएको थियो । चार-पाँच महिनामा ऊ एक चोटि पोर्ट ओ प्रिन्स आउँथ्यो र पाँचतारे होटलमा बस्थ्यो । आफ्नो अगाडिपछाडि गार्डसहितका अगुवा र पछुवा गाडी, सेक्रेटरी र अङ्गरक्षक साथमा लिएर ऊ आफ्ना घरहरूको निरीक्षण गर्थ्यो ।

पातलो जिउ भएको जानमाटी अलि गहुँगोरो भए पनि उसकी स्वास्नी भने काली र मोटी थिई । उसकी सेक्रेटरी भने प्रेस्टिज बियरको पोस्टरमा देखिने हिसी परेकी काली मोडल जस्तै थिई, जो सधैं ऊसँग अगाडिको सिटमा बसेकी हुन्थी । लुडीबाटै हामीले थाहा पाएका थियौं– जानमाटी आफूलाई टेन्सन भयो भने हत्केलामा कोकिन राखेर नाकले सरक्क भित्र तान्ने गर्थ्यो । मैले एक पटक मात्र भेटेको थिएँ उसलाई । त्यस बेला उसले मलाई सोधेको थियो, "हाइटी कस्तो लाग्यो महाशय ?"

"राम्रो छ । जनता सोझासादा र स्वाभिमानी छन् । आई लाइक योर कन्ट्री ।"

"हे हे हे !" उसले व्यङ्ग्यात्मक पाराले हाँस्दै मलाई भनेको थियो, "यो सुक्खा बन्जर हाइटी पनि राम्रो लाग्यो तपाईंलाई ?"

"किन र महाशय ?" म सशङ्कित बनेको थिएँ ।

"मियामी जानुभयो तपाईं ?"

"गएँ । भर्खर मात्र आएको, अस्ति शुक्रबार ।"

"अनि हाइटी राम्रो कि मियामी ?"

"मियामी !"

"म मियामीमै बस्छु, हे हे हे !" ऊ फेरि हाँस्यो ।

"बुझ्नुभो, तपाईंका लागि वा मेरा लागि सबैभन्दा राम्रो भन्नु नै अमेरिकी हरियो डलर हो, होइन त ? हाइटी राम्रो लागेकै अमेरिकी डलरले हो," जानमाटी मुस्कुराइरहेको थियो । उसको बोलीमा दम थियो । उसको जवाफ सुनेर म अकमक्क परेको थिएँ । त्यसपछि जानमाटी र मेरो भेट भएको थिएन ।

अचानक मेरा आँखा घरको सिँढीमा खेलिरहेका लुडीका सात वर्षीय छोरी विस्ली र चार वर्षको छोरो वुडमा परे । ती दुवै भित्तामा ताँती लागेर हिँडिरहेका ससाना कमिला टिप्दै मुखमा हालिरहेका थिए ।

"ओहो, के देख्नुपरेको यस्तो ?" मैले यसअघि मात्र लुडीलाई जिलले पढ्न भनी दिएको ५० डलरले उसले कपालमा आरोस गुतेर

आएको दृश्य सम्झें र दुवै दृश्यलाई तुलना गरेर हेरें । मेरो मन कुँडियो ।

"मिस्टर वुड, मनमजेल विस्ली, दिस इज नट गुड," भन्दै मैले कोठाबाट चकलेट ल्याएर तिनीहरूको हातमा राखिदिएँ । तिनीहरू खुसीले रमाउँदै आँगनमा उफ्रिन थाले ।

"फेरि रक्सी मगायो उसले," लुडी जिलको कोठाबाट बाहिर निस्की ।

"कसले ?" मैले जिस्क्याउन खोजें ।

उसले आँखा तर्दै भनी, "कसले हुन्थ्यो नि ? तिम्रो साथीले ।"

"मेरा लागि प्रेस्टिज बियर पनि ल्याउनू नि !" मैले उसको हातमा तीन सय गुड्स थमाइदिएँ । "दुईदुई बोतल हामी बाँडेर पिउँला हुन्न," उसका आँखा चम्के ।

"फ्रिजमा पुले (कुखुराको मासु पनि छैन । आज साँझ पुले नबनाउने ?" उसले सम्झे झैं गरी भनी ।

"ए, हो त नि !" मैले लुडीलाई थप दुई सय गुड्स दिएँ । ऊ बजारतिर लागी ।

लुडी गएपछि मैले जिललाई टेरेसमा आउन आग्रह गरें । टेरेसमा समुद्रबाट आएको शीतल हावा चलिरहेको थियो ।

"ह्वाट्स गोइङ अप हियर ?" जिल दाहिने हातमा ह्विस्कीको गिलास बोकेर बाहिर आयो । ऊ साँझ नपर्दै ह्विस्कीको नशामा लट्ठ भइसकेको थियो ।

"म सप्ताहान्त मनाइरहेको छु मित्र, इफ यू डोन्ट माइन्ड, ओके !" उसले लट्ठिएका आँखाले मतिर हेर्दै भन्यो ।

"कुनै धन्दा मान्नुपर्दैन मित्र ? इन्जोय योरसेल्फ," मेरो जवाफले ऊ खुसी भयो ।

हामी कुर्सीमा बसेर गफ गर्न थाल्यौं । लुडीका बच्चाहरू आँगनमा दौडिरहेका थिए । लुडीको लोग्ने आँगनको कुनामा रहेको शमीको बोटमुनि उँघिरहेको थियो ।

"यू नो सी इज स्टुपिड ।"

मैले बुझिसकेको थिएँ, जिलले पनि लुडीको नयाँ कपालको कहानी थाहा पाइसकेको थियो ।

"त्यो नक्कली कपाल लगाएर कत्ति न राम्री भएँ भन्ने ठानेकी होली । पहिलेपहिले त राम्रै लाग्थी तर अब मुख हेर्न पनि मन लाग्दैन," जिलले ह्विस्कीको एक घुट्को तान्दै भन्यो ।

सुरूसुरूमा जिल र लुडी घण्टौं जिलको कोठाभित्र ढोका 'लक' गरेर बस्थे । हाम्रो अपार्टमेन्टमा दिनभर लुडीको काम भइरहन्थ्यो र ऊ साँझको खाना तयार गरेपछि मात्र आफ्नो झुपडीतिर लाग्थी ।

हामी बस्ने घरको पछाडिपट्टि 'सर्भेन्ट क्वार्टर' थियो । तिनीहरू बालबच्चासहित त्यहीँ बस्थे । लुडीको लोग्ने भ्यालिस कहिल्यै हाम्रो अपार्टमेन्टमा आउँदैनथ्यो । अल्छी भ्यालिस बरू दिनभर शमीको छहारीमुनि उँघिरहेको भेटिन्थ्यो । उसलाई लुडीका बारेमा कुनै मतलब थिएन, न त लुडी नै उसलाई कुनै भाउ दिन्थी । तर तिनीहरूको जिन्दगी आरामसाथ चलिरहेकै थियो ।

"यू नो सी थिङ्क्स आई एम फुल," जिल अचानक झोक्कियो । मलाई अचम्म लाग्यो ।

"किन र जिल ?" मैले सोधें ।

"उसको मियामी जाने ठूलो धोको छ रे ! मैले सहयोग गरिदिनुपर्‍यो रे ! मैले कहाँबाट सहयोग गर्ने ? सी इज डेफिनेट्ली ब्ल्याकमेलिङ मी, यू नो !"

"होइन होला जिल, त्यो बिचरी तिमीलाई केको ब्ल्याकमेलिङ गर्थी नि," मैले प्रतिवाद गर्न खोजें ।

"आई एम नट रङ फ्रेन्ड, दिज पिपुल गो फर मनी वन्ली ।"

आज ऊ किन लुडीदेखि रिसाइरहेको छ, मैले कुनै छेउटुप्पो पत्ता लगाउन सकिनँ । अघि लुडी जिलको कोठामा पसेपछि तिनीहरूले १५ मिनेटजति कुरा गरेका थिए । त्यस बेला कुनै कुरामा तिनीहरूबीच चर्काचर्की भएको हुनुपर्छ भन्ने लाग्यो मलाई ।

लुडीले जिलका लागि ग्राउज ह्विस्की र मेरा लागि प्रेस्टिज बियर लिएर आई । जिल लुडीसँगै फेरि कोठाभित्र छिऱ्यो । म बियर घुट्क्यादै आँगनमा हेरिरहेको थिएँ, जहाँ भ्यालिस छोरो वुडलाई ब्रसले आँगन सफा गर्न सिकाइरहेको थियो । सानो भए पनि वुड तन्मयसाथ बाबुले सिकाएबमोजिम ब्रसले आँगनमा जमेको पानी तर्काइरहेको थियो ।

लुडी बाहिर आई । उसको अनुहार बिग्रेको थियो । ऊ रून्चे स्वरले आफ्नै भाषामा केके बरबराइरहेकी थिई ।

"के भयो लुडी ?"

"म त बोलाउँदै बोलाउन्नँ, ज्यान गए पनि बोलाउन्नँ । म त हैरान भइसकें बाबा," ऊ बरबराउँदै थिई ।

"हैन, किन, के भयो लुडी ?" मैले छक्क परेर सोधें । एकछिन ऊ केही बोलिन । केवल परपरसम्म आँखा फिँजाएर बसी । त्यसपछि मतिर हेर्दै भनी, "आज पनि नयाँ 'फाम' (क्रिअलमा 'केटी') चाहियो भन्दै छ । मैले कहाँबाट मिलाउनु नयाँनयाँ केटी ? आफूले थाहा पाएजति र चिनेका जति सबैलाई बोलाइदिइसकें । अब कहाँ खोज्नु मैले नयाँ केटी ?"

"म सक्तिनँ भन्द्यौ न त," मैले भनें ।

"किन नभन्नु, भनें नि । त्यसैले त मलाई गाली गर्दै छ 'तँ रन्डी' भनेर । उसैले सुताउँछ अनि उसैले रन्डी भन्छ । म केको रन्डी नि, त्यो पो रन्डो ।"

मेरा आँखा अनायासै उसको कपालमा गए । उसले अङ्ग्रेजी सिक्नका लागि खर्च गर्ने रकम कपाल बनाउनमा लगाएकी थिई । उसको यस व्यवहारबाट हामी अचम्मित थियौं र हाम्रा लागि यो चर्चाको विषय बनिरहेको थियो ।

तर उसले ५० डलर खर्च गरेर कपाल बनाउनुको मुख्य कारण जिल नै थियो । आफूबाट दिनप्रतिदिन विकर्षित भइरहेको जिललाई पुनः आकर्षित गर्न नै लुडी आफूलाई सुन्दर बनाउने प्रयास गरिरहेकी

थिई । तर यो उपाय पनि प्रभावकारी नभएकोमा ऊ दुःखित थिई । सायद ऊ बिरक्तिएकी थिई जिलको व्यवहारबाट । मैले आँगनतिर हेरें, भ्यालिस फेरि शमीको रूखमुनि सुस्ताइरहेको थियो । माथिल्लो तलामा भइरहेको गतिविधिसँग ऊ पूर्णतः अनभिज्ञ थियो । घरमा बिजुली नभएका बेला जेनेरेटर चालु गरेर बिजुलीको बन्दोबस्त गर्नु र पानी सिद्धिएपछि ट्याङ्कर मगाउनुबाहेक उसको कुनै काम थिएन । घरको रेखदेख गरेबापत घरमालिक जानमाटीबाट ऊ प्रत्येक महिना सय अमेरिकी डलर पाउँथ्यो । उसकी स्वास्नी लुडी पनि हाम्रो काम गरिदिएबापत सय डलर कमाउँथी । कहिलेकाहीँ हामी लुडीलाई टिप्स पनि दिन्थ्यौं । ऊ हाम्रो भान्सामै खान्थी । यस प्रकार दुई सय डलरका भरमा भ्यालिस र लुडीको परिवार चलिरहेको थियो । पोर्ट ओ प्रिन्सको महँगो जीवनस्तरमा यो रकम अत्यन्त न्यून थियो । त्यसमाथि लुडीको तरूनी मनको रहर पूरा गर्नुपर्‍यो भने यो रकम ऊ एक जनाका लागि नै पर्याप्त थिएन ।

शमीको रूखको छहारीमुनि उँघिरहेको भ्यालिस हामीले प्रेस्टिज बियर पिएको हेरिरहेको थियो । उसका आँखामा पनि बियरको तिर्सना सलबलाएको देखियो ।

"भ्यालिस," मैले उसलाई बोलाएँ । उसले सतर्क हुँदै मतिर हेर्‍यो । मैले माथि आउन इसारा गरें ।

"ल, बियर खाऊ," मैले एक क्यान बियर उसको हातमा थमाइदिएँ ।

"मेसी बुकु," (धेरै धन्यवाद) ऊ तुरून्त तल झरिहाल्यो ।

"लाटोबुङ्गो मोरो," लुडी फतफताई । सायद मैले भ्यालिसलाई बियर दिएको उसलाई मन परेको थिएन ।

"आफ्नो लोग्नेलाई पनि त्यसो भन्छन् लुडी," मैले उसलाई फट्कारें ।

"यो मेरो लोग्ने होइन, मैले योसँग बिहे नै गरेकी छैन," मलाई विस्मयमा पार्दै ऊ बोली ।

"को हो त यो ?"

"ब्वाइफ्रेन्ड भनौं वा पार्टनर भनौं, त्यही हो ऊ । पाँच वर्षदेखि हामी लोग्नेस्वास्नी जस्तै भएर बसेका छौं ।"

"अनि तिम्रा बच्चाहरू ?"

"छोरी छे नि ! ऊ मेरो पहिलो ब्वाइफ्रेन्डबाट जन्मेकी । उसको बाबुको नाम विड्ली हो । ऊ मियामीमा काम गर्छ । छोरीको सबै खर्च उही बेहोर्छ । छोरो वुड भने भ्यालिसबाटै मैले पाएकी हुँ," आँगनमा खेलिरहेका आफ्ना बच्चाहरूतिर हेर्दै लुडी बोली ।

"अनि बिहे गर्नुपर्दैन त लुडी ?" तिनीहरूको जीवनको अर्को पक्ष उद्घाटित भएकोमा म अचम्म मानिरहेको थिएँ ।

"अहँ ! किन गर्नु बिहे ? वास्तवमा मियामी गएर पैसा नकमाएसम्म म बिहे नै गर्दिनँ । सायद अहिलेसम्म विड्लीसँगै रहेकी भए म पनि मियामी पुगिसकेकी हुन्थें," लुडी सोचमग्न भई । सम्भवतः उसको दिमागमा विड्लीसँग बिताएका रमाइला क्षणहरू ताजा भए ।

"लुडी..., ए लुडी !" भित्रबाट जिलको लरबरिएको आवाज आयो ।

"बुई !" लुडी फेरि भित्र पसी ।

म फेरि तलतिर हेर्न थालें । भ्यालिस भित्तामा अडेस लागेर बिस्तारै अघि मैले दिएको क्यान बियरको चुस्की लिँदै थियो । उसका बच्चाहरू नजिकै उभिएर बाबुले बियर पिएको हेरिरहेका थिए । मेरा आँखा त्यहाँबाट हटेर शमीको बोटको पछाडिपट्टि रहेको जानमाटीकै अर्को जग्गाको प्लटमा पुगे । त्यो प्लट पनि पर्खालले घेरिएको र ससाना झाडी र बुट्यानले छोपिएको थियो । त्यहाँ एउटी बाख्री र दुइटा पाठा चरिरहेका थिए । करिब दुई हप्ताजति भएको थियो बाख्री र पाठा ल्याएको । त्यहाँ बाख्राका लागि कुनै खोर थिएन, न त बाख्रालाई कहिल्यै दानापानी र घाँस हालेकै देखिन्थ्यो । दिनरात बाख्रा र पाठाहरू तिनै झाडी र बुट्यानमा चर्दै, खेल्दै, उँघ्दै, लुक्दै, घस्रिँदैपस्रिँदै गरिरहेका देखिन्थे ।

हिजो राति मात्र मेघगर्जनसहित मुसलधारे पानी परेको थियो । हाइटीका कतिपय समुद्री किनारमा त हुरिकेनसमेत आयो । म भने रातभर बाख्री र पाठाहरूका बारेमा सोच्दै, गम खाँदै बसिरहेको थिएँ । भोलिपल्ट बिहान जब मैले त्यो कुरा लुडीलाई भनें, तब उसले पेट मिचीमिची हाँस्दै भनेकी थिई, "के मान्छे, के जनावर, जस्तो बानी पर्छ त्यस्तै हुने त हो नि ! हामी त बाख्रालाई खोरमा थुन्दैनौं, यसरी नै खुला छाड्छौं । तपाईंले पानीले चुटेर मेरा बाख्रा मर्छन् कि भनेर चिन्ता लिनुपर्दैन श्रीमान्, यी त झन्झन् बलिया र तन्नेरी हुँदै जान्छन् ।" त्यसपछि लुडीको हाँसो थामिनसक्नुभएको थियो । म भने छक्क परेको थिएँ ।

मैले आँगनमा हेरें । लुडीका बच्चाहरू बाबुले रित्याएर फालेको बियरको क्यानसँग खेल्दै थिए । ती बच्चाहरू र बुट्यानमा आमा खोज्दै भौतारिइरहेका पाठाहरूको नियति र पीडा सम्भवतः समान लाग्यो मलाई । बाख्री होचो पर्खालमाथि चढेर भित्ताको सियाँलमा आँखा चिम्म गरेर बसेकी थिई । यता पाठाहरू भने घाममा टट्टाइरहेका थिए, आमालाई खोज्दै ।

लुडी बाहिर आई । अहिले भने उसको अनुहार उज्यालो थियो । ऊ खुसी भएकी छ भन्ने कुरा उसको अनुहारमा छाएको मुस्कानले बताइरहेको थियो, जसलाई लुकाउन ऊ असमर्थ भइरहेकी थिई ।

"अँ मस्युर !"

"के लुडी ?"

"तपाईंलाई थाहा छ, जिललाई मेरो नयाँ कपाल मन पर्‍यो रे !"

"कसरी थाहा पायौ ?"

"उसले भर्खरै आफैं भन्यो, मेरो कपाल छोएरै भन्यो ।"

"हो र ?"

"अनि थाहा छ, ऊ भन्दै थियो– यो कपालमा म राम्री देखिन्छु रे !"

"ए हो ! अनि ?"

"उसले मलाई आज फेरि ५० डलर दियो। अब भोलिदेखि त म साँच्चै अङ्ग्रेजी सिक्न जान्छु," ऊ आह्लादित थिई । तर मलाई भने लुडीले फेरि भोलि बजार गएर आफ्ना लागि रङ्गीबिरङ्गी लत्ताकपडा, पर्फ्युम र स्यान्डल किनेर ल्याउने त होइन भन्ने लागिरहेको थियो ।

"अँ मस्युर, यो नयाँ कपाल साँच्चै सुहाएको छ हगि मलाई ?" उसले मतिर हेरी ।

म पल्लापट्टिको खाली जमिनमा घाममा टट्टाइरहेका बाख्राका पाठा र आँगनमा खाली बियरको क्यान जिब्राले चाट्दै गरेका लुडीका बच्चाहरूलाई हेरिरहेको थिएँ ।

"हो हो, सुहाएको छ लुडी !" मैले दाहिने हातको बूढी औंलो माथि उठाएर 'आई लाइक' भनें ।

"लुडी... !" भित्रबाट फेरि जिलको आवाज आयो । अहिले उसको स्वर अघिको भन्दा झन् लरबरिएको थियो ।

"अर्को पटक म पूरै कपाल स्ट्रेट गर्छु है मस्युर । त्यसमा त म झन् राम्री देखिन्छु होला हगि ? म चाहन्छु, मैले जिलका लागि अरू केटीहरू खोजेर ल्याउनुनपरोस्," लुडी उन्मुक्त भएर हाँसी र जिलको कोठातिर लागी । जिलको कोठा ढ्याम्म बन्द भयो ।

लुडीका निमित्त लोग्ने भ्यालिस बियरको क्यान रित्याएपछि अलि परको चोकमा साथीहरूसँग गफ चुट्न गइसकेको थियो । उसलाई आज आफूले बियर पिएको छु भन्ने फुइँ देखाउनु थियो ।

म भने अझै दिग्भ्रमित थिएँ– दिनभर घाममा टट्टाइरहेका, बाख्राका पाठा र प्रेस्टिज बियरको खाली क्यान चाटिरहेका लुडीका बच्चाहरूमध्ये कुन बढी सुखी छन् !

म तिनीहरूबाट आफ्ना आँखा हटाउन सकिरहेको थिइनँ ।

दस हजार फ्याङ्क

उसको लास राख्ने कफिन घरमा आइपुग्यो ।

छोरो गुस्ताभले भन्यो, "ठ्याक्कै १० हजार फ्याङ्क पऱ्यो । कफिनको भाउ पनि कति चर्को ?"

कफिनभित्र उसको लास राखियो । गुस्ताभ लास लिएर नेपाल जाँदै थियो । हुन त उसलाई नेपाल जान खासै मन थिएन तर दशा आइलागेपछि कसको के लाग्छ ? आफ्ना बूढा बाबुको 'मृत्युपश्चात् आफ्नो शवको दाहसंस्कार पशुपति, आर्यघाटमा गरिदिनू' भन्ने बेहोराको इच्छापत्र वकिलले देखाएपछि गुस्ताभ नेपाल जान बाध्य भएको थियो ।

घरका मान्छेहरूले दुःखमनाउ गरे तर मनभित्र एक अशक्त बूढाको स्याहारसुसार गर्नुपर्ने बाध्यताबाट मुक्त भएकोमा तिनीहरू खुसी पनि थिए । 'एक दिन सबैले मर्नैपर्छ, हाम्रा बाबु पनि मरे । कुनै नौलो कुरा होइन यो तर हाम्रा बाबु बुढेसकालको पनि अनुभव गरेर मरे ।' घरपरिवारका प्रायः सबै सदस्यहरूको अनुहारको भावले बताउँथ्यो । बूढा बाबुले सम्पन्नता र सन्तुष्टिको जीवन बाँचे तर वास्तविकता अर्कै थियो ।

सेन नदीको किनारमा रहेको 'इल देला सिते'मा थियो उसको आलिसान भवन । उसकै भवनसँग जोडिएका थिए संसारप्रसिद्ध सेलिब्रिटीका आकर्षक महलहरू । ती सेलिब्रिटीहरू प्रायः कला,

सङ्गीत र हलिउडको फिल्मी दुनियाँसँग सम्बन्धित थिए । ऊ पनि सेलिब्रिटीहरूको माझमा बस्दाबस्दै सेलिब्रिटी बनिसकेको थियो– वैभव र सम्पन्नताको सेलिब्रिटी ।

***

ऊ आफ्नो निजी डुङ्गामा बसेर सेन नदीको चक्कर मारिरहेको थियो ।

डुङ्गामा ऊ एक्लो थियो । उसको डुङ्गाको छेउबाट क्रुजहरू पर्यटक बोकेर गइरहेका थिए । क्रुजको गाइड सेलिब्रिटीका घरहरू चिनाइरहेको थियो, "यो अगाडिको सेतो महल एलिजाबेथ टेलरको, त्योसँगै जोडिएको बङ्गला टम क्रुजको हो । अनि त्यसको दायाँपट्टिको रातो घर पप गायिका जेनिफर लोपेजको । अब दायाँतिर हेर्नोस् त, हरिया रूखहरूको छहारीबाट चियाइरहेको त्यो आकर्षक रेस्टुराँ फ्रेन्च चित्रकार सोफीको हो । त्यो रेस्टुराँमा तपाईं जानुभयो भने इल देला सितेका कुनै न कुनै सेलिब्रिटीलाई भेट्न सक्नुहुन्छ ।"

उसको मुटु चसक्क दुख्यो– गाइडको नमिठो आवाज फेरि नगुन्जिए हुन्थ्यो । उसले आफ्नो सेतो रङको डुङ्गा अगाडि बढायो । उसका आँखाबाट सेलिब्रिटीका घरहरू ओझेल हुँदै गए । सेन नदीमा तैरिरहेका क्रुजका पछिपछि पानीका सेता लहरहरू उठिरहेका थिए । ती लहरहरू पानीभित्रै विभिन्न संरचना निर्माण गर्थे र छिनभरमै बिलाउँथे ।

"मान्छेको जीवन पनि सायद क्रुजले बनाएको लहर झैं हो, जुन गति हुन्जेल आकाश छुँला झैं गरी उर्लिन्छ, गति कम भएपछि तल झर्छ र अन्ततः पानीको सतहमा समाहित हुन्छ," ऊ बुदबुदायो । एउटै गतिमा अगाडि बढिरहेको डुङ्गामा बसेर आफ्नै बारेमा सोच्दै ऊ भावुक भइरहेको थियो । ५० वर्षको कडा परिश्रमले पनि उसको अलग परिचय स्थापित हुन सकेन । मान्छेहरू सेलिब्रिटीका घरको बीचमा रहेको उसको रेस्टुराँलाई चिन्छन्, उसकी पत्नी सोफीलाई चिन्छन्,

तर उसलाई चिन्दैनन् । उसलाई देखिहाले पनि मान्छेहरू प्रायः भन्ने गर्छन्, "तिमी फ्रान्सको स्थायी नागरिक जस्तो त लाग्दैन, वास्तवमा तिम्रो देश कुन हो महाशय ?"

ऊ भन्थ्यो, "म यहीँको नागरिक हुँ । मेरो देश यही हो । म फ्रेन्च हुँ फ्रेन्च ।"

मान्छेहरू अचम्म मान्दै ऊतिर हेर्थे । आफूले लगाएको हजारौँ फ्याङ्क पर्ने सुटभित्र कसैले बरफको टुक्रा घुसारिदिए झैँ लाग्थ्यो उसलाई । उसको जिउ चिसो हुन्थ्यो ।

"वास्तवमा तिमी कहाँबाट आएका थियौ यहाँ, यो प्यारिसमा ?" प्रश्नको अर्को झटारो तेर्सिन्थ्यो उसतिर ।

"नेपालबाट ।" उसको स्वर शुष्क हुन्थ्यो ।

"भन्नुको मतलब तिमी गुर्खा हौ । खुकुरीले शत्रुको गर्दन छिनाल्ने गुर्खा, अ ब्रेभ गुर्खा ! हामी युरोपेलीहरूलाई सधैं गुर्खाको खुकुरीको खाँचो भइरहनेछ ।"

फ्रेन्चहरूका अनुहारमा अनौठा भाव आउँथे । ती भावहरू पढेर ऊ मर्माहत हुन्थ्यो । एक दशक होइन, दुई दशक मात्र पनि होइन, तीन, चार, पाँच दशकसम्म जुन धरतीमा उसले आफ्नो जीवन समर्पण गर्‍यो, अझै त्यस धरतीका लागि ऊ पराई भइरह्यो । उसले यहीँ बिहे गर्‍यो, नागरिकता पायो र बाबु पनि बन्यो । उसका छोराछोरीहरू आआफ्नो नाम, अनुहार, बोली र हाउभाउले फ्रेन्च देखिए, फ्रेन्च कहलाए तर ऊ कहिल्यै फ्रेन्च हुन सकेन अथवा फ्रेन्च जस्तो बन्न सकेन । "फ्रेन्च बन्ने धुनमा म बूढो भइसकेँ । म न पूरा फ्रेन्च बन्न सकेँ, न त नेपाली नै रहन सकेँ ! मभन्दा दुःखी को होला यस संसारमा ?" उसलाई भक्कानो छाडेर रून मन लाग्यो । 'मेरो जीवन बर्बाद पार्ने त्यही १० हजार फ्याङ्क हो ।' गला अवरूद्ध भएकाले ऊ घोरियो । ऊ निकै चिन्तित देखिन्थ्यो । उसको चिन्तातुर अनुहारमा अनेक भावहरू आइरहेका थिए ।

ऊ कला सिक्न प्यारिस आएको थियो । सानै उमेरदेखि ऊ घरका भित्ता, आँगन, रूखका पातपातमा, खोलाको बगरमा र धुलाम्मे गोरेटामा चित्र कोर्ने गर्थ्यो । उसले चित्रकला सिकेको थिएन । खाली आफ्नो मनमा आएका भावनाहरूलाई ऊ चित्रमा उतार्ने गर्थ्यो । स्कुल पढ्न थालेपछि ऊ कागजमा चित्र कोर्न थाल्यो । एक पटक उसको गाउँमा आएको एक जना फ्रेन्चको अनुहार उसले कागजमा दुरूस्त उतार्‍यो । फ्रेन्च खुसी भयो । उसले आफूले कोरेका अरू चित्रहरू पनि देखायो । त्यो फ्रेन्च कलानुरागी थियो । उसले सायद त्यस ठिटामा नेपालको पिकासो, माइकल एन्जेलो वा लियोनार्दो दा भिन्ची हुन सक्ने प्रतिभा देख्यो । उसले ठिटोलाई फ्रान्स लिएर आयो र कला पाठशालामा भर्ना गरिदियो ।

फ्रान्स आएपछि ठिटाले बुझ्यो– वास्तवमा कला उसले सोचे जस्तो सङ्कुचित र सजिलो विषय रहेनछ । कलाको संसार बृहत् र विशाल रहेछ । त्यहाँ उसकै छिमलका प्रतिभाशाली कलाकारहरू थिए । उसले कला त सिक्यो तर उसको सपना साकार हुन सकेन अर्थात् ऊ फ्रेन्च कलाकारहरूको दाँजोमा आउन सकेन । उनीहरू पेन्टिङ गरेर हजारौं फ्याङ्क कमाउन थालिसकेका थिए तर ऊ अझै बिकाउ कलाकार बन्न सकेको थिएन । मान्छेहरू उसलाई 'वारियर' भनेर चिन्थे तर 'कलाकार'को नामले चिन्न हिचकिचाइरहेका थिए ।

एक दिन उसको साथी लुइसको पेन्टिङ १० हजार फ्याङ्कमा बिक्री भएकाले ऊ अचम्मित भयो । वास्तवमा त्यो पेन्टिङको व्याख्या गर्न स्वयम् लुइस असमर्थ थियो । बाङ्गाटिङ्गा रेखाहरूको अमूर्त नृत्य झैं देखिन्थ्यो त्यो पेन्टिङ । लुइसले भनेको थियो, "प्यारिसका बाङ्गाटिङ्गा गल्लीहरूलाई मैले यहाँ उतारेको हुँ ।"

उसले सयौं दिन लगाएर नेपालका हिमालका पेन्टिङहरू बनायो । तर ती पेन्टिङहरूलाई दुई-तीन सय फ्याङ्क मात्र दिन तयार भए मान्छेहरू । हताश भए पनि उसले हरेस खाएन । उसले मनमनै अठोट गर्‍यो– 'म राम्राराम्रा पेन्टिङ तयार गर्नेछु । एक दिन

मेरो पेन्टिङ १० हजार फ्याङ्कमा बिक्री भयो भने म आफ्नो देश फर्किनेछु । कला पाठशाला खोल्नेछु र नेपाली पिकासो, माइकल एन्जेलो, रेम्ब्रान्ट र लियोनार्दो दा भिन्ची जन्माउनेछु ।' ऊ दत्तचित्त भएर कलासाधनामा लाग्यो । उसले आफ्नो स्मृतिमा बारम्बार आउने दृश्यहरूको चित्र बनाउने निधो गर्‍यो । उसमा आफू सफल हुन्छु भन्ने आत्मविश्वास जागेर आयो ।

उसले गाउँको आफ्नो घरको चित्र बनायो । चित्रमा घरसँगै चारो टिपिरहेका कुखुरा र चल्लाहरू, पखेटा फरफराइरहेका हाँस र भुकिरहेको कुकुर 'कालु' थियो । चित्रमा उसको सानो भाइले ढोकाको सँघारमा नाङ्गै उभिएर आँगनमा सुसु गरिरहेको पनि देखाएको थियो । त्यो चित्र तीन हजार फ्याङ्कमा बिक्री भयो । उसलाई पहिलो पटक आफ्नो पेन्टिङले राम्रो मूल्य पाएकोमा गर्व महसुस भयो ।

'अब मेरो अर्को चित्र पनि यसै गरी बिक्री भयो भने १० हजार फ्याङ्क पुग्थ्यो र म घर जान्थें ।' उसले सोच्यो ।

उसले आफ्नी बूढी आमाको चित्र बनायो । फाटेको गुन्युचोलो लगाएकी, केश सेतै फुलेकी, अनुहारमा चाउरीका मुजा परेकी र आँखामा छोरो विदेशबाट फर्किने आशा सजाएकी आमाको त्यो चित्र उसले सोचेभन्दा पनि उत्कृष्ट ठहरियो । उसले त्यो चित्र पाँच हजार फ्याङ्कमा बिक्री गर्‍यो । उसको हर्षको सीमा रहेन । ऊ अब सफल चित्रकारको पङ्क्तिमा लामबद्ध भइसकेको थियो ।

'अब म आफ्नो देश फर्किन्छु ।' उसले आफ्नो अठोट सम्झ्यो ।

तर करिब १० हजार फ्याङ्क जम्मा भए पनि ऊ स्वदेश फर्केन । उसका पेन्टिङहरू बिक्री भए पनि अझै उसको कलाकारको परिचय स्थापित भइसकेको थिएन । 'मैले अर्को पिकासो बन्नु छ', उसले नयाँ सपना देख्यो । केही वर्षसम्म पेन्टिङ गरे पनि उसले इच्छाअनुसार सफलता हासिल गर्न सकेन । उसका धेरै साथीहरू जीविकाका लागि सडकछाप चित्रकारमा रूपान्तरित भइसकेका थिए । उसमा पनि पेन्टिङ बनाउनका लागि नयाँ विषयहरूको अभाव

खट्किरहेको थियो । उसले अपनाएको नेपाली शैली पुरानो भइसकेको थियो । उसका चित्रहरू बिक्री हुन छाडेका थिए । उसले पेन्टिङ बेचेर कमाएको पुँजी रित्तिन थालिसकेको थियो । एक दिन ऊ पनि पेन्टिङको बाकस बोकेर सडकमा आइपुग्यो । उसले मान्छेका अनुहार बिगारेर कार्टुन चित्र बनाउन सुरू गऱ्यो ।

यस कामबाट पनि उसलाई पेट पाल्न धौधौ हुन थाल्यो ।

अन्ततः एक साँझ उसले पेन्टिङको बाकस खाटमुनि थन्क्यायो र पिकासो बन्ने सपनालाई तिलाञ्जली दिँदै दुई बोतल फ्रेन्च वाइन पिएर खटियामा लम्पसार पऱ्यो ।

"उफ् ! राम्रो पेन्टिङ गर्न सक्ने क्षमता हुँदाहुँदै पनि म सफल चित्रकार बन्न सकिनँ । पेन्टिङ बेचेर पाएको १० हजार फ्र्याङ्क गोजीमा हाली नेपाल उडेको भए सायद मेरो सपना पूरा हुने थियो । कला पाठशाला खुल्थ्यो, म बालकहरूलाई चित्रकला सिकाउँथें सायद अहिलेसम्म एक न एक जना पिकासो बनिसक्थ्यो ।" उसका आँखाका च्यापबाट आँसुको मसिनो धर्सो गालातिर तरक्क चुहियो ।

अर्को दिन बिहान उठ्दा उसका आँखामा फेरि पुरानै सपनाहरू पल्लवित भएका थिए ।

"अब म पहिले गरे जस्तो गल्ती गर्नेछैन । १० हजार फ्र्याङ्क जम्मा हुनेबित्तिकै नेपाल फर्किनेछु ।"

ऊ नयाँ काम गर्न थाल्यो । नयाँ कामका रूपमा घरका भित्ताहरू पेन्ट गर्न थाल्यो । कुनै घरमालिकले अनुरोध गऱ्यो भने ऊ घरको भित्तामै सुन्दर पेन्टिङ गरिदिन्थ्यो । एक हिसाबले ऊ आफ्नो नयाँ कामबाट सन्तुष्ट थियो । कामको प्रकृति फरक भए पनि शैली समान थियो । कागजमा पेन्टिङ गर्ने एउटा चित्रकारले घरको भित्तामा पेन्टिङ गर्न पाउनु निश्चय नै सुखद कुरा थियो उसका लागि । तर अपसोस ! प्यारिसका सम्पूर्ण घरहरू उसको पेन्टिङका लागि बनेका थिएनन् । यस कामबाट कम आय हुन थालेपछि उसले यो काम पनि छाड्यो । ऊसँग अब केही हजार फ्र्याङ्कका नोटहरू मात्र बचेका

थिए । उसलाई प्यारिस चटक्क भुलेर स्वदेश फर्कूंफर्कूं लाग्यो । ऊ फ्रान्स आएको दसौं वर्ष बितिसकेको थियो तर उसले अझसम्म अचल सम्पत्ति जोड्न सकेको थिएन । कडा परिश्रम गरेर आर्जन गरेको रकम बेरोजगार भएर रल्लिरहेका बखत काम लाग्थ्यो तर त्यो रकम पछिसम्मका लागि बचाएर राख्न सक्दैनथ्यो ऊ ।

ऊ इल देला सितेनजिकैको एउटा रेस्टुराँमा काम गर्न थाल्यो । त्यहाँ विश्वप्रसिद्ध सेलिब्रिटी र प्यारिसका सम्भ्रान्तहरू रहन्थे । तिनीहरू कहिलेकाहीँ रेस्टुराँमा झुल्किन्थे । उनीहरूको रबाफ र सम्पन्नता देखेर उसलाई औडाहा हुन्थ्यो । उसलाई पनि तिनीहरू झैं सम्पन्न बन्न पाए हुन्थ्यो भन्ने लाग्थ्यो । ऊ तिनीहरूको हिँडाइ, बसाइ, बोलाइ, हँसाइ र खुवाइको नक्कल गर्ने प्रयास गर्थ्यो । उसलाई देखेर उसका सहकर्मीहरू व्यङ्ग्यपूर्ण हाँसो हाँस्थे ।

***

उसले टाढैबाट आफ्नो रेस्टुराँ हेर्ने प्रयास गर्‍यो । पहेंलो गजुर भएको उसको रेस्टुराँ टाढैबाट पनि टलक्क टल्किरहेको देखिन्थ्यो । यो सुनौलो गजुर उसले काठमाडौंबाट मगाएको हो । गजुरतिर हेर्दै ऊ मुसुक्क मुस्कुरायो ।

"जय पशुपतिनाथ !" उसले सेन नदीको पानीले अँजुली भरेर गजुरको दिशातिर हेर्दै अर्घ चढायो । उसको अनुहारमा सन्तुष्टिको भाव तैरियो ।

***

रेस्टुराँको बेरा भए पनि उसको अन्तरमा चित्रकलाप्रतिको मोह मरेको थिएन । ऊ फुर्सदमा आफूले बनाएका तर प्रदर्शनीमा बिक्न नसकेका चित्रहरू ओल्टाईपल्टाई हेर्ने गर्थ्यो । चित्र हेर्दा उसलाई एक प्रकारको बेग्लै आनन्द आउँथ्यो । उसलाई पेन्टिङका सामानहरू राखेको बाकसको ताल्चा फोरेर फेरि चित्र कोर्न सुरू गरूँ जस्तो लाग्थ्यो तर

आफूले भोगेको असफलताले गर्दा उसले आँट गर्न सकेन । एक दिन उसले आफूलाई राम्रा लागेका दुई-तीन ओटा पेन्टिङहरू रेस्टुराँको मालिकलाई देखायो । ऊ कलाको पारखी थियो सायद, उसले दुइटा पेन्टिङ रेस्टुराँमा टाँग्न लगायो । एउटा पेन्टिङ डोकामा घाँसको भारी बोकिरहेकी उसकी सानी बहिनीको थियो । उसकी बहिनीले कानमा लालुपातेको फूल सिउरेकी थिई । अर्को पेन्टिङमा उसले आफ्नै बाल्यकालको जीवन उतारेको थियो । फाटेको कमिज र टालेको जाँघे लगाएका उसका पैताला नाङ्गा थिए । उसको हातमा बासी भातको डल्लो, आँखामा तीव्र भोक र अनुहारमा छटपटी थियो । रेस्टुराँमा आउने ग्राहकहरू यी दुवै पेन्टिङ उत्सुक भएर हेर्थे र पेन्टिङमुनि कलाकारको नाम खोज्थे । त्यहाँ कसैको नाम थिएन । उसले जति पेन्टिङ बनाएको थियो, तिनमा आफ्नो नाम लेखेको थिएन ।

उसको सोचाइ थियो, ऊ पेन्टिङको अभ्यास गरिरहेको छ । ऊ आफू चित्रकारका रूपमा प्रसिद्ध भएपछि मात्र आफ्नो हस्ताक्षरसहितको पेन्टिङ प्रदर्शनीमा राख्न चाहन्थ्यो तर त्यो शुभ दिन कहिल्यै आएन ।

एक दिन उसले देख्यो, एउटी युवती रूचिपूर्वक उसका पेन्टिङहरू हेरिरहेकी थिई । उसले पछि थाहा पायो, ऊ रेस्टुराँ मालिक स्टेफनकी छोरी सोफी थिई । भोलिपल्ट स्टेफनले उसलाई आफ्नो कार्यकक्षमा बोलायो । बाबुसँगै सोफी पनि हँसिलो मुद्रामा बसेकी थिई । "मेरी छोरीलाई तिम्रा पेन्टिङहरू मन परे । ऊ तिम्रो चित्रकलाकी प्रशंसक बनेकी छ । उसलाई तिमी चित्रकला सिकाइदिन सक्छौ ?"

ऊ अवाक् बन्यो । उसले सोचेको पनि थिएन– यस्तो दिन पनि देख्न पाइनेछ कुनै दिन उसकै जीवनमा ! ऊ सोफीलाई चित्रकला सिकाउन थाल्यो ।

वर्ष दिन पुग्दानपुग्दै तिनीहरूबीच प्रेम बस्यो । उसले एक दिन सोफीको अगाडि विवाहको प्रस्ताव राख्यो । सोफी खुसी देखिई तर उसले पनि उसको सामु एउटा प्रस्ताव राखी, "हाम्रो विवाहपश्चात् तिमी र म दुवै मिलेर पेन्टिङ बनाउनेछौं तर ती पेन्टिङहरूमा मेरो

मात्र हस्ताक्षर हुनेछ । विदेशी भएकाले प्यारिसमा तिमीले जतिसुकै राम्रो चित्र बनाए पनि कि त त्यो बिक्तै बिक्तैन, बिके पनि राम्रो मूल्य आउँदैन ।"

सोफीको प्रस्ताव सुनेर ऊ जिल्ल पऱ्यो तर त्यो प्रस्ताव व्यावहारिक र उसको हितअनुकूल नै भए जस्तो लाग्यो उसलाई ।

"पेन्टिङ बेचेर हामी छिट्टै धनी हुन सक्नेछौं । त्यो धनमा हामी दुवैको बराबर हिस्सा हुनेछ," सोफीले फेरि प्रस्ट पारी ।

उसले स्वीकृति दियो । उनीहरूको विवाह भयो । उसले ताल्चा मारेर थन्क्याएको बाकस खोल्यो र पेन्टिङ गर्ने सामानहरू झिकी चित्र बनाउन सुरू गऱ्यो । उसका चित्रहरू सोफीको नाममा धमाधम बिक्री हुन थाले । एउटा नयाँ कलाकारको अभ्युदय भएकोमा प्यारिस दङ्ग थियो । तिनीहरू छिट्टै लखपति भए ।

'मसँग अब १० हजार मात्र होइन, त्यसभन्दा कैयौं गुना बढी फ्याङ्क जम्मा भइसकेको छ, म अब सोफीलाई लिएर नेपाल फर्किन्छु ।' एक साँझ क्यानभासमा आफू र सोफीको तस्बिर बनाउँदै उसले सोच्यो । उसलाई घरीघरी आमाको सम्झना आइरह्यो । 'अब त साह्रै बूढी भइसकिन् होला मेरी आमा ! छोरालाई सम्झेर कति पिर मान्दी हुन्,' उसले आमा, भाइ, बहिनी सबैलाई एकएक गरी सम्झ्यो ।

उसले आफ्नो गाउँ सम्झ्यो– हिउँले ढाकिएको हिमाल, डाँडाकाँडा, हरियो जङ्गल र कञ्चन पानी बगिरहने नदीनालाहरू स्मरणमा आए । उसको मन कटक्क काटियो । आफू बहुलाउन लागे झैं अनुभूति भयो उसलाई । उसले क्यानभासमा हेऱ्यो । त्यहाँ उसकी बूढी आमा बरबरी आँसु चुहाउँदै धरधरी रोइरहेकी थिइन् । ऊ अचम्मित भयो ।

उसले आफ्नी आमाको पेन्टिङ देखाउँदै सोफीलाई भन्यो, "सोफी, हेर, मेरी आमा साह्रै बूढी भइन् । उनको जिउँदो अनुहार हेर्न नपाइएला कि भन्ने पिर छ मलाई । हामी नेपाल जाऔं ।" उसका आँखाबाट बलिन्द्रधारा आँसु बगे ।

सोफीको अनुहार भावपूर्ण भयो । उसले लोग्नेका गाला सुमसुम्याउँदै भनी, "म अहिले गर्भवती छु । बच्चा जन्मेपछि हामी सबै नेपाल जाऔँला, हुन्न ! केही समय धैर्य गर !"

सोफीका सहानुभूतिपूर्ण शब्दहरूले उसको अस्थिर मन शान्त भयो । उसले आफूलाई समाल्यो ।

सोफीले क्रमैसँग दुई वर्षको फरकमा एउटा छोरो र एउटी छोरी जन्माई तर ऊ नेपाल फर्किन सकेन । छोरो जन्मेपछि उसले सोफीलाई भन्यो, "सोफी, छोरो जन्म्यो, अब नेपाल जाऔँ है ! आमा बाटो हेरिरहेकी होलिन् ।"

"छोरो हुर्किन देऊ अनि जाऔँला," सोफीले भनी ।

"सोफी, छोरो हुर्क्यो, अब त नेपाल नगई हुन्न । आमा रोगले थला परिसकिन्," उसले आफ्नी पत्नीसँग अनुरोध गऱ्यो ।

"फेरि गर्भवती भएकी छु । यो बच्चा जन्मिन देऊ, हुर्किन देऊ अनि जाऔँला है त," सोफीले जवाफ दिई ।

सोफीले छोरी जन्माई । छोराछोरी दुवै हुर्किए । तिनीहरूको रेस्टुराँले पनि प्रगति गऱ्यो । त्यो रेस्टुराँ सेलिब्रिटीको रेस्टुराँ बन्यो । एक दिन स्टेफनको मृत्यु भयो । रेस्टुराँ सञ्चालन गर्ने सम्पूर्ण जिम्मेवारी छोरीज्वाइँमा आयो ।

ससुराको मृत्युले आघात पुऱ्याएर हो कि किन हो, ऊ आफ्नी आमाको सम्भावित मृत्युको कल्पनाले काँप्न थाल्यो ।

एक दिन सोफी खुसी भएको मौका छोपेर उसले भन्यो, "सोफी, मेरी आमा पनि मर्छिन् होला ! उनी धेरै बूढी भइसकिन् । एक पटक नेपाल गएर आमाको मुख हेरौँ । कदाचित् मुख देख्नै नपाई आमा मरिन् भने मलाई ठूलो पश्चात्ताप हुनेछ ।"

"तिमीलाई नेपाल जानु नै छ भने सधैँका लागि जाऊ फेरि फर्केर नआउने गरी । आफ्नी आमाको सेवा गर र सुखी बन । म तिमीसँग जान सक्दिनँ । यो रेस्टुराँमा प्रत्येक दिन सेलिब्रिटीहरूको कार्यक्रम हुन्छ । एक दिन मात्र म भइनँ भने सबै चौपट हुन्छ !" सोफीले उत्तेजित हुँदै भनी । उसले अचम्म मान्दै पत्नीलाई हेरिरह्यो ।

"तर जानुभन्दा पहिले तिमीले बनाउँदै गरेको तिम्री बूढी, रोगी आमाको चित्र पूरा गर्नू ! आगामी प्रदर्शनीमा राख्नु छ । त्यो एउटै चित्र हजारौं फ्याङ्कमा बिक्री हुन सक्छ," सोफीले आदेश दिई ।

ऊ डाँको छाडेर रून मात्र सकेन । उसले सोच्यो– 'सोफीको के दोष ? आफ्नी आमालाई उसैले व्यापारको वस्तु बनाएको थियो ।'

उसले बन्दै गरेको पेन्टिङ पानीमा डुबायो । क्यानभासको रङ सबै पखालिएर पानी धमिलो भयो । उसको हृदय चस्स घोच्यो । सायद आमा रहिनन् ! उसले दिउँसै सपना देख्यो– आमाको चिताबाट धुवाँको मुस्लो उठेर आकाशतिर लाग्यो । धुवाँको मुस्लोले दिशा परिवर्तन गऱ्यो र ऊ भएतिर उड्दै आउन थाल्यो ।

"आमा !" ऊ जोडले चिच्च्यायो र क्वाँक्वाँ रून थाल्यो ।

***

आफ्नो डुङ्गामा एक्लै बसेर सेन नदीको चक्कर मारिरहेको उसको मुखबाट पनि करूण आवाज निस्क्यो, "आमा !"

अचानक पूर्वबाट कालो बादल मडारिँदै आएर इल देला सितेमाथिको सम्पूर्ण आकाश ढाक्यो र गड्याङगुडुङ हुन थाल्यो । उसले आफ्नो आँसु पुछ्यो । ऊ डुङ्गाको गति बढाउँदै इल देला सितेतर्फ आइरहेको थियो । बीचैमा वर्षा सुरू भयो । उसको डुङ्गामा पानी भरिन थाल्यो । ऊ आत्तियो । उसको डुङ्गामा पाल थिएन । उसले डुङ्गाको गति अझ बढायो । आकाशमा बिजुली चम्क्यो । धरतीमा चट्याङ पऱ्यो । त्यो चट्याङ उसको डुङ्गामा बज्र्यो । डुङ्गा दुई फ्याक भयो । सेन नदीमा अचेत भएर डुब्नुभन्दा पहिले ऊ जोडले चिच्च्यायो, "आमा, मलाई बचाऊ आमा !"

***

गुस्ताभ बाबुको लास राखिएको कफिन बन्द गरिरहेको थियो । छोराले कफिनका लागि १० हजार फ्याङ्क खर्च गरेकामा सोफी फतफताइरहेकी थिई ।

डर्ली र सेतो घोडा

डर्ली अत्यन्त प्रफुल्ल थिई । अङ्ग्रेजी कोचिङ स्कुल जाने क्रममा उसका खुट्टा भुइँमा थिएनन् । मानौं ऊ चरा झैं उडिरहेकी थिई । उसको अनुहार उज्यालो थियो र ओठमा लजालु मुस्कान खेलिरहेको थियो । ऊ घरीघरी खितखिताउँथी । उसको शरीरका अङ्ग-प्रत्यङ्ग झुमिरहेका थिए । उसको हृदयको धड्कन बढिरहेको थियो, सास फुलिरहेको थियो र उसलाई के गरूँ, कसो गरूँ झैं लागिरहेको थियो । उसका आँखामा पलपल अङ्ग्रेजी अक्षरले युएन लेखिएको सेतो गाडी चलाइरहेको, आँखामा कालो चस्मा लगाएको गोरो मान्छेको अनुहार आइरहेको थियो । केही समयअघि मात्र जब ऊ घरबाट निस्केर साथीसँग गल्ली हुँदै 'रू द फ्रेअर'को मूल बाटामा झरेकी थिई । ठ्याक्कै छेउमा गाडी रोकेर बसेको थियो ऊ । उसलाई देख्नेबित्तिकै ऊ मुस्कुराएको थियो । उसले हातले इसारा गरेर बोलाएको थियो । ऊ अलिकति लाज, अलिकति सङ्कोच र अलिकति डर मानेर उसको नजिकै गएकी थिई । उसले अनुहार उज्यालो पारेर उसलाई अभिवादन गर्दै फ्रान्सेली भाषामा भनेको थियो, "बोंजुर मनमजेल ।"

डर्लीले पनि भनेकी थिई, "बोंजुर मस्युर ।"

"ज पः आभ्वाँ भोर्थ्र नोम्भ दो सेलुन ?" (के म तिम्रो मोबाइल नम्बर पाउन सक्छु ?)

डर्लीले उसको अनुहारमा हेरी । त्यो गोरो, रातो अनुहारमा याचना थियो । उसका खैरा आँखा चस्माभित्रबाट बोलिरहेका प्रतीत हुन्थे । उसले केही सोच्न सकिन– फटाफट मोबाइल नम्बर भनी । त्यो मान्छेले आफ्नो मोबाइलमा डर्लीको नम्बर 'सेभ' गऱ्यो ।

"मेसी !" (धन्यवाद) ऊ बोल्यो । त्यसपछि लगत्तै उसले अङ्ग्रेजीमा भन्यो, "सम्भवतः म तिमीलाई आजै 'कल' गर्नेछु ।"

डर्लीले टाउको हल्लाई तर उसले अङ्ग्रेजीमा भनेको कुरा सबै बुझ्न सकिन । 'कल' शब्द मात्र बुझी ।

"अ भुवाँ !" (गुडबाई !) मुस्कुराउँदै उसले भन्यो ।

उसले पनि मुस्कुराउँदै जवाफ दिई, "अ भुवाँ !"

"उसले मेरो मोबाइल नम्बर किन माग्यो ? पक्कै कल गर्नका लागि नै मागेको होला । तर उसले मलाई किन कल गर्ने ? किन ?" डर्लीलाई यो कुरा सम्झँदा रमाइलो लाग्यो– त्यो मान्छेले उसलाई फोन गर्नेछ ।

डर्लीलाई ऊ फ्रेन्च राम्रो बोल्छ जस्तो लाग्दैन । दुई-चार शब्द बोल्न पनि उसको जिब्रो लटपटिएको थियो । हो, उसले सकिनसकी फ्रेन्च बोल्दा उसलाई पक्कै मज्जा आउनेछ । ऊ खितखिताएर हाँस्नेछे । यी कुराहरू सम्झिरहँदा उसलाई किनकिन आनन्द लागिरह्यो । उसको मन खुसीले आह्लादित भइरह्यो ।

"म मेरा साथीहरूभन्दा काली छु तर पनि उसले मलाई नै बोलायो । सायद उसले मलाई मन परायो । ऊ मलाई कल गर्न चाहन्छ । के म काली भए पनि राम्री छु ? के मेरो जिउ आकर्षक छ ? के मेरो लट्टा परेको केशमा त मक्ख परेको होइन त्यो विदेशी ! के तासाले भने झैं यी सेतो छाला भएका गोराहरूलाई हामी कालीहरू आकर्षक र सेक्सी लाग्छौं । साँच्चै होला त !" डर्लीका मनमा विभिन्न कुराहरू खेलिरहे ।

"तँलाई अब त्यो विदेशीले 'कल' गर्छ । तँलाई मन पराए जस्तो छ नि," ऊ सँगसँगै हिँडिरहेकी तासाले उसलाई चिमोट्दै भनी । तर मनभित्रभित्रै तासा डर्लीप्रति ईर्ष्यालु बनिरहेकी थिई ।

"साँच्ची तासा, उसले मलाई मन पराएकै हो त ?" डर्लीको स्वरमा खुसी छचल्किएको थियो ।

"मलाई त्यस्तै लाग्छ डर्ली । तेरो हिसी परेको अनुहार र टमक्क मिलेको जिउ देखेर मूर्च्छा परे जस्तो छ त्यो मोरो," दुवै जोडले हाँसे ।

डर्लीको मनको चरो कल्पनामा कावा खाइरहेको थियो । आज पहिलो पटक कुनै गोरो विदेशीले उसलाई मन पराएको थियो । पहिलोपल्टै फोन नम्बर मागेकाले त्यो विदेशी आफूप्रति साह्रै आसक्त छ भन्ने ऊ सोचिरहेकी थिई । उसलाई एकतमासको रमाइलो लागिरहेको थियो । उसका कलेज पढ्ने साथीहरू क्याटलिन, कार्लिन र सिमेलिया, साह्रै चञ्चल र चतुर छन्– फेरीफेरी विदेशीहरूलाई ब्वाइफ्रेन्ड बनाउनमा माहिर । बिछट्टै राम्रा पनि छन् मोरीहरू– तातेको तामा जस्ता । कस्तो सान छ ? कस्तो फूर्तिफार्ती छ तिनीहरूको । हातहातमा 'ल्यापटप' बोकेर कलेज आउँछन् । ह्यान्ड ब्यागमा अमेरिकी मेकअप किट बोकेर हिँड्छन् । पर्समा गुड्स (हाइटीको मुद्रा) होइन, अमेरिकी डलर हुन्छ । क्रिअल र फ्रेन्च बोले पनि बीचबीचमा अङ्ग्रेजी शब्द घुसाउन छाड्दैनन् । अझ कनीकुथी भए पनि अङ्ग्रेजी नै बोल्न चाहन्छन् । कलेजको पढाइ बीचैमा छाडेर अङ्ग्रेजी सिक्न ट्युटरकहाँ जान्छन् ।

डर्लीलाई पनि अङ्ग्रेजी सिक्न मन नलागेको होइन । उसलाई पनि गोजीमा डलर बोकेर हिँड्न र काखमा ल्यापटप खेलाउन मन नलागेको होइन । तर यी सम्पूर्ण कुरा उसलाई त्यस बेला मात्र प्राप्त हुन्थे, जब उसको पनि कार्लिन, क्याटलिन र सिमेलियाको झैं कुनै गोरो विदेशी साथी हुन्थ्यो, प्रेमी हुन्थ्यो वा रूम पार्टनर हुन्थ्यो । अन्य सोझासीधा ठिटीहरू झैं ऊ पनि कार्लिनको दिनहुँ बदलिने हेयर स्टाइल, क्याटलिनको धक फुकाएर खर्च गर्ने बानी र सिमेलियाका नयाँनयाँ डिजाइन र फेसनका लत्ताकपडा देखेर डाहले भुतुक्कै नभएकी होइन । अझ दिनप्रतिदिन पुष्ट हुँदै गएको तिनीहरूको शरीर र उज्यालिँदै गएको अनुहारको आभा देखेर ऊ हीनताबोध गर्थी । ऊ 'आफू कुनै विदेशी गोरो केटाको लायक छैन' भन्ने सोचमा डुबिरहन्थी ।

उसको पनि सपना थियो– सिमेलिया, कार्लिन र क्याटलिनको जस्तै आफ्नी प्रेयसीका सम्पूर्ण आवश्यकताहरू पूरा गरिदिने एउटा विदेशी गोरो केटो साथी होस् ! ऊ पनि सिमेलियाहरूको समूहमा मिसिन्थी र टुटेफुटेको अङ्ग्रेजीमा बात मार्दै जुन बेला पनि होहल्ला मच्चाउने थिई– 'केटी हो.... के सोचेर बसिरहेका छौ यो हाइटीमा ? एकएक ओटा गोरो छाला भएको घोडाको मुखमा लगाम कस र त्यसको पिठ्युँमाथि चढेर लाग अमेरिकातिर ।' डर्लीलाई घोडाको प्रतीक मन पर्छ । त्यो पनि सेतो घोडा । सुडौल घोडाहरूले झन् उसको मनलाई हरण गर्छन् ।

हाइटीमा घोडा त्यति पाइँदैनन्, पाइए पनि ती घोडाहरूले गधाको जस्तो भारी बोक्छन् । तर रेसकोर्समा टापहरू बजाउँदै कुद्ने घोडा झैं होस् उसको साथी पनि र त्यो घोडामाथि चढेर ऊ पनि जानेछे अमेरिका ।

प्रायः सबै हाइसियन युवतीहरूको झैं उसको पनि सपना छ, जीवनमा एक पटक अमेरिकाको धरतीमा पाइला टेक्ने । भलै अमेरिका जाने लोभले कैयौं हाइसियनहरूले दुर्गति भोगेको र दुःख पाएको कुरा उसका आँखाबाट लुकेको छैन तर ऊ सपनामा भए पनि अमेरिकालाई पाउन चाहन्छे । तर के त्यो विदेशी अमेरिकी नै हो त ? उसलाई शङ्का लाग्छ । गोरा विदेशीहरू यहाँ थुप्रै छन् । ऊ तासालाई हेर्छे । तासा उसको मनस्थितिबाट अनभिज्ञ छे । उसको मनभित्र के हुन्डरी चलिरहेको छ, सायद तासालाई कुनै चासो छैन । ऊ एक सुरमा डर्लीको हिँडाइको गतिमा गति मिलाएर हिँडिरहेकी छे ।

"तासा, त्यो विदेशी अमेरिकी हो त ?" डर्ली तासाको कानैमा आफ्ना ओठ लगेर फुसफुसाउँछे ।

तासा निद्राबाट ब्युँझे झैं गरी डर्लीलाई हेर्छे । "होला, अमेरिकी नै होला...," तासाको जवाफले डर्ली सन्तुष्ट हुन्छे । उसका आँखामा फेरि कालो चस्मा पहिरेको विदेशीको गोरो अनुहार नाच्न थाल्छ र गोरो विदेशी शनैःशनैः रेसकोर्सको सेतो घोडामा परिवर्तन हुन्छ, जो

सबै घोडाहरूलाई पछि पार्दै विजयरेखातिर लम्किरहेको छ । सेतो घोडामाथि दाउ लगाउनेहरू करोडपति हुने सपना देखिरहेका छन् र त्यो पङ्क्तिमा ऊ पनि आएर खडा भएकी छ ।

"सेतो घोडा...," ऊ खितखिताई । उसलाई सेतो घोडाको प्रतीक मन पर्छ, भलै हाइटीमा सेता घोडाहरू बिरलै देखिन्छन् ।

"ए नक्कलीहरू, बिहानै यसरी ठाँटिएर कता जान लागेका हौं ?" सडकको किनारमा हाहू गर्दै हिँडिरहेका केटाहरू व्यङ्ग्य कस्छन् ।

"तिमीहरूका बालाई भेट्न जान लागेका । घरमै त छन् बूढा ?" तासाको सुइरो झैं तीखो शब्दबाणले आहत हुन्छन् केटाहरू । तासाको जवाफ सुनेर डर्ली दङ्ग पर्छे ।

"वा, क्या दनक दिइस् नि," डर्ली तासाको पिठ्युँमा धाप मार्छे ।

ती केटाहरूको 'गेटअप' हेरेर डर्लीलाई घिन लागेर आउँछ । जिङ्ग्रिङ्ग कपाल, खस्रो दाह्री, कालो न कालो अनुहार, जिउमा नमिलेको ह्वाङ्लाङ टी-सर्ट र कम्मरमुनि खस्नखस्न लागेको लुज प्यान्ट लगाएका ती हाइसियन युवाहरूलाई देखेर किनकिन डर्लीलाई बिरक्त लाग्छ । 'कपडा लगाउन पनि कहिल्यै आएन यी मोराहरूलाई । न खान आउँछ न लगाउन आउँछ, न राम्रो हुन नै आउँछ । कसले सिकाओस् यिनीहरूलाई, बाटो ढुकेर केटी जिस्क्याउँदैमा हिरो भइँदैन, सेतो घोडा भइँदैन भनेर ?' डर्ली गोरो विदेशीसँग सडकको पेटीमा हल्लिरहेका उसकै टोलका केटाहरूको तुलना गर्छे ।

'सेतो घोडासँग यी गधाहरूको तुलना कसरी हुन सक्छ ?' उसलाई उच्चाट लाग्छ । ती केटाहरूको रूपरङ, बोली र वस्त्र कुनै पनि गतिलो लाग्दैन उसलाई । सडकमा गुडिरहेको ट्यापट्याप (टेम्पो जस्तै सवारीसाधन) देखेर पनि ऊ अनौठो मान्छे । कस्तो गाडी हो यो ? जहाँ पनि, जहिले पनि रोकिन्छ ट्यापट्याप... मान्छे चढायो, ट्यापट्याप... मान्छे उतार्‍यो, ट्यापट्याप... । उसका आँखामा त्यो गोरो विदेशी चढेको सेतो गाडी नाच्यो, जुन उसका आँखाअगाडिबाट सलल माछा चिप्ले झैं सडकमा गुड्दै अलप भएको थियो ।

ऊ आफूमा आज आश्चर्यजनक उत्साह र उमङ्ग भरिएको महसुस गरिरहेकी थिई । आफ्नो वरिपरिको दृश्य उसलाई अनौठो लागिरहेको थियो । सडक, पेटी, पेटीमा हिँडिरहेका मान्छे, नाङ्ले पसलेहरू, टाउकामा टोकरीभरि आँप बोकेर हिँडिरहेका आइमाईहरू, चोकचोकमा डिजिसेल (मोबाइल सेवा संस्था)को रातो टी-सर्ट लगाएर रिचार्ज कार्ड बेचिरहेका युवकहरू, सडकको पेटीमा बसेर टोकरीभरि डल्ले पाउरोटी र उखुका डाँक्ला चक्कुले ताछ्तै बेचिरहेका पसलेहरूलाई देखेर उसलाई किनकिन हाँसो उठिरहेको थियो । ऊ आज यतिबिघ्न किन हाँसिरहेकी छ ? ऊ आफैँलाई अचम्म लागिरहेको थियो । उसका आँखाअगाडि सधैं सजीव भएर प्रकट हुने यी दृश्य-परिदृश्यहरू देखेर-भोगेर ऊ रमाउने गर्थी तर आज यिनै दृश्यहरूप्रति उसको मनले व्यङ्ग्य गरिरहेको थियो । यी सजीव दृश्यहरू मैलो तुवाँलोले ढाकिएका थिए र तुवाँलो चिर्दै एउटा सेतो घोडा जगर हल्लाउँदै र हिनहिनाउँदै ऊ भएतिर कुद्दै आइरहेको थियो । सेतो घोडा अरू कोही नभएर त्यो गोरो विदेशी नै थियो, जसलाई भेटेपछि डर्ली एकाएक बैंसले मदमत्त भएर रूखको हाँगाबाट झर्न लागेको पाकेको फल बनेकी थिई ।

ऊ बारम्बार आफ्नो मोबाइलतिर आँखा घुमाइरहेकी थिई । त्यो परदेशीले गरेको 'कल' मिस नहोस् भन्ने उसको चाहना थियो । उसलाई परदेशीको मोबाइल नम्बर त थाहा थिएन तर उसले अवश्य पनि 'कल' गर्नेछ भन्ने कुरामा डर्ली ढुक्क थिई । अचानक मोबाइलको रिङटोन बज्यो । उसले हत्त न पत्त मोबाइलमा कान लगाएर 'हेलो' भनी । उसलाई आशा थियो– त्यो लटपटिएको आवाजमा कनीकुथी फ्रान्सेली बोल्ने त्यही परदेशी हुनेछ तर आवाज परदेशीको नभई उसको ब्वाइफ्रेन्ड जोनासको थियो । ऊ भनिरहेको थियो– कलेजको पढाइ सिद्धिएपछि ऊ उसलाई लिन कलेजमा आउनेछ, त्यसपछि दुवै कतै घुम्न जानेछन् । उसले केही समयअघि आफ्नो मनमस्तिष्कमा विचरण गरिरहेको सेतो घोडालाई चटक्कै भुली । जोनासको कुराले

डर्ली मक्ख परी 'आज मेरो जोनासले मलाई कता घुमाउन लाने भो ?' ऊ मनमनै जोनासको अँगालोभित्र हराउने लोभमा तरङ्गित हुन थाली ।

ट्यापट्याप स्टपमा ती दुवै आइपुगे । केही छिनपछि मान्छेहरूको भारी बोकेर बेतोडले हुइँकिँदै ट्यापट्याप पनि आइपुग्यो । डर्ली र उसकी साथी ट्यापट्यापमा बसे ।

"कहाँ जाने हो ?" कन्डक्टर बोल्यो ।

"डोलमास-६०," डर्ली बोली । डोलमास-६० मा उसको कलेज छ ।

ट्यापट्यापमा बस्दा पनि उसको कल्पनामा त्यही चस्मा लगाएको गोरो अनुहार झुलुक्क नझुल्किएको होइन, त्यस बेला ऊ आफूलाई दोधारमा परेको महसुस गर्थी । 'मेरा लागि कुन राम्रो हो ?' ऊ आफैँसँग प्रश्न गर्थी– कालो चस्मा लगाएको अमेरिकी गोराबाबु वा उसको ब्वाइफ्रेन्ड जोनास । तर गोरो विदेशी युवक उसको सपनाको राजकुमार हो । ऊ सपनारहित भएर बाँच्न सक्तिन । उसको सपनाको राजकुमार सेतो मोटरमा चढेर धरतीमा ओर्लिएको छ । ऊ सपनाको राजकुमारबाट टाढा जान सक्तिन । जोनास उसको प्रेम, वर्तमानको यथार्थ, उसको आवश्यकता हो । डर्लीलाई लाग्छ, आफ्ना आवश्यकतालाई मनले चाहेअनुसार घटाउन, बढाउन वा रोक्न सकिन्छ ।

'मैले जोनासलाई राम्ररी सम्झाउनुपर्छ तर ऊ मेरो कुरा मान्न तयार होला ?' डर्लीलाई किनकिन जोनासदेखि डर लागेर आउँछ । 'मलाई केही नराम्रो भन्ने अथवा नराम्रो गर्ने त होइन जोनासले ?' ऊ जोनास रिसायो भने उसको अनुहार कस्तो होला भन्ने कल्पना गर्छे । उसले अहिलेसम्म जोनास रिसाएको देखेकी छैन । 'ऊ मलाई कति प्रेम गर्छ ?' सम्भवतः कुनै हाइसियन युवकले आफ्नी प्रेमिकालाई गर्न सक्ने मायाभन्दा कम गर्दैन ऊ ।

जोनास सधैं डर्लीलाई भन्ने गर्छ, "डर्ली, तिमी कति राम्री ? तिमीलाई पाउनु त मेरो भाग्य हो ।" जोनासको अनुहार सम्झँदै जाँदा डर्लीको अनुहारमा स्मित मुस्कानको लामो रेखा कोरिन्छ । उसलाई जोनासप्रति माया जागेर आउँछ । उसलाई अँगालोमा हालेर 'किस' गर्न मन लाग्छ । जे भए पनि जोनास जोनासै हो । ऊ हाइसियन 'कालो' नै किन नहोस्, उसको छातीभित्र एउटा असल हृदय छ । सबैभन्दा ठूलो कुरा ऊ डर्लीलाई माया गर्छ । डर्लीको मनमस्तिष्कमा जोनासका विभिन्न रूपहरू दृष्टिगोचर हुन थाल्छन् । ऊसँग बिताएका क्षणहरू डर्ली झलझली सम्झन थाल्छे । जोनासका लागि ऊ झन् भावविभोर हुन्छे । एक समय यस्तो आयो, जब उसले त्यो गोरो विदेशीलाई चटक्कै भुली ।

ट्यापट्याप ठाउँठाउँमा रोकिँदै, मान्छे ओराल्दै, चढाउँदै गइरहेको थियो । डर्लीका सामुन्ने विभिन्न थरीका मान्छेहरू ओर्लने र चढ्ने गरिरहेका थिए । ऊ प्रत्येक मान्छेको अनुहार नियाल्थी । ऊ हरेक मान्छेको हाउभाउ, बोली र व्यवहारमा अनौठोपन महसुस गरिरहेकी थिई । सधैं सामान्य लाग्ने यी मान्छेहरू आज उसलाई अलि फरक लागिरहेका थिए । उसलाई किनकिन यी मान्छेहरू आफूभन्दा भिन्न प्रतीत भइरहेका थिए । ट्यापट्यापमा अघिदेखि चढिरहेका मान्छेहरू, बीचबीचमा ओर्लने र चढ्ने मान्छेहरूलाई नियाल्दै कहिले ऊ घोरिन्थी, कहिले व्यङ्ग्यात्मक मुस्कान छर्थी, कहिले छक्क परेर हेर्थी त कहिले मन खोलेर हाँस्थी ।

ट्यापट्यापमा बसिरहेकाहरूमध्ये तरतरी पसिना चुहिने गर्मीमा पनि घाँटीमा टाई र जिउमा कोट लगाएको मोटो मान्छे, झोल्लिएका स्तन र भ्यात्त परेको भुँडी देखाउँदै उसको अघिल्तिर बसिरहेकी एउटी स्वास्नी मान्छे, कसैले खोसिहाल्छ कि झैं गरी पाउरोटीको टोकरी आफ्नो काखमा च्यापेर बसिरहेकी अर्की स्वास्नी मान्छे, कोइलाको बोरा भुइँमा राखेर त्यसमाथि टुक्रुक्क बसिरहेको एउटा रूग्ण युवक र लट्टा परेको कपालभित्र आफ्ना औंला घुसारेर लगातार ख्वारख्वार कन्याइरहेकी

एउटी युवतीतिर हेरेर डर्ली आफ्नी साथीलाई चिमोट्दै धक फुकाएर हाँसिरहेकी थिई । ट्यापट्यापमा बसेका अरू मान्छेहरूलाई 'ऊ किन हाँसिरहेकी छ' भन्ने कुरामा मतलब थिएन ।

ऊ सधैं यो बाटो हिँड्थी । यसै गरी ट्यापट्यापमा चढ्थी र कलेज जान्थी । तर आज उसलाई पहिलो पटक आफू यो खटारो ट्यापट्यापमा किन चढेछु ? यी फोहोरी मान्छेहरूको बीचमा किन बसेछु ? भन्ने महसुस भइरहेको थियो । ट्यापट्यापको गतिसँगसँगै परिवर्तन भइरहेका दृश्य र मान्छेका अनुहारहरू पनि आज उसलाई नयाँ लागिरहेका थिए । मानौं, ऊ पहिलो पटक समुद्रको यात्रामा निस्केको त्यो नाविक झैं थिई, जसलाई आफ्ना वरपरका सम्पूर्ण दृश्यहरू नौला र रोचक प्रतीत हुन्छन् ।

हुन त ऊ पनि काली हो तर उसलाई आज त्यो विदेशीको गोरो रङ औधी प्यारो लागिरहेको थियो । ट्यापट्यापमा बसेका लोग्नेमान्छे हुन् वा स्वास्नीमान्छे, कसैको पनि अनुहार उसलाई राम्रो लागिरहेको थिएन ।

ट्यापट्यापको मुख्य भागमा इनामेलले अमेरिकाको झन्डा बनाइएको थियो । सात ओटा राता धर्सा र ५५ ओटा सेता तारा भएको त्यो झन्डालाई ऊ मुग्ध भएर हेरिरहेकी थिई । हिजोसम्म पनि उसको ध्यान यो झन्डातिर जान सकेको थिएन । तर आज भेटिएको गोरो विदेशीले छिनभरमै उसको सोचाइ र व्यवहारमा आश्चर्यजनक परिवर्तन ल्याइदिएको थियो ।

"होला, त्यो पनि अमेरिकी नै होला हगि तासा ?" ऊ तासाको कानमा फुसफुसाई ।

"मलाई पनि त्यस्तै लाग्छ डर्ली," तासाले भनी । आफूले अपेक्षा गरेअनुरूप तासाले जवाफ दिएकोमा डर्लीको अनुहार खुसीले धपक्क बल्यो ।

कलेजअगाडि ट्यापट्याप रोकियो । डर्ली र तासा १०-१० गुड्स भाडा तिरेर उत्रे । डर्लीलाई आज ट्यापट्यापले ज्यादै छिटो

कलेज ल्याइपुऱ्याए झैं लाग्यो । आज ऊ पहिलो पटक मनमा उत्साह र उमङ्ग मात्र होइन, दम्भ र अहङ्कार पनि बोकेर कलेज प्रवेश गरेकी थिई । उसलाई आज आफू कोहीभन्दा पनि कम छैन जस्तो लागिरहेको थियो ।

कक्षाकोठामा सधैं झैं आज पनि क्याटलिन, कार्लिन र सिमेलियाको दबदबा र रबाफ कायम थियो । आज पनि क्याटलिनले नयाँ हेयर स्टाइल बनाएकी थिई । सिमेलियाले छोटो र पारदर्शी गाउन लगाएकी थिई, जसमा ऊ झन् सुन्दर देखिएकी थिई । कार्लिन नयाँ स्यान्डल र ह्यान्ड ब्यागको धक्कु लगाइरहेकी थिई । डर्लीलाई आज तिनको कुनै पनि व्यवहार र आडम्बरले आकर्षित गर्न सकेन । ऊ तिनीहरूलाई आज हेय दृष्टिले हेरिरहेकी थिई । उसलाई आफू पनि कार्लिन, क्याटलिन र सिमेलियाभन्दा कम छैन भन्ने लागिरहेको थियो । 'यिनीहरूलाई यस कलेजमा आफूभन्दा राम्रा, आफूभन्दा फेसनेबल र आफूजति खर्च गर्ने कोही केटी छैनन् जस्तो लागिरहेको होला ।' यिनीहरू सोच्दा हुन्, यिनका जस्ता ब्वाइफ्रेन्ड कसैका छैनन्, यिनका जस्ता गोरा ब्वाइफ्रेन्डहरू कसैले पाएकै छैनन् ।' डर्ली मनमनै हाँस्छे । 'यी मोरीहरूलाई के थाहा, मेरो पछि पनि लागिरहेको छ एक गोरो विदेशी, सम्भवतः ऊ अमेरिकी नै हो । यी छुसीहरूलाई के थाहा, मलाई देखेर त्यो विदेशीका आँखामा मेरा लागि कति माया सलबलाएको थियो ।' कति भोका र तृषित थिए उसका आँखाहरू ।

अनायासै डर्लीका आँखामा उसको गोरो अनुहार नाच्यो । ऊ भावविभोर भई । ऊ आँखा चिम्लिएर मन्दमन्द मुस्कुराउँदै गोरालाई सम्झन थाली । गोरासँगको मिलापका लागि ऊ पनि भित्री हृदयदेखि नै छटपटाइरहेकी थिई । सकेसम्म छिटो त्यो गोराबाबुसँग साइनो गाँसेर आफ्नो पनि अमेरिकी साथी छ भनेर धक्कु लगाउन ऊ पनि तम्सिएकी थिई, तड्पिरहेकी थिई ।

डर्ली गोराबाबुको कल्पनामा डुबिरहेकी थिई । त्यसै बेला उसको मोबाइल बज्यो । उसले हत्तपत्त मोबाइलमा हेरी, जोनासको नाम

आइरहेको थियो । उसले मोबाइल कानमा लगेर 'हेलो' भनी । जोनास उसलाई लिन आफू कलेजबाहिर आइसकेको कुरा बताइरहेको थियो । जोनासको प्रसङ्ग आएपछि डर्लीको दिमागबाट एकाएक गोराबाबुको अनुहार गायब भयो । ऊ अब जोनासलाई मात्र स्मरण गर्न थाली । उसको मनमा जोनाससँगका स्मृतिहरू ताजा हुन थाले । 'ओहो, मेरो जोनास ! ऊ कति ख्याल गर्छ मेरो ! कति माया गर्छ ऊ मलाई ! उसको अँगालोमा म आफूलाई सुरक्षित महसुस गर्छु ।' डर्लीको मन जोनासको माया सम्झेर पुलकित भयो । ऊ तासालाई 'जोनास आयो, म गएँ है' भन्दै कक्षाकोठाबाट बाहिर निस्केर गेटतिर लागी । तासा छक्क परेर डर्ली बाहिरिएको हेरिरही ।

'जे भए पनि जोनास मेरो प्रेमी हो । उसको अनुहार त्यति हिसी परेको छैन, न त ऊ विदेशी झैं गोरो र उज्यालो नै छ तर ऊ मलाई माया गर्छ । उसको खल्तीमा मलाई उपहार किनिदिने पैसा हुँदैन, ऊ डोमिनिकनबाट ल्याएका सेकेन्ड ह्यान्ड लुगा लगाउँछ, ट्यापट्याप चढ्छ तर मनको गरिब छैन ऊ ।' डर्ली गेटको छेउमा पुग्दासम्म जोनासकै बारेमा सोचिरहेकी थिई ।

गेटबाहिर जोनास मोटरसाइकलमाथि बसेर डर्लीको प्रतीक्षा गरिरहेको थियो । जोनासलाई मोटरसाइकलसहित देखेर डर्लीलाई अचम्म लाग्यो, साथसाथै ऊ खुसी पनि भइरहेकी थिई । 'यो मोटरसाइकल जोनासले किन्यो कि ? बिचरा ! बियर खाने त पैसा हुँदैन ऊसँग, कहाँबाट मोटरसाइकल किनोस् ?' डर्लीको दिमागमा विभिन्न कुरा खेलिरहेका थिए । रनभुल्लमा परेकी डर्लीलाई हेर्दै जोनास मुस्कुराइरहेको थियो । डर्लीले उसको मुस्कानको कुनै अर्थ लगाउन सकिन ।

"यो भाडाको मोटरसाइकल हो," जोनासले भन्यो ।

"किन ल्याएको ? ट्यापट्यापमा गइहालिन्थ्यो नि !"

"आज तिमीलाई घुमाउन मन लागेर ल्याएको नि ।"

"हो साँच्ची ?" डर्ली पुलकित भई । त्यसपछि डर्लीले जोनाससँग कुनै प्रश्न गरिन । ऊ जोनासको पछाडि बसी र कम्मरमा अँगालो हाली ।

जोनासले डर्लीलाई समुद्रको किनारैकिनार लिएर गयो । ताडका रूखहरूको बीचबाट गुज्रिँदै तिनीहरूले आफ्ना भावनाहरू साटासाट गरे । समुद्रको एकान्त कुना, सेतो बालुवाको बगर, जिउमा करेन्ट दौडाउने समुद्रका लहरहरूले डर्लीलाई मुग्ध बनाए । उसले जोनाससँग समुद्रमा डुबुल्की मार्ने इच्छा व्यक्त गरी । तिनीहरूले समुद्रमा फाल हाने । जोनासले डर्लीलाई आफ्नो काखमा राख्यो र अँगालो मारेर चुम्बन गऱ्यो । डर्लीले आँखा चिम्ली । उसको दिमागमा अचानक विदेशीको गोरो अनुहार नाच्यो । उसले जोनासको ठाउँमा त्यो विदेशीले समुद्रभित्र आफूलाई माया गरिरहेको कल्पना गरी । उसको शरीरमा एकाएक अचम्म लाग्दो कम्पन पैदा भयो । "ओहो, म कहाँ छु ?" ऊ बिस्तारै बुदबुदाई ।

"मेरो काखमा छ्यौ प्रिया," जोनासले उसको कानमा भन्यो ।

उसले आँखा खोली । जोनास उसलाई मायालु नजरले हेरिरहेको थियो । उसले ग्वाम्म अँगालो हाली । यो अँगालो जोनासका लागि थियो वा त्यो विदेशीका लागि, उसले छुट्याउन सकिन ।

"डर्ली, मैले भनेको एउटा कुरा मान्छ्यौ ?" जोनासले पानीले भिजेको उसको केश स्पर्श गर्दै भन्यो ।

"के कुरा जोनास ?"

"पहिले भन न, मान्छ्यौ कि मान्दिनौ ?"

"ल, मान्छु । भन, के भन्न खोजेका तिमीले ?"

"हामी बिहे गरौं है ?"

जोनासको कुरा सुनेर डर्ली पानीमा छप्ल्याङछप्ल्याङ गर्दै हाँस्न थाली ।

"किन अहिल्यै बिहे गर्नुपऱ्यो जोनास ?" डर्लीका आँखामा फेरि विदेशीको गोरो र उज्यालो अनुहार नाच्न थाल्यो ।

जोनासको अनुहार उदास झैं देखियो तर उसले उत्तिखेरै आफूलाई समाल्दै भन्यो, "तिमीले ठीकै भन्यौ डर्ली, अहिल्यै किन बिहे गर्नु हगि ?"

"हो त नि जोनास ! अझै हामीले कति घुम्न बाँकी छ, कति धेरै माया गर्न बाँकी छ, जीवन बुझ्न बाँकी छ, सपनाहरू देख्न बाँकी छ... ।" डर्लीका आँखाअगाडि गोराबाबुको उज्यालो अनुहार नाचिरह्यो । जोनासको माया उसको यथार्थ थियो भने त्यो विदेशी उसको सपना थियो, जसलाई पाउन ऊ लालायित थिई ।

समुद्रलाई जहाँको तहीँ छाडेर तिनीहरू बाहिर निस्के । जोनास फेरि डर्लीलाई समुद्रको किनारैकिनार घुमाउन थाल्यो । जोनासको रोमान्टिक मुड देखेर डर्ली भावविभोर भइरहेकी थिई ।

"डर्ली ।"

"अँ जोनास ।"

"म चाहन्छु– तिमी अझै राम्री बन ।"

"हो जोनास ? किन र ?"

"मलाई तिमी अझ राम्री हुन पाए हुन्थ्यो जस्तो लाग्छ । टेलिभिजनमा गीत गाउने त्यो केटी जस्तै आधुनिक, जो प्रत्येक गीतमा नयाँ कपडा फेर्छे, प्रत्येक पटकमा कपालको नयाँ ढाँचा बनाउँछे, जसलाई हरेक युवक आफ्नी प्रेमिका बनाउने चाहना राख्छन् । मेरी प्रिया, म तिमीलाई भाडाको मोटरसाइकलमा होइन, आफ्नै मोटरमा चढाउन चाहन्छु ।"

"जोनास !" डर्लीले जोनासको पिठ्युँपछाडिबाट कसेर अँगालो हाली । "तिमी मेरो बारेमा कति सुन्दर विचार राख्छौ जोनास ? आई लभ यू मेरो हनी !"

जोनास मुस्कुरायो मात्र । ऊ मुस्कुराएको डर्लीले महसुस गरी ।

जोनासले घर, बजार, पुल, चोक र मुख्य बजार हुँदै मोटरसाइकल घुमाउँदै लग्यो । जोनासलाई अँगालो मारेर बसेकी डर्ली आँखा चिम्म गरेर शीतल हावाको मज्जा लिइरहेकी थिई ।

जोनासले मोटरसाइकल 'होटल सिटाडेल'को गेटमा रोक्यो र डर्लीतर्फ हेऱ्यो । जोनासले आफूलाई होटलमा ल्याएको देखेर डर्ली अकमक्क परी तर एकैछिनमा खुसीले उसको अनुहार रातो भयो । 'जोनासलाई आज के सुर चलिरहेको छ हँ ?' उसले आफैँसँग प्रश्न गरी तर मनभित्रभित्रै ऊ पुलकित भइरहेकी थिई ।

जोनासले डर्लीलाई केही नभनी होटलभित्र लिएर गयो । अचानक डर्ली आश्चर्यचकित भई । होटलको मूल ढोकामै त्यही कालो चस्मा लगाएको गोराबाबु खडा थियो । डर्लीतिर हेरेर ऊ मुस्कुरायो ।

उसको मुस्कान देखेर डर्लीका अङ्ग-प्रत्यङ्गमा खुसीको लहर छायो । उसलाई अचानक आफूलाई मन पर्ने हराएको वस्तु पाए झैं भयो । डर्लीले पक्क परेर गोराको अनुहार हेरिरही । उसलाई बिहान भेट भएदेखि दिनभर गोराका बारेमा बुनेका सपनाहरू, स्मरण गरेका प्रसङ्गहरू याद आउन थाले ।

उसले भुली जोनासलाई, जो अझै पनि उसको प्रेमी थियो र जसले अघि मात्र उसको अगाडि बिहेको प्रस्ताव राखेको थियो ।

उसले एकछिनअगाडि जोनाससँग बिताएका रङ्गीन पलहरू, ताडका रूखको छाया, सेतो बालुवामा गरेको लुटपुटी, समुद्रको डुबुल्की र हावाको वेगसँगै कुदेको जोनासको मोटरसाइकलको धुकधुकी बिर्सिसकेकी थिई ।

"डर्ली, हिँड भित्र जाऔँ !" गोरा सुस्तरी बोल्यो । ऊ अझै मुस्कुराइरहेको थियो ।

स्वचालित मेसिन झैं ऊ गोराको नजिक गई । उसले डर्लीलाई अँगालो हाल्यो ।

"जोनास !" डर्ली अचानक पछाडि फर्की । उसले बल्ल आफूसँगै जोनास पनि छ भन्ने कुरा ख्याल गरेकी थिई ।

"जोनास गइसक्यो," गोरा हाँस्दै बोल्यो ।

"किन गयो ऊ ?" डर्ली अचम्मित भई ।

"किन बसोस् त ? ऊ यहाँ तिमीलाई पुऱ्याउन मात्र आएको हो," गोराका आँखा विजयी भावमा डर्लीलाई ताकिरहेका थिए ।

"ओहो, जोनास !" डर्लीले दुःख व्यक्त गरी ।

डर्ली गोराबाबुको अँगालोमा थिई । गोरा उसलाई माया गरिरहेको थियो, साथै डर्लीका सपनाका पत्रहरू खोलिरहेको थियो– ऊ एक दिन डर्लीलाई अमेरिका लिएर जानेछ ।

डर्लीको सपना पूरा भएको थियो । गोराबाबु, त्यो पनि अमेरिकी गोराबाबु उसलाई माया गरिरहेको थियो । डर्लीका आँखाअगाडि तासा, कार्लिन, क्याटलिन र सिमेलियाको अनुहार नाच्यो । उसलाई लाग्यो, मानौं तिनीहरू उसको वरिपरि नै छन् र उसलाई ईर्ष्यालु आँखाले हेरिरहेका छन् ।

"हेर है मोरी हो, के धक्कु लगाउँछौ नि ? मेरो पनि अमेरिकी ब्वाइफ्रेन्ड छ," डर्ली खित्का छाडेर हाँस्न थाली ।

भेनिसकी बूढी

सान पोलोको नयाँ फ्ल्याटमा सरेको तीन महिनापछि मात्र लोप्साङले थाहा पायो– उसको ठीक सामुन्नेको फ्ल्याटमा एउटी बूढी आइमाई बस्छे । बूढीको कर्कश आवाज सँगसँगै लहरिँदै आएको बिरालाको म्याउँम्याउँबाट उसले अनुमान गऱ्यो– त्यहाँ बूढीसँगै एउटा बिरालो पनि छ ।

वास्तवमा यो फ्ल्याट उसको होइन, उसले काम गर्ने रेस्टुराँ मालिक अल्फोन्जोले भाडामा लिएको हो । अल्फोन्जो सान मार्कोमा 'पिजारिया' रेस्टुराँ चलाइरहेको थियो । उसको घर पनि सान मार्को स्क्वारनजिकै थियो । यो उसको गोप्य फ्ल्याट थियो, जहाँ ऊ आफ्ना नयाँनयाँ प्रेमिकालाई लिएर आउँथ्यो र रासलीला गर्थ्यो । लोप्साङको अलग्गै कोठा भए पनि अल्फोन्जो आउने बेलामा ऊ प्रायः रेस्टुराँमा हुन्थ्यो । कहिलेकाहीँ मात्र मालिक र उसको जम्काभेट हुन्थ्यो । उसको मालिक ङिच्च दाँत देखाउँदै सोध्थ्यो– "लोप्साङ, तिमीलाई कुनै अप्ठ्यारो त छैन ?"

"छैन मिस्टर अल्फोन्जो, मलाई केही अप्ठ्यारो छैन ।"

ऊ अल्फोन्जोका लागि हार्ड ड्रिङ्क्स तयार गर्थ्यो । उसका प्रेमिकाहरू प्रायः रेड वाइन मन पराउँथे । त्यसैले ऊ नसोधीकनै रेड वाइन अफर गर्थ्यो ।

"हाउ ब्रिलियन्ट ?" अल्फोन्जोका प्रेमिकाहरू उसको 'प्रिजेन्स अफ माइन्ड'को तारिफ गर्थे । ऊ शिर झुकाउँदै मुस्कुराउँथ्यो तर भन्दैनथ्यो– 'यसभन्दा पहिले पनि मैले तिमीहरू जस्तै धेरै इटालियन सुन्दरीहरूलाई रेड वाइनको गिलास टक्र्याइसकेको छु ।'

फ्ल्याटमा सम्पूर्ण सुविधा थिए । ठूलो र आकर्षक बैठककोठाको र्‍याकमा मोटा गाता भएका पुस्तकहरू थिए । भित्तामा एन्टिक सामानहरूको बाहुल्य थियो । एउटा मास्टर बेडरूम थियो, जुन उसको मालिक प्रयोग गर्ने गर्थ्यो । अर्को सानो कोठामा ऊ बस्थ्यो । एउटा चिटिक्क परेको सुविधासम्पन्न भान्सा थियो तर त्यहाँ खानेकुराहरू विरलै पाक्ने गर्थे । ऊ छुट्टीमा भान्सामा दाल, भात, तरकारी, साग र चटनी बनाएर खान्थ्यो । खाना खाँदाखाँदै उसको मन नेपाल पुग्थ्यो । उसलाई आफ्नी आमाले खाना थपीथपी खुवाएको झल्को आउँथ्यो । उसका आँखा रसाउँथे । आफू बस्ने फ्ल्याटको ठीक सामुन्नेको फ्ल्याटमा बस्ने बूढी आइमाईलाई देखेपछि उसलाई आफ्नी आमाको सम्झनाले पिरोल्ने गर्थ्यो । उसलाई उत्निखेरै भेनिस छाडेर नेपाल फर्किन मन लाग्थ्यो तर कसरी फर्कोस् ऊ नेपाल ? उसले केही रकम जोड्न सकेको छैन ? आफ्नो हालत देखेर उसलाई टाउको समातेर क्वाँक्वाँ रून मन लाग्थ्यो ।

इटाली बसेको १० वर्ष भए पनि उसले राम्ररी भेनिस घुम्न पाएको थिएन । ऊ जति ठाउँ गयो, काम खोज्नका लागि गयो । उसले गल्ली र बाटाहरूका नाम याद गर्‍यो तर त्यहाँको आकर्षण र सुन्दरताको उसलाई कहिल्यै मतलब भएन । काम खोज्ने क्रममा ऊ सान मार्को, सान्ता मारिया, सान पोलो आदि ठाउँ गएको थियो । खल्ती गरम भएका बेला गन्डोला (डुङ्गा)मा चढेर ग्रान्ड क्यानलको सयर गर्न जान्थ्यो तर प्रायः ऊ हिँडेरै सबै ठाउँमा पुग्थ्यो । भेनिसको कुनै छेउटुप्पो थिएन ऊ नपुगेको तर उसलाई कुन ठाउँ किन महत्त्वपूर्ण छ र केका लागि प्रसिद्ध छ, पर्यटकहरू किन त्यहाँ आउँछन्, केही पत्तो थिएन । समुद्रमाथि तैरिरहेका पुराना घरहरूको

बस्ती हो भेनिस । भेनिसका बारेमा उसलाई यत्ति थाहा थियो, अरू कुनै कुराको चासो थिएन ।

हो, उसलाई एउटा ठाउँको सधैं चासो हुन्थ्यो– पिजारिया रेस्टुराँ, जहाँ ऊ काम गर्थ्यो । रेस्टुराँमा आएका ग्राहकहरूको टेबलमा अर्डरअनुसार भान्सामा तयार भएको पिजा पुऱ्याइदिनु उसको काम थियो । कहिलेकाहीँ घरघरमा पिजा पुऱ्याइदिने काम पनि गर्थ्यो ऊ । उसले यी १० वर्षमा आर्जन गरेको एउटै कुरा थियो– इटालियन भाषा । ऊ निर्धक्क इटालियन बोल्न सक्थ्यो तर लेख्न र पढ्न भने आउँदैनथ्यो । इटालियन भाषा बोल्न सक्ने भएकाले नै उसले धेरै समयपछि सान मार्कोको पिजारिया रेस्टुराँमा काम पाएको थियो ।

ऊ महिनामा १५ सय युरो पाउँथ्यो । सुरूका दिनमा उसलाई महिनामा हजार युरोको रोजगारी पाउन पनि हम्मे परेको थियो । घरभाडा र खानाको खर्च कटाउँदा दुईतीन सय युरो पनि बच्दैनथ्यो । तर अल्फोन्जोको फ्ल्याटमा बस्न थालेदेखि उसले घरभाडाबापत तिर्नुपर्ने रकम बचत गर्न थालेको थियो । मालिकको रासलीला उसका लागि फलिफाप भएको थियो ।

एक साँझ अल्फोन्जोले बूढीको फ्ल्याटतिर देखाउँदै भन्यो, "चिनेको छ त्यसलाई ?"

"अहँ," उसले मुन्टो हल्लायो ।

"साह्रै मापाकी छे त्यो बूढी, होस गर्नू !" अल्फोन्जोले फ्ल्याटतिर आँखा घुमायो ।

"हवस् ।" ऊ बोल्यो ।

"चिनजान पनि नगर्नू, किचकन्नी जस्ती छे," अल्फोन्जोले घृणाको भावले फ्ल्याटतिर हेर्दै भन्यो ।

उसका आँखामा भयको भाव देखियो । उसले बूढीको फ्ल्याटतिर हेर्दै नहेरी घोसे मुन्टो लगाएर भन्यो, "हवस् मिस्टर अल्फोन्जो ।"

अल्फोन्जो आफ्नी प्रेमिकासहित कोठाभित्र पस्यो । ऊ पनि आफ्नो कोठामा आयो र अल्फोन्जोले भनेको कुरा मनन गर्न थाल्यो ।

किन उसले बूढीलाई किचकन्नी भन्यो ? किन बूढीको नाम लिनेबित्तिकै उसको अनुहारमा चरम घृणाको भाव आयो ? किन उसले बूढीलाई नभेट्न भन्यो ? जति सोचे पनि उसले 'किन'को जवाफ फेला पार्न सकेन ।

अल्फोन्जोको आदेश ख्याल गर्दै बूढीको फ्ल्याटतिर नहेरूँ भन्दा पनि उसलाई हेर्न मन लाग्यो । उसले अलिकति पर्दा उघारेर हेर्‍यो । बूढी झ्यालमा अडेस लागेर यतैतिर हेर्दै थिइन् । उनको कपाल सेतै फुलेको थियो । चाउरी परेको गोरो अनुहार र सेतो कपालले उनको व्यक्तित्वलाई भयावह बनाएको थियो । झट्ट हेर्दा अल्फोन्जोले भने झैं भर्खर चिहानबाट उठेर आए जस्तै प्रतीत हुन्थिन् उनी ।

उसले हत्त न पत्त पर्दा लगायो ।

अल्फोन्जो गइसकेपछि उसले भाँडाकुँडा सफा गर्‍यो । अल्फोन्जोको बेडरूम सफा गर्‍यो । तन्ना र तकियाको खोल फेरेर वासिङ मेसिनमा हाल्यो । लुगा लगायो र रेस्टुराँ जान भनी ढोकामा ताल्चा मारेर बाहिर निस्क्यो । फ्ल्याटको एउटा साँचो अल्फोन्जोसँग हुन्थ्यो भने एउटा ऊसँग । फ्ल्याटमा जाने पनि दुइटा बाटा थिए । एउटा बाटो फ्ल्याटको मूल ढोकाभित्र छिरेर भऱ्याङ वा लिफ्ट चढी माथि जान्थ्यो भने अर्को बाटो पछाडिबाट थियो । पछाडिको बाटोबाट आउँदा फ्ल्याटको आँगनतिर छिर्नुपर्दैनथ्यो । अल्फोन्जो प्रायः पछाडिको बाटो प्रयोग गर्थ्यो । ऊ जबसम्म फ्ल्याटमा रहन्थ्यो, झ्याल र पर्दाहरू खोल्दैनथ्यो । कोठाभित्रका गतिविधिहरू गोप्य हुन्थे । ऊ बूढीलाई घृणा गर्थ्यो र कहिल्यै उसको सम्मुख पर्न चाहँदैनथ्यो ।

लोप्साङ मूल गेटबाट ढोका खोलेर बाहिर आउन लाग्दा बाहिरबाट भित्र आइरहेकी बूढीसँग उसको जम्काभेट भयो । बूढीका आँखासँग उसका आँखा जुधे । बूढीलाई देख्नेबित्तिकै ऊ एकछिन अकमक्क पऱ्यो । फुलेको सेतो केशराशि उनको काँधसम्म फैलिको थियो । चाउरी परेको बूढो अनुहारमा अझै बैंसको चमक बाँकी नै थियो । उनको नाकको डाँडीमा गुलाफी फ्रेम भएको पावरदार चस्मा

चढेको थियो । अल्फोन्जोले झुट बोलेको थियो वा ऊ भ्रममा थियो । नजिकबाट हेर्दा बूढी किचकन्नी जस्ती देखिन्नथिन् । उनका आँखामा मायाको भाव थियो ।

उसलाई देख्नेबित्तिकै बूढी मुसुक्क हाँसिन् । बूढीको काखमा सेतो बिरालो थियो ।

"कहाँ काम गर्छौ बाबू ?" उनी मायालु स्वरमा बोलिन् । "सान मार्कोको पिजारिया रेस्टुराँमा काम गर्छु आमा," ऊ बोल्यो । आफ्नो मुखबाट 'आमा' शब्द निस्केकोमा ऊ आफैं तीनछक परिरहेको थियो ।

"धेरै वर्षपछि कसैको मुखबाट म 'आमा' शब्द सुनिरहेकी छु," बूढीको अनुहारमा खुसी टप्किरहेको थियो ।

बूढीले बोलिनसक्तै लोप्साङ आफ्नी आमालाई सम्झन थाल्यो । उनी पनि यसै गरी बिरालालाई छोरो सम्झी काखमा च्यापेर बसिरहेकी छन् कि ? ऊ भावुक भयो ।

"कहिलेकाहीँ फुर्सद भएका बेला मलाई भेट न है बाबु !" बूढीआमा बोलिन् । उसले 'हवस्' भन्यो ।

'अल्फोन्जो किन यो बूढी आइमाईसँग यतिबिघ्न रिस गर्छ ?' उसले कुनै भेउ पाउन सकेन । ऊ रेस्टुराँ गयो र राति अबेरसम्म काम गरिरह्यो । उसको दिमागमा बूढी आइमाईको मुस्कुराइरहेको अनुहार नाचिरहेको थियो ।

'अल्फोन्जोले किन किचकन्नी भन्यो होला ?' उसका शब्दहरूले पटकपटक उसको ध्यान भङ्ग गरिरहेका थिए । बूढी आइमाईको व्यक्तित्व, व्यवहार र अल्फोन्जोको बूढीप्रतिको दृष्टिकोण विरोधाभासपूर्ण थियो । अल्फोन्जोको विचार जेसुकै भए पनि पहिलो भेटमै लोप्साङ बूढीप्रति सकारात्मक बनेको थियो । बूढीको अनुहारमा ऊ आफ्नी आमाको झल्को पाउँथ्यो ।

लोप्साङ रेस्टुराँको कामबाट छुट्टी पाएपछि राति अबेर फ्ल्याटमा फर्कन्थ्यो । सावर लिन्थ्यो र ओछ्यानमा डङ्ग्रङ्ग पल्टिन्थ्यो । पल्लो फ्ल्याटबाट आएको आवाजले उसको निद्रा बिथोलिन्थ्यो । ऊ ध्यान

दिएर सुन्थ्यो । त्यो आवाज बूढी र उसको बिरालाको हुन्थ्यो । बूढी बिरालालाई फकाइफुल्याइ गरिरहेकी हुन्थिन् तर बिरालो झन् चर्को स्वर गरी म्याउँम्याउँ गरिरहन्थ्यो ।

उसलाई झ्यालबाट मुन्टो बाहिर निकालेर 'के भयो आमा ?' भन्न मन लाग्थ्यो तर आफ्नो मालिकको डर लाग्थ्यो । 'अल्फोन्जोले थाहा पायो भने के भन्ला ?' ऊ मन मारेर बस्थ्यो । उसलाई यो फ्ल्याट छाडेर जानु थिएन, फेरि कामको खोजीमा भेनिसका गल्लीहरूको चक्कर मार्दै चप्पल घिस्याउनु पनि थिएन । उसले झ्याल बन्द गऱ्यो र ओछ्यानमा लम्पसार पऱ्यो । बूढीको फ्ल्याटबाट मध्यरातसम्म विभिन्न आवाजहरू आइरहेका थिए । यी आवाजहरू सुनेको भए सायद लोप्साङ डराउँथ्यो कि ?

बिहानीपख उसलाई बूढीका बारेमा खुलदुली जाग्थ्यो । ऊ झ्यालको पर्दा उघारेर बूढीको फ्ल्याटतिर नजर दौडाउँथ्यो । बूढी प्रायः बार्दलीको कुर्सीमा अडेस लागेर बसिरहेकी हुन्थिन् । उनको काखमा बिरालो हुन्थ्यो । उनको चाउरीले गुजुल्टिएको दाहिने हात बिरालाको शिरदेखि पुच्छरसम्म सरिरहेको हुन्थ्यो । उनी शून्यमा टोलाइरहेकी हुन्थिन् । लोप्साङ आफूलाई रोक्न सक्दैनथ्यो । ऊ अचानक सरर्र पर्दा उघारेर झ्याल खोल्थ्यो र टाउको बाहिर निकालेर बूढीतिर हेर्दै शिर झुकाउँथ्यो ।

उसलाई देख्नेबित्तिकै बूढीको अनुहारमा चाउरीका मुजा पर्थे । उनी मुसुक्क मुस्कुराउँथिन् । लोप्साङ महसुस गर्थ्यो– उसलाई देखेर बूढी हर्षित भएकी छिन् । उसलाई पनि हठात् आफ्नी आमाको सम्झना आउँथ्यो । 'मेरी आमा पनि घरको बार्दलीमा एक्लै टोलाएर बसिरहेकी होलिन् । बिदेसिएको छोरो कहिले फर्केला' भनेर बाटो हेरिरहेकी होलिन् । दिन, महिना र वर्ष गन्ती गरिरहेकी होलिन् ।' आमालाई सम्झेर ऊ भावुक हुन्थ्यो । उसलाई दौडेर गई बूढीलाई अँगालो हाल्न मन लाग्थ्यो तर अल्फोन्जोका शब्दहरू छेकबार बनेर आउँथे उसको अगाडि । ऊ तुरून्त झ्याल बन्द गरेर पर्दा लगाउँथ्यो । मुटुबाट भक्कानो फुट्थ्यो र आँखाबाट तरक्क दुई थोपा आँसु चुहाउँथ्यो ।

उसले बूढी आइमाईका बारेमा धेरै सोच्यो, उनको जीवनका बारेमा विभिन्न अनुमान लगायो– उनी कहाँबाट आएकी होलिन् ? कसरी एक्लै बसिरहेकी होलिन् ? उनलाई कसले खानेकुरा ल्याइदिन्छ होला ? कसले मन लागेको खानेकुरा बनाइदिन्छ होला ? जीवन चलाउने खर्च कसले जुटाइदिन्छ ? विभिन्न प्रश्नहरूले धेरै बेरसम्म अलमलिइरह्यो उसको मन । उसलाई यी सबै कुरा रहस्यमय लागिरहेका थिए । उसलाई बूढीभन्दा पनि रहस्यमय र कौतुकमय लाग्थ्यो मिस्टर अल्फोन्जो अर्थात् पिजारिया रेस्टुराँको मालिक, जो बूढीलाई छाडा शब्दले गाली गर्थ्यो ।

एक दिन बूढीसँग उसको फेरि जम्काभेट भयो । फ्ल्याटको मूल गेट खोल्नेबित्तिकै उसका आँखा सिँढीमा परे । सिँढीमा बूढी बसिरहेकी थिइन् । नजिकै बिरालो पस्रिरहेको थियो । ऊ नबोल्दै बूढीले झटपट बोलिहालिन्, "बिरालो बिरामी छ । रातभर कराइरहन्छ । डाक्टरलाई बोलाएकी छु, आउँदै होला ।"

बूढीलाई एक्लै सिँढीमा छाडेर ऊ आफ्नो फ्ल्याटमा जान सकेन ।

"डाक्टर नआउने भए अस्पताल लैजाऔं । म लगिदिन्छु आमा," लोप्साङले बूढीतिर आदरभावले हेर्दै भन्यो ।

"होइन होइन, आउँदै होला," बूढीले भनिन् । "तिमीले मलाई 'आमा' भनेर बोलाएको औधी मन पर्छ । म यो सोचेर भावुक हुन्छु, मेरो छोरो पनि तिमी जस्तै भइदिएको भए कति जाती हुन्थ्यो ?" बूढीले स्नेहसिक्त नजरले उसलाई नियाल्दै भनिन् ।

एकैछिनमा भेटरिनरी डाक्टर आयो । ऊ बिरालाको स्थायी डाक्टर थियो । बूढीको अनुरोधमा लोप्साङ फ्ल्याटमा आयो । फ्ल्याटभित्रको वैभव र सम्पन्नता देखेर ऊ छक्क पऱ्यो । उसको शिर घुम्यो । आँखा तिरमिरतिरमिर भए । ऊ हीन भावनाले ग्रस्त हुँदै सोफाको एक कुनामा थ्याच्च बस्यो ।

डाक्टर बिरालालाई सुई हानिरहेको थियो । उसले चारैतिर नियालेर हेऱ्यो । फ्ल्याट अल्फोन्जोको भन्दा कैयौं गुना राम्रो थियो– मूल्यवान् र आकर्षक सामानहरूले सजिएको ।

"तपाईंलाई कस्तो छ म्याडम ? मलाई लाग्छ, तपाईंलाई पनि सन्चो छैन । धेरै ड्रिङ्क्स नगर्नुहोला, रिस्क छ," डाक्टर बोल्यो । उसले बूढी आइमाईलाई हे¥यो । उनी मन्दमन्द मुस्कुराइरहेकी थिइन् । उनको अनुहारमा कुनै चिन्ता र क्लेश थिएन ।

"के खान्छौ बाबू ? ड्रिङ्क्स बनाऊँ ?" लोप्साङतिर हेर्दै बूढीले सोधिन् ।

"म भर्खर डिनर लिएर आएको आमा, केही नलिऊँ," उसले भन्यो ।

बिरालाको उपचार गरेर डाक्टर फर्क्यो । उसको पछिपछि लोप्साङ पनि आफ्नो फ्ल्याटमा फर्क्यो । दिनभरको कामको थकाइले होला, ऊ छिट्टै निदायो ।

रातभर बूढी आइमाईको फ्ल्याटबाट विभिन्न आवाजहरू आइरहे । हाँसेका, रोएका, रिसाएका, बोलेका, गीत गुनगुनाएका र रक्सीले मातेका स्वरहरू लहरिँदै लोप्साङको छेउमा आए र उसलाई ब्युँझाउने प्रयत्न गरे तर थाकेर चुर भएको लोप्साङ निद्रा ओढेर सुतिरह्यो ।

ऊ अलि अबेर उठ्यो र नुहाइधुवाइ गरेर काम गर्न दौड्यो । बाटामा पुगेपछि उसले सम्झ्यो– 'ओहो, आज त बूढी आमैलाई हेर्न भुलिएछ ।'

राति ऊ फ्ल्याटमा फर्क्यो । उसले पर्दा उघारेर बूढी आइमाईको फ्ल्याटमा हे¥यो । कोठाभित्र बत्ती बलिरहेको थियो तर बार्दलीमा कोही थिएन । कोठाभित्र पनि बूढी र बिरालाको कुनै चहलपहल थिएन ।

'सुतिसके होलान् ।' उसले मनमनै सोच्यो र आफू पनि ओछ्यानमा लम्पसार प¥यो ।

बूढी आइमाईको फ्ल्याटबाट रातभर बिरालो रोएको एकोहोरो आवाज आइरह्यो । लोप्साङ आफ्नो फ्ल्याटमा मस्त निदाइरह्यो ।

दोस्रो दिन, तेस्रो दिन, चौथो दिन र पाँचौं दिन पनि उसले बूढीलाई देखेन । बिरालो पनि गायब भयो । उसले सोच्यो– सायद बूढी आमा बिरालो लिएरै कतै आफन्तकहाँ गइन् वा घुम्न निस्किन् ।

दिउँसो लोप्साङ रेस्टुराँमा काम गरिरहेको थियो । ग्राहकहरू कोही भर्खर आएर पिजाको अर्डर दिइरहेका थिए, कोही पिजा खाइरहेका थिए । ऊ ग्राहकलाई पिजा सर्भ गरिरहेको थियो ।

अचानक रेस्टुराँमा अल्फोन्जो आयो । ऊ निकै हतारमा देखिन्थ्यो ।

"लोप्साङ," उसले बोलायो । "त्यो बूढी थिई नि, किचकन्नी बूढी, मरिछ । मरेको तीनचार दिनै भइसकेको रहेछ । लास सढेर आएको गन्धले मात्र मान्छेहरूले चाल पाएछन्," अल्फोन्जो नरोकिई भनिरहेको थियो, "उसको बिरालो पनि बूढीको काखमा मरिरहेको भेटिएछ । जे भो राम्रै भो ! यस्ता आमा हुनुभन्दा त नहुनै जाती," उसको स्वर धोद्रो भइरहेको थियो ।

"आमा," लोप्साङले अचम्म मान्दै उसलाई हेर्‍यो ।

"हो, ऊ मेरी आमा थिई । उसले मलाई जन्माई; बस, काम खत्तम ! त्यसपछि उसको जीवन थुप्रै पुरूषसँग रोमान्स गर्दैमा बित्यो । उसका अन्य सन्तानहरू पनि छन्, जो अज्ञात छन् । ऊ मलाई जन्म दिने आमा हो तर म उसलाई घृणा गर्छु । अब त ऊ मरिसकी," अल्फोन्जोको आवाज भावुक भइरहेको थियो । ऊ आफ्नो मनभित्रको पीडा पोखिरहेको थियो । लोप्साङले यसभन्दा पहिले कहिल्यै अल्फोन्जोलाई यस रूपमा देखेको थिएन ।

"म उसको लास हेर्न जान सक्छु ?" लोप्साङले अल्फोन्जोलाई भन्यो ।

"पुलिसले लास पोस्टमार्टमका लागि लगिसक्यो होला । अब हामी भोलि उसको अन्त्येष्टिमा जाऔंला । किचकन्नी नै भए पनि आखिर उसले मलाई जन्म दिएकी हो," अल्फोन्जोले भन्यो ।

उसको कुराले लोप्साङको मनमा चोट पुग्यो । ऊ अल्फोन्जोले आफ्नी स्वर्गीय आमाका बारेमा नराम्रो कुरा नगरोस् भन्ने चाहन्थ्यो ।

अन्त्येष्टिको काम समाप्त भएपछि वकिलले बूढी आइमाईको इच्छापत्र पढेर सुनायो । बूढीको नाममा रहेको करोडौंको सम्पत्ति

उनको निधनपश्चात् उनले पालेको बिरालाको नाममा हस्तान्तरण हुने उल्लेख गरिएको थियो । बिरालो पनि मरेपछि त्यो सारा सम्पत्ति कानुनबमोजिम सरकारको ट्रस्टमा दाखिल भएको थियो ।

"ऊ मरिसकेपछि आमा हो कि भन्ने भावना जागेको थियो मनमा, तर होइन रहेछ । सब बकवास ! ऊ मान्छे होइन, बिरालो थिई, बिरालोकी आमा बिरालो नै त हुन्छे," अल्फोन्जो जोडले चिच्च्याउन थाल्यो ।

हान् घण्टा हान्...

म बिहान ब्युँझँदा नेत्र बिछ्यौना छाडेर बाथरूमभित्र छिरिसकेको थियो । हामी राति सँगै सुतेका थियौं एउटै बेडमा । भुइँमा कम्बल बिछ्याएर कृष्ण, सुशील र शङ्कर चेप्टिएर सुतेका थिए । तिनीहरू कति बेला कामबाट फर्के र कति बजे सुते, मैले चालै पाइनँ । तिनीहरू गहिरो निद्रामा थिए । कृष्ण र शङ्कर भने पालैपालो घुरिरहेका थिए ।

तिनीहरूलाई नाघ्दै म लिभिङरूममा गएँ । त्यहाँ एक थान टिभी र एक सेट गद्दावाल सोफा थियो, सोफामाथि कम्बल र तकिया । हिजो म टिभी हेरिरहेका बेला हरि र राजेन्द्रले कम्बल र तकिया ल्याएर सोफामा ढल्कँदै भनेका थिए, "बिहानै पाँच बजे घण्टा हान्न जानु छ दाइ... । हामी त सुत्यौं ।"

"घण्टा हान्न कहाँ जानुपर्छ भाइ ? मैले त बुझिनँ," मैले सोधें ।

राजेन्द्र र हरि दुवै हाँसे र मलाई अर्थ बुझाउँदै भने, "काममा जानुपर्छ भनेको नि दाइ... । यहाँ त घण्टाघण्टाको हिसाब हुन्छ । जति धेरै घण्टा हान्यो, त्यति धेरै डलर आउँछ ।"

"काम गर्न जाने भने भइहाल्थ्यो नि... । किन घण्टा हान्ने भन्नु ?" मैले भनें ।

"यहाँ सबै घण्टा हान्ने नै भन्छन् दाइ... । हामीले मात्र नभनेर केही फरक पर्दैन । हामीले पनि यहीँ आएर सिकेका हौं," हरि बोल्यो ।

"घण्टाको गन्ती गरेर काम गर्ने हुनाले घण्टा हान्ने भनेको ठिकै हो दाइ...," राजेन्द्रले मेरो चित्त बुझाउन खोज्यो । मलाई पनि तिनीहरूले भनेका कुरा ठिकै जस्तो लाग्यो ।

"ल ठीक छ । भाइहरू सुत अब । भोलि छिटो उठ्नू र घण्टा हान्न जानू । म भने तिमीहरूको नयाँ पाहुना भएकाले केही दिन घण्टा नहानी बस्छु," मैले मुस्कुराउँदै भनें । मेरो कुरा सुनेर तिनीहरू जोडले हाँसे ।

हिजो हरि र राजेन्द्रसँग भएको वार्तालाप सम्झँदै म मनमनै हाँसिरहेको थिएँ । बाथरूमको ढोका खुल्यो । नेत्र बाहिर आयो ।

"दाइलाई ट्वाइलेट जान ढिलो भयो कि ?" उसले शिष्टता देखायो ।

"होइन भाइ, म प्रायः बिहान छिट्टै उठ्छु," मैले भनें ।

"चिया खाने दाइ ?"

"हुन्छ भाइ... ।"

ऊ चिया बनाउन भान्सातिर छिऱ्यो ।

म सोफामा बसेर टिभी हेर्दै उनीहरूको अवस्थाको विश्लेषण गर्न थालें ।

यस फ्ल्याटमा बेडरूम, लिभिङरूम, भान्सा र बाथरूम गरी जम्मा चार कोठा छन् । सुत्ने कोठा एउटा मात्र छ तर टिभी राखेको लिभिङरूमलाई पनि बेडरूमकै रूपमा प्रयोग गरिरहेका छन् । यहाँ छ जना बस्छन्– नेत्र, कृष्ण, सुशील, शङ्कर, हरि र राजेन्द्र । मसमेत अहिले सात जना पुगेका छौं । नेपालबाट आएको दुई दिनमै मलाई यी नेपाली ठिटाहरूको हालत तिनको घरका मान्छेहरूले सोचे जस्तो छैन भन्ने अनुभव भइसकेको थियो ।

नेत्रले कालो चिया लिएर आयो । हामी दुवै चिया पिउन थाल्यौं ।

"दाइ, डिभी परेर आउनुभएको हो, होइन त ?"

"हो भाइ, डिभी पऱ्यो । अमेरिका आई पनि पुगियो तर काम पाउन गाह्रो होला जस्तो लागिरहेको छ मलाई ।"

नेत्र हाँस्यो ।

"हामी भ्रममा छौं दाइ– डिभी पर्नेबित्तिकै अब अमेरिकी भइयो... । अमेरिका पुगेको भोलिपल्टै बङ्गला, गाडी, भने जस्तो नोकरी सम्पूर्ण सुविधा आफूलाई खोज्दै टुप्लुक्क आइपुग्छन् भन्ने ठान्छौं । तर यहाँको हालत के थाहा ?" नेत्रले निन्याउरो अनुहार लगायो ।

"म पनि डिभी परेरै आएको हो दाइ ! तीन महिना भइसक्यो, कतै काम पाएको छैन । आफूसँग भएको एक टुक्रा जमिन बेचेर ल्याएको रकम पनि सिद्धिनै आँट्यो । धन्न परिवार लिएर आइएन । घरका मान्छे त 'स्वास्नी र बच्चासमेत लिएर जा' भन्दै थिए," नेत्र गम्भीर भयो ।

नेत्रको कुरा सुनेर म छाँगाबाट खसे झैं भएँ । मेरा हातखुट्टा गले । आफ्ना सपनाहरूमाथि तुषारापात हुने सम्भावनाले म त्रसित भएँ ।

"नेपालमा दाइ के गर्नुहुन्थ्यो ?" नेत्रले सोध्यो ।

मलाई भन्न अलि अप्ठ्यारो लाग्यो– मन्त्रालयमा म उपसचिव थिएँ । त्यसैले भनें, "म त्यस्तै सरकारी जागिरे थिएँ भाइ... ।"

"नआत्तिनोस् दाइ, काम मिलिहाल्ला," उसले ढाडस दियो मलाई ।

"त्यही घण्टा हान्ने काम त होला, हैन र भाइ ?"

"त्यै त हो नि दाइ... । नेपालमा जतिसुकै पढेको डिग्री र कामको अनुभव भए पनि केही काम लाग्दैन । यहाँ जिरोबाट सुरू गर्नुपर्छ दाइ...," नेत्र बुज्रुक बनेर मलाई नयाँ पाठ पढाइरहेको थियो ।

सुतिरहेका केटाहरू अझै उठिसकेका थिएनन् । नेत्र भान्सामा खत्र्याकखुत्रुक गरिरहेको थियो ।

"चामल र तरकारी सिद्धिसकेको रहेछ दाइ... । यी मोराहरू कुन बेला उठ्ने हुन् । बिहान नौ बजे नै घण्टा हान्न जान्छन् । तिनीहरू उठ्नुभन्दा पहिले नै खाना बनाइसक्नुपर्छ," नेत्रले चिन्तित मुद्रामा मलाई भन्यो ।

"त्यसो भए सामान लिन जाऔं भाइ...," मैले भनें ।

हामी कपडा लगाएर बाहिर आयौं ।

"नजिकै चाइना टाउन छ दाइ, त्यहीँ जाऔं । सामान सस्तो पाइन्छ," हामी सडकको पेटीमा हिंड्दै चाइना टाउनतिर लाग्यौं ।

"पासपोर्ट बोक्नुभएको छ दाइ ?" ऊ बोल्यो ।

"अहँ, बोकेको छैन । बाकसमा राखेको छु ।"

"ओहो ! यहाँ त 'ट्वाइलेट जाँदा पनि पासपोर्ट सँगै राख्नू' भन्छन् ।

अब सधैं पासपोर्ट आफ्नो साथमा राख्नुहोला । कुन बेला पुलिसलाई शङ्का लाग्छ र केरकार गर्दै पासपोर्ट माग्छ, पत्तो हुँदैन," उसले मलाई अर्को पाठ पढायो ।

हुन त मलाई यी सम्पूर्ण कुरा थाहा नभएका होइनन् तर अमेरिका छिर्नेबित्तिकै म केही थाहा नपाए जस्तो बकलाटो भएकाले सबै कुरा जिरोबाट सुरू गरिरहेका थिएँ ।

"नेपालमा पनि चाइना टाउन छ, हैन दाइ ?" ऊ बोल्यो ।

"छ भाइ.... ।"

"तर यहाँ सबै माल ओरिजिनल हुन्छ, फरक यत्ति हो," उसले मलाई नयाँ जानकारी दियो ।

चाइना टाउन पुगेपछि चीनको कुनै सहरको गल्लीभित्र पसेको अनुभूति भयो । पसलेहरू चाइनिज, सामान चाइनिज, बहुसङ्ख्यक ग्राहक पनि चाइनिज... । साँच्चै नै ओरिजिनल चाइना टाउन नै थियो ।

चाइना टाउनमा सबैभन्दा सस्तो चामल, दाल, आलु, काउली, बन्दा, प्याज, टमाटर र तेल किन्यौं । ऊ पर्स निकालेर पैसा छामछुम गर्दै थियो । मैले अनुमान लगाएँ, सायद ऊसँग आवश्यक रकम नहुन सक्छ । मैले बिल तिरें । उसको अनुहार उज्यालो देखियो ।

"अरू केही लिनु छ भाइ ?"

"छैन जस्तो लाग्छ दाइ... । तर मासु नखाएको धेरै भयो । चिकन लग्ने हो कि ?"

"हुन्छ," मैले भनें ।

म सामान बोकेर उभिइरहें । ऊ चिकन लिन भित्र छि-यो । मैले फेरि दुई किलो चिकनको पैसा चुक्ता गरें ।

"सरी दाइ, म रकमै नलिई आएछु । कृष्ण र शङ्कर दाइले मलाई गाली गर्ने भए ।"

"किन ?" मैले सोधें ।

"दाइलाई सामान किनाएको भन्ने थाहा पाएपछि मलाई पिट्न बेर छैन । जोसुकै नेपाली आए पनि कम्तीमा एक महिनासम्म हामी मिलेर पाल्न सक्छौं दाइ... । सहयोग गरेका पनि हौं । दाइ त झन् जेठोबाठो र कृष्ण दाइको जिल्लावासी पर्नुभो," उसले अप्ठ्यारो मान्दै भन्यो ।

"धत्, यस्तो कुरा पनि सोच्ने भाइ । आखिर खाना मैले पनि खाने हो नि... । भाइहरूको समस्या मैले बुझेको छु," मैले उसको पिठ्युँमा प्याट्ट हिर्काएँ ।

हामी सडकको पेटीमा हिँड्दै डेरातर्फ फर्कंदै थियौं । सडकमा बेतोडले गाडी हुइँकिइरहेका थिए ।

"दाइलाई एउटा कुरा थाहा छ ?" सडकतर्फ हेर्दै बोल्यो ऊ ।

"के ?"

"यहाँ मोटरहरू दायाँ साइडबाट हाँक्नुपर्छ । हामीकहाँ त बायाँबाट हाँक्छन् । अनि जेब्रा क्रसमा हरियो बत्ती बल्यो भने मात्रै हिँड्नुपर्छ । नेपालमा त रातो बत्ती बलेकै बेला पनि मान्छेहरू गाडीलाई हातले 'रोक्रोक्' भन्दै हिँडिरहेका हुन्छन् ।"

ऊ मलाई मिनेटमिनेटमा नयाँ जानकारी दिइरहेको थियो । आफूलाई यी झिनामसिना कुराहरू थाहा भए पनि मैले थाहा नभए झैं गरें । ऊ मभन्दा पहिले अमेरिका पुगेको थियो, त्यसैले ऊ मभन्दा सिनियर भयो । उसले जिरो लेभल पार गरिसकेको थियो तर म भने जिरो लाइनमा खडा थिएँ ।

हिँड्दाहिँड्दै उसले मेरो लुगा हे-यो अनि जुत्ता पनि हे-यो ।

"दाइ, तपाईंले लगाउनुभएको लुगा छ नि, यत्तिकै लगाइराख्नुभयो भने एक महिनासम्म पनि मैलो हुन्न । धुनै पर्दैन । जुत्ता पनि त्यस्तै हो । एक पटक पालिस लगायो भने दुई-तीन महिनासम्म पनि टलक्क टल्केको हुन्छ । हाम्रो नेपालको त कुरै नगरौं हे...हे...हे...," ऊ हाँस्न थाल्यो ।

"राम्रै रै'छ भाइ, साबुनको पैसा जोगिने भो ।"

"कहाँ दाइ पनि... । यहाँ साबुनले घरमा लुगा धुने हो र ? सबै कपडा पोको पारेर लन्ड्रीमा लग्नुपर्छ । एक घण्टामै धोइपखाली सुकाएर ठिक्क पारिदिन्छ," उसले मुसुमुसु मुस्कुराउँदै मतिर हेऱ्यो ।

हामी बसेको फ्ल्याट आइसकेको थियो ।

"बाँकी कुरा बिस्तारै बुझ्नुहुन्छ दाइ," नेत्रले मलाई सान्त्वना दिए झैं गरी भन्यो र सिँढी उक्लिन थाल्यो ।

मेरा आँखामा मन्त्रालयको घुम्ने कुर्सी फनफनी नाचिरहेको थियो ।

भुइँमा कृष्ण, शङ्कर र सुशील अझै सुतिरहेका थिए । नेत्र भान्सामा पसेर खाना बनाउने उपक्रम गर्न थाल्यो ।

"दाइ, आज भात र कुखुराको मासु मात्र पकाऊँ है । तरकारी पकाउन ढिलो होला जस्तो छ । नौ बजे यिनीहरूलाई घण्टा हान्न जानुपर्छ ।" मैले 'नाइँ' भन्ने कुरै भएन । म त अहिलेसम्म पाहुना जस्तै थिएँ ।

नेत्र खाना तयार गर्न थाल्यो । म चिया र पाउरोटी खाँदै टिभी हेर्न थालें । नेपालको समाचार आइरहेको थियो । नेपालमा साँझको नौ, साढे नौ बज्यो होला ।

मैले आफ्ना मातापितालाई स्मरण गरें । आफ्नी प्राणप्यारी श्रीमती र छोराछोरीलाई सम्झें । म अमेरिका आइपुगेकोमा तिनीहरू कति मक्ख परिरहेका होलान् । मनमा कति चाहनाहरू सजाइरहेका होलान् । आफूहरू पनि अमेरिका गएर सुखसँग जीवन बिताउने कल्पनामा रमाइरहेका होलान् । तर अमेरिकामा बसेका नेपालीहरूको जीवन

नेपालमा बस्ने नेपालीहरूले सोचे झैं, खोजे झैं र चाहे झैं छ त... । मेरो दिमागमा यिनै विचारहरू आइरहेका थिए । म सोचिरहेको थिएँ, वास्तवमा उपसचिवको जागिर छाडेर भौतिक सुखको मोहमा अमेरिका भासिएको म सही थिएँ ? के मेरो निर्णय विवेकसम्मत थियो ?

"के सोचिरहनुभएको दाइ ? घर सम्झेर बोर लागिरहेको होला," कृष्ण मसँगै सोफामा बस्यो । कृष्ण, शङ्कर र सुशील निद्राबाट ब्युँझिसकेका थिए । शङ्कर र सुशील बाथरूमभित्र थिए ।

"त्यस्तै हो दाइ... । सुरूसुरूमा घर र परिवार सम्झेर बोर लाग्छ, त्यसपछि गतिलो काम नपाएकोमा बोर लाग्छ अनि बढीभन्दा बढी घण्टा हान्न पाए हुन्थ्यो भन्ने सम्झेर बोर लाग्छ । पैसा कमाउने दिन आएपछि अरूले धेरै कमाइसके, आफूले भने अझै प्रगति गर्न नसकेको भन्ने ठानेर बोर लाग्छ । चाहेजति पैसा कमाए पनि सुख मिल्दो रहेनछ दाइ... । अरूले आफ्नो डाह र ईर्ष्या गरेको देखेर झन् बोर लाग्छ । मलाई लाग्छ, जीवन भनेकै यी असन्तुष्टिका पानाहरू कम्पाइल गरिएको एउटा नोटबुक जस्तै हो ।"

कृष्ण भावुक भयो । उसको विचार सुनेर म छक्क परें । कृष्ण विद्यार्थी भिसामा अमेरिका आएको पाँच वर्ष भइसक्यो । उसको सपना थियो– दुःखजिलो गरेर पढ्ने र डिग्री लिने अनि केही वर्ष काम गरेर पैसा कमाउने र नेपाल फर्किने । तर आफ्नो जीवन धान्न सक्ने कामको चापमा उसले पढाइलाई निरन्तरता दिन सकेन, छुट्यो । अर्थात् उसको परिचय शैक्षिक योग्यताविहीन एक विशुद्ध कामदार बन्यो । उसले अहिलेसम्म विवाह गरेको छैन र छिट्टै गर्ने योजना पनि बुनेको छैन ।

"यो पाँच वर्षमा कति प्रगति गरियो त भाइ ?" मैले सोधें ।

"यो फ्ल्याट भाडामा लिएर बस्न सुरू गरेको छु दाइ... । बीचमा शङ्कर र सुशील आए । उनीहरूलाई पनि यतै राखें र रेस्टुराँ, पेट्रोल पम्पतिर काम खोजिदिएँ । सुशील डिभी परेर आएको हो । शङ्कर कलाकारका रूपमा भिसा पाएर आएको थियो, पछि नेपाल नफर्किएर यतै लुक्यो । नेत्र आएको केही महिना मात्र भयो," कृष्णले भन्यो ।

"खाना तयार भयो कृष्ण दाइ...," नेत्रले जनाउ दियो ।

"दाइलाई खुवा न पहिले," कृष्णले भन्यो ।

"सबै जनालाई भात राखिसकें," नेत्रले भन्यो ।

हामी भात र झोलसहितको मासु राखेको थाल समातेर सोफामा आएर बस्यौं । भान्सामा सबै जना अट्ने ठाउँ थिएन ।

कृष्ण, सुशील र शङ्कर 'ढिलो हुने भो' भन्दै कपाकप खान थाले । मैले घरमा श्रीमतीले माया गरी पकाएको स्वादिष्ट खाना सम्झें । नमज्जा लागेर आयो । एकएक गाँस निल्न पनि मुस्किल पऱ्यो । मैले आधा भाग खाँदासम्म उनीहरू उठिसकेका थिए र वास बेसिनमा थाल धोइरहेका थिए ।

"दाइ दिनभर आराम गर्नोस् । दस बजेतिर हरि र राजेन्द्र आउलान् । उनीहरूसँग बसेर मन बहलाउनुहोला," कृष्ण लुगा लगाउँदै भन्दै थियो ।

तिनीहरू घण्टा हान्न गए । कृष्ण सुपर मार्केटमा सामानहरू विभिन्न ठाउँमा सप्लाई गर्ने काम गर्थ्यो । शङ्कर रेस्टुराँमा बेयरा थियो भने सुशील पेट्रोलपम्पमा गाडीहरूमा इन्धन भर्ने काम गर्थ्यो ।

नेत्र भान्सामा भाँडा माझिरहेको थियो । मैले नेत्रलाई सहयोग गर्न खोजें । उसले मानेन ।

"दाइ, सधैं मैले नै भाँडा माझ्ने होइन । हाम्रो पालो हुन्छ । भान्साको खर्च पनि सबै जना बराबर बेहोर्छौं । एउटै फ्ल्याटमा छ जना बसेकाले जीवन धान्न त्यति गाह्रो छैन," नेत्र आफ्नो अनुभव बताउँदै थियो ।

"नेत्र भाइ, शङ्कर भाइको त भिसा छैन नि ?" मैले भनें ।

"हो दाइ, ऊ बिचरा लुकीलुकी काम गर्छ ।"

"अनि पुलिसले समात्यो भने ?"

"नेपाल फिर्ता पठाइदिन्छ दाइ... ।"

"यसरी काम गर्नु सम्भव छ त ?"

"विवशतामा बाँच्नुपरे जे पनि सम्भव हुँदो रहेछ । जे होला, देखा जाला भन्दै रिस्क लिएर काम गरिरहेको छ ऊ," नेत्र गम्भीर देखिएयो । "आफूले अझै बाआमाले एयरपोर्टमा निधारमा रातो टीका र घाँटीमा सयपत्रीको माला पहिराएर बिदा गरेको दृश्य बिर्सन सकेको छैन ।" ऊ रून्चे स्वरले भनिरहेको थियो । "प्लेनमा चढेर अमेरिका नपुग्दासम्म यात्राभरि अमेरिका पुगेको, पढीलेखी ठूलो भएको, राम्रो काम पाएर केही वर्षमै घरजम गरेको, मातापितालाई अमेरिका बोलाएर सुखसँग राखेको सपना देखेको थिएँ दाइ... । तर यहाँ आइपुग्नेबित्तिकै सबै चकनाचुर भयो । पूरा नहुने सपना देखिएछ दाइ...," नेत्रका आँखा रसाइरहेका थिए । म भने किंकर्तव्यविमूढ बनेर उसलाई हेरिरहेको थिएँ– उसलाई के भनेर सान्त्वना दिऊँ ? मसँग कुनै शब्द थिएनन् । मेरा सपनाहरू पनि सायद नेत्रका धुजाधुजा बनेका सपनासँग मिसिएर छरिएका थिए ।

म दिनभर कहिले बिछ्यौनामा पल्टिने, कहिले सोफामा ढल्केर टिभी हेर्ने त कहिले आफ्नो भविष्य सम्झेर टोलाउने गरिरहेको थिएँ ।

दिउँसो तीन बजेतिर हरि र राजेन्द्र घण्टा हानेर फर्के । उनीहरू उतै खाना खाएर आएछन् ।

"एउटा चिकन बर्गरसँग कोक खायौं दाइ... । हाम्रो दिउँसोको खाना यही हो," हरिले भन्यो । राजेन्द्रले नेत्रका लागि खुसीको सन्देश लिएर आएको थियो– उसको रेस्टुराँमा भाँडा माझ्ने मान्छे चाहिएको रहेछ । उसले रेस्टुराँ मालिकलाई 'मेरो साथीलाई लिएर आउँछु' भनेछ ।

नेत्र सोचमग्न भयो । काम गर्ने-नगर्ने, दोधारमा थियो ऊ ।

"तेरो एमएको डिग्री यहाँ केही काम लाग्दैन बन्धु ! यहाँ पढेर डिग्री लिन सके त राम्रै काम पाउँथिस् होला । तँलाई थाहा छ, म के सम्झाऊँ ?" राजेन्द्रले भन्यो ।

"केही वर्ष भाँडा माझ्, त्यसमा पर्फेक्ट भइस् भने अनि बल्ल टेबलबाट ग्राहकले खाएका जुठा प्लेटहरू उठाउने काम गर्लास् । तेरो पनि हाम्रो जस्तै प्रोमोसन हुनेछ," हरिले भन्यो ।

नेत्र काम गर्न तयार भयो । सुरूमा हिचकिचाहटको भाव देखिए पनि पछि उसको अनुहार उज्यालिँदै आयो ।

भोलिदेखि नेत्र पनि घण्टा हान्न जाने भयो । मलाई खुसी लाग्यो ।

"दुईतीन घण्टा हामी फुर्सदमा छौं, घुम्न जाने हो दाइ ?" हरिले भन्यो । राजेन्द्र पनि मलाई घुमाउन उत्साहित देखियो ।

नेत्रलाई घरमै छाडेर हामी तीन जना घुम्न निस्क्यौं ।

"कहाँ जाने हो दाइ ?" राजेन्द्रले सोध्यो ।

"स्ट्याच्यु अफ लिबर्टी हेर्न जान पाए हुन्थ्यो," मैले भनें ।

"ओहो, त्यहाँ त हामी ऐलेसम्म गएकै छैनौं दाइ," ऊ बोल्यो । तिनीहरू अमेरिका आएको पाँच वर्ष भइसकेको थियो तर अहिलेसम्म संसारकै सबैभन्दा चर्चित र दर्शनीय स्थल नहेरेकोमा मलाई आश्चर्य लाग्यो ।

"हैन, के भनेको भाइ ? साँच्चै हेरेको छैन ?" मैले सोधें ।

"धरोधर्म दाइ... । कामबाट फुर्सदै हुँदैन, कहाँ जानु ! त्यहाँ जाँदा आधा दिन लाग्छ । अनि घण्टा कसले हानिदिने नि ? घण्टा नहानी खान पाइँदैन," ऊ बोल्यो ।

"त्यसो भए संयुक्त राष्ट्रसङ्घको बिल्डिङ हेर्न जाऔँ ।"

हरि खितखित हाँस्यो । मैले उसलाई हेरें ।

"दाइ त हामी जाँदै नगएको ठाउँको मात्र नाम लिनुहुन्छ । दाइ, यो अमेरिकामा घुम्न आउनुभएको हो कि काम गर्न ?" हरिले भन्यो । उसको बोलीमा झिँज्याहट थियो ।

"काम गर्न," मैले भनें ।

"ठीक भन्नुभो दाइले । यहाँ घुम्नका लागि कि मन्त्री र सांसद भएर आउनुपर्छ कि त कुनै पार्टीको नेता भएर आउनुपर्छ । युएन

मिसनमा काम गर्नेहरू पनि गोजीमा डलर बोकेर घुम्न आउँछन् । नत्र घण्टाघण्टा हानेर, पसिना चुहाएर कमाएको पैसाले घुम्न पनि मन लाग्दैन दाइ... ।"

"टाइम स्क्वार जाऔं न त भाइ... । वाल स्ट्रिट जर्नल र त्यहाँ राखिएको तामाको बसाहा, टाइम स्क्वारमा रहेका अन्तर्राष्ट्रिय ब्रान्डेड सामानका सोरूम तथा कार्यालयहरू हेरौं । मैले यस सम्बन्धमा पत्रपत्रिकामा धेरै लेखहरू पढेको छु," मैले आफ्नो इच्छा भनें ।

"दाइ, यति पढेको मान्छे किन आउनुपरेको होला अमेरिका । यस्तै हो भने त तपाईं घण्टा हानेर पैसा कमाउने होइन, बरू डन्डा खाएर भाग्नुहुन्छ कि जस्तो लाग्यो मलाई," राजेन्द्रले मतिर उच्चाटपूर्ण दृष्टिले हेऱ्यो ।

हामी मेट्रो स्टेसननजिक पुगिसकेका थियौं ।

"दाइ, किन झुटो बोल्नु । हामीले ऐलेसम्म टायम स्क्वार देखेका पनि छैनौं । यहाँबाट मेट्रो चढेर जानुपर्छ । बरू यतै कतै घुमौं, हुन्न दाइ ?"

"हुन्छ भाइ...," मैले अनुहार निन्याउरो पार्दै भनें ।

हामी मेट्रो स्टेसन नाघेर अगाडि बढ्यौं । सडकको पेटी हुँदै एक किलोमिटरजति हिँडेपछि एउटा सानो पार्क देखियो । मान्छेहरू जगिङ गरिरहेका थिए । हामी एउटा बेन्चमा बस्यौं । म पार्कको सुन्दरता देखेर मुग्ध भएँ ।

"पार्क राम्रो लाग्यो दाइ ?"

"हो, राम्रो रहेछ भाइ... ।"

"तर दाइ, यो पार्क नेपालको रत्नपार्क जस्तो होइन नि, बदाम छोडाएर खाने अनि फोहोर त्यहीं मिल्काउने । जेल हाल्छन् दाइ यहाँ त... । कानुन बहुत कडा छ । हाम्रो नेपालको त कुरै नगरौं," दुवै जना खितखित हाँसे ।

मलाई सम्झन गाह्रो भइरहेको थियो, वास्तवमा हरि र राजेन्द्र को हुन् ? विशुद्ध नेपाली, अशुद्ध बनिरहेका नेपाली वा नेपाल बिर्सिरहेका नेपाली ? तिनका हरेक बोलीमा नेपालप्रति उदासीन भाव थियो ।

केही बेर बिताएपछि हामीले पार्कबाट निस्किएर घरतिर जाने बाटो समात्यौं । एउटा कुनामा रहेको बेन्चमा एक जोडी वृद्ध दम्पती बसिरहेका थिए । बूढाले सर्टप्यान्टमाथि नेपाली टोपी ढल्काएका थिए । बूढीले सारी, ब्लाउज र पातलो स्वेटर लगाएकी थिइन् । म ती दम्पतीलाई हेर्न थालें । तिनीहरू पनि हामीतिरै हेरिरहेका रहेछन् ।

"ए राजेन्द्र, नेपाली बूढाबूढी हुन् कि क्या हो ?" मैले सोधें ।

"हो दाइ, नजिकैको सपिङ मलमा काम गर्ने एक जना दाइ छ । उसैका आमाबाबु हुन् ।"

"घर छ कि क्या हो ? आमाबाबुलाई समेत बोलाएर राखेको रहेछ ।"

"घर त होइन, लोनमा फ्ल्याट लिएर बसेको छ । बूढाबूढी दुवै काम गर्छन् । साथमा हुर्किनसकेका साना बच्चाहरू छन् । केयर सेन्टरमा बच्चा राख्दा महँगो पर्छ । त्यसैले आमाबाबु बोलाएका नि बच्चा हेर्न ।"

"साँच्चै हो त ?"

"साँच्चै हो नि दाइ... । यो नेपाल हो र ? यहाँ हामी आमाबाबु हौं, छोराबुहारीको कमाइ खाएर बस्छौं भन्न पाइँदैन । सबैले काम गर्नै पर्‍यो ।"

"तर बच्चा हेर्नैका लागि आमाबाबु बोलाउनु अलि सुहाएन कि !"

"सुहाउनु र नसुहाउनुसँग कुनै मतलब छैन दाइ... । जोहोस्, काम गर्नुपर्‍यो," राजेन्द्रले लामो सास फेर्‍यो । म भने बूढाबूढीलाई हेरिरहेको थिएँ ।

"त्यता हेरे जस्तो, नेपाली भनेर चिने जस्तो भान नपार्नोस् दाइ... । बूढाबूढीले थाहा पाए दौडिँदै आइपुग्छन् र बेन्चमा राखेर घण्टौं आफ्नो व्यथा सुनाउँछन्," हरिले भन्यो ।

"एक हप्ताअगाडि मात्र म यही बेन्चमा बसिरहेको थिएँ । कहाँबाट टुप्लुक्क यिनै बूढा आइपुगे । त्यसपछि सुरू गरे लम्बेतान कुरा । बिचराहरूले न्युयोर्क आएर आफू बसेको फ्ल्याट र यो बेन्च राखेको

कुनोबाहेक कतै जान पाएका रहेनछन् । अब त कतै डुल्न जाने मन पनि छैन रे ! खुरूक्क घर जान पाए हुन्थ्यो भनेर आँसु झार्दै थिए बिचरा !" राजेन्द्रले बूढाबूढीतिर नहेरी अर्कैतिर मुन्टो घुमाएर भन्यो ।

मलाई नरमाइलो लाग्यो । बूढाबूढीका अनुहारमा हामीलाई भेट्ने चाहना प्रकट भइरहेको थियो । विदेशी भूमिमा नेपाली भेट्न नपाएर, नेपाली बोल्न नपाएर सायद तिनको मन कुँडिएको थियो ।

राजेन्द्र र हरि फटाफट अघि बढे । म पनि पछि लागें ।

"ए बाबू... बाबू..., एकछिन पख न हो...," बूढाको आवाज आयो । हामी भने ओझेल परिसकेका थियौं ।

फ्ल्याटमा पुग्दा साँझ परिसकेको थियो । नेत्रले खाना तयार गरिसकेको थियो– भात, दाल र काउलीको तरकारी । चारै जनाले खाना खायौं, तीन जनालाई राखिदियौं ।

राजेन्द्र र हरिसँग नेत्र पनि काममा जाँदै थियो । पहिलोपल्ट घण्टा हान्न जान लागेकोमा ऊ उत्साहित थियो ।

तिनीहरू गइसकेपछि फ्ल्याटमा म एक्लै भएँ । टिभी हेरें । सानो एल्बम पल्टाएर परिवारका तस्बिरहरू हेरें । आफ्नो जागिरे जीवनका तस्बिरहरू पनि हेरें । बुद्धि बिग्रेर अमेरिका आए झैं लाग्यो । यो डिभी भन्ने कुरो पिठोको डल्लो राखेर झुक्याई मुसालाई दबोच्ने पासो झैं लाग्यो । डिभीरूपी त्यही पासोमा म मुसो बनेर घुसिकेको थिएँ, फर्किन असम्भव थियो ।

म टिभी हेर्दै भविष्यको कल्पनामा लीन थिएँ । शङ्कर, सुशील र कृष्ण घण्टा हानेर आइपुगे । आज तिनीहरूसँगै एउटा युवक र एउटी युवती पनि आएका थिए, दुवै नेपाली । परिचय आदानप्रदान भयो । मलाई कामको खोजीमा भर्खर अमेरिका पसेको भन्ने थाहा पाएपछि तिनीहरू मसँग झन् कुरा गर्न उत्सुक देखिए ।

ती दुई जना यो फ्ल्याटमा बसेका भाइहरूभन्दा रबाफिला र कमाउ देखिन्थे । तिनको लवाइ हेर्दा पनि अमेरिकाको रहनसहन र संस्कृतिमा भिजिसकेका जस्ता देखिन्थे ।

शङ्करहरूले रेस्टुरॉंबाटै केही खानेकुरा बोकेर ल्याएका थिए– चिकन रोस्ट, फिङ्गर चिप्स, बर्गर, बियर र कोक । मैले एउटा चिकन रोस्ट र कोक लिएँ ।

"आज गुड फ्राइडे, डिस्को जाऔं," आशिष नाम गरेको नयाँ युवक बोल्यो । ऊ अमेरिका आएको १० वर्ष भइसकेको रहेछ । आशिष एउटा थ्री स्टार होटलमा कुकको काम गर्दो रहेछ ।

"गुड आइडिया," युवती अर्थात् जस्मिनले झट्ट उत्तर दिई । 'डिस्को' शब्दले उसको अनुहारको सुन्दरतामा रौनक थपिएको थियो । ऊ पनि अमेरिका आएको लगभग सात-आठ वर्ष भएको थियो । ऊ आशिष बस्ने फ्ल्याटमुनि एउटा कोठामा ब्युटी पार्लर चलाइरहेकी थिई ।

सुशीललाई फ्ल्याटमा छाडेर हामी पाँच जना आशिषको गाडीमा नाइट क्लबतिर हान्नियौं । अगाडिको सिटमा जस्मिन बसेकी थिई ।

नाइट क्लबमा अरू नेपाली पनि भेटिए । कोही जोडीसहित तर एक्लै आउनेहरूको सङ्ख्या बढी थियो । जोडीसहित आउनेहरू अलिकति पैसा कमाइसकेका, सम्पत्तिको धक्कु लगाउनेहरू थिए । एक्लै आउनेहरू ठाउँठाउँमा लेबरको काम गरिरहेका वा राम्रो कामको खोजीमा भौंतारिइरहेका तर स्टुडेन्ट भिसामा अमेरिका छिरेका केटाहरू थिए । आशिष र जस्मिन डिस्को नाचिरहेकाहरूको समूहमा मिसिएर नाच्न थाले ।

अङ्ग्रेजी गीतको चर्को धुन । एउटा कुनाबाट निस्केको धुवाँले मान्छेका शरीरहरू अपारदर्शी बनाइरहेको थियो । कृष्ण, शङ्कर र म एउटा टेबल घेरेर बसेका थियौं । हाम्रा हातहातमा क्यान बियर थियो ।

"दाइ, यो जस्मिन र आशिष दुवै विवाहित हुन् । यिनका लोग्नेस्वास्नी नेपालमै छन्," कृष्णले मेरो कानमा भन्यो ।

"यहाँ यिनीहरू एउटै फ्ल्याटमा बस्छन् । तीन वर्ष भइसक्यो । बाहिर भन्नुपर्दा साथी भन्छन् तर जोईपोइ जस्तै हुन् ।"

"हो र... !" म आश्चर्यचकित भएँ ।

"अनि तिनीहरूभन्दा अलि पर नाचिरहेको बूढो नेपाली छ नि, उसको नाम गोविन्द हो। उसले नेपाल छाडेको २० वर्ष भयो। सारा अमेरिका चहारिसक्यो। अझसम्म फ्ल्याट किन्न सकेको छैन। आज कमाउँछ, आजै उडाउँछ। पाँच चोटि विवाह गऱ्यो। कोही पनि टिकेनन्। यो बूढाको नाम हामीले 'मस्तराम' राखिदिएका छौं।"

कृष्ण मलाई अमेरिकामा बसेका विभिन्न नेपाली पात्रहरूसँग साक्षात्कार गराइरहेको थियो। मैले सोचेभन्दा भिन्न थियो अमेरिकी संसार र त्योभन्दा पनि अझ भिन्न थियो, अमेरिकाभित्रको नेपाली संसार। यो संसारमा कसरी आफूलाई 'एडप्ट' गराउन सकुँला भन्ने चिन्ताको आगोमा म जलिरहेको थिएँ।

डिस्कोथेकबाहिर खुला आकाशमुनि टेबल-कुर्सी राखिएका थिए। नेपाली केटाहरू त्यहीँ झुम्मिएर बसेका थिए। तिनीहरूका हातहातमा कोक र बियरका बोतल थिए।

हामी बाहिर आयौं। तिनीहरू कुनै विषयमा चर्को बहस गरिरहेका थिए। पछि बुझ्दा थाहा भयो, नेपालमा नयाँ बन्ने संविधानबारेको बहस रहेछ त्यो। मैले प्रस्ट देखें, चर्काचर्कीको क्रममा एकअर्कालाई कुटुँला झैं गरिरहेका थिए तिनीहरू।

"दाइ, यहाँ नबसौं," शङ्करले मलाई इसारा गऱ्यो। मैले उसलाई हेरें।

"यस बहसमा नेपालका सबै राजनीतिक पार्टीको प्रतिनिधित्व छ। यिनीहरू यो नाइट क्लब बन्द नहुन्जेल एक क्यान बियरको भरमा बहस गरिरहनेछन्। हामी घरतिर लागौं," शङ्करले भन्यो।

"अनि आशिष र जस्मिन पनि जाने होइनन् ?" मैले भनें।

"तिनीहरू अहिले कहाँ जान्छन् र दाइ... । उनीहरूसँग जाने हो भने बिहानको तीन बज्छ," कृष्णले मेरो पाखुरा समात्यो। हामी नाइट क्लबबाट बाहिरियौं।

"दाइ, पासपोर्ट राख्नुभएको छ ?" कृष्णले अचानक सोध्यो। आज पनि मैले साथमा पासपोर्ट ल्याउन भुलेको थिएँ।

"भुलेछु भाइ... ।"

"त्यसो नगर्नोस् दाइ... । तपाईंको कारणले हामी पनि अप्ठ्यारोमा परौंला," शङ्करले त्रसित भावले मतिर हेर्दै भन्यो ।

"मेट्रो चढेर घर जाऔं । हिँडेर जाँदा पुलिसको फेला परिएला," कृष्णले भन्यो ।

हामी नजिकैको मेट्रो स्टेसनतिर लाग्यौं ।

फ्ल्याटमा आइपुग्दा बिहानको एक बजिसकेको थियो ।

सुत्नका लागि बेडमा जानुभन्दा पहिले कृष्णले केही सम्झे झैं मतिर हेर्दै भन्यो, "दाइ, म काम गर्ने सपिङ मलमा काम मिल्ला जस्तो छ । तपाईंले खोजेको जस्तो राम्रो काम त होइन तर पैसा राम्रो पाइन्छ ।"

"कस्तो काम हो भाइ ? मैले के गर्नुपर्छ ?" अमेरिका छिरेको केही दिनमै काम पाउन थालेकोमा मैले आफूलाई भाग्यमानी सम्झें ।

"दाइ, अमेरिकामा जुनसुकै कामको पनि उत्तिकै सम्मान र महत्त्व छ । हाम्रो हेर्ने दृष्टिकोण मात्र फरक हो," उसले भूमिका बाँध्यो । म भने गर्नुपर्ने कामका बारेमा छिटो भनोस् भन्ने चाहन्थें ।

"काम त्यति अप्ठ्यारो छैन दाइ, सजिलै छ," उसले मतिर नहेरी भन्यो ।

म चुप लागिरहें । उसैको मुखबाट सुन्न चाहन्थें चाँडोभन्दा चाँडो ।

"ट्वाइलेट सफा गर्ने काम हो दाइ...," उसले दबेको स्वरमा भन्यो ।

म छाँगाबाट खसे जस्तो भएँ । मेरो मुटु मुखमा आउला जस्तो भयो । हातखुट्टा लल्याकलुलुक भए ।

राति मैले सपना देखें– मैले खुट्टामा घुँडासम्म आउने गमबुट र हातमा प्लास्टिकका लामा पन्जा लगाएको थिएँ । शरीरमा बक्खु जस्तो सेतो कोट थियो । मुखमा मास्क र टाउको जालीले छोपिएको थियो ।

म हातले ब्रस समातेर कमड सफा गरिरहेको थिएँ । सफा गर्दागर्दै मेरा आँखाबाट दुई थोपा आँसु कमडको पिँधमा रहेको पानीमा तपतप खसेका थिए । पानीमा एउटा आकृति बनेको थियो । त्यो आकृति मेरी सानी छोरीको थियो । ऊ भनिरहेकी थिई– 'डलरको लोभ र लालचमा अमेरिकामा गएर आँसु चुहाउँदै ट्वाइलेट सफा गर्नुभन्दा आफ्नो देशमा मुस्कुराउँदै डोको बोक्नु बेस ! बाबा नेपाल फर्कनुहोस् ।'

आइफल क्याफे

आइफल क्याफेभित्र मान्छेहरूको घुइँचो बढिरहेको छ । क्याफेको एउटा कुनामा बसेका लुइस र लोलाका चिसा मनहरू भने हिउँ झैं जमिरहेका छन् । ती दुवै मौन भाषामा सेन नदीलाई नियालिरहेछन् । प्रकाशको जगमगाहटमा सेन नदीको सुन्दरता अझ प्रखर बनेको छ ।

लुइस दम्पती भर्खर मात्र आइफल टावरमा आफ्नो विवाहको तेस्रो वर्षगाँठ मनाएर फर्केका थिए । आइफल टावरको सबभन्दा माथिल्लो तलामा पुगेपछि त्यहीँको बारमा लुइसले २०-२० युरोमा दुई गिलास स्याम्पेन किन्यो । 'चियर्स ! ह्यापी थर्ड म्यारिज एनिभर्सरी...' भन्दै लुइस र लोलाले स्याम्पेन भरिएका गिलासहरू आपसमा ठोक्काउँदै स्वाट्ट पिए । लुइसले लोलालाई अँगालो हाल्यो र ओठमा म्वाइँ खायो । लोलाले पनि लुइसको अनुसरण गरी । तर विवाहको तेस्रो वर्षगाँठमा किनकिन ऊ आफैं उत्साहित थिइन । लुइसको अँगालो र चुम्बनमा पहिले अनुभव भए झैं आगोको भरभराउँदो ताप र राप अनुभूत गर्न सकिन उसले । यति छोटो समयमै लुइसको न्यानो र मायालु अँगालो चिसो र ऊर्जाहीन भइसकेको थियो ।

कफी आइपुग्यो, फ्रेन्च स्वादको कफी । दुवैले सेन नदीलाई चियाउन छाडे । कप समात्ने क्रममा दुवैका हातका औंलाहरू आपसमा ठोक्किए र दुवैका आँखा जुधे । आँखा जुधेपछि मुस्कुराउनुपर्ने युरोपेली

शैली, दुवै मुस्कुराए । लुइसको मुस्कान केवल औपचारिकता मात्र लाग्यो लोलालाई । बाध्यताले मुस्कुराइदियो, बस । औंलाहरू पनि कति चिसा । स्त्रीका औंलाहरूको तातोले नछोए जस्ता ।

लुइसले सुरूप्प कफी पियो र लोलालाई पनि तात्तातो कफी पिउन आग्रह गऱ्यो । लुइसको शैली मन पऱ्यो लोलालाई । लुइसले घरका व्यावहारिक कुराहरूमा पनि यसै गरी आफ्नो दायित्व र अपनत्व देखाउँदो हो त जीवन कति सरल र सुखी हुन्थ्यो होला ।

लोला नबोली बसेको देखेर लुइस दुःखी थियो । विवाहको तेस्रो वर्षगाँठको दिन लोला हृदय फुकाएर खुल्न सकेकी थिइन । सायद उसलाई थाहा भएको भए लोलाको मनको गाँठो फुकाउने प्रयास गर्थ्यो ऊ ।

विवाहको तेस्रो वर्षगाँठ मनाउन आइफल टावरलाई लोलाले रोजेकी थिई । उनीहरू आइफल टावरको सबैभन्दा माथिल्लो तलामा पुगेका थिए । तेस्रो वर्षगाँठको खुसीयालीमा दुवैले चियर्स गर्दै सेम्पेन पिएका थिए । त्यस बेला पनि लोलाको अनुहारमा खुसीका रङहरू देखेन उसले । उसलाई अझै सम्झना छ– विवाहको पहिलो वर्षगाँठमा लोलाले चरा जस्तै चहकिँदै आइफल टावरवरिपरि फन्को मारेकी थिई । उसले टावरबाट प्यारिसका हरेक महत्त्वपूर्ण ठाउँहरू ठम्याउँदै हातले इसारा गरी चिनाएकी थिई । उसलाई सबै ठाउँहरूको नाम थाहा थियो । लिफ्टबाट भुइँमा झर्ने बेलासम्म ऊ लुइसको अँगालोमा बाँधिएर कानमा फुसफुसाइरहेकी थिई, "आई लभ यू लुइस... ।" तर आज तेस्रो वर्षगाँठमा किन लोला अर्कै देखिएकी छ ?

किन उसको अनुहारमा खुसी, आँखामा चञ्चलता र ओठमा मधुर मुस्कान देखिँदैन ? आइफल टावरमाथि पुगेर पनि ऊ कतै घुमिन, कतै हेरिन, आफैंभित्र गुमसुम भइरही । माथिबाट तल झर्दा पनि उसको मुखबाट बोली फुटेन । लुइसले लोलालाई उदास, निराश र हताश देख्यो । तर कारण सोध्ने आँट गर्न सकेन ।

लुइसले लोलाका आँखामा हेऱ्यो । ऊ सेन नदीतिर हेर्दै चुपचाप कफीको सुर्को लिइरहेकी थिई । सेन नदीमा रात्रिकालीन क्रुजहरू पर्यटक बोकेर तैरिरहेका थिए ।

"क्रुजमा चढ्ने ?" लुइसले लोलालाई सोध्यो ।

बिनासन्दर्भ आएको प्रश्नले लोलालाई हाँसो उठ्यो । सायद लुइससँग कुरा गर्ने कुनै विषय नै छैनन् । भएका विषय र सन्दर्भहरू पनि पुराना वा थोत्रा भइसकेकका छन् । लोला किन हो किन मुसुक्क हाँसी । लुइसले सोच्यो, 'सायद लोलालाई पहिलो वर्षगाँठमा प्यारिसमा क्रुज चढेको याद ताजा भएर आयो ।'

"कति रमाइलो भएको थियो हगि त्यस बेला... । हामी राति अबेरसम्म क्रुजमा बसेर बिजुलीको सप्तरङ्गी उज्यालोमा जगमगाइरहेको प्यारिस हेर्दै मज्जा लिइरहेका थियौं," लुइसले स्मृतिका पुराना डोबहरू उधिन्यो ।

"हो हगि," लोलाको स्मृतिमा पनि क्रुजमा बिताएका ती स्वप्निल पलहरू सादृश्य भए ।

तर कति फरक आयो जिन्दगीमा ! तीन वर्षमै ती पलहरू इतिहास बन्न थालिसके । किन हामीले आफ्नो जीवनका ती सुमधुर पलहरूलाई फेरि जगाउने प्रयत्न गरेनौं ? जीवन जिउनु र राम्ररी जिउनुबीचको भिन्नता सायद बुझेनौं हामीले । ऋतुहरू फेरिए झैं हरेक वर्ष विवाहको वर्षगाँठ पनि नयाँ समय लिएर आउँछ । हरेक नयाँ वर्षगाँठलाई नयाँ भावना र नयाँ चाहनाले स्वागत गर्न सकिएन भने हरेक नयाँ वर्षगाँठहरू पनि मान्छेको उमेर झैं बूढो, अशक्त र ऊर्जाहीन बन्दै जाँदा रहेछन् ।

लोलालाई क्रुजमा चढेर सेन नदीमाथि चिप्लिँदै रमाइलो गर्ने इच्छा नभएको होइन । तर क्रुजमा केही नबोली दुईतिर मुन्टो बटारेर बस्नुको के अर्थ रह्यो ? त्यो क्षण झन् पीडादायक हुनेछ उसलाई ।

कफी चिसो हुन थालिसकेको थियो । ऊ छिटछिटो कफीको घुट्को लिन थाली ।

लुइसले भने अघि नै कप रित्त्याइसकेको थियो । ऊ लोलालाई हेर्दै सोचिरहेको थियो, 'तीन वर्षपहिलेकी लोला र अहिलेकी लोलामा कति अन्तर आइसकेको छ । ऊ सेकेन्ड-सेकेन्डमा हाँस्थी, मिनेट-मिनेटमा अँगालो हालेर चुम्बनको वर्षा गर्थी । हरक्षण गीत गुनगुनाइरहन्थी । उसको गला सुरिलो थियो ।' लोलाको सुरिलो कण्ठको तारिफ गरेर थाक्तैनथ्यो ऊ । ऊ सोच्थ्यो, 'लोलाको साथबिना उसको जीवन अधुरो छ । त्यसैले हरपल, हरक्षण कुनै न कुनै रूपमा ऊ लोलाको सम्पर्कमा रहने प्रयास गर्थ्यो ।

लोला पनि उसको हेरचाहमा संवेदनशील थिई । ब्रेकफास्ट, लन्च, डिनर वा टी टाइम होस्, लोला सकेसम्म लुइसकै साथमा रहन चाहन्थी ।

कफीका कपहरू खाली भइसकेका थिए । आइफल टावरको चुचुरोमा विवाहको तेस्रो वर्षगाँठ मनाएर सेन नदीकिनारको आइफल क्याफेभित्र वर्षगाँठ डिनरका लागि आएका लुइस र लोलालाई डिनरको अर्डर दिएको छैन भन्ने हेक्का पनि थिएन । कफी पिइसकेपछि पनि दुवै जना चुपचाप आफ्नै दुनियाँमा हराए जस्ता देखिन्थे ।

'यो लुइस कति लापर्बाह भइसक्यो हँ, मलाई 'डिनरमा के लिन्छ्यौ' भनी सोध्नसमेत बिर्सिसक्यो । म कसरी सम्झाऊँ 'यो काम त लोग्नेको हो' भनेर । पहिले भएको भए ऐलेसम्म यो टेबल विभिन्न परिकारहरूले भरिइसकेको हुन्थ्यो ।' लोलाले खाली टेबलमा हेर्दै सोची ।

"डिनरमा के लिनुहुन्छ ?" बेयराले सोध्यो ।

उसले लुइसतिर हेरी । ऊ उसैलाई हेरिरहेको थियो ।

"सुप र सलाद," मेनु हेर्दै लोला बोली ।

"मेरा लागि पनिनी र एउटा कोक ल्याऊ," लुइसले अर्डर गर्‍यो ।

लोलाले अचम्म मानेर लुइसलाई हेरी । प्रायः रेस्टुराँमा डिनर खान जाँदा दुवैको रोजाइ एउटै हुन्थ्यो । दुवै जना सुप र सलाद खान्थे । तर पहिलो पटक डिनरका लागि लुइस फरक डिस अर्डर गरिरहेको थियो ।

समयअनुसार मान्छेका चाहना, रूचि र प्राथमिकताका विषयवस्तु पनि बदलिन्छन् । लुइस पनि मान्छे नै हो, ऊ कसरी अरूभन्दा भिन्न हुन सक्छ ? 'ऊ सधैं जस्तो छ त्यस्तै रहोस् भन्ने मेरो आकाङ्क्षाको के अर्थ हुन्छ ? भोलि म पनि परिवर्तन हुन सक्छु । म पनि त लुइसको इच्छाविपरीत व्यवहार देखाउन सक्छु । 'आज तेस्रो वर्षगाँठको दिन हामी सँगै बसेर डिनर खाऔं, रमाइलो गरौं' भन्ने हामी दुवैको चाहना हुँदाहुँदै पनि हामी विपरीत व्यवहारहरू प्रदर्शन गरिरहेका छौं । यस्तो किन भइरहेको छ ? किन हामी आफूहरूलाई समाल्न सकिरहेका छैनौं ? हाम्रा चाहनाहरू किन विकर्षित भइरहेका छन् ? लुइसको व्यवहार मन नपरेको निहुँमा म पनि किन उसलाई मन नपर्ने व्यवहार देखाइरहेकी छु ? तीन वर्षपहिले मेरो मनमा रहेको उसप्रतिको समर्पणभावमा किन उल्कापात भइरहेको छ ? ऊ पनि किन आफ्ना कमजोरीहरू स्वीकार गर्ने हिम्मत गर्न सक्तैन ?' लोलाको मनमा हुन्डरी चलिरहेको छ । उसलाई रिँगटा लाग्ला झैं भयो । उसले चिसो पानी पिई र दुवै हातले टाउको समातेर आँखा चिम्म गरी ।

ठ्याङठुङको आवाजले उसको तन्द्रा बिथोलियो । बेयरा टेबलमा खाना राखिरहेको थियो ।

"एक गिलास रेड वाइन प्लिज...," उसले बेयरालाई हातले इसारा गर्दै भनी । लुइसले ट्वाल्ल परेर उसलाई हेऱ्यो ।

दुवै चुपचाप खाना खान थाले । खाना खाँदाखाँदै लोलाका आँखा एउटा कुनामा बसेका बूढाबूढीमाथि परे । बूढी बूढाको हात समातेर मुसारिरहेकी थिई । बूढो बूढीका आँखामा हेर्दै मुस्कुराइरहेको थियो । तिनीहरू दुवै वाइनको चुस्की लिँदै सुस्तरी कुरा गरिरहेका थिए । प्रत्येक वाक्यको अन्त्यमा दुवै जना खितखित हाँस्थे । उमेरले बूढाबूढी भए पनि तिनीहरूमा प्रेमको ऊर्जा थियो, चाहना थियो, समर्पण थियो । यिनै तत्त्वहरूले बुढ्यौलीलाई छेक्दै तिनीहरूबीचको प्रेमलाई ऊर्जाशील र जीवन्त बनाइरहेको थियो ।

जवान ह्रदय भएका ती बूढाबूढीको प्रेमिल व्यवहार देखेर लोला भावुक भई । उसभित्रको संवेदना छचल्कियो । उसका आँखा रसाए । आँखाको च्यापबाट आँसुको एक धर्सो गालातिर बग्न थाल्यो । उसले हत्तपत्त लुइसले थाहा नपाउने गरी आफ्ना आँसु पुछी ।

"वाइन म्याडम...," बेयराले टेबलमा रेड वाइनको गिलास राखेर गयो ।

उसले वाइनको गिलास हातमा लिई र लुइसलाई हेरी । ऊ पनि वाइनको गिलास हेरिरहेको थियो ।

"चियर्स लुइस...," उसले वाइनको गिलास ओठमा लगाउँदै नाकले लामो सास तानेर एक घुट्को लिई ।

"बूढाबूढीको जोडी कति राम्रो छ हगि...," लोला बोली ।

"सायद तिनीहरू विवाहको वर्षगाँठ मनाउन आएका होलान्," तिनीहरूलाई हेर्दै लुइस बोल्यो । लोलाले लुइसलाई हेरी । उसका आँखामा आश्चर्य थियो ।

"साँच्चै हो र ?"

"हो, साँच्चै... । मेरो विचारमा तिनीहरूको विवाहको यो पहिलो वर्षगाँठ हो," लुइसले बूढाबूढीतर्फ हेर्दै भन्यो । बूढो पनि लुइसलाई हेरिरहेको थियो ।

"हाई लुइस, सन्चै हो ?" बूढाले हात हल्लाउँदै भन्यो । लुइसले वास्ता नगरे झैं आफ्नो शिर हल्लायो र चुपचाप खान थाल्यो ।

"तिमीले चिनेका छौ ?" लोलाले सोधी ।

"चिनेको छु मात्र होइन, राम्ररी चिनेको छु । त्यो बूढो मेरो बाबु हो । आफ्नी चौथी स्वास्नीसँग ऊ विवाहको पहिलो वर्षगाँठ मनाइरहेको छ," लुइसले खाना खाँदै भन्यो । उसको अनुहारमा केही क्षण असजिला भावहरू आए तर एकैछिनमा लुप्त भए ।

"ओ माइ गड.... !" लोलाले आश्चर्य प्रकट गरी । बूढाबूढीको सम्बन्धमा उसले गरेको अनुमान क्षणभरमै गलत साबित भएको थियो । उसले सोचेकी थिई– यो उमेरसम्म लामो वैवाहिक जीवन व्यतीत गरे पनि तिनीहरूबीचको प्रेम कति प्रगाढ र अटुट छ ।

'विवाहको पहिलो वर्षगाँठ... । नयाँ लोग्ने, नयाँ स्वास्नी... । परिवेश नयाँ, इच्छा-आकाङ्क्षाहरू नयाँ, नयाँ जोस, नयाँ जाँगर, नयाँ ताप, नयाँ राप... । सबै नयाँ... । युवा दम्पती हुन् वा वृद्ध, स्पर्श नयाँ, प्रेम नयाँ... । ओहो ! म अनि लुइसबीचको वैवाहिक सम्बन्ध पनि एक समय नयाँ थियो । एकअर्काले गरेका त्रुटिहरूमा पनि हामी नयाँ सिर्जना भेट्ने गर्थ्यौं । एकअर्काको हात समातेर घण्टौं कुरा गर्दा पनि हाम्रा कुराहरू सिद्धिँदैनथे । हरेक विश्रामपछि संवादको अर्को चरण सुरू हुन्थ्यो । प्रेमका नयाँ परिच्छेदहरू खुल्दै जान्थे र लुइस र मेरो प्रेम महाकाव्यमा रूपान्तरित हुन्थ्यो । विवाहको तेस्रो वर्ष पूरा नहुँदै हाम्रो प्रेमिल महाकाव्य जापानी हाइकुका तीन पङ्क्तिमा सीमित हुन पुगेको छ । दोष कसको ? सायद हामीले भोगेको समयको ! समय भोग्ने क्रममा हाम्रो उमेर सँगसँगै कसैसँग जोडिएका हाम्रा मनका तारहरू पनि चुँडिँदै जाँदा रहेछन् र आफ्नो मन पनि आफैँलाई बोझिल लाग्न थाल्दो रहेछ ।'

सोचमग्न लोलाले वृद्ध दम्पती बसिरहेको टेबलमा हेरी । त्यहाँ उनीहरू थिएनन् । अर्कै लोग्नेस्वास्नी र दुई बच्चा बसिरहेका थिए टेबलवरिपरि ।

बाबुले छोरीलाई काखमा राखेर माया गरिरहेको थियो । स्वास्नी मान्छे अर्को कुर्सीमा बसेको छोरालाई आइसक्रिम चटाइरहेकी थिई ।

'आफ्ना छोराछोरीको नाममा सम्भवतः थुप्रै वर्षगाँठहरू मनाउनेछन् यिनीहरू ।' लोला आफूले सोचेको कुरा सम्झँदै मुसुक्क हाँसी ।

दुवैले डिनर लिइसकेका थिए । बेयराले प्लेटहरू उठाएर टेबल पनि सफा गरिसकेको थियो । लोला र लुइस क्याफेभित्रका मान्छेहरूको चहलपहल, कुराकानी, हाँसोठट्टा र आनन्द देखेर खुसी भइरहेका थिए ।

यथार्थमा लुइस र लोला अर्काको खुसी चोरेर आनन्दित भइरहेका थिए । लुइस आफूनजिकै बसिरहेको एक युवा जोडीलाई हेरिरहेको थियो । केटी अत्यन्त रूपसी थिई, केटो इटालियन थियो । 'फ्रेन्च केटी

पाएर मक्ख छ मोरो !' लुइसलाई उसको भाग्यमाथि ईर्ष्या लाग्यो । फ्रेन्च युवती, त्यसमा पनि प्यारिसका युवतीहरूको रूप । त्यो युवती विछट्ट राम्री थिई । उसले मन्त्रमुग्ध भएर युवतीलाई हेरिरह्यो । त्यो जोडीलाई भने आफूसिबाय अरू कसैको केही मतलब थिएन, दुवै आफ्नै संसारमा निमग्न थिए ।

'सायद यिनीहरू प्रेमिल जोडी हुन् ।' लुइसले सोच्यो, 'प्रेमका बेला विवाह, बच्चा, वृद्ध उमेर र वर्षगाँठको चिन्ता हुँदैन । केवल बैंसको प्रभाव हुन्छ । बैंसको रङले रङ्गिएको यो जोडी झैं म पनि बैंसालु र उन्मुक्त थिएँ, वर्षगाँठ मनाउने चिन्ताबाट मुक्त । समयले मलाई जीवनरूपी नदीको एउटा किनारमा ल्याएर पछारिदियो, जहाँबाट म अर्को किनारा देख्न सक्छु तर स्पर्श गर्न सक्तिनँ । हामी दुवै किनारा नदीको ओल्लो र पल्लो छेउमा मौन बसिरहेका छौं । दुई किनाराको बीचमा नदी बगिरहेको छ आफ्नै गतिमा ।

हामी नदीको सुसाइ सुनेर दुई किनारबीच मिलन भएको आभास गरिरहेका छौं, एउटा भ्रमपूर्ण आभास !'

बेयराले ट्रेमा बिल लिएर आयो । दुवैले बिल हेरे । लुइसले सबै बिल तिर्न खोज्यो । लोलाले मानिन । उसले २० युरोको नोट राखी । लुइसले पनि २० युरोको नोट पर्सबाट निकालेर ट्रेमा राख्यो ।

बेयरालाई हेर्दै लुइसले भन्यो, "बचेको युरोजति सबै तिमीलाई टिप्स... ।"

"धन्यवाद ! मेरो विचारमा तपाईंहरू विवाहको दोस्रो वर्षगाँठ मनाउन यहाँ आउनुभएको हो, होइन ?" बेयराले दुवै जनालाई हेर्दै भन्यो ।

लुइसले भन्यो, "दोस्रो होइन, तेस्रो वर्षगाँठ हो ।

"मलाई जहाँसम्म सम्झना छ, तपाईंहरू गत वर्ष पहिलो वर्षगाँठ मनाउन यहाँ आउनुभएको थियो । म ऐले पनि सम्झन्छु, उहाँले दुलही झैं सेतो गाउन पहिरिनुभएको थियो । त्यस बेला मैले नै तपाईंहरूलाई डिनर सर्भ गरेको थिएँ । तपाईंहरूले त्यस अवसरमा ठूलो केक पनि काट्नुभएको थियो," बेयराले सम्झिने प्रयास गर्दै भन्यो ।

"हो, त्यो हाम्रो पहिलो वर्षगाँठ थियो," लोला बोली ।

लोलाको अनुहार उदास भयो । उसलाई के बोलूँ, के नबोलूँ झैं भयो । लुइस छक्क परेर बेयरालाई हेरिरहेको थियो ।

लुइस र लोलाले अचम्म मान्दै एकअर्कालाई हेरे ।

'साँच्चै हामीले दोस्रो वर्षगाँठ कहाँ र कहिले मनायौं हँ !' जति प्रयास गरे पनि तिनीहरूले स्मरण गर्न सकेनन् । 'सायद हामी भ्रममा थियौं । वास्तवमा यो हाम्रो विवाहको दोस्रो वार्षगाँठ हो ।' लुइसले पश्चात्तापपूर्ण भावले लोलालाई हेऱ्यो ।

'विवाहका दुई वर्ष नै हामीलाई यति लामा र पट्यारलाग्दा लागेछन् कि हामीले तीन वर्ष पुगिसकेको ठान्यौं ।' लोला आफैंमा गुमसुम थिई । उसको अनुहार उदास थियो । ऊ भावुक मुद्रामा टोलाइरहेकी थिई ।

'विवाहको दोस्रो वर्षगाँठ, हामीले भ्रमपूर्ण अनुमान गरेअनुसारको तेस्रो वर्षगाँठ सायद अन्तिम वर्षगाँठ हो ।' लोला र लुइसको अनुहारमा यिनै भावहरू प्रकट भइरहेका थिए ।

लुइस र लोला आइफल क्याफेबाट बाहिर निस्के । दुवैले फर्केर आइफल क्याफेलाई हेरे । क्याफे सामुन्ने बिजुलीको प्रकाशमा जगमगाइरहेको आइफल टावर थियो । राति पनि टावर चढ्ने र उत्रिने मान्छेहरूको भीड बाक्लै थियो ।

'सम्भवतः तेस्रो वर्षगाँठ आउने बेलासम्म हामी साथै रहन्नौं होला... ।' लोलाले केही क्षणअगाडि स्याम्पेन पिएर दोस्रो वर्षगाँठ मनाएको आइफल टावरको चुचुरो हेरी । उसका नेत्र सजल भए ।

'लोला र मेरो भाग्यमा सायद विवाहको तेस्रो वर्षगाँठ मनाउन लेखिएको छैन... ।' लुइसले पनि आइफल टावरको चुच्चो हेर्दै लामो सास तानेर छाड्यो ।

मान्छेका सम्बन्धहरू आइफल क्याफेमा आउने ग्राहकका मन झैं हुन्, जुन क्याफेमा पुग्नका लागि व्यग्र र बेचैन हुन्छन् । तर केही समयपश्चात् क्याफेबाट निस्कन हतारिन थाल्छन् ।

मिसन डार्फर

ऊ चढेको युएनको सेतो गाडी काल्माको आइडिपिज क्याम्प (विस्थापितहरूको शिविर)मा रोकियो । उसले कम्ब्याट ड्रेस लगाएको थियो । उसले दुवै हातले एसएलआर समातेको उसको कम्मरबन्दमा हतकडी, सेलफोन र वाकीटकी घुसारेको थियो । ऊ गाडीको पछाडिपट्टि सात जना अन्य साथीहरूसँगै बसेको थियो ।

गाडीको अगाडिको सिटमा बसेको कमान्डरको आदेश आयो, "गाडीबाट उत्रेर तोकिएबमोजिम आफ्नो ड्युटी समाल । याद गर, बिर्सेर पनि यहाँका मान्छेहरू, विशेष गरी केटीहरूसँग आँखा नजुधाउनू ।"

पहाडबाट ढुङ्गा खसे झैं तिनीहरू फटाफट गाडीबाट झरे । सबैले क्याम्पको सुरक्षार्थ खडा गरिएको चेकपोस्टमा ड्युटी लिए । यस ठाउँमा तिनीहरूको यो पहिलो ड्युटी थियो । दुई हातले एसएलआर समातेर राइफलको नाल भुइँतिर सोझ्याउँदै उसले पोजिसन लियो र चारैतिर दृष्टि फिँजायो ।

यो ठाउँ उसका लागि नयाँ थियो । हिजोसम्म ऊ डुमामा रहेको आइडिपिज क्याम्पको सुरक्षा ड्युटीमा तैनाथ थियो । आजदेखि उसको सेक्सनले काल्मास्थित आइडिपिज क्याम्पको सुरक्षा हेर्ने जिम्मेवारी पाएको थियो । आइडिपिज क्याम्पको परिवेश त्रासदीपूर्ण र मार्मिक

थियो । क्याम्पभित्र हजारौं विस्थापितहरू थिए, जो गृहयुद्धबाट बचेका आफ्ना परिवारका सदस्यहरूसँग कोही फुसको झुपडीमा त कोही पाल टाँगेर बसिरहेका थिए । आफ्नो देशभित्रै विस्थापित भएर क्याम्पमा बस्नुपरेकाले अझै उनीहरू शत्रुको सम्भावित आक्रमणबाट भयभीत देखिन्थे । दैनिक जीवन यापनका क्रममा क्याम्पबाहिर पनि निस्किनुपर्ने हुँदा क्याम्पका शरणार्थी र तिनीहरू आफ्नो सुरक्षाप्रति चिन्तित थिए ।

आइडिपिज क्याम्पभित्र खाली मैदान थियो र मैदानमा पसलहरू थिए । हाटबजारमा देखिने जस्ता पसलहरूमा गाउँलेहरू आफूले उब्जाएको सागसब्जी र फलफूल टोकरीमा राखेर बेचिरहेका थिए । तिनीहरू प्रायः वयस्क महिला र युवतीहरू थिए । हुन त ससाना नानीहरू पनि थिए तर तिनीहरूको सङ्ख्या नगण्य थियो । रङ्गीबिरङ्गी हिजाफ (शिर ढाक्न प्रयोग गर्ने लामो सल)ले अनुहार छोपेका स्त्रीहरूको समूहमा ऊ पनि थिई । उसले टाढैबाट कालो र घुर्मैलो हिजाफले छोपिन नसकेका केटीका आँखाको तीक्ष्ण हेराइ महसुस गऱ्यो । उसको मन तरङ्गित भयो । नहेरूँ-नहेरूँ भन्दाभन्दै पनि उसका आँखा त्यो केटीका आँखासँग जुध्न पुग्थे । नीलो तलाउ जस्ता गहिरा आँखा केही बोलिरहे झैं प्रतीत हुन्थे । उसले कमान्डरको आदेश सम्झ्यो र झसङ्ग भयो– 'यहाँका केटीहरूसँग बिर्सेर पनि आँखा नजुधाएस् । कुनै पुरूषले देख्यो भने सीधै गोली हान्छ ।'

ऊ सकपकायो । उफ्, यो कस्तो बाध्यता ! छुन त कता हो कता, हेर्न पनि नपाइने । उसले मुन्टो घुमायो र अर्कातिर हेर्न थाल्यो ।

युएन मिसनमा आएको तीन महिना पुग्यो । अब तीन महिना मात्र बाँकी छ । तीन महिनामा पहिलो पटक सुडानको डार्फरकी युवतीसँग आँखा जुधेका छन् । अनुहारको एक झल्को पनि पाइएको होइन । तर उसका आँखाको हेराइ नै यति मादक थियो कि उसको अनुहार हेर्ने तीव्र आकाङ्क्षाले ऊ छटपटायो ।

उसले आफ्ना साथीहरूलाई हेर्दै सोच्यो– 'तिनीहरू पनि कसैसँग आँखा जुधाइरहेका त छैनन्... ।' मेसिन झैं स्थिर उभिएका अरू साथीका

आँखाहरू पत्थर बनेका थिए । तिनमा न कुनै भावना थियो, न त कुनै तिर्सना नै समेटिएको थियो । 'उफ्, मलाई मात्र किन यस्तो भइरहेको छ ? के म बिग्रेकै हुँ त ?' उसले लामो सास तानेर छाड्यो । उसको शरीरमा अझै डार्फरकी युवतीका आँखाले पैदा गरेको तरङ्ग ज्युँका त्युँ थियो । ती नजरले ऊ घाइते भएको हो वा सद्दे, उसलाई छुट्याउन धौधौ पऱ्यो ।

उसले लुकीलुकी फेरि युवतीलाई हेऱ्यो । ऊ टोकरीमा फलफूल र सागसब्जी बेचिरहेकी थिई । उसको मुन्टो झुकेको थियो । उसले राम्ररी हेऱ्यो । ऊ आफ्ना सुलुत्त परेका हातले फलफूल र हरियो साग टिपेर ग्राहकको झोलामा हालिरहेकी थिई । काम सिद्धिएपछि उसले पुलुक्क उसलाई हेरी । आफूलाई हेरिरहेको थाहा पाएपछि ऊ मुस्कुराई । उसको अनुहार देख्न नपाए पनि चिमचिम गरिरहेका उसका आँखाका परेलाहरू हेर्दै ऊ आनन्दित भइरहेको थियो ।

कालो हिजाफले छोपिएको उसको अनुहार कालै भए पनि किनकिन उसलाई ऊ औधी राम्री लागी । उसका आँखा देखेरै रमायो ऊ । उसको अनुहार देख्न पाएको भए ऊ झन् कति खुसी हुँदो हो ।

'त्यो दिन कसो नआउला, जुन दिन मलाई ऊसँग आम्नेसाम्ने कुरा गर्ने मौका जुर्नेछ ।' उसले सोच्यो ।

"साँझ पर्न लाग्यो, चनाखो भएस् । मान्छेका गतिविधिमाथि नजर राखेस् । विद्रोही समूहले हमला गर्न सक्छ । याद गरेस्," एपिसी (सशस्त्र फौज बोक्ने बख्तरबन्द गाडी)भित्रबाट कमान्डर चिच्च्यायो ।

उसले पश्चिमतिर हेऱ्यो, घाम डुबिसकेको थियो । उसले हतियारमाथिको कसाइ अझ मजबुत बनायो । उसलाई थाहा छ, सुडानको डार्फरमा गृहयुद्ध चर्केदेखि यहाँ विभिन्न विद्रोही समूहहरू लडाइँमा संलग्न छन् । सरकारी फौज र विद्रोहीबीच प्रायः हरेक दिन गोली हानाहान हुन्छ । हताहत हुनेहरूको सङ्ख्यामा दिनानुदिन वृद्धि भइरहेछ । हरेक मान्छेसँग अत्याधुनिक हतियार छ, बिनाहतियार कुनै मान्छे बाहिर निस्कँदैन भन्ने पनि उसलाई राम्रो जानकारी छ ।

उसले आइडिपिज क्याम्पभित्र उभिइरहेका, हिँडिरहेका र आफ्नो काममा व्यस्त रहेका प्रत्येक मान्छेलाई सूक्ष्म आँखाले हे-यो । विस्थापित भएका यीमध्ये कुनै एउटा मान्छे पनि विश्वासिलो लागेन उसलाई । 'सायद सबैले शरीरमा हतियार लुकाएर राखेका छन् ।' उसको शरीर डरले सिरिङ्ग भयो । 'के उसले पनि हतियार बोकेकी होली ?' उसको दिमागमा फेरि कालो हिजाफले अनुहार छोपेकी केटी प्रकट भई । सतर्कतापूर्वक उसले केटीले पसल थापेको ठाउँतिर हे-यो ।

घाम डुब्न लागेको थियो । पसलहरू उठ्न थालेका थिए । केटीले बिक्री नभएका सामानहरू पोको पारेर गधाको पिठ्युँमाथि बाँधिसकेकी थिई । उसले हेर्दाहेर्दै त्यो केटी उफ्रेर गधामाथि चढी, अचानक फर्केर उसलाई हेरी र टाउको झुकाई । गधा हिँड्न थाल्यो । उसले तुरून्तै आफ्ना आँखा मोड्यो । 'कसैले त देखेन ?' ऊ होसियारीपूर्वक आफूवरिपरिका मान्छेहरूमाथि निगरानी राख्न थाल्यो । उसलाई किन हो किन आफू अति घनिष्ठ मान्छेसँग छुट्टिए जस्तो लाग्यो । निःशस्त्र केटीका कोमल आँखाले ऊ जस्तो सशस्त्र सिपाहीको बलियो मुटुलाई दुई चिरा बनाइसकेको थियो ।

ड्युटी पूरा गरी क्याम्पमा फर्किसकेपछि पनि त्यस केटीका मुस्कुराइरहेका दुई आँखाले उसलाई पछ्याइरहे । राति निद्रामा ऊ आई र उसलाई आफूसँगै गधामा चढाएर लिएर गई । आफूले देखेको सपना सम्झेर ऊ अतालियो । गधामा चढेको सपना... । अपशकुनको लक्षण... । उफ्, त्यो केटीका कारण म पनि त्यो बङ्गलादेशी सिपाही झैं दिनदहाडै गोली खाएर मर्नुपर्ने त होइन... !

उसले दुई महिनाअघि बङ्गलादेशी सिपाहीको मृत्युको घटना सम्झ्यो । के गल्ती गरेको थियो र उसले ? आफूले माया गर्ने एउटी गरिब केटीलाई दया गरेर २० डलर दिन खोजेको थियो । २० डलरको नोट उसले केटीको हातमा दिन नपाउँदै कतैबाट आएको गोलीले उसको टाउको छेडेको थियो । हातमा २० डलरको नोट समातेको

समात्यै ऊ रक्तमुछेल भएर भुइँमा लडेको थियो । त्यो घटनापश्चात् ड्युटीमा पालन गर्नुपर्ने आचारसंहिता झन् कडा पारिएको थियो । बिनाकाम र बिनाप्रयोजन स्थानीय महिलाहरूसँग बोल्न र व्यवहार गर्न बन्देज गरिएको थियो ।

'युद्धको डढेलोले डामिएका यी डार्फरवासीहरूसँग हामी शान्तिसेनाहरू पनि मुस्कुराएर नबोलिदिने हो भने यिनका मनहरूले कसरी शान्तिको अनुभूति गर्लान् ?' ऊ विचलित भयो । कोठाभित्र २० डिग्री सेल्सियस तापक्रममा सेट गरिएको एसीको चिसो वातावरणमा पनि उसको निधार, छाती, हातखुट्टा र पिठ्युँमा चिटचिट पसिना आइरहेको थियो । उसले तनाव नलिएर बलजफती सुत्न खोजे पनि उसका आँखासँग त्यो केटीका आँखा जुध्न आइरहे । मध्यरातसम्म पनि ऊ हिजाफवालीका आँखासँग बात मारिरहेको थियो ।

दिउँसो ऊ बख्तरबन्द गाडीमा बसेर हिजोकै ठाउँमा सुरक्षा ड्युटी गर्न गइरहेको थियो । डरले हो वा लाजले, उसले डार्फरकी अफ्रिकी केटीसँग आँखा चार भएको कुरा कसैलाई भनेको थिएन । कोही हाँसेर उडाउँथे होलान् त कोही डर देखाउँदै त्यसो नगरेस् है, नत्र गोली खालास् भन्थे होलान् । त्यसैले पनि आफ्नो मनको कुरा भन्ने साहस जुटाउन सकेन उसले ।

बख्तरबन्द गाडी युएनको सुपर क्याम्प छाडेर मूल सडकमा निस्किनेबित्तिकै सबै जना पूर्ण सतर्क भए । सुरूमा बाटोको किनारमा एउटा पोस्ट आयो । खिया लागेको टिनको छानो भएको जीर्ण पोस्टमुनि भुइँमा टेको लगाएर एके-४७ राइफल सडकतिर सोझ्याएर राखिएको थियो । पछाडि दुई जना प्रहरीको बर्दी जस्तो देखिने कपडा लगाएका ख्याउटे मानिस बसिरहेका थिए ।

तिनीहरूलाई देख्नेबित्तिकै कमान्डरले हात हल्लाएर अभिवादन गर्‍यो । तिनीहरूले पनि हात माथि उठाएर अभिवादन गरे ।

"एकछिन गाडी रोक्," कमान्डरले आदेश दियो ।

गाडी रोकिएपछि कमान्डरले पाउरोटी, जुस र फलफूल राखेको एउटा कार्टुन तिनीहरूलाई दिँदै भन्यो, "तपाईंहरूका लागि ब्रेड र जुस ल्याइदिएका छौं ।"

तिनीहरूको अनुहार हँसिलो भयो । खानेकुरा पाएकोमा उनीहरू दङ्ग देखिन्थे । तिनीहरूले कमान्डरसँग आत्मीयतापूर्वक हात मिलाए ।

बख्तरबन्द गाडी सडकमा गुड्न थाल्यो । कमान्डरले आफ्ना सिपाहीतिर उन्मुख हुँदै नयाँ ज्ञान दिने उद्देश्यले भन्यो, "यिनीहरू सरकारी आर्मी हुन् । समय-समयमा यिनीहरूलाई पाउरोटी र जुस दिइरहनुपर्छ केटा हो, नत्र यिनीहरूको मुड खराब भएका बेला समस्यामा पार्छन् । बिचराहरू कहिलेदेखि भोकभोकै ड्युटी गरी बसिरहेका हुन्छन् ।"

केही अगाडि बढेपछि सडकको दाहिनेतिर फेरि अर्को पोस्ट आयो । रूखको छहारीमा रहेको यो पोस्टमा पनि रूखको फेदमा एके-४७ ठड्याएर राखिएको थियो । एके-४७ राइफलसँगै दुइटा लन्चर पनि राखिएका थिए । त्यहाँ दुई जना व्यक्ति रूखको छहारीमा सुस्ताएर बसिरहेका थिए । यिनीहरूले पनि छिरबिरे बुट्टा भएको बर्दी लगाएका थिए ।

"गाडी रोक्," कमान्डरले आदेश दियो ।

बख्तबन्द गाडी रोकियो ।

"यिनीहरू विद्रोही समूहका गुरिल्ला हुन् । यिनीहरूसँग पनि राम्रो सम्बन्ध र समन्वय कायम गर्नुपर्छ, नत्र यिनीहरूले नै हामीमाथि गोली हान्न बेर लगाउँदैनन् । मुखभन्दा छिटो गोली चल्छ यिनीहरूको," कमान्डरले फेरि नयाँ जानकारी दियो ।

कमान्डरले तिनीहरूलाई पनि पाउरोटी, जुस र फलफूल राखिएको कार्टुन दियो । तिनीहरू खुसी भएर मुस्कुराउन थाले । तिनका भोका अनुहारहरू खानेकुरा खान व्यग्र देखिए । तिनीहरूले पनि कमान्डरसँग जोसिलो 'ह्यान्डसेक' गरे ।

"हामी शान्तिसेना हौं, हाम्रा लागि सबै बराबर हुन्," कमान्डरको यो भनाइप्रति सहमति जनाउन उसले 'हो सर...' भन्दै आफ्ना दुवै हात अगाडितिर तनक्क तन्कायो । 'हाम्रा लागि यहाँका सबै नागरिक समान छन् । यी सरकारी सेना, प्रहरी र विद्रोही गुरिल्लाहरूलाई पाउरोटी र जुस दिन हुने, मैले त्यो हिजाफवाली केटीलाई किन दिन नहुने ?' उसले सोच्यो तर प्रकट रूपमा केही भन्न सकेन । उसका आँखामा बारम्बार डार्फरकी युवतीका मोहक आँखाको प्रतिबिम्ब छाइरह्यो । ऊ सोचिरहेको थियो– ऊ आज जसरी पनि त्यो केटीसँग बोल्ने प्रयास गर्नेछ । उसलाई अरबी भाषा त बोल्न आउँदैन तर आफूले सिकेका दुई-चार अरबी शब्दहरू बोलेर ऊसँग मित्रता गाँस्ने प्रयास गर्नेछ । ऊ भन्नेछ–

'तिमीलाई सन्चै छ ?'

'मेरो नाम अर्जुन, तिम्रो नाम के हो ?'

'यसको कति पर्छ ?'

'ओहो, साह्रै महँगो... !'

ऊ दङ्ग पर्दै हाँस्यो । कस्तो मीठो कल्पना... । उसको छातीभित्र कतै कुतकुती लाग्यो । ऊ तड्पियो । केटीसँग बोल्नका लागि ऊ छटपटायो । तर उसलाई आफ्नो कल्पना साकार हुने कुरामा शङ्का थियो ।

ऊ कल्पनामा मग्न हुँदै बख्तरबन्द गाडीबाट बाहिर चियाइरहेको थियो । सडकमा थोत्रा गाडीहरू बेसुरा आवाज निकाल्दै गुडिरहेका थिए । कोही गधाले तान्ने गाडामा मालसामान लादेर बजारतिर गइरहेका थिए ।

ऊ पिठ्युँमाथि आफ्नो वजनभन्दा भारी र मालिकलाई बोकेर दौडिरहेका मरन्च्याँसे घोडाहरू पनि देखिरहेको थियो । राम्रा घरहरू पनि गोलीका असङ्ख्य प्वालले चाल्नो जस्ता देखिन्थे । धेरैजसो घरहरू काँचो इँटा र माटोले बनेका थिए । सडकबाट टाढाटाढा क्षितिजसम्म रातो माटोको बन्जरभूमि फैलिएको थियो– फाट्टफुट्ट एक-

दुई ओटा निमका रूखवरिपरि दुई-चार ओटा फुसका झुपडी पनि देखिन्थे ।

ऊ यी दृश्यहरू हेरेर सन्तुष्ट हुन सक्तैन । उसलाई लाग्छ– यस भूमिमा एक प्रकारको रिक्तता छ, खालीपन छ, शून्यता छ । जीवनको गति अवरूद्ध छ । उसलाई अब काट्नुपर्ने तीन महिना पनि तीन वर्ष जस्तो लाग्न थालेको छ । उसले डार्फरकी केटीका सुन्दर आँखा सम्झ्यो । लाग्यो– डार्फरको यस बन्जर भूमिमा पनि जीवनको धुकधुकी बाँकी छ । उसका मोहक आँखामा डुब्दै ऊ गम्न थाल्यो– 'पछि साँच्चै हामीबीच पिरती गाँसियो भने म तीन महिनापछि उसलाई यहीँ छाडेर कसरी नेपाल फर्किन सक्छु ?'

ऊ चढेको बख्तरबन्द गाडी काल्माको आइडिपिज क्याम्पमा पुगेर रोकियो । कमान्डरको आदेशअनुसार तिनीहरूले चेकपोस्टको ड्युटी समाले । यसअघि ड्युटी गरिरहेकाहरू युएन लेखिएको बख्तरबन्द गाडीमा चढेर फर्किए ।

आइडिपिज क्याम्पभित्र बजार लागिसकेको थियो, प्रायः घरेलु उत्पादनको बाहुल्य भएको बजार । त्यहाँ तरकारी र फलफूलका अतिरिक्त रेडिमेड लुगा, टोपी, जुत्ता र अन्य कपडाहरू पनि बेच्न राखिएका थिए– खार्तुमबाट ल्याइएका चिनियाँ सामानहरू । ग्राहकहरू फाट्टफुट्ट आउने, सामान किन्ने र जाने गरिरहेका थिए ।

उसले कालो हिजाफ ओढेकी युवतीलाई चिनिसकेको थियो । सुरक्षापोस्टको ठीक सामुन्ने भुइँमा च्यादर बिछ्याएर ऊ बसिरहेकी थिई । उसको अगाडि सागसब्जी र फलफूलको टोकरी थियो । ती दुईका आँखा फेरि जुधे । उसको शरीरभित्रका नसाहरूमा रगतको भेल उर्ल्यो । त्यो भेल पसिना बनेर शरीरबाहिर निस्क्यो । उसको जिउ छपक्कै भिज्यो । निधारको पसिना पुछ्दै उसले हिजाफवालीलाई हेऱ्यो । ऊ पनि हिजाफले आफ्नो अनुहार पुछिरहेकी थिई ।

'ओहो ! प्रेमको आगो दुवैतिर बराबर फैलिसकेछ ।' ऊ मुसुक्क हाँस्यो ।

उसले फलफूलको टोकरीतिर हेर्‍यो । 'हिजो सायद सबै फलफूल बिक्री भएनन् । म ग्राहक बनेर उसलाई सहयोग गर्छु ।' उसले सोच्यो । कमान्डरलाई सोधेर ऊ फलफूल किन्न गयो ।

"बिर्सेर पनि केटीलाई नहेरेस् । दायाँबायाँ कुरा पनि नगरेस् । गोली खालास्...," कमान्डरले उसलाई सचेत गरायो ।

आफूलाई समाल्दै ऊ युवतीनजिक गयो । उसको मुटु उफ्रेर मुखमा आउन खोजिरहेको थियो । उसलाई ऊछेउ पुग्न सङ्कोच लागिरहेको थियो, तैपनि आँट गरेर ऊ युवतीसामु पुग्यो ।

"सन्चै छ्यौ ?" उसले अरबी भाषामा सोध्यो ।

"हो," उसले सङ्क्षिप्त उत्तर दिई ।

"मेरो नाम अर्जुन हो ।"

"अरजुन... ?"

"हो, अर्जुन ।"

"तिम्रो नाम ?"

"मेरो नाम मटिडा हो," ऊ लजाई, ऊ सँगसँगै अर्जुन पनि लजायो ।

हिजाफभित्र ऊ मुसुमुसु मुस्कुराइरहेकी थिई । अर्जुनको लाज र सङ्कोचले रातो भएको अनुहार देखेर उसलाई आनन्द लागिरहेको थियो । केही बेरअघि अर्जुन लुसुलुसु आफूतिर आइरहेको देखेर ऊ नआत्तिएकी होइन तर उसले आफूलाई समालिसकेकी थिई । हिजाफले गर्दा उसलाई आफ्नो अनुहारका भावहरू लुकाउन सजिलो भएको थियो ।

"यो पूरै टोकरी फलफूलको कति ?" अर्जुनले उसका आँखामा हेर्‍यो ।

"२० पाउन्ड," मटिडाले छक्क परेर उसका आँखामा हेरी ।

उसले यति नजिकबाट त्यो केटीका आँखामा कहिल्यै हेरेको थिएन । नीलो तलाउ जस्ता गहिरा आँखा कति सुन्दर र लोमहर्षक थिए, एकछिन ऊ ती आँखामा डुबेर हरायो ।

"सप्पै लग्नुहुन्छ भने तपाईंलाई १० पाउन्ड," आफूलाई एकोहोरो हेरिरहेको देखेपछि ऊ लजाई । उसलाई डर पनि लाग्यो । कसैले हेरिरहेको त छैन ? उसले आफ्नो वरिपरि हेरी । सबै कुरा सामान्य देखेपछि ऊ ढुक्क भई ।

"कति बेर लाको ? छिटो आइज," कमान्डर जोडले चिच्च्यायो ।

आइडिपिज क्याम्पभित्र विस्थापितहरू होहल्ला गरिरहेका थिए । तिनीहरूको आवाज क्षणप्रतिक्षण चर्को भइरहेको थियो ।

"विद्रोहीहरू आइडिपिज क्याम्पमा आक्रमण गर्न आउँदै छन् रे ! यस्तो हल्ला सुनिँदै छ । सबै जना फाइरिङ पोजिसनमा बस्नू," कमान्डर जोडले चिच्च्यायो ।

कमान्डरको कुरा उसले पनि सुन्यो । ऊ आत्तियो– आज फेरि यति छिट्टै छुट्टिनुपर्ने भयो । उसको मुटु चसक्क दुख्यो । उसले हत्तपत्त गोजीबाट २० सुडानी पाउन्डको नोट निकाल्यो र उसको हातमा राखिदियो । उसको हातका औँलाहरूले युवतीका औँलाहरू छोए । उसको शरीर झनन्न भयो । एक प्रकारको तीव्र करेन्ट छायो उसको शरीरभरि ।

"मटिडा...," उसले भन्यो ।

युवतीले उसका आँखामा हेरी ।

"तिमी सुन्दर छ्यौ," उसले औँलाले इसारा गर्‍यो । उसको सङ्केत बुझेर ऊ लजाई ।

"बुझ्यौ तिमीले..., म तिमीलाई माया गर्छु," उसले अकमकाउँदै भन्यो । आफूले भनेको कुरा बुझाउन ऊ दाहिने हातको हत्केलो मुटुमाथि राखेर सङ्केत गर्न खोज्दै थियो, अकस्मात् भुक्लुक्क ढल्यो ।

टोकरीको फलफूलका दानाहरू भुइँमा छरपस्ट भए ।

उसको दाहिने छातीबाट भुलभुल रगत निस्किरहेको थियो । छिनभरमै भुइँमा रगतको आहाल जम्यो ।

"माम्मा...," हिजाफवाली केटी आँखा छोप्दै चिच्च्याई र सामानहरू जहाँको तहीँ छाडेर अरू मान्छेहरू भागेतिरै भागी । आइडिपिज क्याम्पभन्दा टाढा एकान्तमा निमको बोटमुनि पुगेपछि उसले लामो सास फेरी ।

उसले कम्मरबाट पिस्तोल निकाली र प्लास्टिकको खोलमा बेरेर निमको बोटनजिकैको खाडलमा माटोभित्र गाडी । केही बेर निमको छहारीमा सुस्ताइसकेपछि ऊ गाउँतिर लागी ।

लासभेगासकी सुनकेस्रा

मैले उसको नाम जुराइसकेको थिएँ– सुनकेस्रा । असला माछाको जस्तो सुलुत्त परेको शरीर, गोरो अनुहार र सुनौलो लामो कपाल । उसको यही सुनौलो कपाल देखेर भुतुक्क हुँदै म मनमनै बुद्बुदाएको थिएँ, "सुनकेस्रा... ! सुनौलो कपाल भएकी लासभेगासकी किन्नरी... ।"

"हाई, म सिल्भिया । के तपाईं 'भिआइपी सर्भिस' लिन चाहनुहुन्छ ?" ऊ मेरो अगाडि ठिङ्ग उभिँदै बोली । उसको एउटा हातमा वाइनको गिलास थियो, अर्को हातका दुई औंलाले चुरोट च्यापेकी थिई । शरीरमा गुलाफी रङको ब्रा र प्यान्टी मात्र लगाएकी सिल्भियाका खुट्टालाई पिन प्वाइन्टेड स्यान्डलले गुथिरहेको थियो । उसको काँधमा सुन जस्तो सुनौलो केश लहराइरहेको थियो ।

"समय बर्बाद नगर्नोस्, छिटो भन्नोस् । के तपाईं भिआइपी सर्भिस लिन चाहनुहुन्छ ?" ऊ हतारिँदै बोली ।

मैले आफ्नो वरिपरि हेरें । सोफा र कुर्सीमा निश्चल बसिरहेका पुरूषहरूको शरीरमा बेरिएर रूपसीहरू अनेक हर्कत गरिरहेका थिए । सायद त्यसैलाई 'भिआइपी सर्भिस' भनिन्थ्यो । आफ्नो अगाडि उभिएकी लासभेगासकी रूपसीलाई मैले नाइँ भन्न सकिनँ । उसको सुनौलो कपाल र सङ्गमरमरी शरीरलाई छुने उत्कण्ठा थियो ममा । मैले उसका आँखामा हेर्दै भनें, "ओके, म तयार छु तिम्रो सेवा लिन ।" मैले २० डलरको नोट दिएँ । उसले हातेब्यागमा राखी ।

उसले ब्रा खोली । ब्रा र हातेब्याग अर्को कुर्सीमा राखी । मुस्कुराउँदै आफ्ना दुवै हातले मेरो काँध समाती । "लेट्स इन्ज्वाय भिआइपी सर्भिस... ।" मेरा आँखामा हेर्दै बोली ऊ ।

ऊ लगभग नाङ्गै मेरो काखमा बसी । वस्त्रको नाममा उसको शरीरमा गुलाफी रङको प्यान्टी मात्र थियो । उसको उदाङ्गो छाती मेरो पुरूषत्वलाई हाँक दिइरहेको थियो । तर म चाहेर पनि उसको हाँकलाई स्विकार्न सक्ने अवस्थामा थिइनँ । म निश्चल पक्षाघातको बिरामी झैं कुर्सीमा ढलिरहेको थिएँ । ऊ मलाई भिआइपी सेवा दिइरहेकी थिई । म हलचल नगरी उसको सेवा लिइरहेको थिएँ ।

हुन त सुनकेस्राको अगाडि हलचल नगरी ट्वाँ परेर बस्नुपर्ने कुनै कारण थिएन । म पक्षाघातको बिरामी थिइनँ र सुन्दरीको अगाडि नर्भस पनि भएको थिइनँ । भिआइपी सेवाको नियमै थियो– सेवा लिने बेलामा ग्राहक कुर्सी वा सोफामा हलचल नगरी बस्नुपर्थ्यो । सेवा प्रदान गर्ने केटीलाई अवरोध पुऱ्याउने खालको कुनै पनि श्लील वा अश्लील हर्कत गर्न पाइँदैनथ्यो । हर्कत गर्ने सम्पूर्ण अधिकार केटीकै हुन्थ्यो । ऊ जेजेसरी गर्थी, सबै उसको चाहनाअनुसार हुन्थ्यो । म दही जमाएको ठेकी थिएँ । ऊ मदानी बनेर मेरो शरीरलाई मथ्दै ममाथि घुमिरहेकी थिई ।

"महाशय, तपाईं नहल्ली कुर्सीमा ज्ञानी भएर बस्नोस् । हातखुट्टा र शरीरका कुनै अङ्ग पनि नचलाउनुहोला," उसले भिआइपी सेवा सुरू गर्नुपहिले मेरो हातबाट २० डलरको नोट थुत्तै भनेकी थिई ।

"हुन्छ, म ज्ञानी भएर बस्छु," मैले जवाफ दिएको थिएँ ।

उसले मुस्कुराउँदै भनेकी थिई, "सबै तपाईं जस्ता कहाँ हुन्छन् र.. ? २० डलरले पूरै शरीर खरिद गरे जस्तो व्यवहार देखाउँछन्, स्टुपिड... !"

"२० डलरमा तपाईं २० मिनेटको सेवा लिन पाउनुहुन्छ । इच्छा लागे फेरि पैसा थपेर सेवालाई निरन्तरता दिन सक्नुहुन्छ," उसले शरीरबाट लुगा फुकाल्दै भनेकी थिई ।

"एक मिनेटको ठ्याक्कै एक डलर... । सेवाशुल्क चर्कै रहेछ," मैले भनें ।

"मेरो शरीर पनि कहाँ सस्तो छ र महाशय ! चर्कै छ," ऊ सेता दन्तपङ्क्ति देखाउँदै मुस्कुराई ।

सफायर नाइट क्लबभित्रको दृश्य अद्‌भुत र मादक थियो । अङ्ग्रेजी पप सङ्गीत गुन्जिरहेको थियो । अलि उचो सतहमा सङ्गमरमरी शरीर भएका युवतीहरू 'पोल डान्स' गरिरहेका थिए । स्टिलको चमचमाउँदो पोललाई अँगालोमा बेर्दै तिनीहरू एक्रोब्याटका चर्तिकलाहरू देखाइरहेका थिए । सर्प झैं बेरिएर माथि चढ्थे, छाँगो बनेर भुइँमा झर्थे । लाग्थ्यो, तिनको शरीरमा मेसिनका पुर्जाहरू जडान गरिएका छन् ।

डिस्को फ्लोरको ठीकमुनि वरिपरि कुर्सी र सोफामा मान्छेहरू बसेका थिए । पुरूष थिए, स्त्रीहरू पनि सरोबर थिए । तिनको बीचबीचमा भिआइपी सेवा दिने षोडशीहरू फन्याकफुरूक गरिरहेका थिए । बारअगाडि मान्छेहरूको भीड थियो । मान्छेहरूले हातहातमा रक्सीका गिलास समातेका थिए । तिनका अतृप्त आँखा युवतीहरूका नाङ्गा शरीरमा बास खोजिरहेका थिए ।

"कस्तो लागिरहेको छ महाशय ?" उसले आफ्ना ओठले मेरो अनुहारमा छुँलाछुँला झैं गरी तर छोइन । मेरो सास गलामै अड्क्यो । म केही बोल्न सकिनँ ।

"पहिलो पटक हो ?" उसले सोधी ।

"हो ।"

"मलाई थाहा छ, तपाईंको शरीर तपाईंको वशमा छैन । म तपाईंको शरीरभित्र भतभती उम्लिरहेको रगतको ताप महसुस गरिरहेकी छु ।"

"चल्न नपाए पनि बोल्न त पाइने रै'छ हगि ?" म बोलें ।

ऊ खितखित हाँसी । "मैले बोल्नै पाइन्न कहाँ भनेकी छु र ? तर बोल्दा शिष्ट भाषा प्रयोग गर्नुहोला । जे पायो त्यही बोल्न पाइन्न नि...," उसले मेरा आँखामा हेरी ।

"हे भगवान्, कस्तो आपत् !" मैले सुस्केरा काढें । "अनि यत्तिका लागि मान्छेहरू किन प्रतिमिनेट एक डलर चट पार्छन् होला ?" म फुसफुसाएँ ।

"मैले अघि नै भनें नि, २० डलर तिरेपछि सम्पूर्ण शरीरै खरिद गरे जस्तो ठान्छन् । तपाईं पनि त्यस्तै ठान्न थाल्नुभयो कि ?"

"त्यसो त हैन," मैले भनें ।

"आफूलाई मन परेकी कुनै केटी वा आफ्नी गर्लफ्रेन्डलाई स्मरण गर्नोस् र ठान्नोस्, ऊ मै हुँ । एक खालको फ्यान्टासी ! फ्यान्टासीबाट पनि तपाईं यौन अनुभूति गर्न सक्नुहुन्छ ।"

ऊ मतिर पिठ्युँ फर्काएर मेरो काखमा बसेकी थिई । उसको सुनौलो केश मेरा अङ्ग-प्रत्यङ्गमा बिजुली गिराउँदै मेरो अनुहार छुँदै कम्मरसम्म लत्रेको थियो । म लामोलामो सास लिँदै उसको बास्नादार कपाल सुँघिरहेको थिएँ ।

उसको साँचोमा ढालेर बनाए झैं प्रतीत हुने शरीर ममाथि अत्याचार गरिरहेको थियो । ऊ आफ्नो नाङ्गो शरीर मेरो जिउमा रगड्दै मलाई हायलकायल बनाइरहेकी थिई । ऊ मेरो शरीरका अङ्गहरूलाई थिच्ने, दबोच्ने, चिमोट्ने, खुम्च्याउने, फैलाउने, बटार्ने र सहलाउने गरिरहेकी थिई । प्रत्युत्तरमा म उसले गरेका क्रियाहरू राम्रो लागे पनि, नलागे पनि सहेर बसिरहेको थिएँ । कुनै बेला ममा विचार आउँथ्यो– २० डलर त मैले उसबाट पो लिनुपर्ने, फोगटमा दिएछु उसैलाई । म उसको शरीरसँग होइन, ऊ मेरो शरीरसँग खेलिरहेकी थिई । म उसको अनुशासित दास जस्तो उसको आदेशबमोजिम कुनै हलचल नगरी बसिरहेको थिएँ ।

मैले वरिपरि नियालें । अरू कुर्सीहरूमा पनि विभिन्न उमेर, वर्ण र फरक जिउडालका पुरूषहरू मुर्दा बनेर ढलेका थिए । लासभेगासका किन्नरीहरू गिद्ध बनेर तिनको शरीरलाई लुँगिरहेका थिए । एक प्रकारको रमाइलो दृश्य थियो । मलाई अचम्म तब लाग्यो, जब मैले आफ्नो नजिकै एउटी स्त्रीलाई पनि भिआइपी सेवा लिइरहेको देखें ।

मैले पर कुनासम्म नजर घुमाएँ । त्यहाँ ऊ मात्र नभएर अन्य स्त्रीहरू पनि लासभेगासका किन्नरीहरूको सेवा लिइरहेका थिए ।

"मलाई अचम्म लाग्यो," म बोलें ।

उसले मेरा आँखामा हेरी । त्यस बेला ऊ आफ्ना सुडौल खुट्टाहरूले मेरा खुट्टाहरू थिचिरहेकी थिई ।

"किन ?" ऊ बोली ।

"उसलाई देखेर," मैले आँखाको इसाराले भिआइपी सेवा लिइरहेकी स्त्रीलाई देखाएँ ।

ऊ खितखिताउँदै हाँसी । रूपभन्दा पनि उसको हाँसो झन् मन लोभ्याउने थियो ।

"यो सामान्य हो । ऊ 'गे' हो । प्रायः सधैं आइरहन्छे । यहाँ तातेपछि घर गएर उम्लिन्छे होला । हे...हे...हे...," सेता दाँत देखाएर ऊ हाँसी ।

"ऊ घर गएर उम्लिन्छे तर म त यहीँ उम्लिसकेको छु । अब बहुलाउन मात्र बाँकी छ ।"

"ओ...नो...। नटी ब्वाय...," उसले मेरा गाला स्पर्श गरी । शरीरदेखि पैतालासम्म झनझनाएँ म ।

"भगवान्‌ले सबैलाई तिम्रो जस्तो सुनौलो केश दिँदैनन्," मैले उसको केशको तारिफ गरें ।

"हाउ फनी... । मेरा हजुरबुबा पनि मलाई सुनकेस्रा भन्नुहुन्छ," उसले मक्ख परेर मलाई हेरी ।

"तिमी अनुमति दिन्छ्यौ भने म एक पटक तिम्रो केश छुन चाहन्छु," मेरो आग्रह थियो ।

उसले आफ्नो सुनौलो केश अनुहारतिर फर्काई । उसको केशकुञ्जभित्र मेरो अनुहार छोपियो । हातका औंलाहरूले म उसको सुनौलो केश चुमिरहेको थिएँ । केशस्पर्शले मेरो श्वासप्रश्वास अनियन्त्रित भइरहेको थियो । उसलाई ग्वाम्म अँगालो हाल्न मन लागिरहेको थियो मलाई । मेरो फ्यान्टासीमा अरू कोही आइरहेका थिएनन् । म जताततै उसलाई नै देखिरहेको थिएँ– लासभेगासकी सुनकेस्रा ।

"मेरो फ्यान्टासीमा अरू कोही छैनन् । केवल तिमी, मात्र तिमी छ्यौ," मेरो स्वर शुष्क भइरहेको थियो ।

म उसलाई अँगालोमा बाँधेर उसका अङ्ग-प्रत्यङ्ग स्पर्श गर्न चाहन्थें । उसको शरीरको तातोले बाफिन चाहन्थें । मलाई असह्य भइसकेको थियो ।

"के म एक पटक तिमीलाई अँगालो हाल्न सक्छु ?"

शब्दहरू पनि मात्तिएछन् क्यारे, अचानक ऊ मलाई छाडेर मेरो अगाडि खडा भई । मैले उसको अनुहार हेर्न सकिनँ । उसको व्यवहारले जनाइरहेको थियो, मेरो कुरा उसलाई मन परेन ।

"तिमी अलि भिन्न छौ जस्तो लागेको थियो तर सबै पुरूष उस्तै हुँदा रहेछन् । सबैको ताल एउटै," उसको स्वर कठोर थियो । ऊ रिसाइरहेकी थिई ।

"अँगालो हालेर सुत्न मन छ भने रेड लाइट एरिया जानू, डेढ सय डलर तिर्नू अनि मन लागेको गर्नू । कति पटक भनूँ, म यहाँ स्पर्श मात्र बेच्छु, शरीर होइन," ऊ च्याँट्ठिई ।

वास्तवमा उसलाई अपमानित गर्नु मेरो ध्येय थिएन । उसको उत्तेजक स्पर्शले मलाई अन्धो र विवेकशून्य बनाएको थियो । मैले ऊसँग माफी मागें र अब त्यस्तो गल्ती नदोहोरिने बाचा गरें । उसको अनुहारमा अघिको झैं मुस्कान नाच्यो । उसले मेरो नाक समात्तै भनी, "ओके, नो प्रोब्लम । यू आर बिहेभिङ लाइक अ चाइल्ड ।"

उसको कुराले मलाई दिग्भ्रमित बनाइरहेको थियो । ऊ मेरो सामुन्ने नाङ्गी भएर मलाई स्पर्श बेचिरहेकी थिई । स्पर्श बेच्ने सेवाको नाम थियो 'भिआइपी सर्भिस' । वास्तवमा भिआइपी कसलाई भनिएको हो ? मलाई वा सुनकेस्रालाई ? ठम्याउन गाह्रो भइरहेको थियो ।

"तपाईंको समय सिद्धिनै लाग्यो महाशय ! अब मात्र पाँच मिनेट बाँकी छ," उसले भनी ।

"कति छिटो १५ मिनेट गएछ, पत्तै भएन," म बोलें ।

"उटपट्याङ कुरा गर्दैमा गयो नि... । आँखा चिम्म गरेर आनन्द लिएको भए तिम्रा लागि राम्रै हुन्थ्यो," ऊ बुझक्कड बनी ।

"आँखा चिम्म गरेर बसेको भए तिम्रो सौन्दर्यपान कसरी गर्न सक्थें म ?" मेरो कुराले उसको ओठमा स्मित मुस्कान फैलियो ।

"ल साँच्चै भन्नोस्, तपाईंलाई मेरो कुन अङ्ग सबैभन्दा मन पर्‍यो ?" पहिलो पटक ऊ मेरो अगाडि लजाई ।

प्रश्नको जवाफ दिन मलाई फेरि उसका अङ्ग-प्रत्यङ्गहरू नियाल्नु आवश्यक थिएन । मैले भनें, "सुनौलो केश... ।"

"मेरो ब्वाइफ्रेन्ड पनि त्यसै भन्छ," ऊ मुस्कुराई, "मैले उसलाई छाडें भने ऊ मेरो यही केशमा झुन्डिएर मर्छ रे ! वाहियात कुरा होइन त महाशय...," ऊ आँखा नचाउँदै बोली । मानौं उसको ब्वाइफ्रेन्ड अगाडि उभिएर उसको सुनौलो केशको गलपासो लगाउन तयार भएर बसेको छ ।

"के तिम्रो ब्वाइफ्रेन्डलाई तिमी यहाँ काम गर्छ्यौ भन्ने थाहा छ ?"

"किन नहुनु ? हामी सँगै यौटै कलेजमा पढ्छौं । सँगै बस्छौं । खर्चको हिसाब सेयर गर्छौं । उसले अघि मलाई यहाँ छाडिदिएको थियो । अब फर्किने बेलामा लिन आउँछ," म महसुस गरिरहेको थिएँ– ऊ आफ्नो र ब्वाइफ्रेन्डका बारेमा कुरा गर्दा रमाइरहेकी थिई । उसको अनुहार चम्किरहेको थियो ।

"क्रिसमस नजिकै आउँदै छ । म चाहन्छु– यस पटक म उसलाई राम्रो गिफ्ट दिऊँ । मेरो कुनै अरू जागिर छैन । मेरो कमाइ भन्नु यही हो," ऊ भावुक भई ।

"तिम्रो आफ्नो परिवार पनि त होला नि... । आमा, बुबा, दाजु, भाइ, दिदी, बहिनी... ।"

उसले एकतमासले मलाई हेरी अनि सुस्तरी भनी, "मेरा बुबा, आमा, एक जना दाजु र एउटी दिदी छन् तर तिनीहरू आआफ्नो दुनियाँमा मस्त छन् । मेरो बाबु अहिले तेस्री स्वास्नीसँग मियामीमा बसिरहेको छ ।

उसका दुइटा बच्चा छन् रे ! मैले देखेकी छैन । मेरी आमा दोस्रो लोग्नेसँग अस्ट्रेलियाको सिड्नीमा घरजम गरेर बसेकी छन् । उनको एउटा बच्चा छ रे ! दाजु र दिदीसँग भेट नभएको वर्षौं भयो । उनीहरू कहाँ कोसँग छन्, मलाई केही थाहा छैन । कुनै सरोकार पनि राख्दिनँ ।"

मेरो काखमा बसेर आफ्नो जीवनबारे बताइरहेकी थिई ऊ ।

समुद्रमा उर्लेका ज्वारभाटाहरू थामिए झैं मेरो उत्तेजना शान्त भइसकेको थियो ।

मेरो फ्यान्टासीमा ऊ गायब भइसकेकी थिई तर मेरो मनभित्र अर्कै रूप लिएर झुल्किएकी थिई ऊ, जसलाई स्पर्श गरेर म मायाको अनुभूति गरिरहेको थिएँ ।

"त्यसो भए तिमी एक्ली छ्यौ सुनकेस्रा ?" मैले भनें ।

"मलाई के नामले बोलायौ ?" उसले छक्क पर्दै मलाई हेरी ।

"सुनकेस्रा, सुन जस्तो कपाल भएकी ।"

"ओहो, कस्तो अचम्म... !" ऊ बोली ।

"किन र ? के अचम्म लाग्यो ?"

"मेरा हजुरबुबा पनि मलाई यही नामले बोलाउनुहुन्छ– सुनकेस्रा," ऊ सूक्ष्म नजरले मेरो अनुहारमा कुनै वस्तु खोजिरहेकी थिई ।

"हो र... ! तिमीसँग तिम्रा हजुरबुबा हुनुहुन्छ ?" मलाई पनि उसको कुराले आश्चर्यचकित बनाइरहेको थियो ।

"मेरा हजुरबुबा लस एन्जलसको एउटा पुरानो फ्ल्याटमा बस्नुहुन्छ । आमाबुबाको डिभोर्सपछि उहाँले नै मलाई सानैदेखि हुर्काउनुभएको हो । म फुर्सदमा हजुरबुबासँगै हुन्छु । उहाँ मेरो भगवान् हो... । म उहाँलाई धेरै माया गर्छु," उसका आँखा सजल भए । उसले रूमालले आफ्नो अनुहार पुछी ।

"तिम्रा हजुरबुबा अमेरिकी हुनुहुन्छ ?" हजुरबुबाले उसलाई 'सुनकेस्रा' भनी बोलाउँछन् भन्ने बोध भएपछि मलाई उनी अमेरिकी होलान् जस्तो लागेन ।

"उहाँ सायद एसियाबाट २० वर्षको उमेरमा आफ्नो सुन्दर भविष्य बनाउन अमेरिका आउनुभएको थियो," उसले भनी ।

"उहाँको नाम भन्न सक्छ्यौ ?" म हतारिँदै बोलेको थिएँ ।

"उहाँले मेरो नाम राख्दा भन्नुभएको थियो, उहाँको नाम पनि मेरो नामसँग ठ्याक्कै मिल्छ रे ! यस्तै सु...बाट आउँछ ।"

"सुवर्ण ?" मेरो मुखबाट प्वाक्क निस्क्यो ।

"एस, इट इज...," ऊ मेरो काखमै उफ्री ।

"कसरी थाहा पायौ तिमीले ?" उसका आँखामा आश्चर्य थियो ।

"म पनि त्यही देशबाट आएको हुँ, जुन देशबाट ६० वर्षअघि तिम्रा हजुरबुबा अमेरिका आएका थिए । त्यो देशको नाम 'नेपाल' हो," मेरो स्वर धोद्रो भइरहेको थियो ।

"ओ माइ गड... !" उसले मलाई ग्वाम्म अँगालो हाली ।

मेरा आँखामा आँसु टिलपिलाउन थालेका थिए । सुनकेस्रालाई मैले अमेरिकी ठानेको थिएँ । ऊ अमेरिकी त थिई तर उसको नसामा नेपाली रगत बगिरहेको थियो । यस यथार्थबोधले म मर्माहत भएँ ।

"महाशय, हजुरबुबाको देशको मान्छे हुनाले तिमीले फोगटमा मेरो अँगालो पनि भेट्यौ," ऊ खितखिताउँदै हाँसी, "१० मिनेट बढी समय पनि पाएछौ । बोनस पाएको सम्झ । मेरा प्यारा हजुरबुबाको नाममा...!"

उसले झटपट लुगा लगाई । हातमा सानो हातेब्याग झुन्ड्याई, जसभित्र मैले दिएको २० डलरको नोट पनि थियो ।

"ओके, बाई... । अँ, सुन्नोस् त । तपाईं आउनुभएको देशको नाम के रे ?"

"नेपाल ।"

"मेरा हजुरबुबा पनि त्यहीँबाट आउनुभएको हो हगि ?"

उसको भावहीन र सपाट अनुहार देखेर म उदास भएँ । एउटा नेपाली मनबाट मैले जुन अपनत्व र व्यवहारको आशा गरेको थिएँ, त्यो मात्र मृगमरीचिका थियो । उसको शरीरका नसामा नेपाली रगत बगिरहे

पनि ऊ एक्काइसौं शताब्दीकी अमेरिकी युवती थिई । सफायरमा हाम्रो भेट एक संयोग मात्र थियो । आधा घण्टाको 'भिआइपी सर्भिस'को समाप्तिसँगै हामीबीचको परिचय पनि पुरानो भइसकेको थियो । मैले उसलाई आवाज दिएर बोलाउने प्रयास गरें तर उसले नसुने झैं गरी । म गह्रौं मन लिएर केही नबोली उठें र फटाफट सफायर नाइट क्लबबाट बाहिर निस्कें ।

www.ingramcontent.com/pod-product-compliance
Lightning Source LLC
LaVergne TN
LVHW060233051026
849517LV00005B/1598
* 9 7 8 9 9 3 7 7 9 0 0 0 0 *